JE SAIS QUI L'A TUÉ

Du même auteur
chez Sonatine Éditions

Un sur deux, traduit de l'anglais par Étienne Menanteau, 2008.
Ceux qu'on aime, traduit de l'anglais par Clément Baude, 2009.
Les Fleurs de l'ombre, traduit de l'anglais par Laura Derajinski, 2012.
Derniers instants, traduit de l'anglais par Diniz Galhos, 2014.

Steve Mosby

JE SAIS QUI L'A TUÉ

Traduit de l'anglais
par Charles Bonnot

SONATINE ÉDITIONS

Directeur de collection : Arnaud Hofmarcher
Coordination éditoriale : Marie Misandeau et Marie Labonne

Titre original : *I Know Who Did It*
Éditeur original : Orion Books

Sonatine Éditions
32, rue Washington
75008 Paris
lisezsonatine.com

Ouvrage réalisé par Cursives à Paris

ISBN 978-2-35584-952-7
N° d'édition : 952 – Dépôt légal : mai 2022

À Lynn et Zack

Groves

Le garçon dans le trou

Il était presque minuit quand ils emmenèrent enfin David Groves dans les bois. En surface, il était très calme. Par la suite, ce serait ce fait dont il se souviendrait plus nettement que tout le reste. Il se rappellerait avoir pensé : *Ça doit leur paraître étrange, que je sois aussi calme.*

Ils roulaient vers le nord sur le périphérique qui encerclait la ville. Les voitures étaient rares à une heure aussi avancée et ils en croisaient de moins en moins. Au sud, cette même rocade desservait des lotissements et des centres commerciaux, elle était constamment bouchée mais la banlieue nord de la ville se délitait et il n'y avait plus guère de raison de s'y rendre. Les bâtiments industriels sur leur gauche étaient pour la plupart abandonnés ou morts. Beaucoup de toits d'usine s'étaient effondrés sans que personne s'en aperçoive ou s'en soucie.

Et puis il y avait les bois, bien sûr. Ils s'étendaient sur leur droite, sombres et impénétrables. Il y avait bien quelques sentiers, mais les plus longs formaient une boucle d'un kilomètre à peine. Chaque année, quelques personnes, des touristes, se perdaient après avoir quitté les chemins. Beaucoup d'anciens puits et de mines désaffectées avaient été recouverts par la végétation et n'apparaissaient pas sur les cartes, et il était étrangement facile de se perdre dans le coin, comme si la zone recouvrait un champ magnétique capable de dérégler votre boussole interne. Les bois étaient un territoire vaste et dangereux.

C'était là qu'ils se rendaient.

Groves regardait les arbres défiler par la vitre. Les montagnes lointaines formaient des pics noirs qui se découpaient sur le ciel nocturne parsemé d'étoiles brillantes comme une traînée de poussière et de diamants. On ne les voyait pas quand on était dans le centre-ville, il y avait moins de lumière artificielle quand on gagnait le nord. *Les cieux n'apparaissent jamais qu'indirectement*, pensa-t-il, *ils disparaissent quand on pointe une lampe sur eux.* C'était cette même attitude qu'il avait dû adopter vis-à-vis de sa propre foi ces derniers temps.

Il détourna le regard.

Ils étaient trois dans la voiture. Groves était seul à l'arrière, son corps se balançant passivement avec le mouvement du véhicule. Les rares lampadaires qu'ils croisaient remplissaient brièvement l'habitacle d'une lumière orangée avant de les renvoyer à l'obscurité. Il bruinait et les essuie-glaces crissaient par intermittence, autrement tout était silencieux. Aucun d'eux n'essayait de faire la conversation. Il aurait été impossible de parler d'où ils allaient et de ce qui les y menait et tout autre sujet aurait été bien trop trivial – presque insultant –, il était donc plus sûr de se taire et de faire semblant qu'il s'agissait d'un silence solennel plutôt que gêné. Mais plus le trajet s'étirait, plus la pression dans le véhicule s'intensifiait, à tel point qu'on eût dit que les vitres allaient exploser.

Il se demanda ce que les inspecteurs assis à l'avant pensaient.

Je ne peux pas imaginer ce qu'il vit, peut-être.

Je serais incapable d'en faire autant.

En vérité, il ne savait pas s'il en était capable. Mais il fallait bien que quelqu'un s'y colle et ça ne pouvait de toute façon pas être Caroline. Et même si ça pouvait attendre, il avait l'impression que c'était son devoir de s'en charger le plus tôt possible. Bien évidemment, Groves n'était pas associé à l'enquête mais cette petite sortie était un service pour lequel il n'avait pas beaucoup eu à se battre. Le commissaire Reeves avait fait part de son inquiétude et lui avait demandé deux fois s'il était sûr de lui mais le regard de Groves avait suffi. Pour difficile que ce fût, c'était la chose à faire et Groves était universellement connu pour agir toujours de manière juste. Tout le monde savait que c'était un homme bon. Plus personne n'avait posé de question ensuite.

Le conducteur ralentit, mit son clignotant et ils se garèrent sur le bas-côté. Il y avait déjà deux fourgons de police, des formes volumineuses et sombres qui avaient écarté les branches les plus basses. Un agent seul gardait l'entrée du sentier. Les phares firent briller son gilet jaune citron l'espace d'une seconde.

« On est arrivés, dit le conducteur.

– Merci. »

Il fut surpris de la force de sa voix, comme si elle avait appartenu à quelqu'un d'autre et il se demanda de nouveau ce que les autres officiers devaient penser.

Ça doit leur paraître étrange, que je sois aussi calme.

Peut-être le trouvaient-ils courageux et stoïque au vu des circonstances ou bien ils se disaient qu'il rassemblait toutes ses forces et sa détermination pour affronter l'horreur qui l'attendait. Mais il ne se sentait ni fort, ni courageux et si les deux dernières années lui avaient bien appris quelque chose, c'était qu'un calme apparent n'avait aucun sens. Le calme ne vous annonçait rien de ce qui allait se produire ensuite. Avant d'exploser, une bombe est calme.

Une tente avait été montée dans les bois à cause de la pluie. D'un blanc immaculé, elle était illuminée par des spots positionnés péniblement entre les arbres et semblait flotter comme un fantôme au-dessus de la clairière. Groves avait beau savoir qu'elle avait uniquement pour fonction de préserver l'intégrité de la scène de crime et qu'elle n'avait pas été montée par respect pour ce qui y avait été découvert, il était reconnaissant.

Pourtant, le respect n'était pas étranger à l'affaire. Quand il déboucha dans la petite clairière vivement éclairée, les inspecteurs et les officiers de la brigade scientifique présents sur les lieux se turent tous mais chacun le regarda dans les yeux, ses connaissances lui adressant un petit signe de tête. Le message était clair. *Nous sommes tes frères et tes sœurs*, lui disaient-ils. *Même si nous ne pouvons imaginer ta peine, nous faisons tout ce que nous pouvons et nous essaierons de faire plus.*

Au centre, sous la tente, le terrain avait été creusé : les feuilles avaient été soigneusement écartées et la terre grattée et empaquetée pour être analysée plus tard. Le trou était profond de quelques dizaines de centimètres.

Pour atteindre la scène, Groves avait dû marcher plus d'un kilomètre dans les bois plongés dans les ténèbres, d'abord sur des chemins balisés puis sur des sentiers improvisés. Les officiers qui l'accompagnaient avaient promené le faisceau lumineux de leurs lampes sur la terre. Il avait à peine regardé. Pourtant, maintenant qu'il était là, il se surprit à hésiter. Le sol avait beau être dépourvu de tout danger immédiat, il lui était impossible d'avancer.

Mon Dieu, aide-moi, je t'en prie.

Il se força tandis que les autres officiers reculaient pour lui laisser de l'espace. Quelques brindilles craquèrent sous ses pas, un bruit qui résonna doucement dans la nuit. Il découvrit progressivement le contenu du trou. Quand il eut enfin une vision d'ensemble, il lui fallut encore quelques secondes avant que celle-ci se transforme en un tableau que son esprit puisse saisir.

Un souvenir lui revint. Caroline et lui n'avaient jamais réussi à mettre en place un rituel de coucher pour Jamie et, à presque trois ans, le petit garçon choisissait encore ses heures. Ça leur faisait trop mal à tous les deux de l'entendre souffrir s'ils le laissaient dans son petit lit. Aucun d'eux ne supportait la méthode qui consistait à laisser pleurer un enfant, surtout avec le temps qu'ils passaient l'un et l'autre à contrôler leurs propres larmes. Alors ils avaient laissé tomber. Chaque soir, Jamie s'allongeait sur le canapé, disait *Bonne nuit maman et papa* et une demi-heure plus tard, l'un d'eux emportait la petite masse ronflante dans sa chambre. Le petit garçon s'endormait toujours sur le côté, les mains jointes devant sa bouche entrouverte, les chevilles croisées, ses doux cheveux blonds coincés derrière les oreilles.

La paix absolue sur son visage avait souvent épaté Groves. Un enfant qui s'abandonnait au sommeil. Tout le reste prenait son sens, la journée était gagnée.

Le garçon dans le trou semblait endormi dans cette même position et ce fut cela, plus que tout autre chose, qui provoqua le premier choc – ça et les vêtements, bien sûr. Le jean bleu. Les lambeaux du tee-shirt orange avec un requin mauve dessus. Il se rappela Caroline en train de le brandir, ce tee-shirt puis un autre, le matin de la disparition de Jamie. *Requin ou singe ?* Elle avait répété la question, de plus en plus vite, montrant successivement chaque tee-shirt jusqu'à ce que Jamie soit écroulé de rire. *Le requin, maman ! Le requin !*

Il lui restait quelques mèches de cheveux, rabattus vers l'arrière de cette façon qui lui était terriblement familière, mais elles étaient maintenant aussi sales et emmêlées que les racines qui s'enfonçaient autour de lui dans le sol. Le petit crâne était gris et fendu comme une vieille ampoule noircie par la fumée. Il y avait quelque chose de paisible ici, oui, mais un vide aussi.

La pluie frappait la tente au-dessus de sa tête.

Groves avait les yeux rivés sur la dépouille.

Il s'aperçut qu'il n'était pas calme. En vérité, il était totalement extérieur à lui-même, à peine avait-il habité son corps tout au long de la soirée. Depuis cet appel, il avait comme plané, observant ses pensées et ses mouvements sans rien ressentir. À cet instant, il revenait à lui, ici dans les bois, avec un choc aussi fort que le battement d'un cœur qui reprend sa fréquence normale après une modulation.

Il regarda ce qui avait été enterré avec le corps du petit garçon. Un jouet, un peu à côté de lui. Plus encore que les vêtements, les cheveux et la posture, ce fut la vision de cette peluche qui l'emporta sur le reste.

Winnie l'ourson. La terre l'avait déteint mais il était encore parfaitement reconnaissable. La peluche Winnie était l'objet que Jamie préférait au monde. Il lui faisait un câlin chaque matin dans son lit et la peluche quittait rarement sa main jusqu'à ce qu'il s'endorme sur le canapé en la serrant contre sa petite poitrine.

« Oui. »

Personne dans la clairière ne répondit. Sa voix n'était pas aussi forte que dans la voiture. Dans le silence qui suivit, il entendit la pluie frapper la toile au-dessus de lui, aussi lente et régulière que des doigts pianotant sur une table et puis, enfin, l'inspecteur David Groves répéta : « Oui. C'est mon fils. »

PREMIÈRE PARTIE

Et quand il fut dit que leur Mère était passée à trépas, Ils furent amenés devant Elle dans les Cieux. Et Elle Leur demanda de s'asseoir avec Elle et Ils écoutèrent éblouis tandis qu'Elle Leur révélait les secrets de la vie et de la mort, de la véritable nature du Bien et du Mal, et que les morts ne sont jamais vraiment partis et que par bien des moyens ils peuvent rester avec nous.

Extrait de la Bible de Cane Hill

Mark

Une terrible vérité

Je suis heureux aujourd'hui. J'ai une belle vie. Mais si vous creusez un peu, vous découvrirez quelque chose de terrible dans ses fondations.

C'est étrange de se pencher aujourd'hui sur ce qui s'est passé. Tout m'avait paru si intense à l'époque – chaque son et chaque vision si vifs et indélébiles, chaque mouvement si net et amplifié – que je n'aurais jamais cru qu'un jour j'oublierais, que j'aurais une nouvelle vie dans une autre ville. Un boulot dans une brigade de police respectée. Une relation avec une femme que j'aime plus que je ne pourrais le décrire. À l'époque, il aurait été impossible d'imaginer que ce temps-là serait un jour si lointain.

Je faisais du camping quand c'est arrivé, avec une autre femme. Ma petite-amie de l'époque. Un soir, Lise et moi avons planté notre tente sur un petit terrain proche de la côte avant de gagner la plage pour nous baigner. Le soleil couchant rendait le paysage sublime, il descendait vers l'eau et embrasait l'horizon d'une flamme orangée. J'imagine nos ombres projetées sur la plage quand nous avons couru vers les vagues et le sable doux sous nos pas.

Il n'y avait personne aux alentours et nous avions la plage pour nous tous seuls, un coup de chance incroyable. Nous étions jeunes et amoureux, et nous ne pouvions nous empêcher de nous toucher tout le temps. Nous sommes entrés dans l'eau et nous nous sommes laissé porter par les vagues. Quand le courant nous poussait l'un vers l'autre, nous nous embrassions. Quand il nous séparait, nous nous prenions par la main, nous laissions nos jambes remonter à la surface, puis nous faisions la planche en contemplant le soleil couchant qui transformait chaque goutte en perle brûlante. C'était si beau.

Comme je n'étais pas très bon nageur, je voulais rester là où j'avais pied, je posais donc régulièrement mes orteils au sol. Cela me rassurait. Mais à un moment, j'ai essayé de toucher le fond et il avait disparu. J'ai bu la tasse et je suis remonté à la surface en toussant. J'ai tourné la tête vers le rivage qui était beaucoup plus éloigné qu'il n'aurait dû l'être.

Calme-toi, m'a dit Lise. Je ne me souviens plus de ses paroles exactes mais c'était l'idée. Elle voyait bien que j'étais paniqué mais à ce moment-là, elle était encore tranquille. *Retournons vers la plage.*

J'ai hoché la tête et nous avons commencé à progresser vers le rivage. Je nageais sans doute plus fort que nécessaire. Il n'y avait pas de danger immédiat mais je sentais que je ne contrôlais plus rien et j'étais pressé de retrouver la sensation du sol sous mes pieds. Une minute plus tard, à moitié épuisé, j'ai de nouveau regardé vers le sable : il était encore plus éloigné.

Je sentais le courant qui m'emportait doucement. Lise était un peu plus loin et je voyais bien qu'elle n'était plus du tout rassurée. C'est ça qui m'a fait le plus peur, parce qu'elle était bien meilleure nageuse que moi. Elle ne paniquait jamais sans raison.

Crie, m'a-t-elle dit.

J'ai appelé à l'aide, elle aussi, mais nos voix ne portaient pas et il n'y aurait de toute façon eu personne pour les entendre. J'ai réessayé de nager comme un désespéré. D'un instant à l'autre, la mer était passée de paisible et plate à démontée et dangereuse. Tout était allé si vite, comme le soleil qui se retrouve masqué par un nuage. J'ai entendu Lise crier assez loin de moi et puis une vague m'a envoyé vers le fond. J'ai émergé en m'étouffant. Je ne voyais plus la plage distinctement à cause de l'eau que j'avais dans les yeux et elle semblait être au-dessus de ma tête, comme si elle se trouvait au sommet d'une falaise. Et puis j'ai coulé de nouveau.

J'ai pu continuer à nager. Je comprenais très clairement que j'allais mourir, ce qui me semblait ridicule et injuste. Je n'avais jamais été un très bon nageur mais un instinct animal m'a envahi et chaque fois que mon corps flanchait, je retrouvais quelque part la force de persévérer. Je nageais encore. Il n'y avait rien d'autre à faire. Quelques instants après – pas plus d'une minute je pense –, j'ai vu que j'avais de nouveau pied et je suis sorti de l'eau en titubant, rincé. L'espace d'une seconde, je n'ai pas réussi à comprendre que j'étais en vie. Pourtant, c'était le cas. J'ai échappé à la noyade ce soir-là mais Lise, non.

La dernière image que j'ai d'elle, c'est quand je me tenais sur la plage, au bord de l'eau et que je criais pour qu'elle m'entende. *Nage ! Respire ! Ça va aller !* Je me souviens de son visage pendant qu'elle m'appelait à l'aide, avant de disparaître dans les vagues noires. Je ne l'ai plus jamais revue.

Pendant un certain temps, j'ai eu l'impression que j'étais moi aussi mort ce soir-là. Je me souviens que les jours qui ont suivi étaient aussi noirs que les nuits, que le deuil et la tristesse étaient des sensations physiques, elles logeaient *littéralement* dans ma poitrine, comme une douleur musculaire que l'on ne peut soulager en changeant de position. Je souffrais de son absence, c'était insoutenable. Mon existence avait subi une blessure dont je ne pensais pas me remettre. Et pourtant j'ai continué à vivre. Parce que c'est ainsi que les choses se passent.

Avec le temps, c'est devenu plus facile. Sachant ce que Lise aurait voulu que je fasse, j'ai fini par saisir la vie par la peau du cou, j'ai postulé pour un nouveau boulot – un nouveau départ – à l'autre bout du pays. J'ai porté le deuil mais j'ai aussi fait du rangement dans mon existence. Au bout d'un moment, j'ai rencontré quelqu'un d'autre et je suis tombé amoureux. J'ai peu à peu mis une distance entre *maintenant* et *ce moment-là*, jusqu'à ce que cette plaie si vive cicatrise et ne provoque plus qu'une petite gêne quand j'appuyais dessus. J'ai construit une nouvelle vie et elle est heureuse. J'ai continué à nager.

Mais une terrible vérité persiste là-dessous, et une question que j'évite de me poser. Cette vérité est la suivante : Lise est morte et cela a été un changement horrible et irrévocable. Mais, en fin de compte, tout ce qui a changé n'a pas été pour le pire. L'existence heureuse que j'ai aujourd'hui est une structure bâtie sur cette tragédie et si on la retire du tableau, on me retire moi aussi. Malgré tout mon amour pour elle, si on m'offrait l'occasion de remonter le temps – de faire en sorte que Lise survive à cette soirée et que ma vie devienne tout autre chose –, la saisirais-je ?

C'est impossible, bien sûr, ce qui rend la question très facile à ignorer. En fin de compte, quel que soit le carrefour où vous vous trouvez, votre destin ne peut suivre qu'une seule voie. Vous ne pouvez pas revenir en arrière et les proches qui vous sont arrachés disparaissent pour toujours.

C'était du moins ce que je pensais. Mais ça, c'était avant qu'une femme nommée Charlie Matheson revienne d'entre les morts.

Charlie

Sur son visage

L'agent Tom Wilson roulait à faible allure sur Town Street quand il la vit.

Il rentrait au commissariat après un appel de routine : violences domestiques. Il faisait bien trop chaud, comme tous les jours précédents, et il remarquait que la hausse des températures faisait ressortir le pire chez certains. Ils suffoquaient, ça les mettait en colère et les rendait irritables. Le trottoir devant chaque pub qu'il croisait grouillait d'hommes, dont beaucoup étaient déjà rougeauds et ivres. Il n'enviait pas leurs compagnes. Il n'enviait pas non plus les collègues qui seraient de faction ce soir.

Wilson consulta sa montre. Plus qu'une heure, sauf incident, et même s'il savait bien que tout pouvait arriver, il comptait déjà les minutes jusqu'à la fin de son service. Une bière fraîche dans le jardin, ce serait parfait, quelques gouttes de tranquillité à diluer dans cette journée. Il roulait à un rythme régulier, le coude à la portière, et sentait déjà le goût du houblon dans sa bouche.

Ce fut à ce moment-là qu'il aperçut la foule.

C'était plutôt un attroupement de quelques personnes devant une épicerie, un peu plus loin sur la droite, mais il comprit à leur posture que quelque chose clochait. Toute leur attention était concentrée sur la même chose, certains étaient penchés et un homme s'était accroupi pour parler à quelqu'un.

Wilson imagina une petite dame tombée par terre. Si c'était le cas, quelqu'un avait déjà dû appeler une ambulance, mais ce n'était pas une raison pour l'ignorer. Il mit son clignotant et se gara le long du trottoir d'en face.

Alors qu'il attendait que le trafic ralentisse, une ou deux personnes le remarquèrent et semblèrent soulagées quand il traversa la rue en trottinant. L'uniforme rassurait toujours. D'après son expérience, et malgré les événements de cette journée étouffante, les gens étaient majoritairement bons, et lorsque quelqu'un avait besoin d'aide, ils venaient à son secours. Toutefois, c'était toujours un peu hésitant, un peu *Je ne sais pas exactement comment m'y prendre*, comme si la personne en détresse était un oisillon tombé du nid et qu'ils ne savaient pas s'ils avaient le droit de la toucher ou non.

« Bon, que se passe-t-il ici ? » demanda-t-il.

Ce fut la vieille dame la plus proche de lui qui répondit.

« Je ne sais pas. Elle marchait sur le trottoir puis elle s'est assise. À sa démarche, je voyais bien que quelque chose n'allait pas. »

Un homme, derrière lui, ajouta : « J'ai appelé une ambulance.

– Très bien. Est-ce que vous pouvez reculer un peu, s'il vous plaît ? Merci beaucoup. »

Ils s'exécutèrent et il découvrit une femme assise par terre devant la boutique. Elle était appuyée contre un étal de fruits et ses cheveux bruns et bouclés lui masquaient le visage. Elle avait les genoux relevés et les bras serrés autour de ses tibias. Il ne voyait pas son visage mais elle était de toute évidence bien plus jeune que ce qu'il avait imaginé.

Wilson s'accroupit devant elle.

« Mademoiselle ? »

La femme ne réagit pas. Il remarqua alors qu'elle était étrangement vêtue : son pantalon et son chemisier à manches courtes étaient d'un blanc brillant, comme un uniforme. Ses avant-bras étaient fins et pâles, à peine plus colorés que sa tenue. Il posa son regard sur les cicatrices entremêlées. Il y en avait tant, certaines étaient anciennes et d'autres avaient été infligées bien plus récemment. Entre ça et l'uniforme... était-ce une patiente d'un hôpital des environs ? Il ne voyait pas d'où elle avait pu arriver.

« Mademoiselle ? répéta-t-il. Est-ce que tout va bien ? »

Là encore, pas de réponse. Elle agrippait ses jambes si fort que les articulations de ses doigts semblaient sur le point de transpercer sa peau. Elle respirait très vite, comme pour essayer de contrôler une crise de panique.

Laisse-lui de l'espace.

Wilson se releva et se tourna vers la première femme qui lui avait parlé.

« Elle arrivait d'où ?

– De cette direction. » Elle montra le bout de Town Street et le champ qui s'y trouvait. « Je voyais bien que quelque chose n'allait pas. Ça sautait aux yeux. Elle ne semblait pas dans son assiette. Je pense qu'elle a bu.

– Et que s'est-il passé ? Elle s'est effondrée ?

– Elle est arrivée ici, elle s'est arrêtée et puis elle s'est simplement... assise.

– D'accord. »

Wilson ne pensait pas que la femme était ivre. On sentait toujours l'alcool sur une personne qui avait assez bu pour se retrouver dans cet état. Ça ressortait forcément par les pores de la peau. Or, ce n'était pas son cas. Il inspira et remarqua le parfum des fruits et une très légère odeur de désinfectant, mais rien de plus.

« Personne ne la connaît ? Personne ne l'avait vue ici auparavant ? »

Pas de réponse, certains secouèrent la tête.

« D'accord. » Il s'accroupit de nouveau. « Mademoiselle ? Vous m'entendez ? Je m'appelle Tom, je suis policier. Ça va aller, je vous le promets. Pouvez-vous me donner votre nom ? »

Elle répondit dans un souffle.

« Pardon, pouvez-vous répéter ?

– Charlie.

– D'accord. Bonjour, Charlie.

– Matheson. C'est mon nom. Charlie Matheson.

– C'est très bien, dit-il. Maintenant…

– Il y a eu un accident, le coupa-t-elle soudain. Il y a eu un terrible accident. Et je ne sais pas où je suis ! Je ne comprends pas. Où on est ? »

Il voulut répondre mais la femme releva la tête pour le regarder. Les gens autour de lui disparurent et le bruit de la circulation s'éteignit comme s'il avait mis la tête sous l'eau.

L'espace d'un instant, Wilson resta bouche bée. Tout ce qu'il était capable de faire, c'était regarder la femme. Accroupi devant elle, il contemplait, horrifié, ce qu'on avait fait sur son visage.

Mark

D'entre les morts

Bien évidemment, je ne savais rien de tout ça quand je me suis réveillé le lendemain matin. Je ne savais d'ailleurs pas grand-chose en me réveillant ce matin-là. Étendu dans cet état incertain entre le sommeil et l'éveil, je gardais les yeux scrupuleusement fermés, mes pensées grises, lourdes et franchement inhabituelles : des pièces de puzzle disjointes qui, une fois assemblées, ne formeraient sans doute pas un joli tableau. J'étais vaguement conscient que c'était une mauvaise idée de vouloir bouger mais à cet instant précis je n'arrivais pas à me souvenir pourquoi.

Tu as une énorme gueule de bois, Mark.

Ah oui. C'était ça.

« Ton café. »

J'ai senti une pression sur le côté de ma jambe quand Sasha s'est assise à côté de moi sur le lit. Elle a claqué des doigts au-dessus de mon visage.

« Allez Mark, on se réveille.

– Argh.

– Tu ne peux vraiment pas faire mieux ?

– On dirait que non. »

Je l'ai entendue poser la tasse sur la table de chevet. Un instant plus tard, je me suis risqué à ouvrir un œil. La chambre penchait selon un angle étrange. Alors que je regardais les voilages, elle a commencé à bouger. Ma gueule de bois faisait lentement tournoyer la pièce.

« Il m'est arrivé quelque chose à la tête.

– En effet. » Sasha m'a tapoté la cuisse avec une empathie exagérée. Puis elle s'est levée. « Tu ne peux pas dire que je ne t'ai pas prévenu.

– Tu m'as insuffisamment prévenu.

– Je t'ai prévenu à plusieurs reprises. Mais bon, tu es adulte. »

J'ai légèrement tourné la tête vers elle. Elle m'observait, debout à côté du lit, la tête penchée, un petit sourire sur les lèvres. Sa queue-de-cheval blonde effleurait l'épaule de son uniforme noir.

Nous étions tous les deux dans la police. J'étais inspecteur et passais le plus clair de mes journées derrière mon bureau ou dans une salle d'interrogatoire, parfois dehors pour organiser un porte-à-porte, et je travaillais en costume. Ma fiancée, quant à elle, était sergente dans la brigade d'intervention. Sasha faisait partie de l'escouade que l'on appelait quand on avait besoin d'ouvrir une porte sans frapper. C'était un boulot dur, même si elle écartait toute remarque en ce sens d'un haussement d'épaules, et elle était vêtue pour. Son armure était dans le coffre de la voiture mais elle portait déjà la moitié de son équipement. J'ai regardé les différentes armes et les ustensiles accrochés à ce que je mettais un point d'honneur à appeler sa ceinture à outils.

« Tu ressembles à un super-héros.

– Ce que je suis.

– Ce que tu es, bien sûr. » Je me suis redressé et la pièce a tangué. « Mon dieu. Merci pour le café.

– Pas de quoi. Et il est 8 heures passées. Tu as encore le temps d'en prendre quelques autres.

– 8 heures ? Tu sais que je ne travaille pas ce matin.

– Je sais. Mais j'ai tranché et décidé que tu avais plus besoin de café que de sommeil. » Elle se pencha pour m'ébouriffer les cheveux. « Et puis j'ai pensé que tu aurais envie de me dire au revoir avant que je parte. Tu n'as pas *tout à fait* réussi à me souhaiter bonne nuit hier soir. »

J'ai essayé de me rappeler comment je m'étais mis au lit, en vain.

« Ah oui, désolé.

– Je m'en suis remise. » Elle m'a de nouveau passé la main dans les cheveux avant de s'écarter. « Bref, il faut que j'y aille. Une mission matinale. Mais passez une bonne journée, inspecteur Nelson, et à ce soir. »

J'ai pris une gorgée de café.

« Fais attention à toi. »

J'ai eu droit à un regard moqueur.

« Je pense que tu ferais mieux de t'inquiéter de ton propre cas. » Elle a tapoté sa ceinture à outils. « Et puis, je suis un super-héros, pas vrai ? Je t'aime.

– Je t'aime aussi. Et encore une fois, je suis désolé. Profondément désolé.

– Bah, bois ton café. »

J'ai obéi. Ça allait peut-être m'aider avec ma migraine mais le café ne pouvait rien contre le sentiment de culpabilité qui me rongeait. J'ai entendu la porte d'entrée se refermer puis la clé tourner dans la serrure et j'ai laissé mon esprit revenir à la soirée de la veille, grimaçant devant les souvenirs flous qui me revenaient.

Nous avions organisé la fête dans l'arrière-salle d'un bar proche du commissariat : une soirée de flics. Nos collègues respectifs s'étaient mélangés, non sans une certaine gêne. Il y avait eu des banderoles et des discours moqueurs, dont un de Sasha. Dieu merci, j'avais résisté à la tentation de me lancer, même si je crois bien que je l'avais sincèrement envisagé à un moment donné. Au-delà de ça, je n'arrivais pas à me souvenir de ce que j'avais dit, ni à qui. J'avais l'impression que c'était pour le mieux.

Bien joué, Mark.

Totalement bourré. Au vu des circonstances, Sasha avait été bien plus bienveillante que je ne le méritais. J'ai fini mon café et je suis resté assis dans mon lit, mon bras sur les yeux.

Bien joué, ai-je pensé de nouveau. *Super façon de fêter vos fiançailles.*

À 10 heures, j'étais suffisamment nourri et hydraté pour tenter une douche. J'en ai profité pour réfléchir un peu.

Je suis interrogateur de métier, bien que ce soit un peu par hasard. Avant d'entrer dans la police, j'ai obtenu un diplôme en psychologie avant de poursuivre avec un doctorat en psychologie comportementale. Quand j'ai commencé, je m'imaginais devenir profileur, étudiant des scènes de crimes avant de proposer des hypothèses brillantes sur l'assassin, comme une sorte de devin. Mes études ont assez rapidement mis à mal ces ambitions : les choses ne fonctionnent tout simplement pas ainsi dans la vraie vie. Bien que l'on puisse trouver des traces d'un individu et de son passé dans les atrocités qu'il commet, j'ai appris assez tôt que les profils psychologiques sont à peu près aussi fiables qu'un horoscope.

Pour autant, mes études m'ont laissé le goût de la chose et j'ai découvert que j'étais plutôt doué pour parler aux gens. J'aimais comprendre ce qui les faisait avancer et ce qu'il fallait que je dise pour obtenir les informations que je voulais. Après ma thèse, j'ai rejoint la police comme agent de base, généralement affecté au porte-à-porte, puis Lise est morte et j'ai traversé le pays pour rejoindre mon poste actuel. Et j'étais bon dans ce que je faisais. J'aimais analyser les autres.

C'est bien plus dur de s'analyser soi-même, bien sûr.

Par exemple, qu'est-ce qui m'avait pris de me soûler comme ça ? Dans mon souvenir, je n'avais même pas eu l'alcool particulièrement gai. Merde, c'était la soirée de mes fiançailles et tout le monde avait dû avoir l'impression que je noyais ma peine.

Qu'avait pu ressentir Sasha ?

L'eau chaude m'aspergeait le torse tandis que je me savonnais le visage.

Sasha savait ce qui était arrivé à Lise, bien sûr. Elle savait donc que si Lise ne s'était pas noyée, nous nous serions sûrement mariés et je n'aurais pas déménagé ici. Sasha et moi ne nous serions jamais rencontrés et nous ne serions pas tombés amoureux. C'était sans doute un sujet difficile à envisager pour elle et pourtant elle ne donnait jamais l'impression que cela la dérangeait, elle avait simplement accepté que j'avais ce bagage émotionnel et me faisait confiance pour le porter. Et moi je l'avais remerciée en me soûlant à notre soirée de fiançailles et en faisant comme si je n'étais pas à une fête mais à un putain d'enterrement.

Mais pourquoi ? Je pensais encore parfois à ce qui s'était passé, bien sûr, mais les souvenirs étaient maintenant émoussés. Pendant quelque temps, j'avais eu un cauchemar récurrent – le sable doux de la plage, l'étendue vide de la mer qui s'étirait devant moi –, cependant je ne l'avais plus fait depuis des mois. Dans mes souvenirs, je n'avais pas eu Lise en tête la veille.

Mais en y repensant maintenant, je sentais un nœud dans ma poitrine.

Ridicule.

Je me suis lavé les cheveux en recrachant l'eau qui me coulait sur le visage puis j'ai coupé la douche. J'aimais Sasha de tout mon cœur, et je voulais l'épouser. Alors oui, c'était ridicule. Mais la sensation était là. Je me souvenais de l'expression de ma fiancée plus tôt ce matin – souriante, gentille mais aussi un peu circonspecte et incertaine – et je me suis rendu compte que pour une raison qui m'échappait, j'avais tout fait foirer. Peut-être pas entièrement, mais franchement, ce n'était pas terrible.

Je me suis séché vigoureusement, toujours en colère contre moi-même.

Tu peux te rattraper.

Je pouvais, et j'en avais bien l'intention. À 11 heures, muni d'un café à emporter, j'avais presque le sentiment d'avoir repris figure humaine. Mais sous la surface, je redoutais d'entendre la plainte lointaine de la mer. Et le nœud dans ma poitrine était toujours là.

Je suis arrivé au boulot à midi.

Même après un an et demi dans cette ville, le nouveau commissariat était encore un lieu étranger pour moi. C'était curieux d'une certaine façon, car je n'avais passé que quelques semaines dans l'ancien bâtiment avant le déménagement. D'un autre côté, cette brève période avait correspondu à une enquête si intense qu'il était sans doute compréhensible que les événements des premiers jours aient laissé une trace indélébile dans mon esprit.

Nous travaillions alors dans un bâtiment en piteux état et notre petite équipe était entassée dans un bureau tout juste assez grand pour nous tous. Le nouveau commissariat était différent à tous points de vue : lisse et luisant de l'extérieur, tout en verre et acier, luxueux et spacieux à l'intérieur. Tout était neuf et bien entretenu, des murs blancs aux plafonds, en passant par les épaisses moquettes, les fausses plantes en pot près des ascenseurs et les œuvres d'art abstrait accrochées dans les couloirs où flottait l'odeur des désodorisant fixés à intervalles réguliers sur les plinthes. Senteur pin ou quelque chose dans le genre.

« Bonjour. »

J'ai salué la caméra de la réception en prenant un air aussi dégagé que possible. Le système de reconnaissance faciale a hésité suffisamment longtemps pour que je me demande à quel point j'avais conservé ma tronche de déterré, tout en me sentant légèrement jugé, avant que la lumière rouge au-dessus de la poignée ne passe au vert avec un léger cliquetis.

Contrairement à l'organisation du bâtiment précédent, mon équipe et moi avions une succession de bureaux pour nous. Je suis monté au troisième et j'ai passé la porte qui donnait sur notre couloir.

Le premier bureau était le mien, mais je suis d'abord allé voir si quelqu'un d'autre était là. Greg Martin, notre spécialiste informatique, était visiblement dehors car sa porte était fermée et verrouillée. Même si les gens ne venaient pas fouiller et même s'il n'y avait de toute façon pas grand-chose à trouver, Greg aimait cultiver l'illusion selon laquelle la sécurité autour de son travail était primordiale. À sa façon de se comporter, on aurait pu croire qu'accéder à son bureau permettrait à un hackeur potentiel de faire tomber tout le commissariat.

Cela s'opposait nettement à l'habitude de Simon Duncan de toujours laisser sa porte ouverte. Simon était l'expert médico-légal détaché auprès de notre équipe, il était souvent absent mais ne fermait jamais sa porte. Son bureau était vide et son ordinateur bourdonnait gentiment. Les murs étaient nus à l'exception d'un calendrier dont les pages n'avaient pas été tournées depuis février. Simon était un grimpeur et il avait jeté son dévolu sur une photo de montagnes. Il m'avait expliqué, de son ton détaché, que cette photo ayant sa préférence, il n'avait pas eu envie de la changer. Il n'avait pas besoin d'un morceau de papier pour savoir quel jour on était.

Après la salle de réunion, j'ai trouvé la porte de Pete Dwyer entrouverte avant d'entendre le cliquetis discret de son clavier. Lent et régulier. Il tapait à deux doigts, Pete. C'était un gros ours sympathique, constamment surpris par la vitesse à laquelle la technologie évoluait. L'impression qu'il donnait souvent était celle d'un homme planté sur place qui regardait autour de lui, incapable de suivre ce qui se passait. Mon patron.

J'ai toqué à la porte avant de la pousser.

« Bonjour, Pete.

– Mark. » Il leva les yeux de l'écran et un sourire apparut sur son visage, en même temps que se plissaient les rides donnant l'impression que ses yeux s'enfonçaient dans son crâne. « Tu as une gueule de cadavre.

– Je n'étais pas certain que l'ordinateur en bas me laisse passer.

– Il a dû te prendre pour un vagabond. Entre. Comment va ta tête, jeune homme ?

– J'ai connu pire. » J'ai fermé la porte derrière moi. « Mais pas souvent.

– Ça ne m'étonne pas. Tu as enchaîné hier soir. Une vraie machine. Tu te souviens de la conversation qu'on a eue ? »

J'ai fait la grimace. Non, je ne me souvenais pas. Et même si l'ambiance dans l'équipe était assez détendue, Pete restait mon boss.

« Pas vraiment.

– Pas vraiment. C'était sur le fait que tu enchaînais et sur le mal de tête que tu allais avoir au réveil. Et crois-moi, tu ne voulais rien entendre. Tu es un peu plus buté en dehors du travail, non ? »

Un souvenir m'est revenu d'un coup : Pete me demandant, avec le même air amusé, si j'étais *sûr* que tout allait bien, comme si c'était à la fois drôle et très sérieux. Il avait deux adolescentes à la maison, les démonstrations paternelles étaient donc dans ses habitudes. Pour les mêmes raisons, il était sans doute habitué à ce que ses inquiétudes soient écartées d'un revers de main. Ce que je me rappelais vaguement avoir fait, avant de le prendre dans mes bras pour lui mettre une claque dans le dos qui se voulait un témoignage approximatif d'amitié éthylique.

« Je suis aussi bien plus affectueux. »

Ça l'a fait rire.

« Vous êtes bien rentrés avec Sasha ?

– Il paraît.

– Et tout va bien ?

– Elle me parle encore. Elle m'a même fait un café ce matin.

– Tu ne la mérites pas, tu sais. » Pete s'est laissé aller contre son dossier. « Elle est bien trop coulante.

– C'est vrai.

– Ce qui implique qu'il me revient de te punir pour tes transgressions alcoolisées. Non pas que j'aie jamais eu l'intention de faire autrement. Sur quoi tu bosses en ce moment ? »

J'ai haussé les épaules.

« Il y a des trucs que je dois préparer pour un procès mais on n'a pas encore de date. Rien d'urgent.

– Parfait. » Il a m'a tendu un dossier au-dessus de son bureau. « Jette un œil là-dessus, tu veux bien ? »

J'ai pris le dossier : une fine chemise marron qui contenait des documents imprimés. Tout ce sur quoi on travaillait était accessible sur l'intranet du commissariat mais plutôt que de me donner un numéro de dossier, Pete avait choisi l'option traditionnelle et me l'avait imprimé. Je l'ai feuilleté avant de froncer les sourcils.

« Un rapport d'accident. Charlotte Matheson.

– Oui. Un accident mortel.

– Il y a deux ans. Sur la rocade. Pas de circonstances suspectes. Affaire classée. » J'ai relevé la tête. « Ce qui est très triste, bien sûr, mais qu'est-ce que tu veux que je fasse ?

– Aucune idée. » Pete avait l'air encore plus joyeux. « Mais lis-le quand même. Puis va à l'hôpital.

– Ma gueule de bois n'est pas terrible à ce point. »

Ça l'a fait rire aussi.

« On a ramassé une jeune femme sur Town Street, hier en fin d'après-midi. Elle était apparemment perturbée et elle avait subi des blessures au visage. Je ne sais pas quoi exactement. Quand on l'a emmenée à l'hôpital, elle a donné comme nom Charlotte Matheson.

– Cette Charlotte Matheson ?

– Ouais. Avec la même adresse, les infos personnelles, tout. Apparemment, elle est catégorique. Elle est Charlotte Matheson. »

J'ai posé les yeux sur le dossier, puis sur Pete.

« Et tu veux que...

– Tu ailles l'interroger bien sûr.

– Pourquoi ?

– Pour établir la véracité de son histoire.

– Le fait qu'elle soit revenue d'entre les morts ? »

Nous savions l'un comme l'autre que sa version des faits ne pouvait être vraie. *Il me revient de te punir pour tes transgressions alcoolisées*, en effet. J'ai secoué la tête doucement et Pete a éclaté de rire.

« Joyeuses fiançailles, Mark. »

Mark

Tous les détails

Arrivé à l'hôpital, je me suis lancé dans un trajet long et tortueux à l'intérieur du bâtiment pour trouver l'aile Baines, là où une femme qui disait s'appeler Charlotte Matheson se faisait soigner.

Alors que j'errais dans des couloirs apparemment identiques, à la recherche d'indices ou de panneaux, j'ai eu le sentiment d'être engagé dans une quête mythique. Après être revenu à la bifurcation que je venais semble-t-il de quitter, j'ai envisagé de tracer des flèches à la craie sur le sol. Ça ne m'aidait pas non plus que les murs soient d'un verdâtre particulièrement maladif. Le soleil éclatant sur la route avait ressuscité ma gueule de bois et elle était revenue pour se venger.

Mon contact était un certain Dr Fredericks et après avoir enfin trouvé la réception de l'aile Baines, on m'a indiqué la direction de la salle d'attente. J'étais seul, ce qui tombait bien, car elle était minuscule, avec ses chaises noires bon marché alignées autour d'une table basse. Il y avait de vieux magazines et un ou deux livres étalés dessus. Je me suis assis en respirant lentement et profondément. L'air était chaud et le fond de mon crâne pulsait au même rythme que mon cœur, comme un voisin énervé cognant contre un mur mitoyen.

Sur le chemin, j'avais été un peu agacé contre Pete pour m'avoir envoyé dans cette galère. J'avais suffisamment lu le dossier pour savoir que Charlotte Matheson était plus que probablement morte. La femme soignée ici, qui que ce fût, n'était pas elle. Savoir *qui* elle était ne constituait pas une mise à profit très pertinente de mon temps et de mon expérience, et Pete le savait. Il y avait très peu de chances qu'il s'agisse d'une affaire criminelle. De plus, si cette femme était effectivement dérangée, il y avait des considérations éthiques à prendre en compte. Tant pis si ça fait de moi un idéaliste, mais je préfère considérer les gens que j'interroge comme des personnes, pas comme une potentielle blague de bureau.

« Inspecteur Nelson ? »

J'ai levé les yeux vers un homme que je supposai être le Dr Fredericks. Il était grand et vieux et portait un costume brun. Il me toisait et inclina la tête, interloqué.

« Tout va bien ?

– Non. Pas vraiment, non.

– Je vois. Il y a une fontaine à eau à l'angle là-bas.

– Merci. »

Je me suis versé un verre d'eau glacée et je l'ai descendu d'un trait, puis je m'en suis servi un deuxième avant de retourner dans la salle d'attente. Fredericks s'était assis dans un coin, son bloc-notes posé en équilibre instable sur son genou.

« Venez, il vaut mieux que vous soyez assis.

– D'accord. » Je me suis exécuté, impatient d'en finir. « J'ai une petite idée du pourquoi de ma venue. Une femme a été ramassée hier et a dit que son nom était Charlotte Matheson. C'est bien ça ?

– Oui. Voici le dossier de Charlotte Matheson. » Fredericks m'a montré les pages réunies par des trombones fixées à son bloc-notes. « Son ancien dossier. D'après ce qui est écrit, nous l'avons soignée plusieurs fois par le passé. »

J'ai levé le dossier que j'avais pris avec moi.

« Et d'après le mien, Charlotte Matheson est morte il y a deux ans. »

Fredericks a hoché la tête.

« D'après le nôtre aussi.

– Alors nous sommes d'accord. Il s'agit donc d'une autre Charlotte Matheson.

– C'est le problème. À l'évidence, oui, ou bien elle a un tout autre nom. Mais elle croit vraiment qu'elle est *cette* Charlotte Matheson. Elle nous a donné la bonne date de naissance, l'adresse, tout.

– Elle est perturbée ?

– Oui, complètement. Et elle était habillée bizarrement quand elle est arrivée : pantalon et chemisier blancs. Comme si c'était une patiente d'une autre institution.

– Ce qui semble logique.

– L'ennui, c'est que si tel est le cas, je ne vois pas où. Il n'y a pas d'étiquette sur les vêtements et ce n'est pas l'uniforme d'un hôpital de ma connaissance. De plus je me suis renseigné : aucune institution des environs n'a de patiente qui s'est échappée. »

J'ai pris une gorgée d'eau, le temps de digérer ces informations.

« Je suppose que vous lui avez opposé le fait qu'elle ne peut pas être celle qu'elle prétend être ? Dans la mesure où Charlotte Matheson est morte ? »

Fredericks a secoué la tête.

« Je ne vous suis pas.

– Je suis bien conscient que vous devez prendre des pincettes mais j'aimerais savoir si vous lui avez expliqué qu'elle ne peut pas être cette personne, puisque cette personne est morte.

– Ah, je vois ce que vous voulez dire. Je n'ai peut-être pas été suffisamment clair. La femme que nous soignons aujourd'hui sait que Charlotte Matheson a été tuée dans un accident de la route mais elle maintient qu'elle est cette personne. Attendez une seconde. » Fredericks a sorti une ou deux pages de son dossier. « Je lui ai dit que la Charlotte Matheson qu'elle prétend être est morte depuis deux ans et elle m'a répondu : "Oui, je sais que je suis morte." Elle était désorientée quand elle est arrivée mais nous avons évoqué ce sujet à plusieurs reprises.

– Donc elle croit qu'elle est morte ?

– Il semblerait. Elle est perdue et n'est pas certaine de ce qui se passe. Elle semble avoir subi une perte de mémoire. Mais elle est catégorique et affirme qu'elle a bel et bien péri dans cet accident. Elle a dit à l'agent qui l'a trouvée qu'elle avait eu un accident et qu'elle était morte. Elle connaît tous les détails. »

Il me fallait un autre verre d'eau.

« Et les blessures ? Mon supérieur m'a dit qu'elle avait été blessée au visage. »

Fredericks a fait une drôle de tête. Il a replacé la feuille dans le dossier puis s'est levé en me faisant signe de l'imiter.

« Oui, a-t-il dit, c'est d'abord pour ça que j'ai contacté la police. Je pense qu'il vaut micux que vous voyiez ça par vous-même. »

Groves

Un homme taillé dans du bois noir

Je sais qui l'a tué.

David Groves reposa la carte sur le comptoir de la cuisine. Le facteur passait toujours de bonne heure et ce jour qui aurait dû marquer le sixième anniversaire de Jamie ne faisait pas exception.

Il n'était pas encore 8 heures mais la cuisine était illuminée par le soleil du matin et la lumière se découpait en tranches floues à cause des persiennes entrouvertes. C'était chaleureux ici, se disait-il toujours, on aurait pu y tourner une pub pour du pain ou du beurre. Tout le rez-de-chaussée était ouvert et rempli de vieux meubles en bois, ce qui donnait l'impression d'être dans une ferme.

Après la disparition de Jamie et sa séparation avec Caroline, Groves avait visité plusieurs maisons mais il était tombé amoureux de celle-ci dès qu'il avait franchi le seuil. Elle lui évoquait un chat confortablement pelotonné au soleil. Chaque matin, la maison s'éveillait lentement, les tuyaux s'activaient à contrecœur, des particules de poussière s'agitaient doucement dans l'air.

Il saisit la cafetière ventrue pour se verser une autre tasse de café noir et reporta son attention sur la carte et le message inscrit à l'intérieur.

Je sais qui l'a tué.

C'était tout, rien au-dessus ni en-dessous. La phrase était manuscrite, comme l'adresse marquée sur l'enveloppe : des lignes nettes au feutre noir, sûrement une tentative délibérée de masquer l'identité de l'expéditeur. Elle n'était pas adressée à David Groves mais à Jamie.

Cette année, au moins, il n'y en avait qu'une seule.

L'anniversaire de Jamie était toujours le moment où les dingos sortaient du bois. Pendant un temps, cela l'avait laissé songeur. Personne ne pouvait prouver quand Jamie était mort, ils n'avaient donc pas de date de décès mais pourquoi ne choisissaient-ils pas le jour de l'enlèvement ? Il avait bien sûr fini par comprendre : parce que ça lui ferait plus mal le jour de l'anniversaire de son fils. Cette date commémorait la naissance de Jamie et les deux bornes qu'il avait franchies avant qu'on l'emporte. Cela rappelait à Groves qu'il aurait dû y en avoir bien d'autres et que cela n'arriverait jamais.

Tu devrais célébrer ce jour, disaient les tarés. *Mais c'est nous qui faisons la fête.*

Les années précédentes, il y avait eu des appels – de longs silences jusqu'à ce que la personne trouve le courage de dire quelque chose de rapide et pervers avant de raccrocher – mais c'était en majorité des lettres qu'il recevait. Pour le narguer. Se confesser. Expliquer à Groves dans les moindres détails toutes les choses qui avaient été faites à son fils avant qu'il meure.

Groves ne croyait pas qu'elles étaient vraies. Ce n'était que des fous et des lâches : des gens à qui il manquait quelque chose d'important au fond d'eux. Mais c'était efficace. Une année, quelqu'un avait conclu sa lettre par ces mots : *Je viens te voir ce soir. Tiens-toi prêt.* Ce soir-là, Groves avait éteint toutes les lumières, laissé la porte d'entrée entrouverte et il avait attendu dans le salon. Il était resté réveillé toute la nuit, à souhaiter que quelque chose arrive. Bien sûr, rien ne s'était passé – et au fond de lui, il l'avait toujours su. Mais il avait attendu quand même. S'il recevait de nouveau ce même message, il était certain qu'il ferait la même chose.

Il relut la carte une nouvelle fois.

Je sais qui l'a tué.

Le café était amer et corsé. Il glissa la carte dans l'enveloppe et la mit dans un tiroir de la cuisine. Plus tard, il la rangerait à l'étage avec les autres, mais pour l'instant, la cacher suffisait. Il ne voulait pas que Caroline la voie quand elle viendrait plus tard dans la journée. Malgré leur divorce, ils passaient toujours l'anniversaire de Jamie ensemble.

Il reposa sa tasse et commença à réunir ses affaires pour partir au travail.

Le message restait toutefois présent dans son esprit. Une seule carte cette année, certes, mais elle avait fait faire plusieurs tours au couteau planté dans sa plaie. L'adresser à Jamie était une innovation. Et au lieu de lui agiter le meurtre de son fils sous le nez, le message lui offrait les meurtriers. *Je sais qui l'a tué*, disait l'expéditeur, *mais je ne te le dirai pas.* C'était comme s'ils savaient que certains jours, l'idée de retrouver les responsables était la seule chose qui le faisait sortir du lit et avancer. C'était un angle nouveau pour frapper un homme à terre et Groves s'aperçut que le coup avait fait mouche.

Bien joué.

Il tira sur sa veste de costume. Ce n'était pas la première fois qu'il imaginait ce qu'il ferait s'il se retrouvait face aux meurtriers de son fils. Il avait joué le scénario dans son esprit un nombre incalculable de fois. Chaque atome de son corps voudrait leur faire autant de mal qu'ils en avaient fait à Jamie puis leur mettre une balle dans la tête. Et pourtant, il savait bien ce qui se passerait réellement.

À la place de tout ça, il les arrêterait.

À la différence de son ex-femme, Groves n'avait pas perdu la foi après l'enlèvement et le meurtre de Jamie. En fait, les événements avaient renforcé et changé sa croyance, à la manière d'un mariage qui survivrait à un adultère. C'était sa planche de salut. Il devait croire que Dieu avait un plan et que la mort de son fils, pour atroce qu'elle fût, en faisait partie. Ce n'était pas à lui d'infliger la punition qui attendait les tueurs dans l'au-delà, il était simplement en position d'appliquer la loi dans ce monde. Et, curieusement, il avait la sensation qu'agir autrement reviendrait à trahir Jamie : l'innocence et la bonté de son petit garçon. Un tel acte salirait la mémoire de son fils en même temps qu'il entacherait son âme à lui. Après tout ce qu'ils avaient fait, il n'avait pas l'intention de laisser ces gens réussir ça en plus.

C'était aussi pour cette raison qu'il allait travailler aujourd'hui, malgré la date. Il avait autrefois été un mari, un père, un croyant et un policier; il ne lui restait plus que ces deux dernières identités et elles étaient entremêlées au fond de lui. C'était un homme bon. Il faisait ce qui était juste. Il n'avait plus que ça pour se définir.

Joyeux anniversaire, Jamie, pensa Groves en quittant la maison et en fermant la porte derrière lui, la carte déjà oubliée.

J'aimerais tant te faire un câlin.

Tu me manques tellement.

Premier appel de la journée.

Carnegie Avenue bordait le quartier de Larkton. Les bâtiments étaient des blocs de vieux béton gris identiques et la maison brûlée se dressait au milieu des autres comme une dent cariée. L'incendie l'avait éventrée à tel point que toute la structure menaçait de s'effondrer. D'abord noircie par les flammes puis détrempée par les lances à eau, elle fumait dans le soleil du matin.

Il y avait deux camions de pompiers garés devant – moteurs et phares éteints – et la rue était pleine de badauds qui avaient dû sortir dès l'aube pour regarder les flammes. Ils étaient assemblés en petits groupes pour partager rumeurs et théories du complot ou secouaient la tête, incrédules, devant les décombres.

« Tirez-vous, putain, bande de rats. »

Sean Robertson, le partenaire de Groves, avança doucement pour garer la voiture derrière un camion de pompiers, forçant un groupe d'ados à monter sur le trottoir. Ils prirent leur temps, avec leur posture avachie et leur air narquois. Assis dans le siège passager, Groves crut que son partenaire allait klaxonner mais Sean se contenta de leur adresser des hochements de tête ironiques.

« Ouais, ouais, ouais, c'est ça, parle à mon cul.

– Ce ne sont que des gosses, observa Groves. Ils font des conneries de gamins.

– Zéro respect. » Sean tira le frein à main. « Tu sais ce qu'on dit ? Ça n'existe pas les chiens méchants, il n'y a que des mauvais maîtres. Quelqu'un devrait arrêter les parents. Non pas que la moitié de ces petits bâtards sachent qui est leur père. »

Groves sourit. Ils étaient partenaires depuis des années et avaient depuis longtemps adopté une routine et des rôles figés, celui de Sean consistant généralement en une rage et un dégoût excessifs face à l'état de la société. Mais ce n'était qu'une façade. En réalité, il aurait non seulement prêté l'oreille à ces mômes mais il leur aurait donné de son temps s'ils en avaient eu besoin. Enfin, à condition que personne ne puisse en être témoin. Sean lui faisait toujours penser au poème de Charles Bukowski sur l'écrivain dur et son petit oiseau bleu qu'il ne sort que quand personne n'est là pour le voir.

Ils descendirent de la voiture et se dirigèrent vers la maison. En s'approchant, Groves put sentir la puanteur du bâtiment brûlé puis copieusement arrosé. Les fenêtres avaient volé en éclats et les murs de pierre avaient bruni comme du papier journal cramé. Un coin de toit s'était affaissé. Ça avait dû être infernal avant que les secours arrivent. L'air au-dessus de la maison était encore troublé par la chaleur qui s'échappait du bâtiment.

« Robertson et Groves. »

Sean montra son badge aux pompiers. Ils étaient partenaires et avaient le même rang mais c'était lui qui prenait les choses en main aujourd'hui. Sean n'avait pas mentionné Jamie et ne le ferait sans doute pas mais il connaissait la date et c'était sa façon d'alléger un tant soit peu la pression qui pesait sur Groves.

« Votre capitaine est dans le coin ?

– Par ici. »

Le capitaine était un vieil homme avec de petits yeux humides et une énorme moustache grise qui ressortait sous sa visière.

La moustache monta et redescendit quand il leur exposa la situation, comme si elle mâchait les paroles de son propriétaire. C'était toujours curieux d'arriver sur une scène d'incendie en tant que policier. Groves avait l'habitude de prendre le contrôle de la situation mais ils n'étaient que des seconds couteaux ici et n'auraient le droit d'entrer que lorsque le capitaine l'aurait autorisé. En réalité, leur présence était une formalité et c'était uniquement au cas où quelque chose émergerait par la suite, ce qui arrivait rarement avec les incendies domestiques. Mais il y avait un corps à l'intérieur et ils devaient faire acte de présence à la première étape, au cas où il s'agirait d'une des rares situations où les choses se compliqueraient.

« Vous ne pouvez pas monter, dit le capitaine. Je ne dis pas ça contre vous, hein. Vous ne pouvez vraiment pas : les escaliers ont brûlé. Mais de l'autre côté de la porte, là, c'est le salon.

– C'est là que se trouve le résident ? demanda Sean.

– Ouais, sauf s'il a bougé. Mais ça m'étonnerait. Le légiste est en chemin. »

Groves considéra de nouveau la maison.

« Sacrée flambée, dit-il. Qu'est-ce que vous en dites ? »

Le capitaine haussa les épaules.

« C'est à l'équipe de le déterminer et peut-être à vous autres aussi. Il n'y a pas de contenant suspect en dehors de toutes les bouteilles. Vous voulez mon avis ? Je dirais qu'il faut regarder les restes de cendrier près du canapé.

– Une cigarette ?

– Ouais, je pense. Le type est bourré et dans le gaz et il s'endort avec sa clope à la main. Vous savez comment sont ces maisons. »

Groves acquiesça. La plupart des bâtiments du quartier étaient de vieilles barres HLM vendues pour une bouchée de pain aux occupants qui les louaient ensuite à d'autres qui les sous-louaient à leur tour. De vieux meubles usés, des systèmes électriques vétustes et Dieu seul savait avec quoi étaient bâtis les murs. La plupart de ces habitations n'auraient pas passé une visite de sûreté vingt ans plus tôt, sans même parler d'aujourd'hui. Si la cause de l'incendie était bien de cet ordre-là, il y aurait une enquête criminelle mais elle ne leur échoirait pas. Ils n'étaient là que pour le résident.

« D'accord. » Il se tourna vers Sean. « On y va ?

– C'est parti. »

Ils passèrent la porte d'entrée pour pénétrer dans ce qui restait du salon. Ce fut l'odeur qui frappa d'abord Groves : une bouffée fétide de vieille viande et de rouille, comme s'ils avaient ouvert un four dans une maison abandonnée. La fenêtre de derrière avait disparu et le soleil pénétrait par l'ouverture. Tout ce que la lumière touchait semblait carbonisé ou détruit. Dans le coin opposé, de l'eau gouttait du plafond sur la coquille brisée qu'était la télévision. Les pas de Groves s'enfonçaient dans la moquette avec un bruit de succion. En baissant les yeux, il vit de la mousse gris sale suinter autour de ses chaussures.

Le mort se trouvait sur les restes du canapé, ou plus précisément à l'intérieur de celui-ci. Le tissu avait brûlé, ne laissant que le squelette rouillé de l'armature et une couche d'épaisses cendres noires. L'homme était plié en deux, les fesses par terre et les jambes qui dépassaient, le reste de son corps tordu bizarrement. S'il avait été vivant, cela aurait ressemblé à la chute d'un gag bien connu, celui du type qui s'assoit sur un transat cassé.

De toute évidence, il était bien loin d'être en vie. On voyait toujours que le corps avait autrefois été une véritable personne mais les indices étaient rares : un carré de peau et quelques cheveux sur le crâne et, à un pied, une chaussure avec des stalactites de plastique fondu. Sous le corps, la chair brûlée s'était mêlée aux cendres et formait des flaques graisseuses. L'homme aurait aussi bien pu être taillé dans du bois noir. Sa bouche n'était qu'un trou béant.

Groves observa la dépouille quelques instants, frappé comme chaque fois par la distance qui sépare les morts des vivants. L'étincelle qui a disparu : la seconde où tout a changé. Ce qui avait autrefois été un homme ressemblait maintenant à une bougie tout juste éteinte.

« Monsieur ? » Sean claqua des doigts au-dessus du canapé. « Vous m'entendez, monsieur ?

– Voilà le cendrier. » Du bout du pied, Groves désigna l'épais bol en verre près du canapé et jeta un œil autour de lui. Il y avait des éclats de verre et des tasses cassées près des murs, certaines formes étaient encore reconnaissables. « Et des bouteilles partout. Je pense qu'il a dû tomber dans les vapes.

– Pas étonnant que ce soit si dur de le réveiller. » Sean recula d'un pas et renifla. « C'est moi ou ça pue la gnôle ?

– C'est toi.

– N'empêche, je pense que le capitaine avait raison.

– Moi aussi. »

Groves inspecta de nouveau la pièce, surpris par l'absence de meubles. En dehors de la télé cassée, du canapé et des bouteilles, le salon était vide, preuve d'une existence spartiate. Il imaginait l'homme, assez saoul pour sombrer avec la télé allumée dans un coin, sa cigarette entre les doigts. Un bien triste tableau.

« On a vu ce qu'on avait à voir, dit Sean. C'est bon pour toi ? »

Groves se pencha sur ce qui restait du visage de l'homme. Les pommettes noircies étaient bizarres.

« Regarde. »

Sean s'exécuta en penchant la tête.

« Qu'est-ce que c'est ?

– Je ne sais pas. » Groves montra une fine boursouflure sur la joue de l'homme. « Une coupure dans l'os ?

– Peut-être une vieille cicatrice. Comme Action Man.

– Il n'y en a pas qu'une.

– Bah, laisse le légiste s'occuper de ça. »

Ils retournèrent à la porte. Groves s'interrogeait encore sur cette entaille mais Sean avait raison. Il jeta un dernier coup d'œil derrière lui, vers les jambes de l'homme qui dépassaient du sofa. Tout était calme.

« Ce n'est pas comme ça que j'aimerais finir, dit-il.

– Ce n'est pas comme si on nous offrait le choix, David. Et puis regarde ce type. Il m'a l'air plutôt bien installé. Il y a de bonne chance pour que cet enfoiré ne se soit même pas réveillé. »

C'était vrai : la fumée l'avait sûrement asphyxié avant qu'il reprenne connaissance. Alors oui, ça aurait pu être pire. Au début de sa carrière, après un incendie, il avait retrouvé la dépouille d'une vieille dame roulée en boule au fond d'un placard. Il ne pouvait pas imaginer la peur, la confusion et la douleur qu'elle avait endurées.

Pour autant, une partie de lui ne pouvait s'empêcher de penser qu'il voudrait avoir au moins la possibilité de se battre pour survivre. Qu'il voudrait ressentir *quelque chose* le plus longtemps possible, même si ce n'était qu'une douleur. S'y accrocher et ne pas partir sans histoire : jusqu'au bout, quoi qu'il en coûte.

Et puis Groves pensa à Jamie et il se dit que s'il ne ressentait pas tout ça, il aurait baissé les bras depuis longtemps.

Mark

Charlie Matheson

Quand je suis entré dans la pièce, la femme qui disait être Charlie Matheson était allongée sur le flanc, dos à moi. Le lit prenait pratiquement toute la chambre, laissant tout juste assez de place pour deux petits placards anonymes de part et d'autre et pour une chaise en plastique près de la porte.

La couverture était remontée jusqu'à ses épaules et je n'ai donc d'abord vu d'elle qu'une masse de cheveux bruns bouclés – et encore. Les rideaux avaient été tirés et le plafonnier était réglé au minimum. Faute de distinguer son visage dans la pénombre, je ne pouvais même pas être certain qu'elle était réveillée.

« Excusez-moi, ai-je dit en fermant la porte. Je suis de la police. Inspecteur Mark Nelson. »

Pendant un moment, la femme n'a pas répondu. Puis elle a hoché la tête doucement, s'est retournée et s'est assise. Les couvertures sont retombées au niveau de ses hanches, révélant la tenue de l'hôpital qu'elle portait. J'ai supposé que les docteurs avaient conservé ses vêtements. Il était possible que nous ayons à les examiner. Peu probable, mais possible.

Ses cheveux pendaient devant son visage mais elle les a ensuite dégagés derrière ses épaules.

La vision de ses coupures m'a arrêté net.

Son visage en était presque totalement recouvert. Il y avait des spirales autour de ses yeux, des lignes et des motifs sur son front et son nez. Des réseaux complexes de cicatrices s'étendaient sur ses joues jusqu'à sa mâchoire avant de se rejoindre à la pointe de son menton. De ce que je voyais, en la fixant, médusé, ses blessures étaient parfaitement symétriques.

Au milieu de tout cela, ses yeux paraissaient étonnamment brillants malgré la pénombre, comme s'ils attrapaient une source de lumière que le reste de la pièce ne pouvait saisir. Elle avait pourtant un regard voilé et désorienté. Elle avait peur, ce qui était assez compréhensible.

Je me suis assis sur la chaise et elle ne m'a pas quitté des yeux, comme le ferait un chat qui observe un étranger, prêt à déguerpir. Puis j'ai allumé la caméra accrochée au revers de ma veste. Depuis des années, le département prévoyait que tous les interrogatoires menés sur le terrain soient filmés, les vidéos étant directement envoyées vers un cloud sécurisé et classées dans le dossier adéquat pour être immédiatement accessibles à tous les agents affectés à l'enquête. Non pas que qui que ce soit d'autre ait été impliqué ici et il paraissait peu probable que l'on m'envoie des renforts.

« Comment vous sentez-vous ? ai-je demandé.

– Mieux qu'hier, merci. » Elle avait une voix douce mais j'ai été surpris par sa détermination. Elle se méfiait toujours de moi mais elle était calme et précise. « C'était une transition difficile mais je pense que je m'y fais doucement. »

Une transition difficile. Si elle faisait référence à sa soi-disant résurrection, c'était là une description curieusement formelle.

« Qu'est-ce que vous regardez ? »

Inutile de nier l'évidence.

« Votre visage. Vos cicatrices.

– Oui. Je suis marquée. »

Elle semblait là encore très détachée.

« Vous êtes marquée. Que vous est-il arrivé ?

– Ça vous plaît ?

– Je ne sais pas. » Je me demandais quelle était la bonne réponse à cette question. « Pour tout dire, elles sont un peu trop élaborées à mon goût. Mais elles sont très détaillées, hein ? J'imagine que ça a dû vous faire mal.

– Oui, ça m'a fait mal. » Le souvenir semblait la rendre triste puis son visage s'est éclairé. « Mais c'était comme un accouchement. Ça fait mal mais très rapidement vous oubliez à quel point. Et vous avez ensuite quelque chose qui en valait la peine. »

J'ai hoché la tête même si je ne pensais pas que ces deux choses aient un quelconque rapport. Après un accouchement, vous aviez un bébé, un enfant que vous aimiez, alors que cette femme se retrouvait défigurée à vie. Chaque fois que les gens la verraient, ils auraient le souffle coupé et la dévisageraient. Elle passerait son existence à demander *Qu'est-ce que vous regardez ?* tout en connaissant parfaitement la réponse.

Et pourtant, je devais bien reconnaître qu'il y avait quelque chose de beau dans ses cicatrices. C'était peut-être la minutie du trait. Les ravages qu'elle avait subis obéissaient manifestement à une conception précise.

« Je ne les voudrais pas pour moi en tout cas.

– Peu importe ce que vous voulez. Un jour vous les aurez aussi. C'est ainsi que ça fonctionne.

– C'est ainsi que fonctionne quoi, Charlotte ?

– Charlie. Pas Charlotte.

– D'accord. » Un détail, peut-être, mais c'était visiblement important pour elle et puisque la question de l'identité était au cœur de cette affaire, j'étais prêt à jouer le jeu. « Qu'est-ce qui fonctionne ainsi, Charlie ? »

Elle a secoué la tête, comme si je ne pouvais pas comprendre. J'ai repensé à ses mots *Peu importe ce que vous voulez.*

« Vous les vouliez ?

– Non, bien sûr que non. » Elle a appuyé sa paume sur son front et ses cicatrices se sont tordues quand elle a grimacé. « Je ne me souviens pas bien. De toute façon, je n'ai plus envie d'en parler. Pas pour le moment. »

J'avais pour ma part très envie d'en parler mais j'ai ressenti un peu de détresse chez elle et j'avais besoin qu'elle coopère.

« D'accord. Reprenons du début alors. Vous avez dit aux docteurs que votre nom était Charlie Matheson, c'est bien ça ?

– Oui. Personne ne me croit mais je ne sais pas bien ce que je suis censée dire d'autre ou ce que tout le monde veut entendre. Je suis Charlie Matheson. J'ai vingt-huit ans et je vis au 68 Petrie Crescent. Mon mari s'appelle Paul. Paul Carlisle. »

La mention du nom de son mari supposé a fait passer une ombre sur son visage, comme si elle venait de se rappeler un souvenir douloureux. Puis elle a cligné des yeux et secoué la tête.

« J'ai déjà répété tout ça une centaine de fois.

– Je sais. Et vous dites que vous avez eu un accident.

– Oui. Tout est flou pour le moment mais je me souviens de l'accident comme si c'était hier. Je roulais sur la rocade. Il était tard et j'allais trop vite. Il y a eu un carrefour et les roues se sont bloquées. J'ai perdu le contrôle. La voiture est passée par-dessus la barrière de sécurité. »

C'était parfait. J'allais pouvoir vérifier tous ces détails, voir où elle avait raison et découvrir comment elle en avait eu connaissance.

« Et puis ?

– Je n'avais pas attaché ma ceinture. *Que c'est bête*. Je me souviens d'avoir pensé ça et puis je me suis dit que l'airbag allait me sauver, mais non. Je suis passée à travers le pare-brise.

– Vous vous en souvenez ?

– Oui. Je ne suis pas morte sur le coup. Je suis restée quelque temps dans l'herbe. Je partais et je revenais. Il y avait des voix, des anges, je crois, mais ils disparaissaient et revenaient sans cesse. Et puis... je suis morte.

– Il y a deux ans.

– Oui. D'après les docteurs.

– Et depuis vous êtes morte.

– Oui. Bien sûr. »

Je me suis redressé.

Elle avait l'air si raisonnable alors même que ce qu'elle croyait était évidemment fou. Je me suis surpris à regarder ses cicatrices de nouveau. C'était difficile à imaginer, mais il n'était pas impossible qu'elle se les soit infligées elle-même. Or, si quelque chose est possible, on peut ensuite remonter le fil. Une personne capable de se faire ça, quelle histoire irait-elle vous raconter et comment se présenterait-elle à vous ? Elle raconterait précisément ce genre de chose et se présenterait de cette même façon. Perdue. Vulnérable. Proche de la colère.

Merci encore, Pete.

D'un autre côté, les coupures me gênaient. Elle disait que quelqu'un d'autre les lui avait faites et je ne pouvais pas l'ignorer. Même si tout cela ressemblait à une perte de temps, et le serait certainement, il était de mon devoir de creuser encore un peu.

Je me suis donc retenu de soupirer.

« Je crois que *quelque chose* vous est arrivé. Et je veux comprendre.

– Tout est flou.

– Eh bien... nous allons voir ça. » J'ai réfléchi quelques instants. « Vous vous rappelez ce qui s'est passé hier avant que l'on vous retrouve ?

– J'étais dans une ambulance.

– Non, avant ça.

– J'étais dans une *autre* ambulance, pas celle qui m'a emmenée ici. Une sorte d'ambulance en tout cas. Elle était blanche, vraiment blanche, et il y avait un homme avec moi.

– Vous pouvez le décrire ?

– Pas vraiment. Il est vieux. C'est une sorte de médecin.

– Vous l'aviez déjà vu ?

– Oui. » Une hésitation. « Je crois.

– Et que faisait-il dans l'ambulance ? Il vous a parlé ?

– Oui mais je ne me rappelle pas ce qu'il m'a dit. » Elle a froncé les sourcils. « Et il faut que je me souvienne car c'est important. J'étais réveillée et il essayait de me dire des choses. Mais j'ai dû me rendormir ensuite. »

Avait-elle été droguée ? J'ai alors remarqué que je prenais son histoire pour argent comptant. Il n'y avait probablement jamais eu d'ambulance, ni d'homme. Je supposais néanmoins que les médecins avaient fait des tests sanguins et même s'ils ne révéleraient sans doute rien, il fallait que je pose la question à Fredericks en partant.

« Après, je me souviens d'avoir été étendue dans un champ. J'étais sur le dos et je sentais l'herbe mouillée autour de moi, elle était plus haute que moi. Il y avait des oiseaux qui chantaient et le ciel me faisait mal aux yeux. Ça n'allait pas si mal à ce moment-là mais c'était déjà trop. Je savais que ça allait être trop.

– Trop ?

– Le détail. Le *tout.* »

J'ai alors compris pourquoi la lumière de la chambre était tamisée.

« Parce qu'il fait sombre là où j'étais, a-t-elle poursuivi. Ça je m'en souviens. Tout est très sombre quand on est mort. Au début ce n'était pas si mal d'être revenue, tant que j'étais étendue dans le champ mais dès que je me suis levée, ça a empiré. Quand j'ai marché un peu.

– Combien de temps avez-vous marché ?

– Je ne sais pas. Dix minutes, peut-être ? C'est difficile à dire. Pas longtemps. Je suis arrivée à la route et les voitures… J'ai un peu longé la route mais tout me hurlait dessus. »

Elle a posé les mains sur ses oreilles en grimaçant comme si le souvenir de tout ce bruit était difficile à supporter.

« Je ne pouvais pas continuer. Je me suis assise. Les gens se sont mis à me parler et je voulais que tout s'arrête, je voulais partir. Je ne pouvais m'accrocher qu'à une ou deux choses. Je savais qui j'étais. Je savais ce qu'il fallait que je dise. Une partie en tout cas. » Elle avait l'air inquiet. « Il faut que je me souvienne. »

Ma migraine est soudain revenue. J'ai bu une gorgée d'eau mais elle était tiède et avait un goût métallique, ça n'a donc pas aidé. Il était arrivé quelque chose à cette femme mais ça ne voulait pas dire que quoi que ce soit dans son histoire était vrai. J'essayais de penser à l'homme dans l'ambulance – il y avait donc au moins deux personnes impliquées, lui et le conducteur – mais d'un autre côté, cette femme n'était pas Charlotte Matheson et elle n'était pas morte dans un accident de voiture deux ans plus tôt. Puisque tout ce qu'elle me racontait reposait sur ces fondations branlantes, il n'y avait pas de raison de penser que le reste de la structure était solide.

« Vous ne me croyez pas.

– Je veux vous aider, ai-je répondu. Je veux comprendre.

– Non, vous pensez que je suis folle.

– Charlotte...

– *Charlie*, m'a-t-elle lancé. Je suis Charlie Matheson. Arrêtez de vous tromper sur mon nom, putain. »

Et voilà : l'accès de colère. J'avais interrogé un grand nombre de personnes avec des troubles psychologiques au fil des années, et cette réaction figurait sur ma liste de signaux. J'avais vu ce comportement des centaines de fois.

Oui, me suis-je dit, *vous avez raison, qui que vous soyez.*

Je pense que vous êtes folle.

« Très bien, Charlie. » Je me suis levé. « Je crois que nous avons fini pour le moment.

– J'habitais au 68 Petrie Crescent avec mon mari Paul. Nous nous sommes mariés le 3 février dans une église à Hardcastle. J'ai gardé mon nom de jeune fille. Nous sommes partis en lune de miel en Italie. Nous sommes allés à Venise, Florence et Rome, une semaine dans chaque ville. »

J'ai ouvert la porte.

« Je vais voir ce que je peux faire.

– Je veux voir Paul. Il *faut* que je voie Paul.

– Je vais voir ce que je peux faire. »

Une fois dans le couloir, j'ai pris une profonde inspiration.

Merci encore, Pete.

Vraiment, merci du fond du cœur.

Mark

Le rapport d'accident

De retour dans la voiture, ma gueule de bois s'est intensifiée. Le soleil de l'après-midi passait à travers le pare-brise et me brûlait directement les yeux.

À travers le pare-brise.

Comme Charlotte Matheson. La vraie, du moins.

J'ai attrapé la bouteille d'eau et la plaquette d'aspirine entamée dans la boîte à gants puis j'ai baissé le pare-soleil et je me suis connecté au réseau informatique du commissariat avec ma tablette.

J'ai commencé à naviguer sur l'écran d'accueil. C'était gentil de la part de Pete de m'avoir donné le dossier papier mais je trouvais la version électronique plus maniable. La connexion était bonne et quelques minutes plus tard, j'avais téléchargé tous les fichiers sur l'accident de la vraie Charlotte Matheson. Je les ai copiés vers le dossier en cours et j'ai consulté les documents.

Tout semblait à peu près correspondre à ce qu'elle m'avait raconté. Il y avait eu un accident de voiture sur la rocade, tard dans la nuit, au nord de la ville. Il faisait mauvais et elle semblait avoir perdu le contrôle du véhicule et avoir franchi la barrière de sécurité avant de s'écraser au bas du talus. Elle n'avait pas attaché sa ceinture, pour une raison ou une autre, mais on n'avait pas relevé de circonstances suspectes.

Je n'avais pas attaché ma ceinture… je suis passée à travers le pare-brise.

Elle avait donc raison sur ce point.

Je ne suis pas morte sur le coup. Je suis restée quelque temps dans l'herbe. Je partais et je revenais.

Cette partie-là ne collait pas. La vraie Charlotte Matheson était morte quand la police et les ambulances sont arrivées sur les lieux. Il y avait des photos dans le dossier montrant la voiture éclairée de l'intérieur, encastrée dans un arbre. Un phare fonctionnait encore et brillait sous la pluie, projetant un halo sur le corps étendu un peu plus loin. Matheson était passée à travers le pare-brise, ce qui lui avait causé des dommages catastrophiques à la tête et sur le haut du corps. Une photo montrait les giclées de sang sur le capot et dans l'herbe. Une autre, prise dans l'éclat d'une torche, révélait un amas de cheveux boueux et des blessures à la tête qui évoquaient un coup de fusil. Elle était forcément morte sur le coup. La vraie Charlotte n'avait pas pu partir et revenir à elle.

Le dossier ne comprenait aucune photo d'elle en vie mais les clichés post-mortem étaient bien là. Sous la lumière crue de la salle d'autopsie, son corps constituait un spectacle saisissant. La tête était enfoncée et partiellement aplatie, avec une plaie qui lui fendait le visage, si bien que ses yeux blessés ressemblaient à des prunes incisées disposées à quinze centimètres l'une de l'autre. Le verre lui avait arraché des lambeaux de peau – à des années-lumière des cicatrices soigneusement tracées sur le visage de la femme hospitalisée – et elle avait une blessure si profonde à l'épaule que son bras était pratiquement sectionné.

Pour des raisons évidentes, ce n'était *pas* la femme de l'hôpital. Mais au premier coup d'œil, il y avait une similitude frappante au niveau de l'âge et de la corpulence, et, pour ce que j'en avais vu, les cheveux bruns et bouclés étaient identiques. Dans la vie, Charlotte Matheson aurait un peu ressemblé à la femme à qui je venais de parler.

Et l'identification ?

Les blessures étaient telles que je doutais qu'ils aient demandé une reconnaissance visuelle. En fouillant le dossier, je me suis aperçu que c'était bien ce qui s'était passé. Le mari, Paul Carlisle, avait identifié ses vêtements et ses biens. La victime avait des cartes de crédit au nom de Charlotte Matheson, Charlotte avait disparu et c'était son véhicule. Cela avait suffi.

La seule fausse note dans le dossier était ce qu'elle avait fait de sa journée. J'ai lu les détails, circonspect. Matheson s'était fait porter pâle, pourtant son mari disait qu'elle était partie au travail comme d'habitude ce matin-là. On n'avait jamais su où elle était allée à la place, ni la raison pour laquelle elle roulait sur la rocade à cette heure de la nuit.

Était-ce important ? Probablement pas. À l'époque, cela avait sûrement semblé une question qui pouvait rester sans réponse. Du point de vue de la police, du moins, tout n'a pas besoin d'être expliqué : c'était un mystère, certes, mais pas une interrogation qui comptait tellement pour nous. Sa mort était clairement accidentelle et, dans le fond, c'était tout ce qu'on avait besoin de savoir à ce moment-là.

Je m'interrogeais maintenant, bien sûr, mais c'était simplement à cause des circonstances. Une femme venait de me raconter une histoire étrange liée à cet accident, il était donc compréhensible que les détails bizarres dans le dossier paraissent soudain intrigants et importants. Mais en réalité, il n'y avait pas de lien évident entre les deux.

Alors qu'est-ce qui se passait ici ?

Je me suis avachi dans mon siège en me frottant les yeux.

Je voyais deux explications valables. La première, et de mon point de vue la moins vraisemblable, était qu'elle disait la vérité : elle était réellement Charlotte Matheson et la police avait fait une erreur dans l'identification du corps. Ce n'était pas totalement impossible, mais ça impliquait que la femme non identifiée avait, pour des raisons inconnues, conduit la voiture de Matheson cette nuit-là, vêtue de ses habits et munie de ses affaires, et que la véritable Charlotte avait passé les deux dernières années quelque part tandis que le monde entier la croyait morte.

Pour invraisemblable que fût cette version, ce n'était même pas l'intégralité de ce que m'avait dit la femme. *Je suis passée à travers le pare-brise.* Elle affirmait se souvenir d'être morte ce jour-là. Ce qui était *vraiment* impossible.

La deuxième explication, la plus probable, était qu'elle était folle. J'ai d'ailleurs décidé que cette version-là me convenait bien. C'était triste, bien sûr, mais à terme sa véritable identité serait établie, il y aurait bien un hôpital que Fredericks n'avait pas appelé ou bien un parent inquiet se manifesterait. Compte tenu de ses cicatrices, ce ne serait pas bien compliqué de l'identifier. Affaire classée.

Oui, mais...

Pourquoi Charlotte Matheson ?

Malgré moi, la question me dérangeait. Cette femme lui ressemblait et elle connaissait beaucoup de détails de la scène. Elle connaissait la vie de Charlotte. Je comprenais que quelqu'un puisse être traumatisé et perdu et je comprenais que l'on mente... mais pourquoi *ce* mensonge en particulier ? Pourquoi choisir Charlotte Matheson ?

Je ne voyais qu'une seule réponse possible. Elle avait dû la connaître. C'était peut-être une amie proche qui avait été profondément affectée par sa disparition ou une personne en lien avec sa famille. Plus j'y réfléchissais, plus je me disais que c'était ça. Même si vous êtes fou ou à l'ouest, si vous donnez une information, c'est que vous l'avez entendue quelque part.

Il y avait donc au moins une chose que je pouvais faire.

J'ai consulté le dossier jusqu'à retrouver l'adresse de Charlotte Matheson : 68 Petrie Crescent, ce qu'elle m'avait dit. La conversation avec le veuf n'allait pas être plaisante, mais ça aiderait peut-être à y voir plus clair. *Oui,* me dirait Paul Carlisle, *elle avait une sœur complètement frappée.* Ou quelque chose dans le genre. Alors le dossier serait vraiment clos.

L'aspirine commençait à faire effet et je savais que je n'arriverais pas à oublier cette histoire, qu'elle continuerait de me ronger. Mieux valait démêler tout ça de suite et en finir avec tout ce bordel.

Quand on y est, on y est.

J'ai démarré le moteur.

Mark

Paul Carlisle

Après la mort de Lise, je suis parti à l'autre bout du pays. C'était peut-être une réaction extrême. Je savais que chacun a sa façon de faire face à une tragédie et ça n'aurait pas dû m'étonner que Paul Carlisle habite encore dans la maison où il avait vécu avec sa femme. Pourtant si. J'imagine que certains peuvent plus facilement exorciser leurs fantômes dans un lieu que dans un autre.

Il m'a fallu une demi-heure pour rejoindre la maison de Carlisle depuis l'hôpital; elle se trouvait dans une jolie petite banlieue à l'est de la ville. Deux ou trois kilomètres plus loin, vous vous trouviez à la campagne, et on le sentait déjà.

Le coude à la vitre, je suis passé devant les deux pubs au centre du village. Le plus grand avait un vaste parking où une fête foraine s'était installée avec manèges miniatures, couleurs acidulées et ampoules clignotantes. La rue était remplie de passants qui profitaient de la chaleur de cette fin d'après-midi. Un petit carnaval municipal. En passant devant, j'ai entendu les rires des enfants, la musique des attractions et le bruit sourd du sac de frappe.

Je me disais qu'il était possible que Carlisle soit à la maison, il habitait à l'angle, au bout d'une petite rue. J'ai mis mon clignotant et j'ai tourné. Qu'allais-je faire s'il n'était pas chez lui ? Laisser tomber, peut-être. Mais je savais bien que je n'en serais pas capable.

J'avais réfléchi pendant le trajet, pour justifier mon déplacement. Paul Carlisle était la meilleure option pour découvrir la véritable identité de la femme-mystère. Puisqu'elle avait un signe distinctif et qu'elle était obsédée par Charlotte Matheson, il était probable qu'il la connaisse ou qu'il l'ait connue.

Et bien sûr, il y avait une autre raison. Malgré son histoire folle, elle n'avait pas commis de crime et même si elle était pour le moment hospitalisée de son plein gré, la situation n'allait pas durer indéfiniment. Selon l'évolution de son récit, il n'était pas certain qu'elle soit internée. Il était possible qu'elle soit relâchée dans la nature d'ici deux jours.

Je veux voir Paul.

Il faut *que je voie Paul.*

Petrie Crescent et la maison de Paul Carlisle seraient sûrement sa première destination. Je ne savais pas s'il pouvait éclaircir cette histoire mais je me disais qu'il méritait d'être averti.

Je me suis garé derrière une camionnette puis j'ai remonté l'allée, j'ai frappé à la porte vitrée et j'ai attendu. Au bout d'un moment, le rideau à la fenêtre a bougé légèrement et une silhouette est apparue de l'autre côté de la porte. Malgré l'heure, l'homme qui a ouvert donnait l'impression qu'il venait de se réveiller. Il portait une robe de chambre et ses cheveux étaient ébouriffés. Je lui donnais une petite trentaine.

« Paul Carlisle ?

– Ouais. » Il se gratta la tempe, se passa la main dans les cheveux puis indiqua la fenêtre où un panonceau avait été accroché. « Il y a écrit pas de colporteurs. »

J'ai sorti mon badge. « Je suis de la police, monsieur Carlisle. Inspecteur Mark Nelson. J'espérais pouvoir vous parler quelques minutes.

– Ouais. » Ça semblait le déranger. « C'est pour quoi ? »

Je l'ai regardé quelques secondes. « Je peux entrer ?

– Faut croire. »

Je l'ai suivi, légèrement irrité.

Chouette attitude, Paul.

On aurait dit qu'une bombe était tombée sur la cuisine. Il y avait des assiettes empilées dans un coin, un tas de cartons à pizza, un grille-pain qui flottait sur une mer de miettes brûlées. Le sol n'était qu'à moitié carrelé, avec des carreaux en plastique bon marché, dont beaucoup étaient pelés, et un joint de miettes, de fromage durci et de pelures d'ail courait au pied du comptoir. J'ai dû contourner un carton rempli de bouteilles de vin vides qui prenaient la poussière juste derrière la porte.

« Désolé pour l'état de la maison. On est dans le jus en ce moment. Venez. »

On.

Sa femme était morte depuis deux ans, il n'était pas surprenant qu'il soit passé à autre chose. J'étais malgré tout mal à l'aise. La conversation allait être encore plus délicate que prévu.

Le reste du rez-de-chaussée était ouvert : une pièce double avec un parquet verni. Il y avait des poils de chat sur les pieds de meubles et l'arrière du canapé en était recouvert, la pauvre bête devait être pratiquement pelée maintenant. Sur le canapé qui séparait la pièce en deux, une pile de manteaux. L'autre sofa était tourné vers un écran plasma. Carlisle était en train de regarder le foot. Il a pris la télécommande pour couper le son.

« Asseyez-vous, si vous arrivez à trouver où. »

Il s'est installé sur le canapé libre, ou plus précisément s'est laissé tomber au milieu de celui-ci, mais il n'avait visiblement pas l'intention de me faire de la place. J'ai poussé les manteaux, je me suis perché au bord du sofa comme j'ai pu et j'ai allumé ma caméra.

« Avant que l'on commence, je voulais vous prévenir qu'il s'agit plutôt d'une visite de courtoisie. Mais j'espère que vous pourrez m'aider pour quelque chose.

– Très bien. » Carlisle s'est frotté les yeux en étouffant un bâillement, j'avais vraiment l'impression de l'avoir réveillé. Son comportement me semblait bizarre. Une visite de la police anime généralement la journée d'une personne. Ça allume quelque chose, du moins.

« Je tombe mal ?

– Non. » Il a soupiré et s'est penché en avant. « Non, pardon. Je suis épuisé. On ne dort pas très bien en ce moment.

– Vous vivez avec votre petite-amie ?

– Ouais. Ma fiancée. On n'est pas encore mariés. »

Il n'a pas traîné. D'un autre côté, qui étais-je pour juger ? Tout ça me ramenait à Sasha et donc à Lise. Je me suis forcé à penser à autre chose.

« Vous étiez marié à une femme nommée Charlotte Matheson. C'est bien ça ? »

Là, j'avais son attention. Il m'a dévisagé.

« Oui. Oui, c'est bien ça.

– Et elle est morte dans un accident.

– Il y a deux ans. Oui. »

Chaque *oui* était accompagné d'un clignement d'yeux et prononcé d'un ton définitif. J'étais navré pour lui car je reconnaissais cette stratégie. Quand vous perdez quelqu'un, les gens vous en parlent tout le temps et même s'ils ne disent rien, vous savez qu'ils y pensent. Ils font part de leur inquiétude, posent des questions, vous transmettent leur condoléances. Ils ne pensent pas à mal mais ça ressemble à un manège : chaque personne s'approche non pas pour vous aider mais parce qu'elle a attendu son tour pour dire ce qu'il fallait à la lumière de votre perte. Au bout d'un moment, ça devient plus simple de tout verrouiller.

« Hier après-midi, une femme a été retrouvée sur Town Street, dans le nord de la ville. Elle était troublée et désorientée et elle avait subi des blessures.

– OK.

– Le nom qu'elle a donné à l'hôpital était Charlotte Matheson. »

Carlisle continuait de me dévisager. J'ai essayé de lire son expression, pour voir si j'y trouvais un choc, de la surprise, de la peur. Mais il n'y avait rien. C'était la réaction d'un homme qui ne s'attendait pas à quelque chose comme ça et qui ne prenait pas la mesure de ce que je lui disais.

« Plus exactement, elle affirme *être* Charlotte Matheson. Votre épouse. Cette femme vous a désigné comme étant son époux et nous a donné cette adresse comme lieu de résidence.

– Je ne comprends pas.

– Moi non plus. Elle dit aussi se souvenir d'avoir eu cet accident.

– Qu'est-ce que ça veut dire, *elle se souvient de l'accident* ? » Il a jeté un œil vers la porte dans le coin de la pièce, puis il s'est tourné vers moi en murmurant presque. « Ma femme est *morte* ce jour-là.

– Oui, je sais. Je suis désolé. Cette femme connaît tous les détails de l'accident. Et elle prétend qu'il lui a aussi été fatal. »

Là encore, j'ai scruté son visage.

L'horreur pointait.

« Pourquoi elle ferait une chose pareille ? J'ai juste... je ne...

– Je sais. Je ne peux pas vous dire pour le moment pourquoi elle affirme ça. À l'évidence, elle n'est pas très bien. Pas bien du tout même. Mais elle est formelle. Alors la première chose qu'il faut que vous sachiez, c'est qu'elle risque de venir vous chercher.

– Quoi ? » L'horreur était maintenant totale. « Vous pouvez l'arrêter, non ? »

Non, pas vraiment.

« Oui, ai-je menti. Peut-être. Ça dépendra de son comportement. Le problème auquel nous faisons face pour le moment est qu'elle ne représente pas un danger évident.

– Elle est clairement dérangée. » Carlisle a secoué la tête. « C'est quoi son problème ? Pourquoi quelqu'un irait faire un truc pareil ? Je ne...

– C'est l'autre raison de ma présence. » Je me suis penché vers lui. « Le *pourquoi*. À l'évidence, cette femme n'est pas Charlotte, mais il doit y avoir une raison qui explique pourquoi elle fait ainsi une fixation sur votre ex-femme. Il est donc possible que vous la connaissiez ou que Charlotte l'ait connue.

– Je ne connais personne d'assez taré pour faire un truc pareil.

– Non, je comprends. Mais comme je vous le disais, elle a des blessures. Il est possible que cette femme ait vécu un trauma et ça expliquerait peut-être sa confusion. Vous l'avez peut-être connue dans le passé.

– À quoi elle ressemble ? »

Pas mal à Charlotte Matheson.

« Le plus visible, c'est qu'elle a des cicatrices sur le visage.

– D'accord. »

Carlisle a détourné le regard pour réfléchir. Il essayait pour me faire plaisir. Ce qui était décevant puisque ça signifiait qu'il ne la connaissait pas, du moins pas telle qu'elle était aujourd'hui. Il essayait de se souvenir de femmes avec des cicatrices au visage mais si elle avait fait partie de sa vie et avait eu son apparence actuelle à l'époque, il n'aurait pas eu à beaucoup réfléchir pour la retrouver.

« Ça ne me dit rien.

– Ça ne fait rien. En dehors de ça, elle ressemble un peu à votre épouse : même taille et carrure, même cheveux bruns bouclés. Charlotte avait-elle un membre de sa famille qui lui ressemblait ?

– Non. Fille unique. Elle avait des cousines, je crois, mais elle ne les voyait pas et n'en parlait jamais. »

C'était une piste potentielle mais je ne me faisais pas beaucoup d'espoirs.

« Et des amies proches ?

– Pas que je sache. Elle avait des amies, bien sûr, mais aucune qui lui ressemble. En tout cas pas dans mon souvenir. » Il a froncé les sourcils et s'est massé le front avec la paume de sa main. « Merde. Non. Je ne crois pas.

– D'accord. » J'essayais de ne pas laisser la déception percer dans ma voix. « Ne vous inquiétez pas, Paul, vraiment.

– Je n'ai absolument aucune idée...

– Vous avez une photo de Charlotte ?

– Je... »

Mais à ce moment-là nous avons tous les deux entendu un bruit dans l'escalier et il s'est interrompu au milieu de sa phrase. Quelqu'un descendait, très lentement. Le bois grinçait doucement.

Il a de nouveau baissé la voix.

« Je vais voir ce que je peux faire. »

Je lui ai adressé un hochement de tête entendu. Quelques instants après, la porte au fond du salon s'est ouverte et une femme est entrée. Elle avait aussi la trentaine, avec des cheveux blonds et courts, elle portait la même robe de chambre que Paul Carlisle et le même épuisement sur le visage. Elle était très enceinte, son ventre enflé la précédait comme une énorme sphère. Proche du terme, sûrement.

Je suis épuisé, m'avait-il dit. *On ne dort pas très bien en ce moment*. En même temps, je ne pouvais m'empêcher de faire des calculs dans ma tête. Carlisle avait été encore plus rapide que je ne l'avais imaginé.

« Ah, bonjour, a-t-elle lancé en me remarquant.

– Bonjour. » Je lui ai adressé ce que j'espérais être un sourire détendu. « Navré de vous déranger comme ça.

– Pas de problème. Quel...

– Police. Rien de sérieux, à vrai dire. J'allais partir. » Je me suis levé et je me suis tourné vers Carlisle. « Je pense que nous avons terminé, monsieur Carlisle. Merci pour votre coopération.

– Pas de quoi. » Il avait l'air sur le point de vomir. « Si vous pouvez attendre dehors quelques instants...

– Oui, bien sûr. »

J'ai redescendu l'allée et j'ai attendu en me sentant mal pour lui mais aussi – même si c'était bizarre – pour la femme de l'hôpital. En repensant à notre conservation, certes folle, je me disais qu'elle avait paru croire sincèrement à son histoire. Si elle pensait vraiment être Charlotte Matheson, comment allait-elle réagir en apprenant que son mari était non seulement fiancé mais qu'il attendait un enfant ?

Pas très bien, sûrement.

Carlisle sortit une minute plus tard en refermant les pans de sa robe de chambre, un paquet de cigarettes, un briquet et une feuille de papier à la main.

« Ça la met en colère, tout ça, vous voyez ? Ma vie d'avant.

– Je comprends. »

Il m'a tendu le papier. Je l'ai longuement regardé. C'était une photo d'identité, pour un passeport sûrement, elle avait été agrandie et imprimée. Il n'avait pas eu le temps de le faire à l'instant, ce qui voulait dirc qu'il l'avait conservée, malgré tous les signes montrant qu'il était passé à autre chose. Les gens sont compliqués.

Charlotte Matheson avait un visage séduisant, avec des taches de rousseur sur le nez et les joues. Elle n'était pas maquillée pour la photo mais elle souriait légèrement et il y avait une étincelle dans son regard. Rien qu'en la voyant, on l'imaginait bien ne pas s'en laisser compter par qui que ce soit. Elle considérait le photographe avec l'air de dire *J'ai compris qui tu étais et tu sais quoi ? Je ne suis pas très impressionnée.*

C'était difficile à juger, à cause des cicatrices. Mais elle ressemblait beaucoup à la femme de l'hôpital. Les yeux, surtout.

Peut-être trop d'ailleurs.

« Ça aide ?

– Je ne sais pas, ai-je répondu, en toute honnêteté. Mais merci quand même. Je peux la prendre ? Je vous la rendrai, bien sûr.

– Allez-y. »

Alors que j'avançais dans l'allée, j'ai entendu le cliquetis du briquet derrière moi, puis il m'a lancé : « Il y a autre chose.

– Ah oui ? »

Je me suis retourné alors qu'il recrachait la fumée de sa cigarette au coin de sa bouche.

« Vous avez dit que le nom qu'elle avait donné était Charlotte Matheson. Cette femme à l'hôpital ? Alors c'est sûr qu'elle ment.

– Ah oui ? »

Il a hoché la tête.

« Elle n'aurait jamais fait ça. Pour elle, c'était toujours *Charlie*. Même à l'église, le jour de notre mariage. »

Il a tapoté sa cigarette pour faire tomber la cendre et il a repris d'une voix triste, perdu dans ses souvenirs.

« Même à l'église. »

Groves

Un petit garçon et son ourson

À la fin de la journée, ils avaient le nom de l'homme retrouvé dans la maison brûlée.

Le bien était loué depuis environ un mois à un certain Edward Leland. Il avait un casier – des délits mineurs liés à la drogue principalement – et sa précédente adresse connue était partagée avec sa compagne, Angela Morris. Son ex-compagne, probablement. Le légiste avait envoyé un mot succinct – un point d'interrogation – au sujet des coupures que Groves avait remarquées sur ses pommettes mais en attendant les résultats de l'autopsie qui devait être conduite dans la nuit, c'était tout. La fin d'Edward Leland, la fin de leur implication dans le dossier.

Après le travail, Groves alla chercher Caroline.

Son ex-femme ne vivait pas dans le quartier le plus riant de la ville : la plupart des bâtiments étaient des maisons mitoyennes en briques rouges bâties à flanc de colline. Sur le chemin, Groves ne put s'empêcher de repenser à Leland. À ce que ç'avait dû être non seulement de mourir de cette façon mais de *vivre* ainsi. Un cycle éternel de chômage, de télé, d'alcool et de sommeil, avec comme bande-son les rebonds du ballon de foot que les gamins balancent contre le mur de la maison. Ce n'était pas une vie dont il aurait voulu.

En regardant autour de lui après avoir tourné dans la rue de Caroline, Groves se demanda dans quelle mesure son ex-femme glissait sur cette même pente. Alors qu'elle remontait l'allée à sa rencontre, il vit qu'elle avait déjà commencé à boire, pour essayer d'atténuer la douloureuse réalité de l'absence de Jamie.

D'un autre côté, comme l'avait dit Sean, il y avait beaucoup de choses que les gens ne pouvaient pas choisir.

Un jour d'été – plusieurs années auparavant –, une fille de huit ans nommée Laila Buckingham jouait dans le jardin derrière sa maison. Il faisait beau et chaud et la mère de Laila, Amanda, était à la cuisine, une casserole de pommes de terre bouillonnant tranquillement sur le feu. Une musique de fond passait sur la chaîne stéréo mais les portes étaient ouvertes et Amanda jetait de temps en temps un œil sur sa fille.

Laila était une enfant gaie mais timide, avec peu d'amies, tout à fait heureuse de s'amuser en solitaire. *Elle avait une telle imagination*, dirait plus tard sa mère à la police. *Elle pouvait jouer seule pendant des heures.* Le jardin était fermé mais la palissade n'était pas haute et il était bordé par une rue peu passante. Tout le monde s'accordait à dire que Laila était une fillette maline et qu'on pouvait lui faire confiance. Elle jouait souvent dehors. Et pourtant, au bout d'un moment, Amanda Buckingham passa sa tête dans l'embrasure de la porte et Laila n'était plus là.

Les recherches commencèrent dix minutes après sa disparition. Elles furent rapidement étendues. À mesure que le temps passait, la tension montait car il parut immédiatement évident aux inspecteurs qu'elle avait été enlevée. Chaque piste fut creusée et abandonnée, tandis que le voisinage venait prêter main forte à la famille, des centaines de volontaires fouillant les aires de jeu, les parcs, les bords du fleuve et les cabanons de jardin. Des équipes d'intervention scrutèrent les sous-bois. Laila semblait avoir disparu de la surface de la terre.

Groves était un jeune officier à l'époque et il était assigné au porte-à-porte. C'était un travail pénible, car monotone et inefficace, mais il tenait à le faire. Il n'était qu'un petit rouage dans une immense machine, mais il était déterminé à tourner comme il le fallait. Son fils, Jamie, n'avait pas encore un an, et il pouvait à peine imaginer la douleur des Buckingham. Alors il s'efforçait de ne pas laisser les témoignages creux et inutiles le dissuader. Il priait pour que Laila soit retrouvée et tentait de garder espoir.

Le quatrième jour, il travaillait dans le quartier de Thornton, à quelques kilomètres du lieu où Laila avait disparu. Il avait une liste de noms à cocher et peu après 11 heures, il frappa à la porte d'un homme nommé Simon Chadwick.

Chadwick approchait de la trentaine et était connu des services de police. Il avait des problèmes de drogue et des comportements asociaux, un QI proche de celui d'un enfant et il détestait la police intensément. C'était un mélange qui le rendait assez facilement manipulable par des individus peu recommandables. Une bonne partie de ses condamnations venaient du fait qu'il avait autorisé un tiers à dealer de chez lui.

Groves n'était pas impatient de le voir, sachant que le mieux qu'il puisse espérer était de se faire insulter, et quand Chadwick entrouvrit la porte sans détacher la chaînette, il lui parut nerveux. Groves pensa d'abord qu'il cachait de la drogue et il ne savait pas quoi faire. Dans d'autres circonstances, il aurait voulu l'emmener au poste. Mais ils étaient alors tous mobilisés sur cette enquête et il lui importait davantage de retrouver Laila que de gâcher du temps et des ressources pour un homme comme Chadwick.

Et puis il entendit le bruit.

C'était un son qu'il n'oublierait jamais. Étouffé mais distinct, ça ne faisait aucun doute : les pleurs d'une petite fille. Elle était derrière Chadwick, quelque part au fond de la maison.

Ils se dévisagèrent l'espace d'une seconde. Groves savait que Chadwick vivait seul et Chadwick savait que Groves le savait.

Alors que l'autre essayait de lui fermer la porte au nez, Groves mit un coup de pied dedans, le plus fort qu'il pût. C'était purement instinctif. Il ne réfléchit pas à la légalité de tout cela, il était simplement sûr que Laila Buckingham était à l'intérieur et tout ce qui comptait était de l'atteindre le plus vite possible. Et c'est peut-être parce qu'il n'avait pas réfléchi que son coup de pied avait été aussi efficace. Il fit sauter la porte de ses gonds et Chadwick tomba sur les fesses dans son entrée.

Et puis…

C'était peut-être étrange mais Groves n'arrivait jamais à se remémorer ce qui s'était passé ensuite. Il avait retenu les détails assez longtemps pour faire une déposition de son lit d'hôpital mais ensuite tout s'était effacé. Il savait que la bagarre avec Chadwick avait été acharnée mais qu'il avait réussi à l'immobiliser et à appuyer sur le bouton d'urgence pour appeler des renforts puis à tenir jusqu'à leur arrivée. Mais ces jours-ci, il avait besoin du rapport ou des reportages qui avaient tourné aux infos au cours des jours suivants pour se souvenir.

Un policier héroïque sauve la petite fille disparue.

Il l'ignorait à l'époque mais la seule interview qu'il avait accordée comprenait une citation qui reviendrait le hanter.

Ils auraient pu être plusieurs à l'intérieur, ça ne m'aurait pas arrêté.

Car tandis que Groves faisait de son mieux pour gérer l'attention médiatique, Simon Chadwick racontait sa propre version des faits à la police. Il affirmait ne pas avoir enlevé Laila Buckingham et il s'avéra qu'il avait un solide alibi pour la fenêtre qui entourait l'heure de sa disparition. Il disait aussi qu'elle avait simplement habité chez lui – qu'il la « gardait » – et qu'il n'avait pas posé la main sur elle. Il y avait d'autres personnes impliquées, c'était leur faute. Il leur rendait service. Il ne savait pas. Il n'avait pas compris.

Il était évident, dans le fond, qu'il en savait plus long mais il y avait des preuves que son témoignage était au moins partiellement fiable. Laila Buckingham n'avait pas beaucoup de souvenirs de son enlèvement mais elle corroborait une partie de sa version. De plus, le rapt supposait une organisation d'une précision dont Chadwick aurait été incapable. On pouvait en conclure qu'un gang de pédocriminels opérait dans la ville.

Et pourtant, Chadwick ne pouvait ou ne voulait pas identifier les autres personnes impliquées et ces individus ne furent jamais retrouvés. En fin de compte, Simon Chadwick fut le seul à être condamné pour l'enlèvement et les sévices subis par Laila Buckingham.

Un policier héroïque sauve la petite fille disparue.

Les reportages avaient cité David Groves, bien sûr. Ce gang, quelle que fût sa composition, savait forcément qui il était. Ils avaient pu chercher à se venger. Et deux ans plus tard, dans des circonstances pratiquement identiques à la disparition de Laila, Jamie Groves avait à son tour été enlevé.

Comme il faisait bon, ils passèrent la soirée dans le petit jardin derrière la maison de Groves. Il était baigné de lumière en fin d'après-midi mais le soleil descendait déjà derrière les arbres du jardin. L'air était doux mais encore lourd de la chaleur de la journée. Des essaims de moucherons voletaient près de la haie tandis que les chants des oiseaux se faisaient plus bas et paresseux.

Ils étaient assis dans des chaises en plastique autour d'une table assortie sur laquelle était posée une bouteille de vin blanc perlée de condensation. Ils avaient un verre chacun et Caroline avait un cendrier. Elle buvait plus vite que lui mais il était habitué. Un autre jour, il aurait peut-être dit quelque chose, mais pas aujourd'hui. Il y avait d'autres bouteilles à l'intérieur. Plus qu'il ne leur en faudrait.

« Comment s'est passée ta journée ? »

Groves repensa à Edward Leland, brûlé vif dans sa maison à moitié vide. Les coupures sur son visage. Quoi qu'il ait pu lui arriver, il était désormais en paix.

« Ça aurait pu être pire, dit-il. Et toi ?

– Je ne suis pas allée travailler.

– Ah oui. Bien sûr. »

C'était l'une des nombreuses différences dans leur façon de vivre l'anniversaire de Jamie. Alors que Groves s'efforçait de passer une journée normale, Caroline, consumée par sa perte, y consacrait chaque heure. Elle avait dû passer la journée à penser à leur fils : regarder des photos de Jamie, retourner son souvenir dans sa tête, peut-être même maudire le dieu auquel Groves s'accrochait encore. Mais aucun n'avait de récriminations contre l'autre. C'était tenir le coup qui les unissait, pas leurs différentes méthodes.

Il savait que cela devait paraître bizarre qu'ils s'entendent mieux maintenant que lorsqu'ils étaient mariés. Sean, par exemple, ne comprenait pas pourquoi Groves passait toujours cette soirée avec Caroline. Mais l'étrange vérité était que si le meurtre de Jamie avait achevé de les séparer, il les avait aussi rapprochés. Par le passé, ils s'étaient chamaillés pour des questions triviales mais après l'enlèvement, les disputes avaient cessé. C'était comme si on avait appuyé sur un bouton et qu'une trêve avait été décrétée, ni l'un ni l'autre ne voyant l'intérêt de se battre pour un territoire dont ils savaient bien qu'il n'avait aucune importance.

Cela les avait aussi maintenus en place. Pendant longtemps, Jamie avait été la seule chose qui les unissait. Avant sa disparition, ils étaient comme des planètes qui tournaient séparément autour du vif soleil de sa vie. Quand ce soleil s'était éteint, il avait laissé un centre de gravité suffisamment fort pour les maintenir dans son orbite. Et ils n'avaient pas fini de tourner, même maintenant, incapables d'échapper au pouvoir de la perte, de l'absence, du vide qui avait autrefois renfermé la lumière de leur petit garçon. Et malgré l'aigreur et la mesquinerie qui avaient pu exister entre eux, Groves n'aurait voulu passer l'anniversaire de son fils avec personne d'autre. À part Jamie, bien sûr.

Alors que la soirée avançait, ils discutèrent de tout et de rien ou restèrent assis dans un silence confortable, à regarder le soleil se coucher. Ils pensaient tous les deux à Jamie, Groves en était sûr, et d'une certaine manière il était avec eux.

Jamie n'avait jamais vécu dans cette maison, bien sûr, mais dans l'imagination de Groves, il aurait tout aussi bien pu y être. En train de courir devant eux dans le jardin, peut-être même shootant dans un ballon et écartant les moucherons sur son passage. Il y avait un problème avec ce tableau, naturellement, puisque Groves imaginait son fils comme le même petit garçon qu'il avait connu : innocent, excité et enchanté par un rien. Il l'entendait encore rire dans sa tête : un couinement de joie aigu et spontané qui avait toujours tout paré des plus belles couleurs. Et pourtant, si Jamie avait été encore vivant, il aurait été très différent. Plus vieux et changé. Il aurait aimé d'autres choses. Il aurait eu une autre apparence. Il aurait eu un autre rire.

Cette lucidité charriait avec elle le goût d'une tristesse bien connue. Quatre ans s'étaient écoulés et Jamie était déjà relégué dans le passé. Une petite silhouette figée sur place, destinée à disparaître pour toujours dans le lointain. Le garçon de presque trois ans qu'il imaginait courir dans le jardin était pétrifié dans le temps, aussi vieux qu'il le serait jamais. Quand Groves serait âgé et grisonnant, Jamie serait encore petit. Il ne serait jamais plus grand que ce qu'il était dans leurs souvenirs.

Il devait croire qu'un jour il le reverrait mais cela le dérangeait : quand il mourrait lui aussi et que père et fils seraient réunis au paradis, Jamie aurait-il vieilli dans l'intervalle ? Si oui, il serait devenu un homme que Groves serait incapable de reconnaître et qui ne le connaîtrait pas non plus. Mais l'alternative serait qu'il soit resté le même, maintenu dans une forme enfantine, et il se retrouverait à accourir pour prendre dans ses bras un père depuis longtemps accoutumé à sa perte. Les deux options semblaient intolérables. C'était peut-être pour ça que les personnes endeuillées se suicidaient si souvent après le décès de leur proche, se disait Groves. Ce n'était pas que de la peine et de la douleur, mais une sorte de poursuite existentielle.

Il finit son verre de vin et les resservit. Caroline sourit pour le remercier mais elle semblait ailleurs et il supposait qu'elle pensait à des choses similaires.

Alors que la soirée s'étirait, Jamie commença à apparaître au détour de leur conversation. Il fut d'abord difficile de parler de lui directement et ce ne fut qu'au milieu de leur deuxième bouteille que Caroline demanda : « Tu es allé sur sa tombe ? »

Grove secoua la tête.

« Demain, peut-être.

– J'ai laissé des fleurs. Et une peluche. Si jamais il veut jouer avec.

– C'est gentil. »

Le comportement de Caroline n'avait pas beaucoup de sens mais il ne pouvait pas lui en vouloir. Chaque année elle déposait des fleurs et un jouet. En général les fleurs restaient mais quelqu'un finissait toujours par prendre le jouet. C'étaient des peluches pour petits car Jamie aurait toujours le même âge. Chaque année, son ex-femme achetait un cadeau d'anniversaire pour le même souvenir figé de leur garçon.

« Tu iras demain ? demanda-t-elle.

– J'espère. » Il se leva, prit leurs verres et la deuxième bouteille vide. « Il commence à faire froid. On ferait mieux de rentrer.

– Je peux... ?

– Oui, tu peux fumer à l'intérieur. Aujourd'hui. »

Dans la maison, la digue sauta. Comme d'autres couples feuillettent un album de mariage pour l'anniversaire de leurs noces, ils regardèrent toutes les photos qu'ils avaient de Jamie et que Caroline gardait dans l'album qu'elle avait apporté avec elle. Ils burent encore. Ils parlèrent un peu plus de lui jusqu'à ce que la barrière tombe enfin et qu'il devienne leur unique sujet de conversation. Les longs cheveux blonds et doux qu'ils n'avaient jamais eu l'occasion de couper, ses livres et ses jouets préférés, ses petites particularités. Sa gentillesse et sa douceur.

De cette façon, ils le ramenèrent à la vie, du moins pour un temps. Mais leurs souvenirs étaient comme une pierre qui ricochait sur la mer de son absence et peu importe avec quelle force vous la lancez, une pierre ne peut pas filer sur l'eau éternellement.

« Il me manque. »

Caroline sanglotait maintenant, accrochée à Groves. Elle était sur le point de s'endormir, lui était ivre et regrettait de ne pas l'être davantage.

« Il me manque aussi. Tellement. Je n'ai pas les mots. »

Il lui semblait que Jamie était en quelque sorte devenu réel. Si réel qu'il aurait tout aussi bien pu se trouver devant eux, en train d'agiter les mains avec son air intrigué sur le visage.

Pourquoi vous pleurez maman et papa ?

« Je veux juste qu'il revienne », dit Caroline.

Groves la serra plus fort.

« Moi aussi.

– Je donnerais n'importe quoi. Vraiment n'importe quoi.

– Je sais. » Son cou était trempé par les larmes de Caroline mais il la serrait encore, il voulait que ça aille, que tout soit différent, que Jamie soit là. « Je sais. »

Il imagina le fantôme de Jamie s'approcher et venir se placer entre eux pour leur faire un câlin, désireux être inclus, comme il l'avait toujours été. Pressé d'arranger les choses.

Maman et papa, vous êtes heureux maintenant ?

C'était trop.

« Viens. »

Groves accompagna Caroline jusqu'à la chambre d'amis. Il l'aida à retirer suffisamment de vêtements pour pouvoir s'écrouler confortablement sur le lit, puis il tira la couverture sur elle. Elle s'endormit dans la seconde, allongée sur le côté, avec des ronflements gutturaux.

Puis il redescendit et but encore du vin en pensant à la tombe de Jamie. C'était une concession assez grande avec une large pierre, de la taille d'une tombe d'adulte. Jamie était petit pour son âge et quand Groves l'avait vu mort, il avait encore rétréci. Ses vêtements et sa peluche mis à part, ses ossements auraient tout aussi bien pu être ceux d'un chaton. Mais si son corps gisant sous la terre compacte et silencieuse était petit, l'espace qui lui avait été alloué ne l'était pas et il avait toujours eu l'impression qu'ils avaient enterré tout ce que Jamie aurait pu être. Tous les hommes qu'il aurait pu devenir.

L'inscription sur sa tombe disait :

Où qu'ils aillent et quoi qu'il leur arrive en chemin,
dans ce lieu enchanté au sommet de la Forêt,
un petit garçon et son ourson ne cesseront jamais de jouer.

Les derniers mots des histoires de Winnie l'ourson que son fils aimait tant. Des mots qui indiquent que même si on avance, dans l'âge adulte et au-delà, une part de nous reste toujours en arrière, identique à ce qu'elle était. Nous nous en souvenons, et peut-être qu'elle se souvient de nous, mais même si on cherche désespérément à se retrouver, nos mains tendues ne peuvent jamais se toucher.

« Je t'aime, dit-il dans le salon vide. Je t'aime tellement. Tu me manques plus chaque jour. »

Et comme l'écrivain endurci qui ne laisse sortir son oiseau bleu que lorsque personne ne peut le voir, Groves se mit à pleurer.

Mark

Quand on est mort

En sortant de chez Paul Carlisle, je me suis dirigé vers le nord.

La lumière de l'après-midi commençait à baisser mais j'avais l'impression qu'il faisait plus chaud que jamais. Alors que je roulais sur la rocade, les bois se dessinant au loin, les champs sur ma droite me paraissaient brumeux, comme si l'air s'était endormi. Les arbres étaient rendus flous par la chaleur qui montait de la terre : de vagues aquarelles étalées sur le ciel.

La route tournait vers l'ouest tandis que j'approchais des bois, puis la campagne sur ma droite s'est trouvée remplacée par le noir mur d'arbres qui marquait la frontière officieuse entre la ville et la nature. Ils étaient si grands et épais qu'il était impossible de dire jusqu'où ils s'étendaient mais je savais que la forêt s'étirait sur des kilomètres, jusqu'aux montagnes.

J'ai grandi loin de cette ville et j'ai de merveilleux souvenirs de moments passés dans les bois ensoleillés quand j'étais enfant : je jouais avec mes amis, je grimpais aux arbres, j'explorais les sous-bois. Certaines forêts sont sûres, pensais-je en regardant les troncs rugueux et les ombres défiler à côté de moi. Pas celle-là. Quand on roulait ici, on avait toujours l'impression que quelque chose se cachait entre les arbres pour vous observer.

Bien sûr, ça avait été le cas.

Mes pensées se sont inévitablement tournées vers mon arrivée dans cette ville, un an et demi plus tôt. Après la mort de Lise, j'avais fait un grand saut professionnel en postulant pour un boulot ici. J'adulais l'inspecteur John Mercer, une légende de la police, depuis des années et je mourais d'envie de rejoindre son équipe. Un poste d'interrogateur s'était ouvert et j'avais été à la fois comblé et anxieux quand ma candidature avait été retenue. Et puis, lors de mon premier jour, je me suis retrouvé entraîné dans la traque d'un tueur connu comme « l'homme au masque de diable ».

Je le décris comme un homme mais à cause du masque qu'il portait pour commettre ses crimes et du fait que l'on n'ait jamais découvert sa véritable identité, il était facile de le considérer à la fois comme plus et moins que ça. Il enlevait des couples, les torturait au cours d'une nuit et forçait l'un d'eux à décider lequel allait mourir. Un seul des deux était vivant le lendemain matin. Le survivant se retrouvait non seulement seul mais avec la conscience terrible que son choix avait conduit au meurtre de son partenaire, qu'il n'avait pas assez tenu à lui ou à elle pour se sacrifier à sa place. *Je pourrais mourir pour toi,* disons-nous à ceux que nous aimons. *Je ne pourrais pas vivre sans toi.* L'homme au masque de diable voulait que les gens comprennent que ces promesses étaient creuses.

J'ai regardé par la fenêtre l'endroit où, ce premier jour, un jeune homme nommé Scott était sorti des arbres, torturé et sous le choc. J'avais passé la nuit à l'interroger à l'hôpital, pendant que des agents passaient les bois au peigne fin à la recherche de sa compagne, Jodie. Et à l'aurore, malgré tous nos efforts, l'admirable carrière et la santé mentale de l'inspecteur John Mercer étaient l'une et l'autre en lambeaux.

L'orée de la forêt rapetissait dans le rétroviseur. Je me suis aperçu que j'avais ralenti en arrivant à cette hauteur, j'accélérais maintenant un peu, bien content de la voir disparaître. Environ dix minutes plus tard, j'ai atteint la section où Charlie Matheson avait eu son accident.

Je me suis garé sur la gauche et je suis sorti de la voiture. J'ai pris quelques photos, même s'il n'y avait pas grand-chose à voir, aucune trace de ce qui s'était produit deux ans auparavant. En m'approchant du bord, l'herbe m'a paru douce, sèche et intacte.

Depuis le haut du talus, j'ai reconnu ce que j'avais vu dans le dossier. C'était facile de repérer l'arbre solitaire dans lequel la voiture de Matheson s'était encastrée, à une trentaine de mètres en contrebas.

J'ai pris quelques photos de plus mais il n'y avait en réalité pas grand-chose qui distingue ce tronçon d'un autre. Un événement tragique avait eu lieu ici, ai-je pensé en retournant à ma voiture, quelqu'un avait disparu. À l'époque, il devait y avoir des marques et des plaies dans la terre pour en rendre compte. Et pourtant, l'herbe avait repoussé, l'arbre s'était redressé. En moins de deux ans, la nature avait pansé ses blessures sans même laisser une cicatrice.

Je suis reparti en regrettant que ce ne soit pas aussi simple à faire pour les humains. Mais d'un autre côté, d'une certaine façon, ça l'était. Quoi qu'il se passe, votre vie continue, que ça vous plaise ou non. La vie est têtue.

Je pourrais mourir pour toi.

Je ne pourrais pas vivre sans toi.

Deux mensonges, ai-je pensé, en me rappelant la plage d'où, toutes ces années auparavant, j'avais regardé ma petite-amie se noyer.

Deux mensonges, s'agissant de Lise.

Sasha était rentrée avant moi. Je l'ai retrouvée dans la cuisine, en train d'émincer de l'ail et des oignons tandis que de la viande hachée décongelait au micro-ondes. Elle avait enfilé un jean et un vieux tee-shirt blanc à moi. Je me suis approché derrière elle pour la prendre dans mes bras, soulagé de la sentir se presser contre moi sans hésitation. Je l'ai embrassée dans le cou avant de m'écarter.

« C'est à moi de cuisiner, ai-je dit.

– Je sais, je me suis dit que j'allais démarrer. Ah, là, là. » Elle a attrapé un morceau d'essuie-tout pour se tamponner les yeux avant de se retourner vers moi. « Foutus oignons. Bref. Tu as l'air étonnamment en forme. Tu as survécu alors ?

« Je ne sais pas comment, mais ouais.

– C'était grâce à mon café spécial ?

– Je pense bien. Comment était ta journée ?

– Oh, l'héroïsme habituel. » Elle a haussé les épaules et a jeté son morceau d'essuie-tout à la poubelle. « Et toi ? Quelque chose d'intéressant à raconter ?

– Pas vraiment. Pete a décidé de me donner une leçon en m'envoyant à une chasse au dahu. Il a dit que tu n'allais pas me punir de m'être soûlé et que la charge lui revenait.

– Ha, ha ! J'ai toujours aimé Pete.

– Ouais, ouais. Je vais me changer et je prends le relai.

– Un peu, ouais. »

J'ai accroché mon costume à l'étage puis j'ai mis un jean et un tee-shirt. *Une chasse au dahu*, me suis-je dit, quoique ça commençait à ressembler à tout autre chose, même si je ne savais pas à quoi exactement. Et pour autant, j'avais instinctivement minimisé les événements auprès de Sasha, je n'avais pas voulu entrer dans les détails. Je savais pourquoi. Je repensais sans cesse au regard de Paul Carlisle, l'horreur de découvrir qu'une vie qu'il avait laissée derrière lui venait agiter son horrible trogne dans le présent. Et chaque fois que j'y pensais, le nœud dans ma poitrine se serrait encore un peu.

En bas, j'ai continué la bolognaise et j'ai mis les pâtes à cuire.

« C'est à toi de choisir les cinq films, m'a lancé Sasha.

– Ah bon ? D'accord. »

Une fois par semaine, nous regardions un film ensemble : lumières éteintes et plateau télé sur le canapé. C'était toujours la même routine. L'un de nous sélectionnait cinq DVD sur les étagères et l'autre devait ensuite choisir le film que l'on regarderait. Nous avions des goûts différents. Sasha aimait la science-fiction et les films d'horreur alors que je préférais les thrillers et les films dramatiques. Chaque fois que c'était à moi de choisir, je prenais quatre films que j'avais envie de regarder et un dont je savais qu'elle l'aimait. Quand c'était à son tour, elle en faisait autant. Aucun de nous n'avait jamais mentionné cet arrangement implicite.

Ce soir-là, j'ai sélectionné deux films d'horreur au lieu d'un, dans l'espoir que ce geste discret aiderait à rattraper mon comportement de la veille, si cela était encore nécessaire. J'ai laissé la pile sur le canapé et j'ai égoutté les pâtes et puis on a dîné ensemble en regardant un film d'horreur du nom de *Pumpkinhead : le démon d'Halloween.* Sasha a bien aimé. Ce qu'on fait par amour…

Je me suis ensuite attaqué à la vaisselle avec une eau assez chaude pour finir avec les mains rosies.

Je pensais encore au dossier.

« Je suis crevée. »

Je me suis retourné sur Sasha qui bâillait, appuyée contre le chambranle.

« Je vais me coucher tôt. Tu viens ? »

Je me suis essuyé les mains et j'ai accroché le torchon. Je savais qu'il fallait que j'aille avec elle, mais le papier replié que Paul Carlisle m'avait donné pesait lourd dans ma poche.

« Il faut juste que je vérifie quelque chose. J'arrive dans quelques minutes.

– Quelques minutes, c'est tout ?

– Même moins que ça. Promis. »

Elle m'a souri.

« Tant mieux. »

De retour dans le salon, je me suis assis dans la pénombre sur le canapé et je me suis connecté à la base de données de nos services depuis ma tablette, que j'ai ensuite synchronisée à l'écran plasma accroché au mur. Quelques instants plus tard, la télévision montrait la photo de la femme de l'hôpital. Dans le noir, on aurait dit qu'elle flottait dans les airs entre la télé et le canapé.

Puis j'ai fait ce que je savais devoir faire depuis le début mais que j'avais repoussé. J'ai traversé le salon plongé dans l'obscurité en dépliant la page que Paul Carlisle m'avait donnée pour la placer à côté de l'écran.

Il diffusait assez de lumière pour y voir clairement. J'ai regardé une photo après l'autre en essayant d'effacer mentalement les cicatrices de la femme de l'hôpital. Je les comparais. De l'une à l'autre. Encore et encore.

C'était elle.

Un peu plus âgée. Un peu plus maigre.

Mais c'était elle, ça ne faisait pas de doute.

Je me suis rassis, j'ai lancé la vidéo et j'ai écouté à contrecœur pendant que j'ouvrais un document dans le coin supérieur droit de la tablette.

Chronologie provisoire
3 août 2013 : accident de voiture de Charlie Matheson
28 juillet 2015 : réapparition de Charlie Matheson (?)

Pour le moment, c'était tout ce que je pouvais y inclure. Deux dates qui encadraient ce qui s'était passé. Comme les deux dates inscrites sur une pierre tombale, à ceci près qu'elles ne délimitaient pas une vie mais une mort.

Peut-être.

« Il fait sombre là où j'étais, avait dit la femme. Ça je m'en souviens. Tout est très sombre, quand on est mort. »

J'ai regardé l'écran. L'expression sur son visage était encore plus triste que je ne l'avais remarqué.

Que vous est-il arrivé ?

Mes pensées ont été interrompues par Sasha qui m'appelait du haut de l'escalier.

« Je ne vais pas attendre éternellement, tu sais.

– J'arrive. »

J'ai sauvegardé le document, puis je me suis déconnecté et j'ai tout éteint. La femme à l'écran a disparu, remplacée par les ténèbres.

Ça suffit, ai-je pensé.

Ça faisait plus qu'assez pour la soirée.

DEUXIÈME PARTIE

Et Elle Leur dit que la vraie bonté devait toujours fuir la lumière. Un Homme peut être bon dans son cœur mais beaucoup font le Bien à la recherche d'une récompense, ce qui est égoïste et n'est pas de la véritable bonté. La véritable bonté peut passer par le feu de l'Enfer sans demander à être remarquée. Elle n'est ni clinquante, ni bavarde et n'attire pas l'attention sur elle. Et Elle Leur dit que Dieu cherche donc la bonté qui ne veut pas être recherchée et qu'il la récompense silencieusement en retour.

Extrait de la Bible de Cane Hill

Eileen

Les monstres, ça n'existe pas

John Mercer s'était aménagé un bureau dans le grenier, tout en haut de la maison. Il travaillait toujours la porte fermée, mais Eileen l'entendait souvent taper sur son clavier depuis le bas des escaliers. Un bruit doux. Il passait de ses doigts aux touches puis dans les pieds de son bureau et dans les lattes du plancher.

Elle regardait le plafond en écoutant le délicat cliquetis des lettres tombant comme la pluie sur un toit en zinc.

Ce son la rendait nerveuse. Mais d'un autre côté, les silences étaient pires encore : de longs moments où elle imaginait son mari en train de lire des documents, perdu dans des pensées qu'il aurait largement mieux fait de remiser. Elle y était entrée une fois, alors que John était sorti faire une course, et avait contemplé avec une horreur muette les murs couverts de diagrammes, des tableaux avec des dates et des références griffonnées dessus. La carte hérissée d'épingles de couleur reliées par des fils de laine. Les documents et les photos scotchés à même le plâtre, certaines si affreuses qu'Eileen avait vite détourné la tête avant que les rouges et les noirs ne puissent former une image identifiable.

Elle savait ce que c'était et ça lui faisait peur d'imaginer John assis au milieu de ces images, en train de les observer ou de se laisser pénétrer par elles. On dit que les yeux sont des fenêtres sur l'âme et Dieu sait qu'elle en avait contemplés qui n'en laissaient pas deviner la moindre trace. Mais pour elle, les yeux de John avaient toujours été des portes et s'il regardait des horreurs assez longtemps, elle craignait que certains aspects en profitent pour entrer en lui. Il était vieux maintenant. Vieux et fragile et plus assez solide pour supporter de telles choses. Eileen vivait dans la crainte constante que son mari, l'ex-inspecteur John Mercer, se trouve de nouveau brisé.

Alors, même si l'entendre taper était inquiétant, elle trouvait que c'était un moindre mal. Et c'était pour ça qu'elle se retrouvait le plus souvent au pied de l'escalier, à l'écouter.

Il va bien.

Tout va bien.

Elle ne pouvait pas rester là indéfiniment, elle avait du travail. Ils avaient des économies mais Eileen était devenue la principale pourvoyeuse du foyer depuis que John Mercer avait quitté la police, un an et demi plus tôt. Ils s'étaient séparés quelques mois, avant de tenter une réconciliation. Malgré tout ce qui s'était passé, leur longue histoire les avait ramenés l'un vers l'autre. Elle l'aimait toujours profondément, bien que les événements aient altéré cet amour. Elle repensait parfois à l'homme fort, costaud et capable dont elle était tombée amoureuse et cela lui faisait de la peine de le voir désormais aussi affaibli. Elle n'avait jamais imaginé que ce serait à *elle* de s'occuper de *lui* dans leurs vieux jours.

Elle descendit au rez-de-chaussée. Si son mari travaillait au grenier, son bureau à elle se trouvait dans une extension construite contre la maison. C'était là qu'elle recevait ses clients privés : elle était spécialisée dans les thérapies pour des victimes d'abus et des violences. C'était le négatif de son travail judiciaire, pour lequel elle se retrouvait souvent amenée à accompagner les hommes qui avaient commis ces mêmes crimes. Les gens pensaient parfois que cette situation rendait les choses plus difficiles mais cela se vérifiait rarement. Comme John l'avait écrit dans son premier livre, chacun se trouve au carrefour des dommages qu'il a subis et qu'il a causés. C'était sa tâche d'aider à démêler les deux. Même l'homme le plus pervers auquel elle ait parlé n'était qu'un homme, qu'elle ait vu une âme dans ses yeux ou non. Les monstres, ça n'existe pas.

Même si c'était parfois difficile à croire.

Il était à peine 8 heures passées et son premier client ne devait arriver qu'une heure plus tard mais elle alluma la cafetière et s'assit dans l'un des fauteuils avec une petite pile de dossiers. Elle devait faire ses visites en prison dans l'après-midi et elle voulait s'assurer qu'elle serait à jour sur les casiers des détenus auxquels elle parlerait. Le bruit de la cafetière commença à meubler le silence et elle sentit la tension dans son estomac se desserrer un peu...

Et puis quelqu'un frappa à la porte.

Eileen regarda vers l'entrée, une silhouette se dessinant derrière les pavés de verre. Elle ne prit pas la peine de regarder sa montre, elle savait quelle heure il était. Il arrivait que des clients se présentent en dehors des heures de consultation et s'ils se sentaient particulièrement bouleversés ou vulnérables, elle les encourageait à le faire. Mais cette silhouette avait quelque chose qui la rendait nerveuse, sans qu'elle sache précisément pourquoi. Bien sûr, beaucoup de choses la rendaient nerveuse en ce moment, son inquiétude pour la santé de John contaminait tout le reste.

Mais tout de même.

« Un instant », lança-t-elle.

La cafetière cliqueta. Eileen replaça les dossiers à l'abri dans son armoire et se rendit à la porte, la déverrouilla et ouvrit.

La chaleur envahit la pièce, il était tôt mais la journée était déjà brûlante. Et pourtant, ce ne fut pas ça qui lui fit faire un pas en arrière. C'était la vue du jeune homme qui attendait sur le seuil. Il avait la trentaine, avec des cheveux bruns bien coiffés sur le côté et un costume élégant. Un visage plutôt quelconque, néanmoins séduisant avec un sourire engageant. Sincère. En le découvrant, la tension regagna son abdomen et le silence dans la maison lui parut soudain plus dangereux que tout à l'heure. Son instinct lui disait d'aller refermer la porte du couloir et de la verrouiller pour protéger John de l'homme sur le seuil, un souvenir qui l'avait tant abîmé.

Au lieu de tout cela, elle se força à arborer un sourire professionnel.

« Mark », dit-elle.

Mark

Les personnes vulnérables

Ça faisait plus d'un an et demi que je n'avais pas vu Eileen Mercer. À la suite des événements avec l'homme au masque de diable, j'avais été chargé de l'interroger sur ce qui s'était passé chez elle ce matin d'hiver. Je lui avais en fait parlé la veille, quand elle avait appelé au bureau. À ce moment-là, j'avais senti une pointe de malice dans sa voix, une étincelle. Comme on pouvait s'y attendre, cette étincelle avait disparu quand j'avais retrouvé Eileen chez sa sœur après le drame, mais elle avait gardé le contrôle pendant l'entretien, tout comme moi. Compte tenu de sa formation de psychologue et thérapeute, cela ne m'avait pas surpris, mais tout de même, au vu des circonstances, j'avais été impressionné par son intelligence et sa lucidité.

Le temps qui s'était écoulé lui avait été favorable. Elle avait la soixantaine, elle était mince et élégante et elle semblait même plus jeune aujourd'hui que dix-huit mois plus tôt. Mais elle ne semblait plus tellement contrôler la situation. Mon arrivée l'avait clairement déstabilisée. Elle m'a invité à entrer et à m'asseoir dans un fauteuil mais elle n'arrêtait pas de regarder vers la maison comme si elle craignait que ma présence vienne troubler un équilibre précaire. Je ne voulais pas la déranger et une partie de moi regrettait déjà ma venue. Mais j'avais besoin de conseils.

« Sacrée bibliothèque », ai-je dit en admirant les rangées de livres disposées le long des murs. C'était une pièce chaleureuse, à la fois professionnelle et immédiatement confortable.

Eileen nous a servi un café.

« Merci. Comment ça se passe pour vous ? » L'espace d'une seconde, j'ai cru qu'elle parlait de Lise et Sasha mais elle a ajouté : « Au commissariat, j'entends.

– Nous avons déménagé. À part ça, tout est comme d'habitude. » J'ai accepté la tasse qu'elle me tendait. « Merci.

– De rien. »

En buvant mon café, je me suis aperçu que ma réponse n'était pas tout à fait juste. Même si je n'avais travaillé sous les ordres de son mari que durant un jour et demi, il était évident que les conséquences de l'enquête avaient affecté durablement la dynamique de l'équipe. Pete était désormais le chef et même si c'était un bon flic, il n'était pas un leader né. Il n'était certainement pas de la trempe de John Mercer. Il n'avait pas les fulgurances et les visions sur lesquelles Mercer avait bâti sa carrière légendaire, ce que Pete ne savait que trop bien à mon avis. Simon avait continué de travailler comme avant mais la relation de Greg avec les deux hommes avait changé. Il avait commis une petite trahison ce jour-là, et même si ce n'était jamais mentionné explicitement, ça n'avait pas non plus été totalement oublié.

Eileen s'est assise dans un fauteuil en face du mien, de l'autre côté de la table basse. C'était sûrement la disposition qu'elle utilisait pour ses patients en thérapie. *Peut-être que ça ne me ferait pas de mal à moi aussi*, ai-je pensé.

« Comme on dit dans ces cas-là, je suppose que ce n'est pas une visite de courtoisie, n'est-ce pas ?

– Non. J'ai besoin de conseils. Sur un dossier en cours. »

Elle se retenait de regarder une nouvelle fois par-dessus son épaule.

« De ma part ?

– Oui. De votre part. Bien évidemment, la consultation pourra être rémunérée.

– Eh bien, nous verrons. Je ne suis même pas encore certaine d'être en mesure de vous aider. Parlez-moi du dossier. »

Je lui ai décrit la femme qui affirmait être Charlie Matheson, en commençant par les circonstances dans lesquelles on l'avait retrouvée, puis en passant à l'histoire de l'accident et au fait qu'elle croyait être morte au cours de celui-ci. J'ai fini par la visite à son mari, Paul Carlisle, et la photo qui m'avait convaincu que la femme de l'hôpital disait vrai sur son identité. À la fin de mon récit, Eileen avait les sourcils froncés.

« C'est assez extraordinaire.

– Je suis bien d'accord. Je n'ai jamais rien entendu de tel.

– Il y a un trouble qui s'appelle le syndrome de Cotard. C'est assez rare et je n'y ai jamais été confrontée moi-même, mais les personnes affectées peuvent se convaincre qu'il leur manque des parties de leur corps. Dans les cas extrêmes, elles pensent être littéralement mortes.

– C'est prometteur.

– Sauf que bien sûr elles ne meurent pas vraiment. Et d'après ce que vous me dites, quelqu'un est bel et bien décédé dans cet accident.

– C'est vrai.

– Quelle impression vous a-t-elle faite ? »

Je me suis reculé contre le dossier de mon fauteuil.

« Eh bien... je n'avais pas le sentiment qu'elle me mentait. Ses souvenirs étaient confus. Mais fondamentalement, je pense qu'elle croyait vraiment à ce qu'elle me disait.

– Était-elle fragile ?

– Un peu. » J'ai réfléchi un instant, ce n'était pas tout à fait exact. « Elle avait l'air effrayé. Un peu perplexe et submergée par tout ça. Mais il y avait aussi de la colère, surtout vers la fin. De la frustration.

– De la frustration ?

– Elle était frustrée que les gens ne la prennent pas au sérieux. Et de ne pas avoir les idées claires. » Je me suis souvenu de ce qu'elle m'avait dit : *il faut que je me souvienne.* « Elle semblait croire qu'elle devait se souvenir de quelque chose d'important et ça l'embêtait de ne pas retrouver quoi.

– Et en dehors de cette histoire, vous a-t-elle paru délirante ?

– Non. En dehors du contenu de ce qu'elle me racontait, je n'ai jamais eu l'impression qu'elle délirait. Elle était en colère contre moi car je ne la croyais pas mais en dehors des cicatrices et du sujet de la conservation, elle semblait assez normale.

– Ce sont deux bémols de taille, n'est-ce pas ?

– Oui. C'est vrai.

– Bien. » Elle a gardé les yeux fermés quelques instants. « C'est difficile de me prononcer sans l'interroger moi-même mais je dirais qu'il y a deux grandes hypothèses ici. À mon avis, l'une est bien plus vraisemblable que l'autre. Et c'est évidemment sans prendre en compte une troisième option.

– Laquelle ?

– Qu'elle soit effectivement revenue d'entre les morts. »

J'ai pensé à Lise et j'ai répondu bien trop vite.

« Les gens ne ressuscitent pas.

– Non. » Eileen m'a adressé un très léger sourire. « Bien sûr que non. Ce qui nous laisse l'option suivante : elle invente tout. Elle vous ment. Vous ne pensez pas que ce soit le cas ?

– Non.

– Ce qui nous laisse l'hypothèse qu'elle dise la vérité, du moins sa version de celle-ci.

– C'est-à-dire ?

– Quand les gens subissent un trauma, celui-ci est souvent dur à regarder en face, alors ils le découpent et le compartimentent. Ils le réorganisent dans leur esprit pour qu'il soit plus facile à vivre. Certaines expériences sont tout simplement trop douloureuses pour être vécues telles quelles. L'histoire qu'elle vous a racontée jusqu'à présent, et les choses qu'elle pourra vous dire plus tard, seront peut-être la tentative de son esprit pour donner du sens à ce qui lui est arrivé. Ce sera sincère et honnête de son point de vue mais pas forcément vrai au sens propre.

– Partiellement vrai donc ?

– Oui, ce ne sera pas une affabulation totale. Elle pense qu'elle est morte. Donc là où elle se trouvait, elle était peut-être entourée d'une iconographie religieuse. Je n'en sais rien, c'est une supposition. Mais le fait est que l'histoire pourrait être l'interprétation d'une chose terrible qui lui est arrivée, plutôt qu'un compte-rendu littéral. »

J'ai réfléchi à tout cela.

« Est-ce qu'il serait possible de faire croire à quelqu'un qu'il est mort ? Parce qu'elle dit se souvenir du moment où elle est passée à travers le pare-brise. Elle est certaine que c'est arrivé.

– Vous dites qu'elle a été torturée ?

– Elle a des cicatrices : de nombreuses coupures au visage. Je ne sais pas si elle voit ça comme de la torture.

– Peut-être pas, mais ça ne veut pas dire que c'en n'était pas. Et pour répondre à votre question, oui, je pense que c'est théoriquement possible. Je n'ai jamais entendu parler de tel cas, mais la torture, le lavage de cerveau, la propagande, les manipulations… oui, bien sûr. On voit ça dans les sectes, sous certains régimes autoritaires. Cela sert généralement à rendre les gens obéissants mais ce n'est qu'une extension de tout ça en fait. Mêmes principes, mêmes techniques.

– C'est bien plus extrême.

– En effet, a admis Eileen. Mais laissez-vous deux ans et avec assez de répétitions et de mauvais traitements, je pense que vous pourrez faire croire à peu près tout ce que vous voudrez à quelqu'un. En fin de compte, la personne *voudra* le croire. »

J'ai acquiescé.

« Certains détails vont correspondre à ce qui s'est passé. Alors la chose à faire serait d'obtenir un maximum d'informations.

– En faisant le plus attention possible.

– Bien sûr.

– Parce qu'il faut faire attention aux personnes vulnérables. »

J'ai une nouvelle fois hoché la tête, conscient de la maison qui s'élevait derrière son bureau et du fait qu'elle regardait sans cesse dans cette direction. John était-il là ? Sûrement. Mais je n'avais aucune envie de le voir et il était évident qu'Eileen ne voulait pas que la paix qu'il avait trouvée depuis son départ de la police soit troublée.

« Bien sûr, ai-je répété en me levant. Merci pour le café. Et pour vos conseils.

– Je ne sais pas si je vous ai été très utile. »

Elle m'a raccompagné à la porte. Mais en l'ouvrant, je me suis aperçu que je me posais toujours la question. Que je n'arrivais pas vraiment à laisser tomber.

« Comment va-t-il ? ai-je demandé.

– Il va très bien. »

Mais elle avait répondu trop vite, comme j'avais réagi à ses paroles qui m'avaient fait penser à Lise. Et ce n'était pas si différent, si ? J'étais un fantôme du passé de son mari, qui menaçait la nouvelle vie – la paix durement gagnée – qui avait été construite au cours de l'année et demi écoulée.

« Tant mieux. Merci encore. »

Alors que je sortais, Eileen a semblé regretter un peu sa réaction.

« Il travaille sur un nouveau livre. C'est sur… cet homme. »

Malgré la chaleur du soleil matinal, j'ai senti le frisson glacial qui accompagnait le choix de ses mots. *Cet homme*. Je savais de qui elle parlait bien sûr. Même s'il était mort et enterré, nous n'avions jamais réussi à identifier le tueur au masque de diable, nous n'avions aucune idée de qui il était, ni d'où il était sorti. Il demeurait anonyme dans l'œil du cyclone de violence qu'il avait lancé sur la ville, et sur John Mercer en particulier.

Et Mercer travaillait à un nouveau livre sur lui ? Je ne savais pas quoi dire. L'idée qu'il revisite ce dossier – qu'il l'épluche, voire qu'il en fasse une obsession – était troublante et je comprenais maintenant un peu mieux la gêne d'Eileen.

« Je ne sais pas si c'est très sain, a-t-elle dit après avoir lu l'expression sur mon visage. Mais il va bien maintenant et je m'en contente. Ça semble être ce dont il a besoin.

– Alors tant mieux.

– Et pour le moment, il est heureux. »

Mais il y avait un non-dit dans ses dernières paroles. Et un autre dans la façon dont, un instant plus tard, elle a refermé la porte doucement mais fermement sans me dire au revoir.

Mark

Merci

En m'installant pour mon deuxième interrogatoire avec Charlie Matheson, je savais que j'allais devoir adopter une approche totalement différente de la première fois.

J'avais encore les conseils d'Eileen à l'esprit : impossible de savoir quelle proportion du récit de Charlie était véridique. Elle n'était bien sûr pas morte dans l'accident. Ceci mis à part, certaines parties pouvaient être totalement exactes alors que d'autres pouvaient être des élaborations fantaisistes comprenant un soupçon de rapport avec la réalité. C'était mon boulot de démêler tout cela. Et dans le même temps, il fallait que je sois délicat avec elle.

Parce qu'il faut faire attention aux personnes vulnérables.

Et bien sûr, l'autre différence avec la veille était que je croyais cette fois sincèrement que cette femme était Charlie Matheson.

« Inspecteur », m'a-t-elle lancé quand je me suis assis sur la chaise à côté de son lit.

J'ai allumé la caméra accrochée au revers de ma veste.

« Comment vous sentez-vous aujourd'hui, Charlie ?

– Mieux, je vous remercie. » Elle a hoché la tête. « Je suis désolée de m'être emportée hier avant votre départ.

– Inutile de vous excuser.

– Oh mais si. Ça ne me ressemble pas. Du tout. Et je n'aime pas perdre mon sang-froid, je m'en veux toujours beaucoup après coup. C'est juste que tout était – *est* – si troublant pour moi en ce moment. Tout ça, c'est accablant.

– Ce qui est compréhensible. » J'ai tenté un sourire rassurant. « Et pour ce que ça vaut, je suis moi aussi désolé si je vous ai donné l'impression de ne pas vous prendre au sérieux.

– Vous me croyez maintenant ?

– Je crois que vous êtes bien celle que vous dites.

– Vous avez parlé à Paul ?

– Oui. Il était très perturbé, comme vous pouvez l'imaginer.

– Ah bon ? Il n'était pas content ?

– Eh bien… c'est compliqué.

– J'imagine. Comment va-t-il ?

– Il est fiancé. » Et tout comme lors de ma conversation avec Carlisle, il me semblait inutile d'édulcorer les faits. « Et sa nouvelle compagne est enceinte. »

L'expression sur son visage était à vous briser le cœur, mais elle n'a laissé sa tristesse transparaître que quelques instants. Elle savait que je l'avais vue et au bout d'un moment, elle m'a adressé un sourire froid.

« D'accord. Évidemment. Ça fait deux putains d'années après tout, pas vrai ? »

Tout comme la tristesse, les traces de colère ont disparu bien vite. Elle se contrôlait davantage que la veille, ce premier interrogatoire où elle m'avait paru vulnérable et désorientée. Elle semblait bien plus en possession de ses capacités.

« Il a toujours voulu des enfants, Paul. » Elle avait un sourire narquois et a secoué la tête. « Et ça paraît logique qu'il passe à autre chose, d'autant que je suis morte.

– Vous n'êtes pas morte, Charlie. Je ne sais pas où vous étiez ces deux dernières années, mais ça je le sais.

– Je me souviens de ma mort. Dans l'accident de voiture.

– Vous en êtes vraiment certaine ?

– Oui. » Mais elle me semblait moins sûre d'elle que la veille. « Je me souviens de la voiture. Et je me souviens être sortie de la route.

– Mais vous devez bien voir que vous n'êtes pas morte. » Je désignais la pièce autour de nous. « Vous êtes dans un hôpital.

Vous êtes faite de chair et de sang, vous n'êtes pas un fantôme. Quelqu'un est mort dans cet accident mais ce n'était pas vous. Enfin, comment vous comprenez la logique de tout ça, vous ?

– Je ne sais pas.

– Les gens ne ressuscitent pas. » J'ai failli ajouter *J'aimerais bien mais c'est impossible* mais j'ai repensé à Lise et à l'expression de Carlisle la veille. « Et c'est par là que nous devons commencer. Quelque chose vous est arrivé ce soir-là et quelque chose vous arrive depuis mais vous n'êtes certainement pas morte. »

Elle a considéré ce que je lui disais.

« Alors qu'est-ce qui m'est arrivé, selon vous ?

– Je ne sais pas encore, ai-je admis. Je pense qu'il est possible que quelqu'un se soit donné beaucoup de mal pour vous convaincre que vous êtes morte dans cet accident et qu'au fil du temps, avec tout ce que vous avez subi, vous en êtes arrivée à le croire. »

Une fois de plus, elle est restée silencieuse quelques instants. Je me suis penché vers elle.

« Oublions l'accident pour le moment. Vous m'avez dit que vous aviez perdu connaissance. Est-ce que vous vous souvenez de ce qui s'est passé ensuite ?

– Oui.

– Mais ?

– Je n'ai pas envie d'en parler. »

Je lui ai répondu le plus calmement possible.

« Je sais. Je n'en suis pas certain, mais je pense que beaucoup de choses graves vous sont arrivées au cours des deux dernières années et je comprends combien il doit être difficile d'y penser. Mais c'est important, Charlie. Si vous ne me parlez pas, il n'y a aucun moyen pour nous de savoir où vous étiez. » Je me suis reculé. « Vous étiez au bas du talus. Vous avez perdu connaissance. Que s'est-il passé quand vous vous êtes réveillée ? Où étiez-vous ? »

Charlie m'a longuement regardé, son visage scarifié ne trahissant aucune émotion. Elle semblait chercher du courage au fond d'elle.

« En enfer, a-t-elle simplement dit. Je me suis réveillée en enfer. »

En enfer.

Bien sûr ce n'était pas – littéralement – l'enfer mais à en croire son récit, c'était sans doute le meilleur terme pour décrire l'endroit où elle se trouvait. Quand elle s'est réveillée pour de bon après l'accident, selon elle, elle a ouvert les yeux sur une petite pièce : une cellule, pour ainsi dire. Les murs étaient en pierre et en boue et il faisait humide et moite. Malgré un courant d'air frais qui passait de temps à autre, la chaleur était oppressante. Le silence était profond, ponctué au loin par un goutte-à-goutte, comme l'écho de l'eau s'écoulant dans une mare souterraine.

« Il y avait de la lumière mais pas beaucoup. C'était une porte métallique avec une trappe, une fente de boîte aux lettres à hauteur des yeux. Comme ce qu'on voit dans les prisons à la télé, sauf que celle-ci était constamment ouverte. Je pouvais regarder dehors. »

Non pas qu'il y ait eu grand-chose à voir. C'était une sorte de couloir avec un autre mur de pierres en face d'elle. Il était éclairé par de faibles lumières contenues dans des appliques en plastique sales accrochées au mur. Elles étaient allumées en permanence.

« Il y avait aussi une télévision.

– Une télévision ?

– Oui. Rien qu'un petit écran, encastré dans l'un des murs. Il n'y avait pas de télécommande et aucun bouton dessus. Elle s'allumait soudainement, la luminosité et le volume à fond, comme pour me narguer depuis l'autre côté de la pièce.

– Et qu'est-ce qu'elle montrait ?

– Les infos, parfois. Et puis… d'autres choses. Des choses que je n'aimais pas regarder. Des vidéos horribles. Pas le genre de contenus que l'on montre à la télé normale. »

Elle semblait mal à l'aise, comme si elle ne voulait pas parler de ce qu'elle avait vu, de ce qui lui avait été montré. Ce qui n'était pas un problème : compte tenu de ce qu'elle m'avait dit, je pouvais facilement imaginer. Prenant momentanément son histoire pour argent comptant, j'ai commencé à parcourir ma liste mentale. Isolement. Privation sensorielle. Disruption visuelle et auditive. C'étaient le genre de choses qu'Eileen avait citées comme les composants clés de la manipulation mentale et du lavage de cerveau.

Bien sûr, un autre moyen évident était la torture.

« Vous m'avez dit que quelqu'un vous avait lacéré le visage », ai-je lancé.

Elle ne répondait pas et j'ai dû insister.

« Vos cicatrices, Charlie. Vous m'avez dit que quelqu'un vous les avait faites. Qui était-ce ?

– Je ne veux pas parler de lui. »

Un homme, donc. Pas franchement une surprise mais c'était un début.

« Était-ce le même homme qui vous a parlé dans l'ambulance l'autre jour ?

– Non, non. » Elle semblait horrifiée par cette idée. « L'homme dans l'ambulance était doux et gentil. Pas comme... celui qui a fait les coupures.

– Vous pouvez me le décrire, Charlie ? Celui qui n'était pas gentil ? »

Elle a secoué la tête.

« C'est important.

– Je ne peux pas. »

Son ton avait quelque chose de définitif et, redressée dans son lit, elle semblait épuisée. Je savais que j'allais bientôt devoir conclure l'interrogatoire et la laisser se reposer.

Dans le même temps, j'essayais de passer tout ce qu'elle m'avait dit par le filtre qu'Eileen avait suggéré. Où était la vérité et où était le fantasme ? Il était tout à fait possible que quelqu'un ait maintenu Charlie Matheson captive et qu'il l'ait torturée et lui ait fait subir un lavage de cerveau. Je savais d'expérience que de tels hommes existaient. Mais d'un autre côté, ce type d'homme ne laissait généralement pas sa victime repartir. Et que faire de son histoire d'ambulance, de l'autre homme – le gentil – qui lui parlait ?

Où avait-elle été détenue ?

« Combien de temps avez-vous passé dans l'ambulance ? ai-je demandé. Avant de vous réveiller dans le champ.

– Je ne sais pas. Je dormais.

– Mais vous m'avez raconté que l'homme était là. L'homme gentil qui vous disait des choses. Vous avez dû être réveillée pour en entendre une partie.

– Je me réveillais par intermittence. C'est dur de me souvenir. » Elle a refermé les yeux et a pressé sa paume contre son front. « Et il le faut. Je sais qu'il le faut.

– Vous aviez faim ou soif ? Vous aviez besoin d'aller aux toilettes ? »

Elle a secoué la tête sans ouvrir les yeux.

« J'ai pris un repas avant de partir : des sandwichs et une pomme. Je ne me rappelle rien après ça. Je n'avais pas faim ou soif quand je me suis réveillée. Je dirais une heure ou deux. Je n'en suis pas sûre mais ça me semble juste.

– D'accord. »

Là encore, c'était mieux que rien, mais ça ne faisait pas lourd. Une ou deux heures de route, cela signifiait qu'elle avait pu être détenue à plus de cent cinquante kilomètres, soit un sacré périmètre de recherche. Ça faisait beaucoup de caves à fouiller. Mais il était évident à son expression que nous en avions terminé pour aujourd'hui.

Je me suis levé.

« Merci, Charlie. Reposez-vous et je vais voir ce que je peux trouver.

– Merci ! » s'écria-t-elle.

Il y avait une urgence dans sa voix qui m'a fait m'arrêter sur le pas de la porte pour me retourner vers elle. Elle avait les yeux ouverts et me fixait avec une forme de soulagement dans le regard.

« Pardon ?

– Ça fait partie de ce que l'homme m'a dit dans l'ambulance. Je m'en souviens maintenant. C'est ça qu'il fallait. Je pense qu'il voulait que je dise merci. »

J'ai digéré cette information.

« Il voulait que vous lui soyez reconnaissante ?

– Non, pas à lui. » Elle a secoué la tête comme si cela était encore plus absurde pour elle que pour moi. « Il voulait que je vous dise merci *à vous.* »

Merritt

L'œuvre de Dieu

« Ils n'ont pas d'autre endroit où aller, lui dit Jennifer Buckle. Pas étonnant vu tout ce qui se passe dans la rue. Alors ce qu'on fait ici, tant qu'on le peut, c'est leur offrir un havre de paix. »

Un havre de paix. Il se retint d'éclater de rire : comme si une telle chose existait. Mais Merritt hocha poliment la tête en écoutant Jennifer lui parler du refuge qu'elle gérait. C'était un endroit où les enfants pouvaient venir, expliquait-elle. Où ils savaient qu'on les écouterait. Où ils seraient traités comme des personnes, pas comme un problème que la société pouvait décider d'ignorer. Merritt faisait de son mieux pour faire semblant d'être un tant soit peu intéressé par ce qu'elle avait à raconter.

Jennifer n'était plus toute jeune, ses cheveux bouclés grisonnaient et elle était vêtue sobrement d'une robe à fleurs sombre. La plupart des gens l'auraient croisée dans la rue sans la remarquer. De même pour cet endroit, probablement.

Merritt regarda le bureau tandis qu'elle continuait de parler. Grâce aux recherches scrupuleuses qu'il avait menées, il savait que Jennifer Buckle avait dédié deux décennies de sa vie à aider les autres et que ces locaux avaient beau paraître miteux et délabrés, ils demeuraient le dernier refuge bénévole pour les jeunes gens dans cette partie de la ville. Il savait aussi qu'elle faisait tourner cette structure non seulement sur son temps mais aussi, bien souvent, sur ses propres deniers. Le centre avait frôlé la fermeture plusieurs fois rien que dans les deux dernières années. Chaque fois, Jennifer s'était serrée la ceinture pour le maintenir en vie.

« Beaucoup d'entre eux vivent des situations si difficiles à la maison. » Elle parlait des enfants. « Ils ont des problème que l'on aurait du mal à imaginer. J'ai eu beaucoup de chance moi-même, de grandir dans un foyer aimant. »

Merritt sourit et hocha la tête, comme s'il avait connu cela lui aussi. En vérité, il s'en souvenait à peine. Beaucoup d'eau avait coulé sous ce pont.

« Ce sont des bons petits dans le fond. » Jennifer eut un sourire tendre. « Et vous savez quoi ? Ils se tiennent bien ici. Ils savent le faire. Oh, il peut y avoir des anicroches, bien entendu, mais nous les traitons avec respect et beaucoup d'entre eux apprécient cela. Ils ne sont pas habitués au respect et à la discipline mais ils le rendent au centuple.

– Je comprends tout à fait. » À vrai dire, cela plaisait vraiment à Merritt. Le respect et la discipline étaient des choses qu'il trouvait plus faciles à concevoir. « Ça doit être exigeant malgré tout, non ? »

Jennifer parut plus sérieuse. « Ça l'est. C'est très exigeant. Nous n'avons qu'une poignée de bénévoles et ils travaillent très dur. Mais posez la question à n'importe lequel d'entre eux et il vous dira – comme moi – qu'il n'y a rien de plus gratifiant.

– Bien sûr. » Elle lui vendait sa soupe et même si c'était compréhensible du point de vue de Jennifer, ce n'était vraiment pas nécessaire. Il se pencha vers elle. « Puis-je vous poser une question personnelle de la part de mes employeurs, madame Buckle ?

– Allez-y.

– Êtes-vous croyante ? »

Elle le regarda quelques instants, cherchant visiblement à deviner ce qu'il voulait entendre. Il se demanda ce qu'elle pensait de lui. Il avait sûrement l'air bien plus dur que ce à quoi elle avait dû s'attendre. Il était certes vêtu d'un costume noir tout à fait professionnel mais il savait qu'il avait encore la posture du soldat qu'il avait été. À cinquante ans, son corps était toujours imposant et puissant et il coupait ses cheveux gris à ras. Il savait que ses yeux pouvaient être intimidants : une nuance de bleu clair qui exprimait soit la haine, soit rien. Il attendit sa réponse, en essayant de transmettre la deuxième option, espérant qu'elle choisirait d'être honnête. Il fut soulagé que ce soit sa décision.

« Je ne suis pas croyante, monsieur Merritt, non.

– Ce n'est pas un problème, moi non plus. » Il choisit ses mots avec soins. « Pour mes employeurs, la situation est plus complexe. Mais ils croient fermement que chacun doit œuvrer pour son propre salut et pour celui d'autrui. C'est pour cette raison qu'ils s'intéressent au beau travail que vous menez ici. Vous ne le faites pas pour une récompense. Vous le faites parce que c'est la chose juste.

– Merci.

– Ils seront heureux de l'entendre. Mais avant d'en parler, je me demandais si vous pouviez me faire visiter le centre ? »

La visite était pénible mais nécessaire car quel donateur potentiel ne commencerait pas par inspecter les lieux ? Il fallait donner une illusion de normalité à l'opération. Merritt se retint de bâiller pendant que Jennifer Buckle lui montrait la salle de détente, avec ses billards et ses cibles de fléchettes défoncés, la cuisine où ils préparaient des repas basiques pour les enfants, à prix réduit, et le petit jardin avec le panneau de basket cloué de travers et son filet mité et sale.

Pénible.

Le métier de Merritt offrait souvent un contraste saisissant avec ses jeunes années. Ça lui manquait parfois, ce frisson. Les défis. Il avait été au front souvent, alors qu'il était encore pratiquement un garçon. Tuer ne l'avait jamais dérangé et la menace de se faire tuer en retour ne lui faisait pas peur. Quand il était devenu mercenaire indépendant, à la trentaine, les types avec qui il était amené à travailler avaient remarqué sa froideur, même la fois où il prit une balle dans l'abdomen et faillit mourir. Cette blessure l'avait forcé à quitter le métier et il avait trouvé par la suite des moyens encore plus troubles de gagner de l'argent. Il aurait sans doute continué si un officier plus âgé ne l'avait pas contacté avec une offre plus intrigante.

Merritt était un homme capable. Il avait des contacts. Il était fiable et discret. *Et sans scrupules*, avait ajouté l'officier à l'époque. S'il était intéressé, il avait peut-être un boulot pour lui. C'était un poste unique. Rien de trop hardcore, un boulot de civil à bien des égards mais dans lequel ses talents et sa discrétion seraient nécessaires et cette absence de scrupules valorisée. Une famille avait besoin d'un officier de liaison, d'un boulot de recherches et d'un service de sécurité un peu inhabituel. Il leur fallait un individu fiable capable de recruter des hommes comme lui si nécessaire et de collecter des informations sans se faire remarquer. La confidentialité était essentielle. Le salaire était excellent et il était peu probable qu'il se fasse de nouveau tirer dessus.

Même si Merritt n'était pas particulièrement inquiet de ce dernier point, le poste lui avait paru séduisant. Et au fil des années, le boulot lui avait effectivement bien convenu. Le salaire était encore meilleur qu'annoncé et il aimait évoluer dans des cercles qu'un homme normal aurait fuis : se faire des contacts, découvrir des secrets, établir des liens que même la police n'avait pas pu former. Et, non, il ne s'était pas fait tirer dessus, même si lui, bien sûr, avait tué. De temps à autre le boulot faisait émerger des angoisses et des défis uniques qui rendaient la vie intéressante. Si tout cela impliquait quelques moments barbants, alors d'accord.

À la fin de la visite, ils retournèrent au bureau de Jennifer, Merritt étant satisfait de ce qu'il avait vu. Tout était bricolé, élimé, en bout de course, il était impossible que les bénévoles s'en sortent. Même si Jennifer était clairement une femme qui refusait de baisser les bras, Merritt savait bien que les choses n'allaient pas tarder à se terminer pour elle aussi. Il avait mené des recherches très poussées sur elle et sur le centre avant de proposer son compte-rendu à ses employeurs. Les donations et les financements n'avaient jamais été aussi bas et l'endroit était réellement menacé de fermeture cette fois-ci. Les enfants qui comptaient dessus pour se mettre à l'abri trouveraient bientôt porte close.

Merritt s'assit.

« J'aimerais vous faire une offre », dit-il.

Il y avait des stylos et des feuilles sur le bureau. Il les attrapa, écrivit un chiffre puis le lui fit passer. Elle pâlit.

« Je ne peux pas accepter une telle somme.

– Mais il le faut. Ça vous aiderait à garder la structure ouverte. Et peut-être que cela vous déchargera d'une certaine pression personnelle. Mes employeurs seraient ravis de vous laisser disposer des fonds à votre convenance. Je suis sûr que vous les utiliserez à bon escient.

– Il n'empêche. C'est bien trop généreux. »

Une pantomime. Une mascarade. Il aurait pu s'en passer : ils finissaient tous par accepter.

« Madame Buckle », reprit-il, choisissant de nouveau ses mots soigneusement. Ça avait été l'une des choses les plus difficiles à adopter au fil des années, cette utilisation prudente de la langue. « Mes employeurs sont des personnes très discrètes. Ils sont aussi très riches et veulent faire quelque chose de bien avec les ressources à leur disposition. Ces dernières années, j'ai réalisé un grand nombre de donations en leur nom. J'aimerais vraiment vous faire celle-ci. Vous réalisez un travail remarquable, madame Buckle. Vous devriez recevoir une reconnaissance discrète. C'est mérité. »

Jennifer le regarda un moment puis revint au chiffre écrit sur le papier.

« Ils veulent laisser un héritage ? demanda-t-elle.

– Un héritage. » Merritt sourit et pour la première fois depuis le début de l'entretien, ce n'était pas forcé. « Oui. C'est exactement ça. »

Groves

Angela Morris

« C'est pour Eddie ? » Angela Morris secoua la tête. « Mais qu'est-ce que je raconte ? Bien sûr que c'est pour Eddie. »

Groves abaissa son badge.

« Oui, je suis désolé. Pouvons-nous entrer, s'il vous plaît ? »

L'ancienne compagne du brûlé retrouvé la veille ne répondit pas : elle se contenta de rentrer en laissant la porte ouverte. Groves et Sean la suivirent.

C'était en fait un accueil plus chaleureux que ce que Groves avait imaginé. Angela Morris n'avait pas de casier mais, à tort ou à raison, il avait eu certaines attentes quant au genre de femme qui se retrouvait dans une relation longue avec Edward Leland, un multirécidiviste. Il avait donc été surpris par Morris dès le moment où elle avait ouvert la porte. Elle était jeune, jolie et bien mise, avec des cheveux châtains bien coupés et un maquillage élégant. Elle était mince mais avec une ligne qui suggérait qu'elle prenait soin d'elle sans mourir de faim et sans compenser des carences de la même façon que son ex-partenaire.

De même, le domicile était propret : une petite maison semi-mitoyenne bien entretenue de l'autre côté du quartier où Leland avait fini ses jours. Un coin assez joli. Des banlieues plus éloignées, la rue aurait paru faire partie du même ensemble mais vu d'ici, c'était clairement une autre classe.

« Par ici, lança-t-elle par-dessus son épaule dans le couloir. Café ?

– Ce serait parfait, merci. »

Ils entrèrent dans la cuisine. Elle aussi était propre et spacieuse, même si la pièce avait des allures de vaisseau intergalactique : des carreaux noirs légèrement brillants et un éclairage qui baignait les comptoirs d'une lumière bleutée. Groves regarda autour de lui. Tout semblait flambant neuf. Au fond, des portes donnaient sur un petit jardin ensoleillé avec un gros barbecue rouge fermé par un couvercle sur la terrasse.

« C'est joli chez vous, dit Sean.

– Merci. C'est tout neuf. On l'a fait poser l'année dernière. Enfin, *je* l'ai fait poser.

– Monsieur Leland n'a pas participé ? »

Angela Morris adressa un regard agacé à Sean.

« Non, Eddie n'a pas contribué. Il n'avait pas assez d'argent. Il payait la nourriture de temps en temps et les factures quand c'était possible, mais je ne pouvais pas vraiment demander plus. » Elle renifla. « Comment vous le prenez, votre café ?

– Noir, merci.

– Moi aussi, dit Groves. Et je voulais vous présenter mes condoléances pour votre perte.

– Merci. » Morris le regarda avec curiosité. « Vous savez quoi ? Vous seriez surpris du nombre de personnes qui n'ont même pas pris la peine de me dire ça.

– Ah non ?

– Tenez. » Elle leur tendit leurs cafés et s'adossa à l'évier avec le sien. « Les gens savent comment était Eddie. La drogue et tout le reste. Et ils se disent qu'on avait rompu de toute façon, donc qu'est-ce que ça peut me faire ? Ma famille voulait qu'il dégage depuis des années. Tous les gens à qui je l'ai annoncé m'ont dit "Quelle tragédie", comme si je leur parlais d'une histoire aux infos. Ils ne s'attendent pas à ce que *moi* je sois affectée.

– Les gens sont comme ça, parfois.

– Vous savez, je préfèrerais m'en foutre. Ça rendrait tout ça bien plus facile.

– Vous avez rompu avec lui il y a trois semaines. C'est bien ça ?

– Ouais, environ.

– Vous étiez ensemble depuis longtemps ?

– Depuis toujours. À part quand il était en prison. Amoureux depuis l'enfance, ce genre d'histoire. Il était si adorable quand on était jeunes. Vous ne l'auriez pas reconnu. Perturbé, mais adorable. »

Elle semblait nostalgique. Il était évident qu'elle avait encore de l'affection pour Leland, ou du moins qu'elle avait de la peine pour la personne qu'il avait été autrefois. *Ça se passe toujours comme ça*, se dit Groves. Vous aimiez quelqu'un et puis il changeait un peu, vous vous y faisiez même si au fond ça rendait un peu plus difficile de l'aimer. Et, une centaine de changements plus tard, vous réalisiez que vous viviez avec un inconnu et que vous lui étiez peut-être devenu tout aussi étranger. Votre amour mutuel devenait un bien à demi oublié dans une pièce que vous aviez tous les deux quittée depuis longtemps. À la fin de leur mariage, les choses étaient ainsi entre Caroline et lui.

« Pourquoi vous êtes-vous séparés ? demanda-t-il. C'était à cause de la drogue ? »

Elle hésita, l'air peiné. Puis elle secoua la tête et répondit doucement.

« Non. C'était là depuis le début. Ça ne m'a jamais plu, mais je comprenais plus ou moins. C'était aléatoire mais il ne pouvait jamais s'en passer bien longtemps. J'imagine qu'il fallait que je fasse avec, ça faisait partie de lui, même si je détestais ça. Mais ça ne rendait pas les choses faciles.

– Il avait repris ?

– Je crois. Il ne pouvait pas se la payer, cela dit. Il avait perdu son boulot et il était bourré la plupart du temps. C'est ma faute. Il savait que j'avais de l'alcool dans la maison mais je refusais de payer pour la drogue. » Elle eut un rire triste. « On en était arrivé là. Vous essayez de faire marcher les choses, vous faites semblant, et voilà où vous vous retrouvez : je veux bien te payer ta vodka, mais pas ta came.

– Vous ne pouvez pas vous en vouloir, dit Groves.

– Si, si, on peut. »

Sean avait fini son café et reposait sa tasse.

« Merci. Vous connaissez les gens qu'il fréquentait ?

– Probablement pas aussi bien que vous.

– Nous avons besoin de retracer son parcours dans les jours qui ont conduit à sa mort, tout ce que vous serez en mesure de nous dire pourra nous être utile. »

Elle fronça les sourcils. « Pourquoi ? Qu'est-ce qui se passe ?

– Il y a des circonstances suspectes que nous essayons d'élucider », dit Sean.

Suspectes était un euphémisme. Ils avaient tous les deux lu le rapport du légiste avant de venir. L'état des poumons d'Edward montrait qu'il était encore en vie quand le feu avait pris. Ce qui était cohérent avec l'hypothèse de son endormissement, bien sûr, mais le plus troublant étaient les lignes qu'ils avaient vues sur ses pommettes. D'après le légiste, elles avaient été causées par une lame excessivement acérée qui s'était enfoncée assez profondément pour entailler l'os. Il y en avait beaucoup, bien plus que ce qu'ils avaient remarqué la veille. À un moment, avant sa mort, Edward Leland s'était fait lacérer le visage.

« Eddie avait-il des cicatrices visibles ? demanda Groves.

– Des cicatrices ? » Elle réfléchit un instant et dit à Groves tout ce qu'il avait besoin de savoir. « Non, pas dans mon souvenir. Rien d'évident.

– D'accord. Savez-vous si quelqu'un aurait pu lui vouloir du mal ?

– Comment le saurais-je ? » Elle s'appuya sur le comptoir, troublée. « Je ne comprends pas ce que vous me demandez. »

Sa confusion sembla sincère à Groves mais Sean n'était pas prêt à la laisser s'en tirer à si bon compte.

« Et vous ? demanda-t-il.

– Moi ?

– Vous. Vous veniez de rompre, après tout. Beaucoup d'émotions s'entrechoquent quand une relation se termine et si vous ajoutez les drogues et l'alcool, tout ça peut virer au vilain assez rapidement.

– Je n'aurais jamais fait de mal à Eddie. » Elle semblait choquée, et là encore paraissait sincère. « Ce n'était pas du tout ça. Je l'aimais. Je ne pouvais simplement pas supporter tout ça.

– Supporter quoi ?

– Ça n'a plus d'importance. »

Sean fit un pas.

« Madame Morris. Il y a des preuves que la mort d'Edward Leland n'était pas accidentelle. Vous comprenez ce que je vous dis ?

– Mon Dieu...

– Alors quoi que ce soit, il faut vraiment que vous nous le disiez. »

Groves s'approcha en effleurant le bras de Sean pour lui montrer qu'il voulait reprendre la main. Angela Morris regardait le sol et secouait la tête, incrédule. Elle avait l'air horrifiée : soit par ce que Sean venait de lui dire, soit par ce qui lui traversait l'esprit. Il sentait une tension émaner d'elle. Elle savait qu'elle allait devoir leur avouer quelque chose qu'elle ne voulait vraiment pas partager.

« Eddie est mort, lui dit doucement Groves. Il n'en aura rien à faire que vous nous parliez. Surtout si ça nous aide à savoir ce qui lui est arrivé et qui est responsable. C'est important. »

Elle ne dit rien pendant un moment. Et puis : « Je croyais que c'était pour ça que vous étiez là.

– Que voulez-vous dire ?

– Je pensais que vous aviez trouvé quelque chose chez lui. Qu'il en avait d'autres.

– D'autres quoi ?

– Des magazines. Des... *trucs.* »

Groves jeta un œil vers Sean, qui secoua la tête.

« Vous voulez parler de pornographie ? »

Morris acquiesça mais ne dit rien de plus, elle gardait les yeux rivés sur le sol, ses mains tremblant autour de sa tasse. Groves ne comprenait pas. Pourquoi seraient-ils venus lui parler au sujet de magazines cochons trouvés chez Leland ?

Puis il comprit.

« Ce n'étaient pas… des magazines pornographiques normaux.

– Non, souffla Morris. Non, pas du tout. »

Ils restèrent tous trois silencieux pendant quelques secondes. Et puis, avant que quiconque puisse ajouter quoi que ce soit, elle balança la tasse vide à travers la cuisine.

« C'est ici. »

Ils étaient dans le patio derrière la maison. La chaleur lourde et épaisse pesait sur eux et le couvercle écarlate du barbecue. Angela Morris l'ouvrit avec prudence, comme si elle soulevait une pierre qui cachait quelque chose de dangereux. La puanteur les atteignit avant qu'ils voient ce que renfermait le barbecue. Une odeur de papier brûlé, de vieilles cendres et d'eau stagnante.

« Eddie a essayé de l'éteindre en rentrant à la maison. Mais c'était trop tard. Alors il s'est assis et il a fondu en larmes. » Elle tendit le doigt. « Exactement là où vous êtes, en fait. »

Elle regarda le barbecue d'un air absent, elle était étrangement calme. Groves et Sean avaient eu besoin de plus de temps pour se remettre de l'incident avec la tasse, mais c'était comme si le geste lui avait permis de libérer toute l'émotion accumulée en elle. Cependant elle donnait aussi l'impression qu'une partie d'elle s'était brisée en même temps que la porcelaine. Tout en balayant les éclats, elle leur avait expliqué d'une voix monocorde ce qu'elle avait trouvé.

C'était planqué dans une boîte à chaussures au fond de l'armoire. Leland était sorti pour chercher du boulot mais il semblait tendu ce matin-là et elle s'était dit qu'il avait recommencé à se droguer. Ça faisait partie des règles : pas de drogues dans la maison. Alors, profitant de son absence, elle avait fouillé toutes les cachettes possibles, s'attendant à tomber sur les mêmes aiguilles ou les morceaux d'alu qu'elle avait trouvés par le passé. Il y aurait une nouvelle dispute mais elle l'avait déjà pardonné auparavant et il était sûr qu'elle recommencerait. Au lieu de cela, elle avait trouvé une cargaison bien différente et bien plus affreuse. Une cargaison dont elle avait décidé qu'elle était fort éloignée du domaine de l'excusable.

C'était un mélange de magazines, de livrets photocopiés et agrafés, de photos, de dessins et d'images imprimées depuis Internet. La majorité était violemment pornographique. Les photos des magazines semblaient mises en scène mais certaines des impressions n'étaient que trop clairement réelles. Beaucoup des contenus amateurs impliquaient des enfants. Elle n'avait pas tout regardé mais ce qu'elle avait vu était insupportable. Et c'était à l'évidence une collection, qui s'était étoffée au fil du temps et qui avait été dissimulée pour pouvoir la consulter en cachette.

Dégoûtée et probablement chamboulée, elle avait tout emmené en bas et y avait mis le feu dans le patio. Les yeux perdus dans ce qu'il en restait, elle dit de sa même voix calme : « Le pire, c'est que je le comprenais. »

Groves laissa Sean la relancer.

« Vous *compreniez* ? »

Elle prit une profonde inspiration.

« Autant que possible quand on vient d'un foyer aimant. Mes parents étaient des gens biens. *Sont* des gens bien. Ils ne m'ont jamais frappée, sans même parler d'autre chose. Ceux d'Eddie… n'étaient pas comme ça. Comme je vous le disais, il était perturbé. »

Ce n'est pas une excuse, pensa Groves.

Pas une excuse.

« Il avait cherché à se faire aider ? demanda Sean. Un traitement, j'entends. S'il savait qu'il avait ce problème.

– Non. Mais je pense que tout ça… » Elle fit un geste faible vers les documents brûlés. « … était en partie sa manière de faire. S'y exposer, comme une sorte de test. Ou l'explorer de la façon la plus sûre possible, sans faire de mal à personne. »

Ça fait toujours du mal à quelqu'un. Mais Groves ne dit rien Il se souvenait de ses impressions d'Edward Leland quand ils avaient quitté les ruines de sa piteuse petite maison – que ce n'était pas une vie de boire au point d'oublier qu'on a allumé une cigarette et de s'endormir. Il imaginait maintenant Leland en train de boire pour effacer ses souvenirs et sa honte et peut-être même émousser ses instincts sous l'effet de l'alcool.

« Donc… il a pleuré, dit Sean.

– Oui. » Morris hochait la tête férocement comme si cette réaction pouvait le racheter d'une façon ou d'une autre. « Il m'a suppliée de le laisser rester. Non, en fait, la première chose qu'il a faite, c'est me supplier de ne le dire à personne. Je lui ai répondu que j'allais le faire même si je savais que c'était faux. Mais il était hors de question de le laisser rester. Je ne pouvais pas supporter d'avoir ces trucs planqués dans la maison et ils auraient forcément été là avec lui. Cachés en lui. Dans sa tête. »

Groves regarda la pile de magazines et d'impressions carbonisés sur la grille du barbecue. C'était impossible de distinguer la plupart de ce qui se trouvait là. Une feuille était à demi repliée et elle ressemblait à l'angle d'un dessin cru, mais la plupart des détails étaient recouverts par la trace brune laissée par les flammes.

« Il a parlé de son enfance, poursuivit Morris. Il m'a promis de se faire aider. Comme il fallait, cette fois-ci. Mais il ne l'aurait jamais fait. Pourquoi aurait-il changé maintenant, après toutes ces années ? »

Pourquoi, en effet ?

« Il était tout le temps en train d'enterrer les choses. Ce qui lui arrivait, il l'enterrait sous la drogue et l'alcool. Et puis ça. » Elle montrait le barbecue. « Il passait tellement de temps à tout enterrer et puis ça aurait été trop demander, non ? De commencer à creuser tout ça. »

Groves regarda les documents brûlés – il refusait de considérer que c'était de la pornographie – et il comprit qu'il n'y avait sans doute plus aucune preuve de ce qu'elle avançait en dehors de sa parole. Elle les avait détruites, les preuves. Il essaya de s'imaginer dans sa position et il pouvait la comprendre, mais pas l'excuser. Leland avait accumulé tout ça et ils n'avaient maintenant pratiquement aucune chance de savoir d'où ça venait et qui le lui avait fourni. Et elle ne l'avait pas dénoncé. Si Leland n'était pas mort, qui pouvait dire ce qu'il aurait fini par faire ?

Il était mort, bien sûr, et il avait sûrement eu une mort atroce, lacéré puis brûlé. Groves essayait de se dire qu'il n'avait pas mérité ça. Que personne ne méritait ça. Et bien sûr, c'était vrai. Leland méritait un procès, pas les choses atroces qu'il avait subies à la place.

Il se répétait cela.

« Madame Morris. » Sean mit ses mains dans ses poches et semblait se sentir affreusement mal. « Je vais avoir besoin de savoir où vous étiez le jour et la nuit du 29 juillet. De l'aube au lendemain matin.

– C'est facile. J'ai travaillé la plus grande partie du temps. J'ai deux boulots. J'ai probablement dormi une heure ou deux entre les deux. »

Groves attrapa une paire de pinces rouillées et remua la pile très doucement. Les morceaux de papier voletèrent dans le barbecue et une pensée surgit, malgré lui :

Étais-tu là-dedans, Jamie ?

Il regarda Angela Morris. Elle semblait encore détachée de ce qui se passait, même s'il était évident que, sous la surface, elle était déchirée. Elle n'avait pas voulu mal agir, il en était certain. Mais elle l'avait fait. Il essaya de trouver quoi lui dire. Quelle était la chose juste – compatissante – à faire ?

« Je suis navré que vous ayez dû voir ça, madame Morris. »

Sean le regarda une seconde, peut-être parce qu'il attendait la suite – une explosion – mais c'était tout ce que Groves avait à offrir. Un instant après, Sean sortit les mains de ses poches.

« Je suis navré aussi, madame Morris. » Son ton inflexible surprit Groves. « Mais je vais devoir vous demander de nous suivre. »

Mark

Le briefing

C'était le début de l'après-midi, et nous étions rassemblés dans notre salle d'opérations. Elle était assez grande pour vingt inspecteurs mais nous n'étions que tous les quatre pour le moment, assis à nos bureaux. Les rideaux avaient été tirés mais ils étaient légèrement de travers, un rai de lumière vive fendant la moquette. C'était peut-être la seule chose cassée dans le commissariat pour le moment.

Une grande partie du mur était occupée par un écran plasma. Deux photos, affichées côte à côte, nous surplombaient : Charlie Matheson, avant et après. L'image sur la gauche était scannée à partir du papier que m'avait donné Carlisle, Greg avait cherché un angle correspondant dans la vidéo de l'interrogatoire et avait tiré un plan de la séquence. Ajouté à la taille de l'écran, ça sautait plus que jamais aux yeux : c'était une seule et même personne.

Pete s'est levé et a pris la parole.

« OK, on a beaucoup de choses à reprendre. » Il s'est passé la main dans les cheveux, l'air déjà épuisé. « Mark va nous parler des interrogatoires dans quelques instants mais pour le moment, reprenons du début. Il y a deux ans. Simon, parle-nous de l'accident et du rapport post-mortem. »

Simon s'est levé.

« Il n'y a pas grand-chose à raconter. » Comme toujours, il parlait vite et avec précision, ce qui forçait à le suivre très attentivement. « Je suis sûr que vous avez tous lu le dossier et il n'y a pratiquement rien de plus à savoir. Il n'y a pas vraiment eu d'enquête, pourquoi est-ce qu'on en aurait fait une ? Je vais vous montrer les photos de la scène et celles de l'autopsie. Je suis conscient que nous ne sommes pas certains de l'identité de cette victime, alors je continuerai de l'appeler Matheson pour le moment. »

Il nous a reconstitué l'accident en se servant de sa tablette pour afficher une carte du site, le chemin qu'avait apparemment suivi le véhicule de Charlie, terminant par la scène qui attendait les premiers agents arrivés sur les lieux. Je connaissais bien les photos du dossier à ce stade, mais les clichés d'autopsie agrandis montrant la femme non identifiée rendaient ses blessures encore plus frappantes et horrifiantes. Ils remplissaient la pièce.

« La cause du décès est assez évidente, a dit Simon. Du moins en apparence. Personne n'aurait pu survivre à ces blessures, et compte tenu du sang sur la scène elles ont été jugées concomitantes à l'accident. D'après nos dossiers, Matheson était morte depuis une heure et demie quand sa dépouille a été transportée à l'hôpital. »

Pete a froncé les sourcils.

« Reprends la chronologie.

– L'accident s'est produit à environ 20 h 10. Le corps est arrivé à l'hôpital aux alentours de 21 h 37. La scène a dû être analysée, bien sûr : photographiée, etc. Ça a pris une heure et quart. Les agents sont arrivés dix minutes après l'incident. Tout ça correspond aux estimations initiales et secondaires du légiste. »

Greg a levé son stylo.

« Comment on sait que ça leur a pris dix minutes pour arriver ?

– L'accident a été signalé, a répondu Simon. Un autre conducteur a été témoin. Il y a eu un appel aux urgences immédiatement après.

– Et le conducteur ? a demandé Pete.

– N'est pas resté sur les lieux. » Simon hochait la tête : c'était un détail important. « Et il n'a jamais été identifié. L'appel n'a pas été enregistré bien sûr, ou s'il l'a été, il a disparu depuis longtemps. C'était un homme, c'est le seul détail que l'on ait. Et avec le temps qui s'est écoulé depuis, c'est le seul que l'on risque d'avoir.

– Greg ? »

Pete regardait l'intéressé qui tournait sur son fauteuil, un stylo dans la bouche.

« Donnez-moi les détails et je verrai ce que je peux faire. » Greg a soupiré. « Mais Simon a raison. Ça fait deux ans. Je partirais du principe que toutes les données ont été effacées.

– Essaie quand même. Il y avait des caméras de surveillance sur ce tronçon ? »

Greg a haussé les épaules.

« Je vais voir. Mais encore une fois, ça fait deux ans.

– Oui, je sais bien. » Pete a plissé le front. « C'est une coïncidence, non ? Le conducteur aurait dû s'attarder. Ce serait ça votre premier instinct, pas vrai ? C'est ce que ferait toute personne normale. Au lieu de ça, il appelle, s'en va et personne ne cherche à retrouver sa trace. Si nous partons du principe que quelqu'un d'autre était impliqué – que c'était une mise en scène –, alors nous avons notre principal suspect. Qui en ce moment même, court toujours.

– Qui a commencé à courir il y a deux ans », l'a corrigé Greg.

Pete l'a ignoré et s'est tourné vers Simon.

« OK. On sait que quelqu'un est mort mais admettons pour le moment que c'est louche : que ce n'était pas un accident mais une sorte de mise en scène. Est-ce que c'est faisable, matériellement ? »

Simon a fait la moue le temps de réfléchir.

« Ce n'est pas mon champ d'expertise donc je ne peux pas être sûr. Mais je suppose que oui, en théorie, c'est possible. Matheson – je parle là de la morte – est bien passée par le pare-brise mais elle était peut-être inanimée ou déjà morte dans le siège conducteur. » Il a jeté un œil à ses notes. « La portière côté passager était ouverte quand le véhicule a été retrouvé. Si quelqu'un a choisi l'emplacement avec soin et a fait les bons calculs, il a pu envoyer la voiture par-dessus le parapet avant de sauter. S'il a maintenu l'accélérateur enfoncé à l'aide d'un objet, il a pu ensuite le retirer. Ce serait une manœuvre assez audacieuse, disons, mais pas impossible.

– Il est possible qu'elle ait été inconsciente ou déjà morte ?

– Les rapports de toxicologie n'ont rien donné : pas d'alcool, pas de drogue. » Simon a considéré le corps de la femme à l'écran. « Mais compte tenu de la sévérité des blessures... Enfin, vous voyez bien qu'elle aurait pu recevoir un coup à la tête avant ça. Ça aurait même pu être un coup fatal. L'accident aurait masqué les traumatismes. »

De l'autre côté de la pièce, Greg tapotait son stylo contre ses dents.

« Comme un coup de fusil sur une microcoupure.

– Oui, a répondu Simon. Merci pour cette image parlante, Greg. Quelque chose dans ce goût-là.

– Et le corps a été incinéré.

– Tout à fait.

– Bien. » Pete a croisé les bras et soupiré. « Trouvons son nom alors. D'autres femmes disparues à cette période, Mark ?

– Pas eu le temps de regarder. Et j'ai Paul Carlisle qui arrive tout à l'heure, je m'en occupe juste après. »

Ça supposait de plonger dans les archives mais ce serait assez simple, surtout si je limitais la recherche aux femmes de l'âge de Charlie qui partageaient son signalement. Et compte tenu de la crémation et du temps écoulé, c'était sûrement notre seul moyen d'identifier celle qui était morte à la place de Charlie Matheson.

« Bon, a dit Pete, autre chose d'il y a deux ans à évoquer ? »

Personne n'a rien dit. Je n'ai pas pu m'empêcher de remarquer que Pete semblait légèrement perdu, que le poids de la responsabilité semblait parfois l'écraser, comme s'il espérait secrètement que quelqu'un se porte volontaire pour diriger l'enquête à sa place.

« OK. Passons au présent alors. L'autre bout du dossier. Greg ?

– Ouais. »

Greg s'est levé rapidement, se servant de son stylo pour tapoter la tablette qu'il avait à la main. La seconde d'après, une carte de la zone apparaissait sur l'écran : une image satellite avec les routes surlignées et quelques sites annotés. Il a légèrement zoomé sur l'image qui a mis quelques instants à redevenir nette, le texte apparaissant petit à petit. La courbe de Town Street, avec tous les magasins, s'étirait à l'écran avant de se séparer en deux rues vers la partie supérieure.

Greg a griffonné sur sa tablette et une croix est apparue en bas de l'écran, sur la rue.

« C'est l'épicerie Addison, où la femme a été trouvée. C'est le point de repère de notre tracé. D'après les témoignages de l'agent arrivé sur les lieux – qui sont de deuxième main, c'est juste ce qu'on lui a dit sur le moment –, elle a été vue arrivant de cette direction et elle semblait ivre ou perturbée. »

Il a ajouté quelques traits vers la fourche en haut de l'écran, pour représenter la direction par laquelle Charlie Matheson était arrivée.

« J'ai retrouvé l'agent en question. Évidemment, sur le coup il n'avait rien remarqué d'inhabituel et le résultat, c'est qu'on n'a aucun détail sur ces témoins. La foule s'est assemblée et chacun est reparti. On peut passer des annonces bien sûr. » Greg m'a jeté un coup d'œil. « J'imagine qu'on va inspecter les lieux de toute façon ? »

J'ai regardé Pete. « Si on arrive à avoir les fonds et les hommes. »

Pete a grogné.

« Bref. » Greg a ajouté une autre croix en haut à gauche de l'écran, au-delà de la fourche, sur une zone de verdure triangulaire. « En se fondant sur la version de la femme, c'est sans doute là qu'elle s'est réveillée. C'est une étendue d'herbe. Elle va jusqu'à l'église ici et jusqu'à ces deux tours d'habitations sur la droite. Il y a des routes sur trois côtés et des chemins pour la traverser. Il y a deux ou trois cents mètres de rue sur chaque côté, donc ce n'est pas immense.

– Des caméras de surveillance ? a demandé Pete.

– J'y arrive. » Greg a tapoté sa tablette et une série d'icônes représentant des caméras sont apparues. « Comme vous pouvez le voir, on a des caméras le long des deux rues principales. Nous regardons les images sur une période de deux heures autour de l'apparition de cette femme. Nous l'avons déjà sur Town Street et nous avons retracé son chemin jusqu'à l'épicerie. Observez. Je vais passer la vidéo à l'endroit, bien sûr. »

Il a tapoté sa tablette une nouvelle fois pour lancer la vidéo, un montage des différentes caméras de surveillance. La première scène montrait Charlie émergent du parc vêtue de l'étrange tenue dans laquelle elle avait été trouvée. La luminosité était faible et ses habits ressortaient : immaculés, brillants, presque radioactifs, comme s'il s'agissait d'une caméra infrarouge. Elle posait un pied hésitant sur le trottoir, émergeant depuis l'ombre des arbres derrière elle. C'était un après-midi ensoleillé, et même de loin on la voyait grelotter et serrer les bras autour de son corps.

Et cela m'a fait penser – inévitablement et dans la seconde – à Lise. Plus qu'un véritable souvenir, c'était une impression d'une matinée lointaine. À la différence de Sasha, Lise avait toujours dormi tard et je me réveillais généralement avant elle. Je la revoyais, dans un grand tee-shirt, endormie et groggy, entrer dans le salon d'un pas aussi hésitant que celui de Charlie Matheson revenant au monde à l'écran. Éveillée mais encore en train de rêver…

Arrête de penser à elle.

J'ai secoué la tête. Je me suis concentré sur les images.

Pendant quelques instants, Charlie est restée immobile à regarder autour d'elle. Elle semblait perdue et incertaine : elle cherchait un indice pour savoir dans quelle direction aller mais elle manquait de critères pour choisir. Elle a fini par trancher et a marché dans la direction de la caméra. Alors qu'elle approchait, passant dessous avant de disparaître, la détresse sur son visage était nette. Elle titubait légèrement.

« Vous pouvez voir qu'elle est désorientée.

– Ce qui collerait à ce qu'elle m'a dit, ai-je remarqué. Elle a affirmé que c'était une expérience bouleversante pour elle. Je pense qu'il y a une bonne chance qu'elle ait été droguée.

– Que dit la toxicologie ? a demandé Pete.

– Les tests sanguins à l'hôpital n'ont rien donné. Mais ça ne veut rien dire. Ils n'ont pas tout testé à ce moment-là. Ça avait pu quitter son organisme ou ne pas être repéré.

– D'accord. »

À l'écran, les images montraient un autre angle, Charlie, qui titubait de plus en plus, arrivait vers le bout de Town Street. Elle avait peiné à atteindre l'épicerie. Alors qu'elle s'écroulait à moitié, à côté de l'étal de fruits et légumes, l'impression que j'avais était que sa volonté de continuer s'était épuisée. Qu'elle était allée aussi loin que possible.

J'ai regardé les badauds se rassembler autour d'elle.

« OK. » Greg a tapoté sa tablette, interrompant la vidéo. « Comme je le disais, nous étudions les images que nous avons autour du parc, à la recherche d'un véhicule ressemblant à une ambulance. Un camion de glaces. N'importe quoi. Mais, je le redis, nous n'avons des images que sur deux rues. Si elle a été déposée sur la troisième, nous n'aurons pas le véhicule.

– Quelque chose me dit qu'on ne le verra pas, a dit Simon. Étant donné le niveau d'organisation requis pour mettre en scène un accident de voiture et garder quelqu'un en otage pendant deux ans, ils ne seraient pas du genre à chuter sur la dernière marche. »

Personne n'a rien dit, mais si on partait de ce principe, il avait raison.

C'était ensuite à moi. Contrairement à Simon et Greg, je n'avais pas vraiment besoin de l'écran : les interrogatoires étaient dans le dossier et mes coéquipiers pouvaient les visionner à leur guise. Mais j'ai réaffiché les deux photos de Charlie Matheson : l'une normale et légèrement sévère, l'autre scarifiée, perdue et effrayée. Puis j'ai parlé des quelques détails qu'elle m'avait donnés sur sa période d'incarcération et ce qui l'avait entourée avant de conclure par mon impression d'elle.

« Je ne pense pas qu'elle mente, ai-je dit. Quoi qu'il lui soit arrivé, elle pense sincèrement qu'elle est morte depuis deux ans. Elle affirme toujours se souvenir de l'accident. »

Pete était sceptique.

« C'est vraiment possible de convaincre quelqu'un de ça ?

– Si la personne a subi suffisamment de coercition et qu'on lui a bourré le crâne, alors c'est possible qu'elle craque et tienne ça pour vrai. Torture, privation sensorielle, répétition. Tout ça joue un rôle et c'est ce qu'elle m'a décrit. Pris ensemble et répété suffisamment longtemps, ça donnerait à quiconque une puissante motivation pour se fier à ce qu'on lui raconte.

– Et le fait de nous dire merci ?

– Aucune idée. Elle ne sait pas non plus ce que ça signifie. Ou alors elle ne se souvient plus.

– Et *pourquoi* ? » Pete a croisé les bras. « Pourquoi faire subir tout ça à quelqu'un ?

– Il y a beaucoup de tarés dans ce monde », a dit Greg.

C'était mon tour de l'ignorer. J'ai expliqué ce qu'Eileen m'avait dit : qu'une histoire peut effleurer la vérité sans être totalement exacte, que certains détails pouvaient être vrais mais pas forcément le tout.

« Si l'histoire de l'ambulance est véridique, il y a au moins deux personnes impliquées : le "gentil" à l'arrière et le conducteur, qui est peut-être celui qui l'a mutilée. Pour le reste, tout ce que je peux dire c'est que je pense qu'elle a été enlevée par quelqu'un, probablement gardée en captivité en sous-sol quelque part – dans une cave, peut-être – et que les cicatrices parlent d'elles-mêmes. Au-delà de ça... peut-être un élément religieux, mais je n'en suis pas certain. » Je me sentais un peu mal à l'aise de dresser ce portrait. « Je tiens ça d'une consultation, en fait.

– Avec qui ?

– J'ai parlé à Eileen Mercer. Je n'ai pas de formation de thérapeute et je voulais une seconde opinion avant de retourner l'interroger.

– Eileen, a dit Pete. Je vois.

– Charlie Matheson est vulnérable, peut-être délirante. J'ai décidé de demander conseil. »

La salle est restée silencieuse un moment. Je voyais bien que la mention de la femme de son ancien patron avait un peu secoué Pete. Lui et John avaient été amis, je me demandais s'ils étaient même restés en contact depuis les événements. Ou peut-être Pete pensait-il à tout ce qui lui manquait pour se sortir de l'ombre de Mercer. Nous partagions son silence. Je n'avais aucune idée de ce que se disaient Greg et Simon. De mon côté, je pensais que j'aurais sans doute mieux fait de me taire.

Enfin, Pete a secoué la tête.

« OK. Nous avons tous nos pistes et nos priorités. Nous nous retrouverons à 17 heures, sauf si quelque chose change entretemps. Trouvons qui était la première victime. Et où la vraie Charlie Matheson a passé tout ce temps. » Il a regardé l'écran et, presque pour lui-même, a ajouté : « Et essayons de découvrir pourquoi. »

Mark

L'absence

Peu de temps après la fin du briefing, j'ai reçu un appel pour dire que Paul Carlisle était arrivé à la réception. Je suis descendu l'accueillir. Il portait un jean et un sweat-shirt, pourtant il semblait encore plus négligé que la veille. Ils ne dormaient pas bien, m'avait-il dit, et la situation avait visiblement empiré. Il avait les cheveux en bataille et des poches noires sous les yeux. Il avait l'air hanté. Et d'une certaine façon, on peut considérer qu'il l'était.

« Merci d'être venu, Paul », lui ai-je dit quand nous nous sommes retrouvés dans le calme de la salle d'interrogatoire. Je lui avais porté un verre d'eau mais il n'y avait pas encore touché. « Et merci pour ceci. »

Je lui ai passé la feuille qu'il m'avait donnée la veille, la photo de sa femme.

« Je voulais vous montrer une photo moi aussi. C'est la femme hospitalisée. Ça ne vous dérange pas ? »

Ça me semblait plus poli de demander, même si nous savions lui et moi qu'il n'avait guère le choix.

« Non, allez-y, montrez-moi.

– Je préfère vous prévenir, les blessures qu'elle a reçues peuvent être un peu choquantes au premier abord.

– Pas de problème. »

Je lui ai tendu le plan extrait de la vidéo. C'était l'image que Greg avait isolée, celle où la Charlie d'aujourd'hui tournait la tête dans la même position que la Charlie d'hier. La ressemblance me paraissait incontestable mais je ne l'avais pas connue deux ans plus tôt et je voulais voir sa réaction.

Malgré sa réponse bravache, Carlisle prit la page avec hésitation. J'ai scruté son visage pendant qu'il l'étudiait, notant sa détermination à rester impassible. Peut-être pensait-il qu'il était impossible que ce soit Charlie, pas après tout ce qui s'était passé, mais il avait l'air préparé à nier, comme s'il pouvait faire disparaître la situation simplement en se convaincant que tout ça n'était pas vrai. Sauf qu'il ne pourrait pas faire semblant et ça l'a frappé tout de suite. Il pouvait peut-être rester stoïque mais il était illusoire de masquer cette pâleur soudaine.

Il est resté silencieux quelques instants.

« Elle lui ressemble, a-t-il finalement lâché. Mais je ne suis pas sûr.

– Non ? Prenez votre temps, Paul, s'il vous plaît.

– Je n'ai pas besoin de plus de temps. » Il m'a tendu la feuille. J'ai attendu quelques instants avant de l'accepter. « Ça lui ressemble mais c'est difficile à dire à partir d'une photo.

– Vous seriez prêt à la rencontrer ?

– Non. »

C'était une idée en l'air – je n'avais pas forcément prévu de l'emmener à l'hôpital –, mais la vitesse de sa réponse m'a surpris.

« Je sais que c'est dur.

– Ah ouais, vraiment, vous savez ? »

L'espace d'un instant, j'ai envisagé de lui dire *en fait, oui*, et de lui parler de Lise, mais je me suis retenu. C'était trop personnel et, surtout, qu'est-ce que j'en savais ? Lise n'était pas ressuscitée. Si elle me hantait maintenant, ce n'était qu'en souvenir, et même si c'était envahissant de bien des façons, un souvenir ne menaçait pas de se pointer sur le pas de ma porte.

« Ce que je sais, c'est que tout ça ne va pas disparaître. Et je pense que l'on sait aussi tous les deux que la femme sur la photo que je viens de vous montrer est votre épouse, Charlie Matheson.

– Vous *l'affirmez* maintenant ? Vous me posiez la question tout à l'heure. Et je vous dis que je ne suis pas sûr.

– D'accord. » Ça me semblait inutile d'insister, d'autant que je ne pouvais pas le forcer à aller à l'hôpital. « Mais je veux que vous compreniez ce que je vous dis. Ça ne va pas disparaître, Paul.

– Je sais. »

Il paraissait terriblement malheureux. Même si je comprenais et compatissais, cela me faisait aussi penser à ce que Charlie avait dit ce matin-là pendant l'entretien, quand je lui avais parlé de la réaction de Paul. *Ah bon ? Il n'était pas content ?* Elle aurait tout aussi bien pu dire *L'homme que j'aimais et qui m'aimait préférerait que je sois morte.* Et la terrible réalité était que c'était sans doute en partie vrai.

Carlisle a repris, comme s'il avait lu dans mes pensées.

« Je l'ai pleurée, vous savez ? J'ai fait mon deuil. C'était comme si on m'avait arraché le cœur. À l'enterrement, j'ai essayé de prendre la parole – de lire un discours – et je n'ai pas pu tellement je pleurais.

– Je comprends.

– Et qu'est-ce que j'étais censé faire, putain ? Faire ça éternellement ? Je suis passé à autre chose. Je suis désolé, je sens que je devrais être désolé, que vous vous attendez à ce que je sois désolé, mais qu'est-ce que j'aurais pu faire d'autre ?

– Personne ne vous le reproche, Paul.

– Et maintenant... ça.

– Je comprends.

– Comment ? Comment ça a pu arriver ?

– Nous ne savons pas encore. »

J'ai ignoré son acceptation tacite que tout ceci était bel et bien réel. Il a fait un geste vers son visage pour mimer les cicatrices qu'il avait vues. Il a repris, à voix basse.

« Pourquoi quelqu'un irait faire *ça* ?

– Nous ne savons pas. Et je dois vous le demander, Paul, savez-vous s'il y a une raison pour laquelle quelqu'un aurait voulu s'en prendre à votre femme ? »

Il a abaissé les mains, l'air dévasté.

« Mon Dieu, non. »

Il a poursuivi sur l'incongruité de cette idée et je l'ai cru. À première vue, il n'y avait rien de suspect. Je savais déjà qu'aucun d'eux n'avait eu de problème avec la police par le passé. Charlie était secrétaire au département de sociologie de l'université et Carlisle était manageur dans une compagnie pharmaceutique. Pour ce que je pouvais en voir, ils étaient tous les deux au-dessus de tout soupçon. Des gens normaux.

D'un autre côté, la question que Pete avait posée à la fin du briefing m'embêtait toujours. Si on laissait momentanément de côté ce qui était arrivé à Charlie Matheson, *pourquoi* était-ce arrivé ? Je ne m'interrogeais pas sur le mobile de ses ravisseurs. Pourquoi avaient-ils choisi de la cibler *elle*, en particulier ? Parce qu'il semblait clair qu'elle n'avait pas été prise au hasard. Il devait y avoir une raison, et de toutes les personnes qui auraient pu être enlevées, il l'avait choisie, elle.

Mais si tel était le cas, Carlisle ignorait pourquoi.

« Elle n'avait pas d'ennemis, a-t-il dit. Demandez à n'importe qui. Elle pouvait être assez directe. Elle avait du tempérament, vous voyez ? Mais c'était plus de la confiance en elle qu'autre chose. Personne ne la haïssait. »

J'ai hoché la tête. *Demandez à n'importe qui.* C'était exactement ce qu'allaient faire nos équipes le lendemain. Les amis, les collègues, la routine. Mais pour le moment, j'étais disposé à croire que Carlisle disait la vérité, du moins pour ce qu'il en savait.

« Il y a autre chose, ai-je dit.

– Oh merde. » Il m'a regardé avec un mélange d'épuisement et de colère. « Quoi ?

– Le jour de l'accident. Elle est partie au travail le matin comme d'habitude ?

– Oui.

– Mais elle a dit au bureau qu'elle était malade.

– Oui, je sais.

– Et vous n'avez aucune idée d'où elle est allée ce jour-là, ni de ce qu'elle a fait ?

– Non. »

Il s'est rencogné contre son dossier et a croisé les bras. Je n'étais pas sûr d'avoir jamais vu un homme aussi fatigué et défait. L'espace d'un instant, il m'a presque semblé effrayé. Puis il s'est plongé dans la noirceur du passé et quand il a repris la parole, j'ai vu la trace de l'homme qui avait aimé, pleuré et fait son deuil.

« J'imagine que personne chez vous ne s'y est suffisamment intéressé pour le découvrir. »

Trouvons qui était la première victime. Et où la vraie Charlie Matheson a passé tout ce temps.

Plus facile à dire qu'à faire, bien sûr. Quand nous nous sommes retrouvés dans la salle d'opérations à 17 heures, nous étions à peine plus avancés.

« Ça aurait de toute façon été un peu compliqué après deux ans, a dit Greg, mais il n'y avait pas de caméra de surveillance sur le tronçon où a eu lieu l'accident. Plus déprimant encore, le parc n'a rien donné du tout. »

Il avait fouillé toutes les vidéos recueillies et n'avait rien trouvé. Beaucoup de camionnettes, bien sûr, et même deux ambulances, mais aucune qui semblait suspecte ou qui s'était arrêtée dans le secteur. Il était possible que l'un de ces véhicules soit celui que nous cherchions mais Charlie avait clairement été déposée dans la rue qui n'était pas filmée. Cela semblait confirmer ce que Simon avait dit plus tôt sur l'organisation et le souci du détail de ceux qui étaient derrière cet enlèvement et cette réapparition. Ils – je partais toujours du principe qu'il y avait deux kidnappeurs – n'étaient pas du genre à faire une erreur aussi bête que de se faire prendre par une caméra.

Bien sûr, ça ne voulait pas dire qu'ils n'avaient pas été vus du tout.

« J'ai deux agents qui inspectent les immeubles des alentours. Peu importe où le van s'est arrêté, quelqu'un les aura forcément vus la déposer dans le champ et c'est le genre de chose que les gens retiennent s'ils en sont témoins.

– C'est aussi le genre de chose que les gens auraient signalée sur le coup, a remarqué Pete.

– C'est vrai. Mais c'est notre meilleure chance maintenant qu'on sait qu'on n'a rien sur la vidéosurveillance. On a aussi affiché des appels à témoignage sur la rue principale. C'est le début, mais on n'a encore eu aucun retour. »

J'avais également fait compiler une liste des hôpitaux dans un rayon d'environ cent cinquante kilomètres et on avait commencé à les appeler. Même si le Dr Fredericks disait avoir fait les vérifications, je doutais qu'il ait lancé un filet aussi large et je tenais à éliminer l'hypothèse que Charlie ait vraiment été une patiente quelque part, et que l'histoire qu'elle nous avait servie ait été une invention pure et simple. Ça n'expliquerait pas les cicatrices, bien sûr, ou la victime trouvée sur la scène de l'accident, mais je voulais ouvrir toutes les pistes. Celle-ci n'avait rien donné pour le moment.

« Pour l'identité de la morte, je n'ai rien. J'ai cherché des signalements de personnes disparues dans les mois autour de l'accident. Il y en a beaucoup. »

Un nombre étonnamment important, en fait, mais après avoir filtré en me fondant sur l'âge, le sexe et l'apparence physique, il y en avait bien moins : seules trois femmes que l'on aurait pu confondre avec Charlie Matheson dans de telles circonstances et avec une telle blessure à la tête. Mais ces trois disparitions avaient depuis été expliquées.

« Alors soit je ne suis pas remonté assez loin, ai-je dit, soit nous sommes face à une victime qui pour une raison ou une autre n'a pas été signalée à l'époque… ou alors qui l'a été bien plus tard. C'est la prochaine étape. Étendre les recherches de ce côté-là. »

Ce qui n'allait pas être facile. Les gens qui disparaissent sans être signalés sont généralement ceux qui sont déjà sortis des radars de la société : les plus bas échelons de l'industrie du sexe, les sans-abris, les sans-papiers. Ce n'était pas une tâche que j'avais hâte d'accomplir.

« Et Carlisle ?

– Il n'est pas satisfait de la situation. »

Pete a eu un petit rire.

« C'est compréhensible, j'imagine. Sa nouvelle compagne est enceinte ?

– Oui.

– Eh bien, tout ça tombe mal pour lui, pas vrai ? Mais au moins, Charlotte Matheson est toujours en vie et c'est elle notre principale responsabilité aujourd'hui. Quelqu'un a la moindre idée du mobile ? »

J'ai secoué la tête.

« Carlisle n'a rien su me dire. Et pour ce que j'en ai vu, il n'y a rien d'évident sur l'un ou l'autre. Je demanderai à quelqu'un de parler à leurs connaissances demain, leur faire raconter un peu. Parce qu'il doit bien y avoir une raison qui fait qu'on l'a choisie, elle.

– Oui.

– Et il y a autre chose. Un détail dans le dossier que j'ai remarqué l'autre jour. Ça m'a dérangé quand je l'ai vu la première fois mais je n'avais pris la mesure de ce que ça voulait dire. »

J'ai reparlé de la journée qui avait précédé la disparition de Charlie : le fait qu'elle ait appelé son travail pour dire qu'elle était malade le matin, mais que d'après son mari elle soit partie de la maison comme d'habitude.

« Là encore, Carlisle n'a aucune suggestion à proposer. À l'époque, c'était simplement une petite curiosité. Mais à l'évidence, compte tenu de ce qu'on sait aujourd'hui, c'est important.

– Absolument.

– Je retournerai la voir demain matin. » J'allais devoir être attentif, bien sûr, parce que ce détail pouvait être la clé. « Et je vais trouver ce qu'elle a vraiment fait ce jour-là. »

Groves

J'ai vécu l'enfer, monsieur

La fin de la journée.

Groves avait l'impression qu'elle avait duré une éternité. La découverte des magazines et des photos brûlés chez Angela Morris l'avait vidé. La gare était bondée mais le bruit des conversations et des valises à roulettes montait autour de lui sans qu'il les entende. Il s'acheta un café et un journal puis passa les portes pour gagner la fraîcheur du quai extérieur. Son train attendait sur la gauche, portes ouvertes, l'intérieur de la rame d'un jaune maladif dans la pénombre.

Une poignée de voyageurs était répartie dans le wagon, le haut de leur tête dépassant au-dessus des fauteuils. Personne ne parlait, il n'y avait que la discrète vibration du moteur, basse et bizarrement omniprésente. Groves avança dans l'allée et trouva une place. La table devant lui était recouverte de vieux journaux aux pages éparpillées. Il les réunit et les posa sur le fauteuil d'en face puis déplia son journal en buvant une gorgée de café si chaude qu'elle lui brûla la lèvre supérieure.

Il était dos à la porte mais il fut soudain conscient d'une présence derrière lui. Une différence dans l'atmosphère peut-être. Il se retourna et vit qu'un homme était entré et se penchait sur une femme assise plus près des portes.

L'homme devait avoir la vingtaine tout au plus mais il faisait bien plus vieux. Il avait la fine barbe clairsemée d'un adolescent mais le teint cireux et les cheveux gras d'un toxico. Il portait une tenue de treillis usée dont le tissu vert semblait graisseux par endroits et il avait un sac à dos gris suspendu à l'épaule. Il était penché sur la femme et faisait tourner sa main sur son poignet maigre. La femme faisait de son mieux pour l'ignorer : écouteurs sur les oreilles, elle restait concentrée sur son iPad.

Il fait la manche, pensa Groves. Certains des sans-abris utilisaient cette technique : ils payaient un billet pour accéder au quai et haranguaient un public captif le plus longtemps possible avant que les agents de sécurité les fassent partir. Mais cet homme était aussi juste à côté de la porte et le train était sur le point de démarrer. Il était parfaitement possible qu'il essaie d'attraper l'iPad à la dernière minute et saute du train pour disparaître dans la foule. Ce que faisaient aussi certains des sans-abris.

« Tout va bien ? »

La fille le regarda un peu désemparée : elle ne voulait pas dire non de peur d'énerver l'autre, mais elle ne voulait clairement pas dire oui non plus. Pour Groves, l'expression sur son visage tenait lieu de réponse. L'homme se redressa et se tourna vers lui.

« Police, dit Groves. Vous n'avez rien à faire ici et vous le savez. »

Il s'attendait à la défense en quatre temps classique des junkies. Quand vous essayiez de les déplacer, ils commençaient généralement par se tenir à distance en disant qu'ils ne faisaient rien de mal, puis ils demandaient une explication et se plaignaient, puis ils vous insultaient et enfin, quand vous vous approchiez d'eux, ils déguerpissaient. Mais au lieu de ça, le jeune homme semblait perdu. En fait, il avait l'air sur le point de fondre en larmes.

« Je sais, dit-il. Dieu soit loué ! Je suis désolé. Je vous en prie, aidez-moi, monsieur. »

Sa réaction prit Groves de court.

« Je ne peux rien pour vous mon vieux, désolé. »

L'homme s'écarta de la femme en levant les mains. Il avait un air désespéré, comme si c'était sa dernière chance et qu'il fallait que Groves comprenne.

« Il me faut juste cinquante pence. »

L'espace d'une seconde, Groves le regarda dans les yeux. Ils étaient larmoyants mais il vit que c'était exactement le même bleu que ceux de Jamie et que, sous la crasse, ses cheveux étaient de la même longueur et de la même couleur que la chevelure de son fils. En fait, vu de près, il semblait bien plus jeune que Groves l'avait cru – pas encore la vingtaine, peut-être même un préado. Trop vieux pour être Jamie qui aurait grandi, bien sûr, mais suffisamment proche pour causer un choc momentané : *ça pourrait être lui*, une idée ridicule qui ne fit que lui traverser l'esprit.

Groves l'écarta d'un revers de main.

« Désolé, vieux. Mais vous devez descendre maintenant.

– S'il vous plaît. C'est important.

– Je ne peux rien pour vous. »

Comment cinquante pence pouvaient-il avoir une telle importance ? Ils ne pouvaient pas faire une différence réelle dans la vie du garçon. Et pourtant, il y avait quelque chose dans le désespoir qui se lisait sur son visage. Pour une raison ou une autre, il croyait clairement que cette pièce changerait tout pour lui. Peut-être que c'était ça, ou alors la ressemblance partielle avec Jamie, mais Groves se surprit à fouiller au fond de sa poche.

Pendant ce temps, le jeune homme tourna légèrement la tête et écarta ses cheveux, dévoilant son visage, et Groves s'interrompit.

Il n'avait pas pu voir ce côté de sa tête avant mais il était maintenant évident que le garçon avait été salement amoché. On aurait dit qu'il avait été brûlé dans un incendie. Une partie de ses cheveux avait brûlé totalement, lui laissant une demi iroquoise et une peau rose et fripée. Son oreille avait disparu et des cicatrices blanches s'étiraient sur sa mâchoire, des couches qui se superposaient comme des algues blanchies sur une plage.

« J'ai vécu l'enfer, monsieur.

– Comment tu t'appelles ?

– Carl. J'ai vécu l'enfer. Vous avez l'air bon. »

Groves regardait les dégâts.

« Mais qu'est-ce qui t'est arrivé, Carl ?

– J'ai été brûlé, monsieur. Salement brûlé. J'étais prisonnier de guerre. »

C'était à l'évidence un mensonge, ça collait avec sa tenue mais pas avec son âge. Le garçon relâcha ses cheveux et ils recouvrirent sa blessure. Groves était sur le point de dire quelque chose – peut-être pour le contredire –, mais le garçon tendit une main tremblante.

« Vous avez l'air d'être une bonne personne. S'il vous plaît, aidez-moi. »

Groves trouva une poignée de monnaie dans sa poche arrière, prit une pièce de cinquante pence qu'il lui tendit.

« Dieu veillera sur vous, dit doucement le garçon. N'oubliez jamais. »

Dehors, le chef de gare sifflait et exécutait lentement les signes qu'il connaissait trop bien. Le garçon soutint le regard de Groves quelques instants puis se retourna et descendit calmement du train. À ce moment-là, Groves entendit un bruit.

« Attends », lança-t-il.

Mais les portes se refermèrent derrière lui. À travers la fenêtre en plastique, Groves vit l'agent de sécurité essayer de sortir le garçon de son passage, comme si un pigeon venait de se poser devant lui.

Groves gagna la porte tandis que le train se mettait en branle avant de s'éloigner lentement du quai. Il y vit le garçon qui restait planté là. Il regardait Groves, ses yeux bleu clair le suivant tandis que le train partait. Son visage était maintenant paisible. Dégagé et plein de gratitude.

Groves regarda le sol sale.

Un téléphone.

Le garçon avait fait tomber un portable.

Sasha

La photographie

Sasha rentra à la maison avant Mark, encore énervée contre elle-même pour ce qui s'était passé pendant l'après-midi. Cette erreur qu'elle avait faite. Ce n'était qu'une broutille, et personne n'en avait rien su, mais ça n'était pas la question. Elle, elle savait, et ça la rongeait.

Elle balança son sac sur le canapé plus fort que d'habitude – un inutile petit coup de pied envoyé au monde dont elle était contente que personne ne soit là pour le voir – et alla à la cuisine pour se servir un verre de vin depuis le cubi du réfrigérateur. Elle s'accouda au comptoir, les mains de chaque côté de son verre, dans lequel son regard se perdit.

Ça n'était rien de sérieux. Ça n'était rien du tout. Le département faisait sa descente biannuelle sur les stocks de produits volés et Sasha était mobilisée dans l'un des quatre raids coordonnés à travers la ville. En l'occurrence, son équipe aidait à fouiller un pub du centre-ville. Le King's Arms était un bouge et la rumeur disait que c'était une plaque tournante du vol à l'étalage : les clients arrivaient littéralement avec une liste puis prenaient un verre en attendant que les biens soient volés dans les magasins des alentours.

Il devait y avoir une trentaine de clients à leur arrivée et l'endroit avait été bouclé pendant qu'ils les fouillaient avant de les laisser repartir un à un. L'équipe avait découvert des tonnes de vêtements et de sacs à main, dont des biens stockés dans la cave du bâtiment, et réalisé cinq arrestations, dont le propriétaire. Un bon résultat, en somme.

Sasha était à la porte et prenait les noms et les adresses des personnes qui sortaient pour voir s'il y avait un mandat contre eux. Elle aurait aussi dû garder un œil sur les fouilles – une précaution supplémentaire – mais au bout d'un moment son attention avait commencé à fléchir. Son esprit vagabondait, elle était moins attentive. Elle n'était plus certaine à présent d'avoir bien fouillé chaque personne avant de la laisser repartir.

Ça n'avait aucune importance dans l'ordre général des choses mais on ne pouvait pas se permettre de faire des erreurs comme celle-ci, même petites. Parce que si la première n'avait pas de conséquences pour vous, cela ne voulait pas dire que ce serait vrai pour la suivante. Dans son domaine, un agent qui rêvasse pouvait finir sévèrement blessé, voire pire.

Sasha but une ou deux autre gorgées de vin. Il était si froid qu'elle sentit sa poitrine palpiter. Elle reposa le verre, bascula la tête en arrière et soupira.

Son professionnalisme était une préoccupation importante et une erreur, même mineure, était intolérable. Elle était en colère contre elle-même. Elle n'aurait pas dû se laisser distraire, merde. Mais ça s'était passé. Et elle l'était encore.

Elle pensait toujours à Mark.

Ça l'avait surprise de tomber aussi vite amoureuse de lui. Durant sa vingtaine, elle s'était endurcie vis-à-vis des hommes avec qui elle sortait. Elle n'attendait pas grand-chose et c'était généralement ce qu'elle obtenait en retour. Quand elle était ado, son père lui avait dit que lorsque l'on rencontrait la bonne personne, on le savait tout de suite et à l'époque, elle en avait ri. L'idée même était ridicule. *A posteriori*, les hommes qu'elle avait fréquentés étaient globalement interchangeables. Mais elle ne pouvait pas nier que lorsqu'elle avait rencontré Mark, il y avait immédiatement eu un déclic et elle avait alors compris ce que son père avait voulu lui dire.

Tout avait été naturel et détendu entre eux dès le début. La passion était là mais ils se complétaient d'autres façons. S'ils n'avaient pas été amants, ils auraient quand même été meilleurs amis, ce qu'en toute honnêteté elle ne pouvait pas dire de ses ex. Elle était tombée amoureuse de lui bien avant de le lui dire. Ça l'avait surprise que, loin d'être effrayant, le lui avouer ait semblé étrangement libérateur.

Pourtant, au cours des dernières semaines, les choses lui avaient semblé différentes. C'était difficile d'isoler un point en particulier. En dehors de son comportement à leur soirée de fiançailles, il n'y avait rien qu'elle puisse retenir en lui disant *Ça ! Cette chose que tu viens de dire ou faire ! Pourquoi tu fais ça ?* Mais il y avait eu un changement. Toutes les relations se calmaient après l'intensité des débuts, bien sûr, mais elle savait reconnaître ces flux et ces reflux, et là c'était différent. L'une des choses qu'elle avait toujours aimées chez lui était sa capacité à lui parler – ça venait sûrement de son parcours d'interrogateur – et pourtant elle avait maintenant l'impression qu'il lui cachait quelque chose.

Quelque chose qui n'allait pas.

Il n'est pas heureux. Pas vraiment.

C'était d'autant plus déchirant que ça sautait aux yeux.

Sasha reprit un peu de vin. Les fiançailles avaient tout modifié, semblait-il. Était-ce arrivé trop vite ? Elle ne l'avait jamais pressé pour qu'il fasse sa demande – elle n'avait jamais cru se marier pour tout dire –, mais elle avait été sincèrement enthousiasmée quand il l'avait faite. Les dernières traces de cynisme en elle avaient fondu quand il avait mis un genou à terre avant de totalement rater le discours qu'il avait préparé. Il était certainement plus nerveux qu'elle. Elle avait dit oui tout de suite, parce que ça lui paraissait si juste qu'elle n'avait pas eu besoin de réfléchir.

Et pourtant, là, deux semaines plus tard, ça avait changé.

Maintenant, se disait-elle, ça ne lui paraissait plus juste du tout.

Il regrettait.

Sasha alla voir le côté du lit de Mark.

Il avait un petit chevet avec un tiroir où il gardait les choses importantes comme ses papiers, son passeport et son carnet de chèques, mais aussi les bouts de papier avec une valeur sentimentale. Il y avait des tickets de concerts, de films ou de pièces, par exemple, dont celui de leur premier vrai rendez-vous l'année précédente. Il y avait la bague que sa grand-mère lui avait donnée quand il était enfant. Pour ce qui était d'*eux*, il y avait le petit nombre de cartes d'anniversaire et de Saint-Valentin qu'elle avait pu lui donner, des petits mots et des dessins qu'elle lui laissait quand elle travaillait tard. Mark gardait ce genre de choses. Il était bien plus sensible qu'il ne voulait bien le laisser paraître.

Elle ouvrit le tiroir.

Rien d'explicite n'avait été dit sur l'intimité ou autre mais ça avait clairement le goût de l'intrusion et elle prit soin de retenir l'emplacement de chaque objet et papier pour pouvoir les remettre en place comme elle les avait trouvés. Saurait-il à quoi ressemblait le tiroir ? Elle n'en était pas certaine mais c'était important qu'il ne sache pas qu'elle avait fouillé. Et elle supposait que c'était profondément mal, car les couples sains ne se faisaient pas de secrets. Si vous n'aviez pas une confiance mutuelle inconditionnelle, que vous restait-il ?

Pourtant, elle parcourut les papiers, les soulevant avec soin pour ne pas les déplacer ou faire tomber la pile.

Ses cartes et ses mots étaient sur le dessus. Mais au pied de la pile, près du fond du tiroir, elle trouva une photographie. Elle la fit glisser avec soin, laissant les papiers retomber doucement à leur place.

La vision de la photo la glaça. C'était ce que l'on appelait maintenant un *selfie*. Il y avait deux personnes sur la photo, Mark sur la droite et une femme dont Sasha supposait qu'il s'agissait de Lise qui s'appuyait contre lui, la tête posée sur son épaule nue. Il y avait une plage derrière eux et ils étaient tous les deux bronzés et portaient des lunettes qui reflétaient presque le soleil qui brillait derrière l'appareil photo. Ils étaient si jeunes et heureux, et visiblement très amoureux.

C'était ça, Mark ?

Sasha regarda Lise. Sa rivale d'une certaine façon, mais une rivale contre laquelle elle ne pourrait jamais lutter. Du moins pas directement. Lise avait des cheveux châtains jusqu'aux épaules légèrement bouclés et éclaircis par la mer et le soleil. En s'efforçant d'être objective – et pourquoi pas, après tout ce n'était pas la faute de la morte –, Sasha se dit qu'elle était aussi très jolie. Elle n'avait pas le souvenir d'avoir vu Mark aussi heureux. Elle ne pourrait peut-être jamais lui apporter un tel bonheur.

C'était ça, Mark ?

Tout au fond de toi, tu voudrais être avec elle plutôt qu'avec moi ?

C'était idiot de penser ça mais quelle autre explication pouvait-elle donner à son comportement ? *Le deuxième choix.* C'était tout ce qu'elle pourrait jamais être. Elle était hébétée. Le pire, c'était que ça ne voulait pas dire qu'il ne l'aimait pas aujourd'hui. Ça signifiait simplement qu'elle était une option raisonnable dans un scénario qui l'avait irrémédiablement écarté de ce qu'il désirait vraiment.

Et pourtant, il la gardait *ici* cette photo, non ? Juste à côté de l'endroit où il dormait. Où *ils* dormaient. Elle savait que Mark faisait un cauchemar récurrent dans lequel Lise se noyait. Ce n'était pas très étonnant, si ? Il la gardait suffisamment près de lui pour que son esprit l'effleure chaque nuit. Aussi près de lui que Sasha.

L'espace d'un instant, elle envisagea de prendre la photo pour la détruire. Un exorcisme. *Je suis désolée,* dirait-elle silencieusement à Lise, *je ne suis pas contente que tu sois morte, pas vraiment. Mais tu l'es, tu as vécu ta vie et maintenant il est temps de nous laisser vivre la nôtre.* Elle n'en ferait rien, bien sûr, mais elle se demandait quand même combien de temps Mark mettrait à le remarquer. Est-ce que ce serait un jour dans un futur lointain, se convaincrait-il alors qu'il l'a égarée, ou la regardait-il fréquemment ? Elle l'imaginait la sortir chaque jour du tiroir pour la contempler, se souvenir de ce qu'il avait perdu, le comparer avec ce qu'il avait aujourd'hui. Mais si c'était le cas, ne serait-elle pas en haut de la pile ? Peut-être qu'il ne la sortait jamais.

Sasha savait que, confronté à l'inconnu, son esprit avait tendance à creuser les diverses possibilités jusqu'à s'arrêter sur la plus tragique. Elle savait aussi que les gens la trouvaient un peu trop coulante, comme Pete qui disait à Mark qu'il lui revenait de le punir parce qu'il savait qu'elle ne le ferait pas. C'était vrai, mais dans une certaine mesure seulement. La vérité était qu'elle ne montrait pas quand quelque chose la peinait. Elle avait toujours traité ses relations comme les pièces d'un bâtiment. Il y avait forcément un léger risque émotionnel de se trouver à l'intérieur et si le risque augmentait – s'il y avait le moindre signe d'une souffrance à venir –, elle faisait un pas de plus vers la porte et se détachait progressivement. Quand la plupart de ses autres relations s'étaient terminées, elle avait pu sortir sans rien ressentir, laissant son ancien compagnon au centre de la pièce, effaré par la vitesse avec laquelle cette femme apparemment douce et compréhensive avait disparu.

Et ça, ça faisait mal. Inutile de le nier et elle ne pouvait pas être en colère contre la femme sur la photo. La solution était malheureuse mais évidente.

S'assurer que ça ne finisse pas par faire plus mal que ça.

Oui, elle pouvait y arriver. Elle était douée pour ça. Un pas d'écart pour s'éloigner de Mark. Elle ne finirait peut-être pas par le quitter complètement – et Dieu sait qu'elle ne voulait pas que ça se termine ainsi cette fois-ci –, mais elle y serait préparée. Surtout si ça devait la distraire comme aujourd'hui…

Une voiture dans l'allée.

Sasha remit la photo au bas de la pile – dans le bon sens – puis referma le tiroir et descendit les escaliers. Mais alors qu'elle se versait un autre verre de vin, il y avait deux images qu'elle n'arrivait pas à se sortir de la tête. La tristesse de Mark lors de leur fête de fiançailles.

Sa *culpabilité.*

Et son bonheur sur cette photo.

Mark

S'ils ne te laissent pas partir

Quand je suis rentré ce soir-là, j'ai trouvé Sasha assise dans le canapé, un verre de vin déjà posé sur la table devant elle. Dure journée, probablement. Elle ne m'a pas regardé quand je suis entré dans la pièce, ce qui était également mauvais signe.

« Salut toi, ai-je dit.

– Salut. »

Elle regardait la télé, les infos locales. À l'écran, des agents et quelques personnes sortaient d'un pub qui me disait vaguement quelque chose. La caméra les a suivis jusqu'à un fourgon de police.

« Attends, c'était toi ? ai-je demandé.

– C'était moi.

– À la porte ?

– On a été assistés pour l'opération Vipère aujourd'hui. » Elle ne m'avait toujours pas regardé. « Des biens volés.

– Tu es une star. » J'ai retiré ma veste. « Une réussite ?

– Quelques arrestations. Pas de quoi écrire un roman.

– Pas de bobos ?

– Bien sûr que non.

– Ce n'était qu'une question. »

Elle était bel et bien en colère contre moi. Je ne savais pas trop pourquoi. On avait passé une soirée délicieuse la veille et tout avait paru normal entre nous le matin. Je n'avais aucune idée de ce que j'avais pu faire pour l'irriter pendant mon absence. Même moi je ne suis pas pénible à ce point.

J'ai fait un signe de tête en direction de son verre.

« Je peux me joindre à toi ?

– Fais-toi plaisir. »

Je suis allé me verser un verre dans la cuisine puis je suis revenu m'asseoir à côté d'elle. Les infos étaient passées à un sujet sur les coupes budgétaires dans les hôpitaux.

« J'y étais aujourd'hui, ai-je dit.

– À l'hôpital ?

– Ouais. J'interrogeais une patiente.

– Une agression ?

– Pas tout à fait. C'était un peu plus bizarre.

– Eh bien, tu as piqué ma curiosité. » À sa façon de le dire, je sentais que ce n'était qu'à moitié vrai. « Raconte-moi tout. »

J'ai bu mon vin en hésitant un peu. Il était évident que le dossier Matheson avait un rapport avec ma propre vie – ou plus précisément, il reflétait la difficulté qui semblait avoir émergé entre Sasha et moi. Tôt ou tard nous allions devoir en parler. Et même si c'était encore trop délicat pour se plonger directement dans le sujet, ce serait peut-être un bon moyen détourné de l'aborder.

Alors je lui ai expliqué pour Charlie Matheson : l'histoire qu'elle nous avait racontée et les grandes lignes de l'enquête. Et, quand j'ai terminé, il est devenu évident que c'était Lise qui dérangeait Sasha – ou du moins, qu'elle s'inquiétait que Lise me dérange toujours. Elle était impassible.

« D'accord, a-t-elle dit, une femme est donc revenue d'entre les morts.

– D'une certaine façon. »

Elle est restée silencieuse pendant un moment.

« C'est son mari qui doit être content. »

J'ai bu une gorgée de vin en repensant à la réaction de Paul Carlisle puis j'ai secoué la tête.

« Non, il est très secoué. On peut le comprendre, j'imagine. Il est passé à autre chose, après tout. Il a une nouvelle compagne, ils se sont construit une vie ensemble. C'est à peu près la pire chose qui puisse lui arriver.

– C'est gênant. »

J'ai haussé les épaules.

« Les gens avancent, non ? »

Sasha me regardait et je me suis dit que ce serait le bon moment – si nous devions en parler directement – d'évoquer Lise. Je pouvais essayer d'expliquer que je n'étais pas heureux qu'elle soit morte mais que moi aussi j'avais refait ma vie. Je pouvais dire que j'aimais beaucoup Sasha et que je voulais autant l'épouser que quand j'avais fait ma demande. Que je savais que quelque chose clochait un peu entre nous mais que ce n'était pas *ça*.

Mais curieusement, ça faisait trop à dire à voix haute. *Les gens avancent*. Pour le moment, ça allait devoir suffire.

« Oui, a fini par dire Sasha, c'est vrai, il faut croire. »

Et dans une certaine mesure, elle a paru se satisfaire de cette réponse. Au fil de la soirée, elle s'est ouverte peu à peu et l'atmosphère glaciale a commencé à se réchauffer. Nous avons dîné ensemble, puis nous avons regardé la télé, elle les jambes repliées sous ses fesses et la tête posée sur mon épaule. Nous avons bu encore un peu. Nous avons même ri.

« Je t'aime, ai-je dit. Je t'aime *vraiment*. »

Elle m'a souri.

« Moi aussi, je t'aime. »

L'heure de se coucher approchait. J'étais sur le point de proposer de monter quand Sasha a brisé le bref silence qui s'était installé.

« Tu sais, je pense tout le temps à mon grand-père.

– Ton grand-père ?

– Ouais. Mon vrai grand-père. Il est mort quand j'étais petite et je ne me souviens pas du tout de lui. Ma grand-mère s'est remariée. Il était gentil, son mari, mais je l'ai toujours appelé Gerald. Parce que ce n'était pas mon vrai papi, tu vois ?

– Oui.

– Et je me souviens avoir posé la question à ma mère, parce qu'elle était croyante et que c'est comme ça que j'ai été élevée : que se passerait-il s'ils allaient tous au paradis ? Mamie avait été avec mon vrai grand-père pendant des décennies et il était mort et il l'attendait sûrement là-haut. Mais elle était ensuite tombée amoureuse de quelqu'un d'autre.

– Il y aurait du grabuge au paradis.

– Eh oui. » Sasha m'a souri. « Et ma mère n'a pas vraiment pu me répondre. Elle m'a dit que ça ne se passerait pas comme ça mais elle ne pouvait pas me dire pourquoi ni comment. Je pense que c'est là que j'ai arrêté de croire. Parce que ça n'a pas de sens, si ?

– Non, ai-je dit. Pas vraiment.

– Tu ne peux être heureux que si tu laisses les autres partir. Mais si eux ne te laissent pas partir, ça ne marche pas. »

Je suis resté silencieux à mon tour.

« C'est vrai. »

Sasha a secoué la tête.

« J'en sais rien. Je repense à la femme de l'hôpital.

– Charlie Matheson.

– Oui. Toute cette histoire est dingue.

– Je sais.

– Sérieusement. Tu es *sûr* que c'est elle ?

– Je crois. » J'ai fini mon verre. « On a une photo qui provient de son ex-mari. Et même s'il refuse de le déclarer officiellement, je pense qu'il le croit aussi. »

Sasha s'est tue quelques instants.

« Il a gardé une photo d'elle ?

– Ouais. » J'ai posé mon verre et je me suis étiré. « Mais tu as raison : drôle d'affaire. Bref, je suis crevé. On va se coucher ? »

Un autre silence. Je me suis rendu compte au bout de quelques secondes que j'avais trouvé le moyen de merder encore une fois. Ou alors j'avais été bien trop optimiste quant au déroulement de la soirée.

Dans un cas comme dans l'autre, les volets s'étaient de nouveau refermés. Sasha a pris son verre et elle est passée dans la cuisine.

« Non, je pense que je vais traîner un peu.

– Ah bon ?

– Ouais. On se voit demain matin. »

Je me suis mis au lit en écoutant le silence du salon et en pensant à Lise et Sasha, à Charlie Matheson et Paul Carlisle.

Je me souvenais.

Il y avait eu quelques heures après ce qui s'était passé où je m'étais autorisé à croire que Lise était encore en vie et allait être retrouvée. Pas au début, sur la plage, je crois que, paniqué et effrayé, je ressentais déjà une forme de deuil. Mais alors que les garde-côtes poursuivaient leurs recherches et que je retournais au camping, une couverture sur les épaules, j'avais momentanément adopté cet état d'esprit. Elle allait s'en sortir. Ils allaient la retrouver.

Oui : loin de la plage, je m'étais autorisé à y croire. Je tournais la tête toutes les deux secondes dans la direction du chemin dans les dunes, m'attendant à la voir arriver, flanquée de garde-côtes et enroulée dans la même couverture que moi. Nous en ririons plus tard, le temps transformerait tout ça en une aventure, une anecdote à raconter. Même si le chemin restait vide, je continuais de croire que ça allait se produire. Elle allait s'en sortir. Ils allaient la retrouver.

Les recherches ont été interrompues pour la nuit mais je m'étais encore convaincu que tout allait s'arranger. L'univers avait simplement commis une erreur – une grosse erreur – qu'il allait bientôt repérer et rectifier. Alors que les jours passaient et que son corps était toujours introuvable, je rêvais encore des différentes façons dont elle avait pu survivre aux vagues déchaînées. Les endroits où elle avait pu échouer. Je l'imaginais, errante, perdue dans les limbes de l'amnésie. Elle allait s'en sortir. Ils allaient la retrouver.

Mais elle ne s'en était pas sortie et ne s'en sortirait jamais et je pense qu'une partie de moi l'avait su depuis le dernier moment où je l'avais vue en train de crier dans l'eau.

Allongé dans mon lit, je me demandais comment je me sentirais si elle réapparaissait aujourd'hui, si elle revenait soudainement dans ma vie comme si le temps ne s'était pas écoulé. J'aurais été heureux qu'elle soit vivante, bien sûr, mais pour elle seulement. J'avais changé et nous aurions été des étrangers l'un pour l'autre. J'aurais encore voulu être avec Sasha. J'en avais la certitude.

Alors quel était le problème ?

Parce qu'il y en avait un, et je savais qu'il venait de moi. Chaque fois que mes pensées revenaient aux fiançailles, je sentais un nœud de tension se serrer dans ma poitrine. Rien que d'y penser, j'avais envie de vomir – comme si j'étais sur le point de commettre une erreur, une terrible trahison et qu'il était presque trop tard pour l'éviter. Mais...

J'ai été interrompu dans mes pensées par la sonnerie de mon téléphone professionnel posé sur ma table de chevet. J'ai décroché.

« Inspecteur Mark Nelson.

– Allô, inspecteur Nelson. Je suis désolé, je sais qu'il est tard. C'est le Dr Fredericks à l'appareil, de l'hôpital ?

– Oui, bien sûr, ai-je dit, alors même que je ne me souvenais pas lui avoir donné mon numéro. Est-ce que Charlie va bien ? »

Fredericks a marqué une pause.

« Oui, je pense. Elle est assez excitée car elle vient de se rappeler quelque chose d'autre, mais elle va bien. Elle est persuadée que c'est très important et elle tient à ce que je vous le dise le plus vite possible.

– Elle a raison. » Je me suis redressé. « Qu'est-ce qui lui est revenu ?

– Quelque chose dans le van, d'après elle. Quand l'homme lui a parlé. Est-ce que ça vous dit quelque chose ?

– Oui. »

Il voulait que je vous dise merci.

« Son souvenir est plus précis. Et elle me dit qu'elle s'était trompée. Ce n'était pas *merci*. C'est ce qu'elle m'explique maintenant. »

J'ai fermé les yeux et je l'ai entendu dans ma tête avant même que Fredericks le dise à voix haute.

« L'homme lui a dit de demander *Mercer*. »

Groves

L'appel

Groves emporta le téléphone chez lui, sans cesser de s'interroger sur cette rencontre durant le trajet. Plus il y pensait, plus elle lui semblait étrange. Il n'y avait rien d'inhabituel dans la plupart du déroulé, mais mis bout à bout, ça paraissait de plus en plus délibéré. Orchestré.

Mais comment était-ce même possible ?

Si le sans-abri avait eu l'intention de lui donner le téléphone, il aurait pu le faire directement. Au lieu de ça, il était allé embêter la jeune femme et si Groves n'était pas intervenu, ils n'auraient jamais parlé. Et pourquoi demander une pièce ? Groves avait le sentiment que s'il ne lui avait pas donné d'argent, l'homme n'aurait pas fait tomber son téléphone. Quel genre d'échange était-ce censé être ? Le téléphone était vieux et en mauvais état mais il valait sûrement plus que ce que Groves avait donné pour l'avoir.

Plus il réfléchissait, moins ça lui semblait logique.

Le modèle du portable ne lui disait rien mais il était loin d'être moderne et n'était sûrement plus commercialisé. Il avait une coque bleu pâle, un petit clavier numérique et un écran vert avec deux lignes de texte au maximum. Si vous espériez aller sur Internet avec, vous risquiez d'être amèrement déçu.

Groves l'alluma. La batterie était à moitié chargée. Étant donné l'âge de l'appareil, il allait devoir faire attention car il avait peu de chances de trouver un chargeur. Mais il ne trouverait pas non plus de réponses s'il n'en cherchait pas.

Le menu était archaïque et il lui fallut quelques essais pour trouver les options sur le petit écran. Il dut appuyer soigneusement sur la flèche du bas pour avancer de ligne en ligne avant d'appuyer sur OK.

Quand le train approcha de sa gare, Groves avait eu le temps de constater qu'il n'y avait pas de messages ni de contacts stockés dans le téléphone et que l'historique d'appels était vide. Il appela sur son numéro mais l'écran indiqua simplement *Appel inconnu*. Ça ne servait à rien. Il rangea son portable, éteignit celui du garçon et enleva la coque avec une clé. Il trouva une batterie et une carte SIM. Il s'attendait à ce qu'il y ait un numéro inscrit sur celle-ci et ça avait visiblement été le cas. Quelqu'un avait soigneusement masqué les chiffres au feutre noir.

Un mystère, donc.

Il rentra de la gare à pied. Ça ne prenait que dix minutes et il faisait encore chaud. Au-dessus de lui, les étoiles scintillaient et les arbres bougeaient légèrement sous le vent. Derrière, les champs étaient sombres et l'herbe se balançait dans l'ombre. Tout était silencieux mais il avait l'étrange impression d'être observé. Il n'y avait pas de raison – personne d'autre n'était descendu à son arrêt –, et chaque fois qu'il regardait autour de lui, il était totalement seul – mais le sentiment demeura jusqu'à l'allée menant à sa porte.

Groves se retourna. Le chemin était éclairé par des lampadaires que touchaient les feuilles des arbres. De l'autre côté, il y avait un mur de pierres sèches qui séparait la route du champ et les silhouettes noires des arbres lointains. Quelqu'un se tenait là.

Ce n'était pas une silhouette, simplement une portion du champ plus sombre que le reste. Un espace d'un noir d'encre en forme de personne.

Il fit un pas vers la route mais à cet instant l'illusion disparut. La brise remuait l'herbe et la silhouette redevint ce qu'elle avait toujours été : des fragments d'ombre qui s'étaient réunis pour former une personne avant de se séparer de nouveau.

Il tendit l'oreille. Rien que le bruit du vent. Dans le noir, et nerveux comme il l'était soudain, il avait l'impression de tenir un coquillage contre son oreille.

Une fois chez lui, il ferma la porte à clé. Puis, malgré le ridicule de la situation, il alla jeter un œil dans toute la maison. Ça ne rimait à rien, mais il s'exécuta quand même. Il n'y avait personne, bien sûr. Il remarqua que Caroline avait fait le lit et la vaisselle avant de partir.

Enfin un peu détendu, il reporta son attention sur le téléphone. Il y avait encore une chose qu'il pouvait faire. Il s'assit dans le salon avec un verre de vin, le ralluma et appela sur son fixe. Il laissa sonner deux fois avant de raccrocher puis traversa la pièce pour aller voir les détails du dernier appel manqué sur le combiné.

« Votre correspondant n'a pas laissé de numéro. Vous pouvez raccrocher. »

Ce qu'il fit.

Alors le portable sonna.

Groves le regarda pendant quelques secondes. L'écran n'affichait pas de numéro pour l'appel entrant. La mélodie de la sonnerie lui avait coupé le souffle.

C'était une comptine : « Brille, brille, petite étoile ». Les notes tintaient dans la pièce, charriant avec elles un flot de souvenirs mêlés, d'abord heureux, puis tristes. Il y avait une peluche d'un petit lapin portant une valise attachée au berceau de Jamie. Quand on tirait sur la valise, le câble se rembobinait doucement en jouant cet air.

Non, non, non.

C'était souvent ce qui le réveillait le matin. Il émergeait en entendant la mélodie et le rire de Jamie dans le berceau à côté de leur lit. La maison replongeait dans le silence, il y avait un petit crissement quand Jamie tirait de nouveau sur la valise du lapin, puis la musique reprenait.

Il regarda le téléphone pendant un moment avant d'appuyer sur le bouton vert pour accepter l'appel. La musique s'arrêta et il le porta à son oreille.

« Allô ? »

Il y avait un problème de réception. Même si personne n'était au bout du fil, ça grésillait par-dessus le silence : des bourdonnements, des frottements et des cliquetis.

Puis les mots se firent entendre.

« ... quoi qu'il leur arrive en chemin... »

On aurait dit une vieille réclame de radio. La voix était grandiloquente, comme celle d'un annonceur pendant la guerre. Les craquements et les bips lui faisaient penser à un morceau joué sur un gramophone.

Il y eut soudain un éclat de rire d'enfant, franc et délirant, puis il s'arrêta aussitôt.

« ... dans ce lieu enchanté au sommet de la forêt...

– Qui est à l'appareil ? demanda Groves.

– ... un petit garçon et son ourson ne cesseront jamais de jouer. »

Ce ne fut qu'à ce moment-là, quand le son coupa net, qu'il s'aperçut que ce n'était qu'un enregistrement. La ligne était maintenant silencieuse. Mais, le téléphone vissé à l'oreille, il eut l'impression d'entendre quelqu'un respirer.

« Qui est là ? répéta Groves.

– Dieu veillera sur vous », dit une voix d'homme.

Puis l'appel fut coupé.

TROISIÈME PARTIE

Et Elle Leur Dit que le véritable Mal fuyait lui aussi la lumière. Un Homme peut être mauvais dans son cœur mais ça ne suffit pas, car beaucoup souhaitent le Mal sans agir, et comment un Homme peut-il être mauvais sans accomplir de mauvaises actions ? Et pourtant le véritable Mal entreprend de ne pas attirer l'attention sur lui. Et Elle Leur dit que Satan cherche donc le Mal qui ne veut pas être trouvé et le récompense en le forçant à pénétrer dans la lumière.

Extrait de la Bible de Cane Hill

Mark

John Mercer

Les murs de notre salle d'opérations étaient maintenant recouverts de documents liés à l'affaire. Il y avait une liste d'hôpitaux et de numéros de téléphone dont un tiers étaient barrés, des photos et des schémas de l'accident deux ans plus tôt, les coordonnées de connaissances de Charlie Matheson et Paul Carlisle et les quelques informations réunies jusqu'à présent, des notes, des questions et des Post-it. Sur l'écran plasma, le double portrait de Charlie Matheson semblait nous regarder pendant que nous attendions, anxieux, l'arrivée de notre invité.

Greg était appuyé contre l'un des bureaux, les bras croisés, le menton posé contre sa poitrine, et soupirait bruyamment. Il ressemblait à un homme dans la salle d'attente d'un hôpital qui attend consciencieusement des mauvaises nouvelles d'un parent qu'il n'apprécie pas beaucoup. Quant à Simon, je ne l'avais jamais vu aussi agité. Il faisait des allers et retours à la fenêtre et soulevait une lame des persiennes pour regarder dehors. Elles faisaient un bruit métallique chaque fois qu'il les faisait retomber et Greg a fini par se tourner vers lui, irrité.

« Tu vas les casser.

– Ça fait des semaines qu'elles sont cassées. »

J'étais assis à un bureau, les coudes posés sur le plateau, les mains serrées devant la bouche. Pete était en bas. La réception avait appelé cinq minutes plus tôt, il était descendu accueillir nos invités. *Nos invités,* au pluriel. Vu son attitude de la veille, il n'était pas du tout surprenant qu'Eileen Mercer ait insisté pour accompagner son mari au commissariat.

« Ils prennent leur temps, non ? » a dit Greg.

Simon a fait cliqueter les persiennes.

« Patience. »

Mais j'entendais bien que, s'il n'était pas aussi nerveux que Greg, il était tout de même stressé de revoir notre ancien boss. J'avais appelé l'hôpital dès le matin et Fredericks m'avait dit que Charlie maintenait ses déclarations : l'homme dans l'ambulance lui avait dit de nous demander de parler à Mercer. Elle était même plus insistante encore. Y avait-il un policier qui répondait à ce nom ? Il n'y en avait pas, bien sûr – plus maintenant –, mais Fredericks disait qu'elle était inflexible. Il était impératif qu'elle parle à Mercer.

Le mot qu'elle avait utilisé lors du premier interrogatoire ne cessait de me revenir. *Il faut.* J'ai regardé les photos d'elle.

Pourquoi faut-il *que vous parliez à Mercer, Charlie ?*

Quelle que fût la raison, Pete avait passé l'appel à contrecœur ce matin-là. Après l'accueil d'Eileen, je n'étais pas convaincu que Mercer accepte de venir mais Pete était revenu dans la pièce quelques minutes après. L'ex-inspecteur John Mercer arriverait d'ici une heure. Quarante minutes plus tard, il était en bas, flanqué de son épouse.

« Est-ce que quelqu'un l'a vu depuis ? » a demandé Greg.

Simon et moi n'avons pas répondu. On savait bien ce qu'il entendait par *depuis*. Je savais que Greg n'avait pas pu voir Mercer, pas après sa trahison de ce jour de décembre. Craignant la désintégration de la santé mentale de notre ancien patron, Greg avait essayé de faire en sorte qu'il soit écarté de l'enquête. Quant à moi, je n'avais pas de raison de rester en contact avec lui, bien sûr : même si c'était la réputation de Mercer qui m'avait attiré dans la ville, je le connaissais à peine. Et j'imaginais mal Simon lui rendre visite, même si, pour tout dire, au bout d'un an et demi sa vie privée demeurait un mystère pour moi.

« Pete, peut-être, ai-je dit. Ils étaient proches, non ? »

Simon a secoué la tête.

« Je pense qu'aucun d'entre nous n'était réellement proche de lui. Pete était son second et ils ont travaillé ensemble pendant des années mais je ne suis pas sûr qu'ils se soient fréquentés en dehors du travail. Pas à ma connaissance, en tout cas. John était responsable mais il n'a jamais été aussi détendu et chaleureux que Pete. Bien sûr, ça ne veut pas dire que nous ne lui étions pas totalement fidèles.

– Car nous l'étions, est intervenu Greg.

– Bien sûr, a acquiescé Simon. Nous l'étions tous. »

Dans d'autres circonstances, il aurait peut-être tourné ça de façon plus moqueuse, plus ironique, mais il semblait sincère. Quoi que Greg ait fait, il l'avait fait pour de bonnes raisons. Et comme l'intéressé était en chemin, il était évident que Simon sentait que l'heure n'était pas aux taquineries.

Greg était sur le point d'ajouter quelque chose mais la porte du bureau s'est ouverte et il l'a gardé pour lui.

Pete est entré le premier. Il avait l'air plus nerveux que nous tous mais il essayait de le cacher, arborant un bien trop grand sourire au vu des circonstances. Il a tenu la porte à Eileen et Mercer.

J'avais vu Eileen la veille et la seule différence notable était son air grave. Elle ne voulait pas être ici et ça la perturbait grandement. La raison de son inquiétude m'a sauté aux yeux quand j'ai vu Mercer entrer dans la pièce avec elle.

Je ne sais pas si c'est sain, m'avait-elle dit. *Mais il va bien maintenant... il est heureux.*

Si tel était le cas, il était difficile d'imaginer ce que ça aurait été dans des circonstances moins favorables. Mercer était tellement diminué par rapport à l'homme que j'avais connu que je me suis demandé si c'était bien la même personne.

Quand j'avais commencé ici, j'avais été surpris par la fragilité de John Mercer par rapport à l'image que j'avais de sa légende, mais j'avais compris qu'il se remettait tout juste d'une autre dépression nerveuse. Il avait l'air d'un homme solide et costaud qui commençait à ressentir les effets inexorables de l'âge tout en restant actif et capable. Au cours de l'année et demie écoulée, ces effets s'étaient accélérés. Mercer avait l'air âgé et frêle, il faisait bien dix ou quinze ans de plus qu'Eileen. Il avait perdu ses cheveux, son visage était fripé et pâle et il avait des auréoles noires comme des cavités de squelette autour des yeux. Il semblait aussi bien plus petit que dans mon souvenir et avait perdu tellement de poids qu'il me faisait penser à un patient dans un hospice. Même sa démarche était lente et malhabile, comme s'il lui avait fallu une canne. Je ne savais pas si Eileen restait aussi près de lui pour le soutenir émotionnellement ou parce qu'elle craignait qu'il tombe.

Il a observé la pièce et nous a adressé un sourire poli.

« Bonjour tout le monde.

– John.

– Bonjour, John, content de te voir.

– Merci d'être venu. »

Il a hoché la tête mais ne semblait pas écouter. Il regardait le bureau avec fascination. Malgré sa fragilité physique, il y avait encore de la vie dans son regard. Son sourire était maintenant un peu plus sincère.

« Eh bien, eh bien, a-t-il dit. Vous vous êtes embourgeoisés, pas vrai ? Si j'avais réussi à tenir un peu plus longtemps, j'aurais pu moi aussi profiter de tout ce luxe. »

Il n'y avait pas de reproche dans sa voix mais personne n'a rien dit et Pete était plus mal à l'aise que jamais. Mercer continuait de considérer la pièce, son regard se posant finalement sur l'écran plasma et sur les deux photos de Charlie Matheson.

« Alors, c'est elle ? La jeune femme qui veut me voir ?

– Oui, a répondu Pete. Tu veux t'asseoir, John ?

– Ça va, merci. »

Eileen lui a alors touché le bras.

« Je pense qu'on ferait mieux de s'asseoir tous les deux. »

Si l'intervention l'avait offensé, Mercer n'en a rien montré. Il s'est contenté d'acquiescer de bonne grâce. Une fois assis, il s'est de nouveau intéressé à l'écran.

« Dites-moi tout. »

Pete m'a jeté un coup d'œil et j'ai donc commencé le briefing. Contrairement à la veille, je ne suis pas entré dans le détail. Même s'il était possible que Mercer puisse nous aider avec l'enquête, il était important de garder à l'esprit que c'était désormais un civil. Il n'avait pas besoin de savoir tout ce qui se passait et ça aurait été une négligence de trop en dire. Mais s'il devait parler à Charlie, il fallait qu'il maîtrise l'essentiel de la situation, alors je lui ai raconté l'accident, les grandes lignes de son histoire et les détails de sa réapparition trois jours plus tôt. Quand j'ai terminé, c'est le premier point qui l'a intéressé.

« L'accident a eu lieu le 3 août, il y a deux ans, a-t-il dit. C'est-à-dire après que je suis retourné au travail et avant que je reparte. Mais ce n'est pas une affaire qu'on a dû traiter.

– Non. » À l'époque, son équipe était l'une des meilleures du département et elle n'aurait pas été sollicitée pour un simple accident de voiture, non-criminel. « J'ai épluché le dossier, j'ai cherché tout ce que je pouvais. Pour ce que j'en sais, rien ne nous relie à Charlie Matheson. En même temps, il est possible que la connexion ne soit pas avec *nous*. Parce que c'est *vous* qu'elle a demandé à voir, John. »

Il a froncé les sourcils.

« Vous êtes sûrs ? Qu'a-t-elle dit exactement ?

– *Demandez Mercer*. C'était une consigne qu'on lui avait transmise. Elle a probablement été droguée et elle a eu du mal à se souvenir du message. Mais ceux qui la détenaient voulaient qu'elle vous réclame une fois qu'elle aurait repris ses esprits.

– Pourquoi ?

– C'est ce que nous espérons découvrir.

– Je ne pense pas connaître de Charlie Matheson.

– Je ne suis pas sûr qu'elle vous connaisse non plus. Sinon elle vous aurait demandé directement. Elle a d'abord cru qu'elle devait nous dire *merci*. »

Mercer regardait dans le vague. Il réfléchissait. Essayait de comprendre ce que ça pouvait vouloir dire.

« Il y a une autre explication, a fait remarquer Eileen. Bien que cette femme ne connaisse manifestement pas John, il est clair que son ravisseur, si. »

Son ton impliquait que ça ne lui plaisait pas du tout et je compatissais. Son mari avait déjà connu une dépression, après une vie passée dans la tête de tueurs, et c'était avant que l'enquête sur l'homme au masque de diable ne manque de le détruire de nouveau. La paix qui était revenue entre eux était sans doute aussi solide que l'état de santé mentale de Mercer. Elle ne voulait pas qu'il soit ici et elle ne voulait pas imaginer que quelqu'un ait une affaire en cours contre son mari et la ferme intention de la terminer.

Mais que ça lui plaise ou non, il n'y avait pas moyen de l'éviter.

« Oui, ai-je dit, c'est une possibilité. »

Si l'idée dérangeait Mercer, il ne le montrait pas. Son visage demeurait impassible et il regardait encore dans le vide. Il réfléchissait au dossier. Ou peut-être qu'il se disait exactemcnt la même chose qu'Eileen. J'ai remarqué qu'elle avait approché sa chaise de la sienne et avait posé la main sur son dossier.

« Et on est certain que c'est elle ? a-t-il enfin demandé.

– Sinon, c'est sa jumelle.

– Vous avez identifié la vraie victime ? La femme morte dans l'accident de voiture ?

– Pas encore. J'ai cherché les personnes disparues quelques mois autour de cette date mais je n'ai rien trouvé pour l'instant.

– Il faut remonter plus loin que ça. » Mercer m'a soudain regardé avec une intensité alarmante. « Deux mois, ce n'est pas du tout suffisant.

– Je vais faire ça, oui.

– Il faut remonter à deux ans. *Au moins.* Peut-être même plus loin. À supposer que ce soit vrai, et qui que soient ces individus, ils ont démontré qu'ils étaient capables de retenir une femme en captivité pendant cette durée. Il n'y a pas de raison de penser qu'ils n'ont pas pu le faire avant. Tout porte à croire qu'ils l'ont déjà fait, en réalité.

– Je sais, John, on s'en occupe. »

Et pourtant, je m'apercevais que ce n'était qu'à moitié vrai. L'équipe s'était tellement concentrée sur Charlie Matheson, sa disparition et sa réapparition invraisemblables, que personne n'était allé jusqu'à imaginer qu'il puisse y en avoir d'autres.

Ceux qui l'avaient enlevée avaient fait preuve de soin et de préparation, ils avaient réussi l'enlèvement et le retour, à la perfection. La police avait été convaincue par les preuves retrouvées sur la scène de l'accident, et pendant deux ans le monde entier avait tenu Charlie Matheson pour morte. À force de contrôle et de manipulation, elle en était arrivée à le croire, elle aussi.

Il fallait de la volonté et des capacités spéciales pour réussir cela. Il fallait *de l'entraînement*. Ça avait toujours été l'un des principes de Mercer : les criminels sophistiqués arrivent rarement déjà formés lors de leur passage à l'acte ; le crime, comme toute autre activité, nécessite un apprentissage et il y avait forcément des erreurs et des ratés au cours de celui-ci. Ceux qui avaient enlevé Charlie Matheson n'avaient pas fait ça du jour au lendemain. Il était probable qu'il y ait eu d'autres victimes avant. Il était possible qu'il y en ait eu depuis.

« On vérifie », a dit Pete.

Il semblait dépassé.

« Et l'enlèvement ?

– Elle ne s'en souvient pas. Ceux qui l'ont enlevée ont réussi à la convaincre qu'elle était morte dans l'accident.

– Alors qu'elle ne s'en est sûrement même pas approchée. » Mercer a secoué la tête. « Où a-t-elle été vue pour la dernière fois ? »

J'ai jeté un œil vers Pete mais il avait croisé les bras et s'était approché d'un bureau qu'il regardait, tête baissée.

« Le matin du 3. Son mari dit qu'elle est partie au travail mais elle s'était fait porter pâle. Il y a une anomalie dans le dossier : on ne sait pas où elle était. Elle ne se souvient pas. Nous allons poursuivre cette piste aujourd'hui.

– Bien. »

Il y avait un abattement dans sa réponse : pas une critique de nos faibles progrès, mais la prise de conscience qu'il était retombé dans ses vieux travers, qu'il avait essayé de prendre le contrôle du dossier avant de se souvenir qu'il ne lui appartenait pas. Il a regardé Pete, qui détournait toujours le regard, puis il s'est tourné vers moi.

« Bien. Et qu'attendez-vous de moi ? »

J'ai pris une profonde inspiration.

« Eh bien, tout d'abord voir si ce nom vous disait quelque chose. Visiblement, non.

– En effet, je m'en souviendrais.

– Et Paul Carlisle ? »

Mercer a réfléchi.

« Non plus.

– D'accord. Eh bien, je me demandais si vous seriez d'accord pour venir à l'hôpital avec moi ce matin. Pour lui parler. »

Mercer m'a dévisagé.

« Pas longtemps, ai-je ajouté. Mais on lui a dit de vous demander. Nous ne savons pas pourquoi. Ce serait bien de le découvrir, non ?

– Je…

– Non, a dit Eileen. Hors de question. »

Elle avait toujours la main posée sur celle de Mercer – serrée plus fort que jamais, soit pour le rassurer, soit pour lui envoyer un message –, mais c'était moi qu'elle regardait.

« Eileen.

– Il n'en est pas question. » Elle a regardé son mari puis est revenue à moi. Sur son visage, on voyait qu'elle n'arrivait pas à croire que l'on demande ça à Mercer. « Après tout ce qui s'est passé ? John n'est plus policier, au cas où vous l'auriez oublié. Et pour une très bonne raison. Si vous pensez que je vais le laisser se retrouver en position de souffrir une nouvelle fois, vous vous trompez. Lourdement. »

Je l'ai regardée, sans savoir quoi dire. D'un côté, je comprenais sa réaction. À sa place, j'aurais voulu maintenir Mercer le plus loin possible d'une enquête policière. D'un autre côté, nous avions besoin d'aide. Et même si c'était une intrusion malvenue, tout comme pour Paul Carlisle, elle ne pouvait être évitée. Je me suis adressé à Mercer.

« John, qu'est-ce que vous en dites ? »

Pendant toute la tirade d'Eileen, John était resté sans réaction. Si ça le dérangeait qu'elle parle pour lui et prenne des décisions à sa place, il n'en montrait rien. Il a soupiré, a regardé Eileen, puis il m'a répondu.

« Mon épouse a raison. Je suis désolé.

– John... »

Eileen était déjà debout et aidait Mercer à se relever.

« Il faut y aller, John. » Sous la colère et son ton glacial perçait une légère panique. « Nous n'aurions jamais dû venir. Je te l'avais dit. Mais nous sommes venus, nous avons fait ce que nous pouvions, et maintenant c'est le moment de rentrer.

– D'accord, John, a dit Pete. On comprend.

– Oui », a soufflé Mercer. À la porte, il s'est retourné, l'air désemparé, comme si les événements étaient allés trop vite pour lui. « Je suis désolé. Mais elle a raison. Je suis désolé. »

Et avec un dernier regard curieux sur les photos de Charlie Matheson, il est sorti.

Mark

Porter ses péchés

Quand je suis arrivé à l'hôpital, Charlie Matheson était assise seule dans un jardin fermé à côté de l'aile Baines. Je suis sorti. Il y avait un patio en pierres puis de l'herbe et des bancs en bois. La rue n'était qu'à une quarantaine de mètres, de l'autre côté d'une haie et d'une pelouse bien entretenues, mais elle était partiellement masquée par une rangée d'arbres qui réduisait la circulation à des flashs de couleurs entre les feuilles. On entendait les voitures, mais c'était supportable.

Cette petite sortie était apparemment l'idée de Fredericks. Étant donné la réaction de Charlie quand elle avait été retrouvée – les sensations qui l'avaient submergée –, il semblait logique de l'acclimater au monde progressivement. C'était un lieu plutôt paisible pour entamer ce processus.

Elle n'a pas relevé la tête quand je suis arrivé à sa hauteur. Elle était légèrement penchée en avant, les mains entre les genoux, la tête baissée.

« Je pense qu'il va pleuvoir », a-t-elle dit.

J'ai regardé le ciel.

« Vous croyez ?

– Oui. Ça se sent, non ? Il y a une sorte de pression dans l'air. »

Le ciel était bleu, sans le moindre nuage, mais je voyais ce qu'elle voulait dire. Il faisait plus chaud que la veille et la température qui grimpait n'allait pas pouvoir se maintenir très longtemps : tous ces problèmes ne pouvaient déboucher que sur un orage.

« Vous avez peut-être raison.

– J'aime bien la pluie.

– Ça doit faire un moment que vous n'en avez pas vu. »

Elle a secoué la tête.

« Il pleuvait dans l'autre endroit aussi. »

J'ai froncé les sourcils car, compte tenu de ce qu'elle m'avait dit, sa captivité avait eu lieu en sous-sol. J'ai laissé cette réflexion de côté pour le moment.

« Mercer n'a pas voulu venir. »

Elle a relevé la tête, faisant retomber ses cheveux. À la lumière du jour, ses cicatrices semblaient être à vif, ce qui renouvelait le choc. Elles ressortaient tellement que j'ai dû me retenir de grimacer.

« Pourquoi pas ? »

J'ai haussé les épaules.

« Pourquoi vouliez-vous le voir ?

– Je ne sais pas.

– Vous le connaissez ?

– Non. Je n'ai aucune idée de qui il est. On m'a dit de le demander. C'était l'homme, le docteur à l'arrière de l'ambulance.

– Comment savez-vous qu'il était médecin ?

– J'ai... »

Elle hésitait et j'ai tout de suite compris qu'elle se censurait : elle cherchait ce qu'elle pouvait révéler sans risque. J'avais l'impression qu'il y avait beaucoup de choses qu'elle ne me disait pas.

« Je l'ai déjà vu, a-t-elle fini par préciser. Dans cet endroit. C'était évident qu'il était docteur à cause de ce qu'il faisait, de la façon dont il m'a aidée. Mais ce n'était pas lui le responsable.

– C'était l'homme qui vous a lacérée ? »

Elle a acquiescé.

« Et que devait-il se passer quand Mercer viendrait vous voir ? Que deviez-vous lui dire ?

– Je n'ai pas le droit d'en parler.

– Charlie. » Je me suis assis en essayant de réprimer mon exaspération. « Vous avez *le droit* de tout me dire. Cet homme ne peut plus vous faire de mal. Et si vous me parlez, nous pouvons l'arrêter.

Nous pouvons l'empêcher de faire subir ça à quelqu'un d'autre. Mais je ne peux y arriver si vous ne coopérez pas avec moi.

– Ce n'est pas aussi simple que vous le pensez. »

Elle était en colère et je me suis dit qu'il fallait que je redescende un peu en pression. Je n'arriverais nulle part en insistant dans cette direction, d'autant qu'elle avait l'air buté sur ce point. Mais je ne pouvais abandonner complètement.

« Vous disiez qu'il pleuvait dans l'autre endroit aussi ?

– Oui. Parfois.

– Mais vous étiez sous terre non ? Il ne pleut pas sous la terre. »

Un autre silence. Je l'ai regardée en coin et j'ai vu qu'elle me dévisageait sans savoir quoi dire. Je pensais au syndrome de Stockholm : le phénomène par lequel un captif, au terme d'un lavage de cerveau, s'attache à son ravisseur et finit par lui être loyal et même prêt à le défendre. Était-ce ce qui se passait ici ? Si oui, j'étais terriblement mal préparé à y faire face.

« Parlez-moi, Charlie. Aidez-moi à comprendre. Il n'y a pas de quoi avoir peur. Personne ne peut vous faire de mal ici. »

Elle a failli éclater de rire.

« Vous n'avez aucune idée de ce dont il est capable. Aucune.

– L'homme qui vous a mutilée ?

– Lui-même.

– Et si vous me racontiez ? Ou est-ce que c'est interdit aussi ? »

Elle m'a regardé, elle réfléchissait.

« D'accord, a-t-elle fini par dire. Je vais vous parler de Satan. »

Son récit progressait par à-coups et son contrôle vacillait au fur et à mesure. La peur qu'elle ressentait rien qu'en pensant à son ravisseur sautait aux yeux.

Pendant ses premiers jours de captivité, pour autant qu'elle ait réussi à garder la notion du temps, elle était restée seule dans sa cellule. Quand elle dormait, elle découvrait ensuite de la nourriture au réveil : du pain, des fruits et du jambon posés sur un plateau avec des verres d'eau.

« Toujours quand je dormais. Il devait donc me surveiller. »

Probablement. Pourquoi prendre la peine d'enlever quelqu'un et de l'enfermer comme ça si ce n'était pas pour le regarder ?

Le deuxième ou troisième jour, elle a reçu de la visite.

« Je l'ai senti avant de le voir. » Elle avait une mine dégoûtée, comme si l'odeur lui parvenait encore. « Il y avait cette puanteur dans l'air, comme si un animal mort était en train de pourrir pas loin. Et je l'entendais dans le couloir. Il a pris son temps. Je pense qu'il jouait avec moi. »

Malgré la peur, elle avait appelé. Aucune réponse. Elle avait regardé par la trappe dans la porte, sentant qu'il était proche mais hors de son champ de vision.

« Et soudain, la puanteur a empiré et je l'ai vu. Ses yeux écarquillés sont apparus par l'ouverture. J'ai bondi en arrière en hurlant.

– Qu'a-t-il fait ?

– Il a ri. Et puis il m'a dit que j'étais morte. Que j'avais eu un accident et que j'étais en enfer pour mes péchés. Et il m'a dit qu'il était Satan. »

Durant cette visite, il ne s'était pas passé grand-chose d'autre et quant aux suivantes, elle ne savait pas trop. Elle l'avait vu distinctement une fois, disait-elle – elle l'avait regardé, mais ça l'avait mis en colère.

« Satan n'aime pas qu'on le regarde », a-t-elle expliqué.

Elle ne pouvait le décrire précisément. Chaque fois qu'il venait, il portait la même tenue : un costume noir avec une chemise blanche. Elle savait qu'il était vieux – soixante ou soixante-dix ans – et chauve, mais elle n'était pas parvenue à le distinguer plus que ça.

« Il ne m'a pas entaillée au début.

– Combien de temps a passé avant que ça commence ?

– Un mois, peut-être. »

Elle en était réduite à deviner : il n'y avait pas de différence claire entre le jour et la nuit dans sa cellule. Mais après une période de temps au cours de laquelle l'homme qu'elle appelait Satan lui avait expliqué la situation encore et encore – qu'elle était morte et en enfer, qu'elle devrait se repentir pour ses péchés –, la torture avait commencé. D'autres personnes étaient présentes pour l'immobiliser, mais c'était Satan qui la tailladait. À contre-jour, il œuvrait lentement et avec précision, se redressant régulièrement pour contempler son visage baigné de lumière, comme s'il travaillait sur un tableau. Il avait un plan pour les motifs qu'il dessinait sur sa peau. Chaque fois, quand il avait terminé, ses plaies étaient désinfectées.

« Il se servait toujours de ses ongles, a dit Charlie en faisant un geste vers ses cicatrices. Il n'avait jamais besoin de couteau. »

Curieusement, elle semblait calmée.

« Et pourquoi faisait-il ça ? Vous disiez qu'il avait apparemment un plan. Vous deviez vous repentir de vos péchés ?

– Oui. Porter mes péchés. » Elle m'a regardé. « Êtes-vous un pécheur, Mark ?

– Probablement.

– Tout le monde l'est. Il n'y a pas à avoir honte, mais c'est dur à admettre. C'est le principe. Dans la vie, nous cachons nos péchés et nous imaginons que personne ne les voit, que personne ne sait. Nous les cachons, y compris à nous-mêmes. Nous pensons que le passé est révolu, mais pas du tout. Ils sont toujours là, n'est-ce pas ?

– Oui.

– Et les péchés doivent être rendus manifestes pour que l'on puisse se purifier. C'est une forme de reconnaissance. Vous voyez ? Nous devons reconnaître nos péchés et nos crimes avant de pouvoir nous repentir. Nous devons les porter. » Elle désigna son visage. « L'un après l'autre. »

J'ai fermé les yeux et je me suis pincé l'arête du nez une seconde pour essayer de mettre de l'ordre dans mes pensées. C'était un interrogatoire, c'était mon métier. Mais il était dur de garder le fil et de savoir dans quelle direction poursuivre la discussion.

« Et quels péchés portez-vous, Charlie ?

– Je veux rentrer à la maison. »

J'ai ouvert les yeux. Elle me regardait toujours mais sur son visage se lisait une tristesse infinie.

« Je sais.

– Pourquoi Mercer refuse-t-il de venir ? Je veux rentrer à la maison.

– Je sais, ai-je dit. Mais Paul a refait sa vie. Comme je vous le disais, il vit avec quelqu'un maintenant et elle est enceinte. Nous allons devoir trouver une solution.

– Pas cette maison-là. »

Elle avait une plus petite voix que jamais, elle savait au fond d'elle qu'elle admettait une réalité terrible. Malgré tout, il m'a fallu un long moment pour prendre la mesure de ce que ses propos impliquaient.

« Vous voulez retourner là-bas ?

– On m'a promis. Quand j'aurais parlé à Mercer, ce serait la fin de tout ça. » Elle levait la tête et haussait la voix à présent, comme si elle avait voulu que le ciel l'entende. « Des voies impénétrables, pas vrai ? Eh bien j'ai fait tout ce que j'ai pu et maintenant je veux rentrer. Je mérite de rentrer à la maison ! J'y ai droit, non ?

– Charlie...

– J'y ai droit, non ? » Elle était de nouveau tournée vers moi, son regard presque implorant. « Après tout ça. »

Je ne savais pas quoi dire. Après tout ce qu'elle avait subi... elle voulait y retourner. Et pour une raison ou une autre, elle n'aurait pas le droit tant qu'elle n'aurait pas transmis son message à Mercer. Du moins, dans sa tête. Comment son ravisseur serait-il mis au courant ?

« Vous ne méritez pas ce qui vous est arrivé.

– Vous n'en avez aucune idée. »

Ma réflexion de la veille m'est revenue.

« Où étiez-vous, Charlie, ce dernier jour ? Avant l'accident ? Vous êtes partie pour le travail le matin mais vous n'y êtes pas allée. »

Elle me regardait.

La frustration l'a finalement emporté. J'avais tant de questions pour lesquelles je voulais des réponses. Où était-elle allée ce jour-là ? Pourquoi lui avait-on dit de demander Mercer, un homme qu'elle ne connaissait pas ? Et, alors que mon regard se promenait sur ses cicatrices, je me suis demandé pourquoi elle avait été ciblée. C'était elle-même qui me disait que les coupures correspondaient à un plan. Le masque était un aveu, une repentance.

« Quels sont les péchés que vous portez ? » ai-je encore demandé.

Et encore une fois, Charlie m'a regardé longuement sans rien dire. Elle a ensuite tourné la tête.

« Ça, a-t-elle soufflé, c'est ce que je dois dire à Mercer. »

Eileen

Viens avec moi

« C'est pour le mieux.

– Oui, répondit John, je sais. »

Eileen lui jeta un regard en coin tandis qu'elle les ramenait à la maison. Elle n'avait jamais vu son mari si fatigué et abattu. Il était à moitié écroulé dans le siège passager, et regardait sans le voir le paysage qui défilait. Sa tête se balançait un peu, guidée par les cahots du véhicule. Malgré le soleil vif, la lumière sur sa peau donnait l'impression qu'il était moins vivant qu'il n'aurait dû l'être.

Ça lui faisait peur que les événements de la journée aient autant d'effet sur lui. Il était si difficile à lire parfois, et l'expression sur son visage était totalement vide. Elle aurait facilement pu se dire qu'il ne pensait à rien mais elle savait que ce n'était pas vrai. Il y avait trop de rouages dans sa tête et ce n'était pas bon pour lui quand ils se mettaient à tourner et cliqueter. Il ne pouvait pas supporter le bruit que ça faisait. Elle sentait bien que le passage au commissariat avait relancé la machine. Malgré son calme, Eileen avait peur que le mouvement ne s'arrête pas et redoutait les conséquences que cela aurait. Pour tous les deux.

C'était pour ça qu'elle avait interrompu la réunion. Pour le bien de John et pour le sien.

« On n'aurait jamais dû y aller.

– C'était important de savoir ce qu'ils voulaient.

– Oui, bon, maintenant on sait. Mais ils auraient dû se douter, après tout ce qui s'est passé. Alors qu'ils t'ont poussé vers la sortie. C'était incorrect de leur part de te demander. »

John soupira. Elle regarda vers lui mais il était toujours perdu dans le vague.

« Ils n'avaient pas le choix.

– Ils avaient tout à fait le choix. Ce n'est pas ton travail d'interroger des suspects et des témoins. Plus maintenant.

– Ils n'avaient pas d'autre choix que de me pousser vers la sortie. »

Eileen ne sut quoi répondre. Il avait raison, bien sûr, et ça avait sans doute été mesquin de le mentionner, d'essayer d'ériger le département en ennemi pour faire front ensemble. La vérité était qu'elle avait voulu qu'il quitte la police bien avant les événements et que s'ils ne l'avaient pas écarté, elle aurait fait tout son possible pour qu'il s'en aille.

« Eh bien, c'est pour le mieux », dit-elle enfin.

Puis elle soupira à son tour. Et ce fut au tour de John de ne pas répondre.

Mais c'était bel et bien pour le mieux – et pas seulement pour les effets que son implication dans l'enquête auraient eus sur sa santé mentale. Le passage de John au commissariat lui avait brisé le cœur. L'espace d'un instant, il avait semblé revivre. Quand il avait conseillé l'équipe, elle avait eu un aperçu de l'homme dont elle était tombée amoureuse : intelligent et compétent, et plus animé que l'homme qu'elle avait connu depuis bien longtemps.

Et ça ne pouvait pas durer.

Bien des années plus tôt, Eileen avait vu sa mère mourir : une descente lente et douloureuse vers la démence. La silhouette qui rétrécissait dans son lit d'hôpital avait la forme de sa mère mais rien du contenu, la femme qu'elle avait aimée si profondément était absente. *C'est pour le mieux*, lui avait dit son père. Non pas que la maladie n'ait pas été cruelle et amère, lui avait-il expliqué, mais au moins elle n'en était pas consciente. C'était vrai qu'elle dégageait une certaine sérénité et que le monde fantasmé et fracturé qu'elle habitait semblait lui apporter une certaine paix. Quelle importance qu'elle rie souvent de choses qui n'étaient pas là, pourvu qu'elle rie ? *C'est pour nous que c'est pire,* avait dit leur père à Eileen et sa sœur.

C'était peut-être vrai en grande partie mais il y avait aussi des moments où sa mère était lucide : quand il était clair qu'elle reconnaissait son mari et ses filles. Eileen lui tenait la main, décelait la peur et la confusion dans les yeux de la vieille femme, et, chaque fois que sa mère lui serrait la main, Eileen savait qu'elle savait. L'espace de quelques minutes ou de quelques secondes, elle avait un bref aperçu du monde réel. Quand cela se produisait, elle comprenait ce qu'elle perdait, ce qu'elle avait déjà perdu, et combien tout cela comptait pour elle. Dans ces moments-là, Eileen ne pensait pas du tout que c'était pour la famille que la situation était la pire.

Voir John au commissariat lui avait fait penser à cela. Il avait vécu pour son boulot de flic, il lui avait été arraché et elle savait qu'il avait passé un an et demi à faire son deuil et à s'acclimater à la situation. Cette journée lui avait offert un rappel de ce qu'il avait perdu – un aperçu de sa vie d'avant – et elle l'avait regardé le saisir de toutes ses forces mais fugacement, comme sa mère avait serré sa main des années plus tôt.

Et ça ne pouvait pas durer. Même s'il avait parlé à Charlie Matheson, il n'aurait pas été impliqué, pas de la façon qu'il désirait et qu'il lui fallait. Le conseil qu'il leur avait donné n'était pas ce qu'ils recherchaient. Et qu'avait dit Mark quand elle lui avait demandé comment ça se passait au commissariat ?

Nous avons déménagé. À part ça, tout est comme d'habitude.

Ils n'avaient pas besoin de lui. Quand ils en auraient fini avec lui, ils le jetteraient de nouveau. Comme sa mère, il retournerait dans son propre monde, perturbé et affligé par cet épisode, et il n'y aurait plus qu'elle pour lui tenir la main.

Quand ils arrivèrent à la maison, John monta au grenier. Eileen le suivit au bas des escaliers.

« Où est-ce que tu vas ?

– Travailler un peu. »

Elle le regarda monter les marches lentement, d'un pas mal assuré. *Comme il a l'air vieux*, pensa-t-elle encore – mais peut-être qu'elle aussi, après tout. Ils étaient tous les deux plus âgés que sa mère quand elle avait commencé à partir. Contre toute attente, ils étaient encore côte à côte et Eileen réalisa soudain que leur temps était compté. Ils n'allaient pas vieillir ensemble, ils étaient déjà vieux. Dans peu de temps, John ne pourrait plus grimper ces escaliers ou alors elle ne serait plus là pour le regarder faire et s'inquiéter.

« Tu ne crois pas que tu devrais te reposer ? lança-t-elle.

– Ça va. Je n'en ai pas pour longtemps. »

Viens avec moi, voulut-elle crier. *Viens t'asseoir quelques instants*. Mais, bien entendu, elle ne pouvait faire une chose pareille. Il était trop absorbé par ses recherches, trop perdu, malgré le confort qu'elles lui apportaient. Comment ce serait de s'asseoir avec lui tout en sachant qu'il préférerait être ailleurs ?

Et, pire encore, s'il refusait ?

Il ferma doucement la porte du grenier. Eileen resta quelques minutes au bas de l'escalier, attendant qu'il se mette à taper sur son clavier, ce son qui la rassurait parce que ça signifiait au moins qu'il ne regardait pas dans le vide en ressassant. Mais le bruit n'arrivait pas. Et finalement, quand le silence devint insupportable, Eileen partit en tournant le dos à l'escalier.

Groves

Un homme sans visage

« Alors, dit Sean, est-ce qu'on pense que ça peut être notre homme ? »

Groves était assis dans le bureau qu'ils partageaient, Sean penché si près de lui qu'il pouvait sentir la caféine de son haleine et le piquant de son aftershave. Il s'efforçait d'ignorer l'un comme l'autre.

« Oui. Je pense que c'est possible. »

Groves cliqua pour rejouer l'extrait envoyé par le service de vidéosurveillance. Il montrait un petit épisode de la dernière soirée d'Edward Leland. La caméra qui avait saisi la scène était placée sur un poteau au bout d'une petite rangée de magasins dont le plus proche était masqué par un grand balcon de pierre. Le marchand de journaux, le bookmaker et la poste étaient fermés à cette heure-là, seuls la sandwicherie et le vendeur d'alcools étaient ouverts et projetaient sur le bitume des rectangles de lumière tordus.

Il regarda Leland remonter le trottoir et entrer dans le magasin d'alcools. Groves compta : il passa moins de deux minutes à l'intérieur. Quand il ressortit, il retourna d'où il était venu, vers chez lui, un sac plastique à la main.

« De l'alcool fort », dit Sean.

Groves hocha la tête. Des provisions pour la nuit sûrement. Juste avant que Leland atteigne le bout de la rangée de magasins, une silhouette se détacha des buissons noirs derrière la boutique du vendeur d'alcools et commença à le suivre.

« On ne le voit même pas. » Sean était étonné. « Je savais où regarder et je ne l'ai pas repéré en train d'attendre. »

Groves ne dit rien mais il était vrai que, jusqu'au moment où il apparaissait, l'homme aurait tout aussi bien pu faire partie des ténèbres. Et pourtant, il avait dû être tapi là depuis le début. À attendre. Il faudrait élargir la période de temps pour trouver le moment de son arrivée, bien sûr, en espérant obtenir un meilleur plan.

Ils avaient peu de chances de l'identifier avec ce qu'ils avaient sous les yeux. L'homme suivit Leland d'un pas décidé mais tout ce que l'on pouvait voir, c'était qu'il portait des vêtements sombres et avait un sac à l'épaule. Son visage était totalement masqué, il avait une capuche relevée et la tête baissée, il détournait le visage de la caméra au bon moment.

« Il savait qu'il était filmé, dit Groves.

– On dirait bien, oui. »

L'homme dégageait un professionnalisme troublant. Pour Groves, il faisait penser à un soldat. Peut-être dans sa manière de se déplacer ou dans le simple fait qu'il ait réussi à rester caché dans l'ombre aussi longtemps. Même quand la lumière lui tombait dessus, elle en révélait moins qu'elle n'aurait dû. Sa façon de tourner la tête faisait de lui un homme sans visage.

Il a l'habitude de se déplacer dans l'ombre, pensa Groves.

C'était irrationnel mais ça lui semblait exact.

On ne le voit pas à moins qu'il ne l'ait décidé.

Sean se redressa.

« Essayons de récupérer la meilleure photo possible. Puis on ira secouer les copains de Leland. Jusqu'au dernier. Café ?

– Ouais, dit Groves, même si je pense que j'en ai inhalé pour la journée rien qu'avec ton haleine.

– De rien, tu avais l'air d'en avoir besoin. Je reviens dans cinq minutes. Ne commence pas sans moi.

– T'inquiète. »

Sean sortit et referma la porte.

Tu avais l'air d'en avoir besoin. C'était aussi ce que Groves ressentait. Après l'appel de la veille, il avait eu du mal à trouver le sommeil, retournant les événements de la soirée dans sa tête pour essayer, vainement, de leur trouver un sens. Le sans-abri défiguré lui avait donné un téléphone, et sur ce téléphone il avait reçu un message lié à la mort de son fils. Ça ne pouvait pas être une coïncidence, et pourtant il n'arrivait pas à comprendre ce que ça signifiait. Était-ce une version plus avancée des lettres et des appels pour le narguer ? Si oui, cette escalade paraissait bizarre et gratuite et le message lui-même n'avait pas été aussi douloureux et pervers qu'il aurait pu l'être.

D'un autre côté, il ne savait pas quoi faire de tout ça. Il avait le téléphone avec lui à cet instant – une pression qu'il ressentait dans la poche de son pantalon –, mais il était éteint. Il tenait à préserver la batterie et ne le rallumait pour vérifier les messages que de temps en temps. Il n'était pas sûr de ce qu'il pouvait faire d'autre. Il n'allait pas gâcher les ressources des services en essayant de tracer l'appel. Les premières années, il avait signalé les messages qu'il recevait pour l'anniversaire de Jamie, les retranscrivant avec soin, mais ça n'avait jamais rien donné et il avait arrêté. Ça avait été un curieux soulagement de les garder pour lui. Ils étaient personnels et les transmettre lui avait toujours donné le sentiment de se défaire de sa responsabilité : les donner à quelqu'un d'autre pour qu'il s'en occupe. C'était un peu la même chose ici. Pour une raison ou une autre, il était même réticent à parler du téléphone à Sean.

Dieu veillera sur vous.

Il sortit le téléphone et l'alluma.

Il attendit.

Rien. Il l'éteignit.

Malgré sa promesse, il décida de commencer sans Sean. Pour le moment, il concentrait son attention sur la drogue. Leland était un petit poisson, certes, mais il était possible qu'ils trouvent quelque chose malgré tout. Quand vous dealiez et consommiez, vous faisiez inévitablement de mauvaises rencontres et les transgressions étaient facilement punies. Et si ces individus avaient entendu parler des préférences sexuelles supposées de Leland, ils n'avaient peut-être pas eu besoin de plus pour lui tomber dessus.

Il fit apparaître le casier de Leland à l'écran avec la liste des noms qu'Angela Morris leur avait donnée. Le total s'élevait à sept et elle avait bien souligné que seuls deux ou trois étaient vraiment louches et que les autres n'étaient que des connaissances. Non pas qu'elle en ait forcément su plus long, et ils allaient tous les vérifier de toute façon. Pour le moment, Groves voulait voir s'il y avait la moindre corrélation avec le casier de Leland. Il parcourut la liste de ses condamnations.

C'était une lecture déprimante. Son premier délit avait eu lieu quand il avait treize ans. Ivresse sur la voie publique, trouble à l'ordre public, dommages matériels. Il avait reçu une peine avec sursis. Un schéma se mit en place à l'adolescence, avec trois autres arrestations, jusqu'à ses seize ans, où la drogue était entrée dans le tableau et où il fut arrêté en possession d'une quantité non négligeable de cannabis.

Groves voyait le genre, ou du moins le supposait. Cela lui rappelait certains des mômes avec lesquels il avait grandi, des types qui traînaient dans les parcs et au coin des rues, les grands frères qui prenaient les commandes et rapportaient des caisses d'alcool. Comme son père était policier et très croyant, Groves avait été exclu de tout ça et à l'époque, il l'avait mal vécu. Malgré sa propre foi, ce que faisaient les autres lui paraissait à la fois naturel et acceptable, et cela l'attirait de telle façon que, coincé chez lui le soir, il regardait par la fenêtre de la chambre en sentant la gravité l'entraîner vers le bas.

Beaucoup d'adolescents en faisaient autant, bien sûr, et beaucoup s'en sortaient sans encombre. Mais ce n'était pas vrai pour tous et Edward Leland faisait partie de ceux-là. Il avait quitté l'école avec très peu de compétences et un futur peu encourageant.

Son dix-huitième anniversaire avait marqué un nouveau départ puisqu'il avait été arrêté avec une petite quantité d'héroïne. Un vrai changement de catégorie. Et à partir de là, ça avait été la pente savonneuse et une trajectoire vers le fond. Il avait été arrêté pour deal dans sa vingtaine et avait fait six mois de prison. D'autres cas d'ivresse et de trouble à l'ordre public. Une peine plus longue pour trafic voilà six ans. Depuis, il était apparemment clean, même si Angela Morris pensait qu'il s'était piqué à divers moments durant cette période.

Ses paroles lui revinrent à l'esprit.

Il était si adorable quand on était jeunes. Perturbé mais adorable.

Il reprit le début du dossier. Il ne comportait pas de trace des abus sexuels auxquels Morris avait fait allusion. Bien sûr, ça ne voulait pas dire que ça n'avait pas eu lieu. Il les avait peut-être signalés et n'avait pas été cru ou il avait peut-être eu le sentiment qu'il ne pouvait en parler à personne. Les deux situations étaient désespérément fréquentes.

Même si ce n'était pas une excuse pour ce qu'il avait fait, et ce qu'il était peut-être devenu, ça rendait difficile de le détester autant qu'il aurait dû l'être. Chaque vie est une histoire qui a commencé sans vous et les contraintes de ce début faisaient qu'il était compliqué de changer la fin. Malgré les défauts évidents d'Angela Morris, ce n'était manifestement pas une mauvaise personne et elle avait vu quelque chose chez Edward Leland. Groves estimait qu'il était important de se souvenir que ce qu'il lisait à l'écran n'était pas l'homme mais la liste des mauvaises actions qu'il avait commises. Il était bien plus que cela.

Il fit défiler le curseur, prêt à cliquer sur les condamnations de Leland pour plus de détails et les croiser avec d'autres noms que ceux que Morris avait donnés. Il faudrait tout creuser. Il commença par les dernières condamnations et était occupé à noter le nom de trois autres personnes arrêtées avec Leland quand il le vit.

SIMO

Il s'arrêta puis posa lentement le regard sur sa main.

La mine du crayon était appuyée sur le papier. Pas assez pour la briser mais suffisamment pour creuser un point noir au bas du O.

Il se força à finir.

SIMON CHADWICK.

Il regarda l'écran. Le nom était là, comme le nez au milieu de la figure. L'arrestation de Leland pour trafic avait eu lieu dans l'appartement de Chadwick, à Thornton.

Simon Chadwick, l'homme avec l'âge mental d'un enfant. Dont profitaient si facilement les personnes sans scrupules qu'il croisait. Edward Leland avait été l'un de ses complices.

Groves vérifia la date.

Il s'était écoulé un peu plus d'un an entre l'arrestation de Leland chez Chadwick et le jour où Groves était venu frapper à cette porte et avait trouvé Laila Buckingham, attachée et proche de la mort, dans la chambre du fond. Et deux ans plus tard, son fils avait été enlevé, probablement par des personnes associées à Chadwick.

Des gens qui s'intéressaient aux enfants.

Des gens qui n'avaient jamais été retrouvés.

Groves fixa l'écran jusqu'à ce qu'il ait l'impression de loucher. Comme s'il n'était plus dans son corps.

Des gens comme Edward Leland ?

Il resta d'abord totalement immobile puis il s'aperçut que sa main commençait à trembler légèrement. C'était une coïncidence trop grosse après l'appel de la veille, même s'il n'y avait pas de raison de penser que les deux événements soient connectés.

Ou peut-être que c'était simplement trop.

Qu'est-ce que tu ferais, si tu retrouvais les responsables ?

Les arrêter, avait-il toujours pensé. Les présenter devant la justice. Il se souvenait du corps torturé et brûlé d'Edward Leland et essaya de retrouver l'empathie qu'il avait ressentie. Elle était toujours là mais il remarqua qu'il n'arrivait pas à mettre le doigt dessus désormais. L'émotion était comme un enfant perdu qui ne trouve pas de main à laquelle s'accrocher.

Les arrêter.

Cette pensée devenait urgente. Si Leland *était bien* l'un d'eux, il y en avait peut-être d'autres parmi ses complices.

Peut-être…

La porte s'ouvrit, Sean la poussant du bout du pied, un café dans chaque main et un paquet de chips entre les dents. Instinctivement, Groves réduisit la fenêtre sur l'écran. Mais alors même qu'il le faisait, il reconnut l'impulsion coupable qui l'avait animé et cette prise de conscience lui tordit le ventre. Plus que tout au monde, il voulait retrouver les ravisseurs de Jamie. Mais s'il avait un rapport avec le dossier, il devrait s'en écarter, on l'obligerait à se désister. On ne pouvait pas prendre le risque qu'il soit accusé de biais ou que le procès débouche sur un vice de procédure. Il n'allait pas pouvoir cacher cela en masquant un écran.

Alors que Sean posait le café sur le bureau, il rouvrit la fenêtre de recherche.

« Tu as commencé sans moi », dit Sean, ronchon.

Groves lui adressa un sourire triste. Le nœud dans son ventre était pratiquement insupportable mais il était un homme bon, un bon inspecteur, et il savait que c'était la chose à faire. Il essayait de se dire que c'était une perte mineure par rapport au reste. Qu'il avait survécu à pire.

« Oui. » Il désigna l'écran. Ça faisait mal. Atrocement mal. « Et je pense que tu vas finir sans moi. »

Mark

Satan

En arrivant au commissariat, j'ai vu qu'il y avait quelques nouveautés sur l'enquête mais je suis allé directement dans le bureau de Pete pour lui raconter mon interrogatoire de Charlie Matheson.

C'était une situation délicate. Elle demeurait une victime, et elle avait clairement subi des choses terribles, mais il était évident que nous devions maintenant la considérer comme un témoin bien moins fiable qu'avant. Elle nous cachait quelque chose. Dans une certaine mesure au moins, elle coopérait avec les gens que nous essayions de retrouver.

La ride sur le front de Pete s'est creusée à mesure que je lui expliquais cela. Elle a atteint un point où ce que je lui disais semblait le faire souffrir physiquement.

« Elle nous a menti ?

– Non. Je pense que tout ce qu'elle nous a dit jusqu'à présent était vrai... au moins dans son esprit. D'abord, je pense qu'elle n'avait pas les idées claires, un effet secondaire de la drogue qu'ils lui ont injectée. C'est pour ça qu'elle a dit merci au lieu de demander Mercer. Mais elle est plus lucide désormais.

– Et elle ne nous dit pas tout.

– Voilà. Elle choisit ce qu'elle est autorisée à nous dire par les gens qui l'ont enlevée. Elle est terrorisée par un homme en particulier. Mais elle veut aussi faire ce qu'on lui a demandé. Elle veut y retourner.

– Syndrome de Stockholm, a dit Pete.

– Possible. Je pense qu'il y a autre chose mais je ne sais pas quoi. Quoi qu'il en soit, elle ne nous dira rien qu'elle n'est pas autorisée à partager, surtout sans Mercer.

– Et qu'est-ce qu'elle nous cache ?

– Les péchés qu'elle porte. » Je lui ai expliqué ce que Charlie m'avait dit sur ses cicatrices. « C'est lié à l'endroit où elle se trouvait le jour de l'accident. Mais là encore, elle ne veut en parler à personne à part Mercer.

– Merde. Je veux un agent en faction à l'hôpital. Ne t'en fais pas, je m'en occupe.

– Il y a pire.

– Impossible. »

J'ai pris une profonde inspiration et je lui ai rapporté la brève description que Charlie avait faite de l'homme qui lui avait tailladé le visage. Ce qu'il lui avait fait était terrible en soi mais c'était le nom qu'elle utilisait qui me gênait le plus.

« Elle a dit que c'était Satan. C'est ce que l'homme lui a dit : qu'elle était morte, en enfer, et qu'il était Satan. »

Pete est resté silencieux.

Et puis : « Merde. »

J'ai hoché la tête. Charlie devait demander Mercer et il y avait forcément une raison, vraisemblablement en rapport avec une vieille affaire. On pensait à l'homme au masque de diable. Même si cet homme était mort – tué un an et demi plus tôt – et bien que Charlie ait décrit Satan comme un individu vieux et sans masque, il y avait un lien évident, que ni Pete, ni moi n'avions envie d'envisager trop longuement. Les plaies laissées par cette enquête avaient tout juste fini de cicatriser. Les rouvrir allait être douloureux. Pour Mercer, en particulier, cela risquait d'être catastrophique.

« Merde, a répété Pete.

– Mais ce n'est peut-être pas ça. Il y a des points de différence et je veux examiner ce dossier encore une fois. Tous les dossiers de Mercer, en fait. » Pete avait l'air si distrait que j'avais envie d'insister sur ce point. « Parce que l'homme au masque de diable est mort. L'affaire est classée. Ça peut être autre chose.

– Alors va vérifier. C'est la priorité. »

J'ai acquiescé.

« Je m'y mets. Nous savons déjà que Matheson n'avait jamais croisé notre chemin. Mais je peux fouiller les vieilles affaires et voir si quelque chose me saute aux yeux.

– Oui. » Pete s'est passé la main dans les cheveux. « Et puis il y a la victime de l'accident. Il faut l'identifier.

– Priorité numéro deux. Je sais. »

Je le confesse : j'ai légèrement repoussé cette tâche. J'ai commencé par regarder les dernières nouvelles de l'enquête déposées sur mon bureau.

Il y avait une nouvelle liste d'hôpitaux. Deux tiers d'entre eux étaient barrés, ce qui représentait la possibilité toujours plus maigre que Charlie soit simplement une patiente égarée. Elle ne l'était pas, je le savais au fond de moi.

Le porte-à-porte n'avait rien donné. Personne ne se souvenait avoir vu Charlie ou le véhicule qui l'avait déposée. Une femme qui faisait partie des badauds de l'épicerie s'était manifestée mais elle n'avait rien d'utile à nous dire.

Priorité numéro un, donc.

Je ne pouvais plus repousser et j'ai décidé de faire une folie et de télécharger les dossiers de toutes les enquêtes dans lesquelles Mercer avait été impliqué au cours des huit années précédant son départ du département, pour les étudier méthodiquement.

Il n'y avait pas de rapport évident dans une seule d'entre elles. En regardant le tout, il était toutefois clair qu'une enquête en particulier avait occupé les dernières années de la longue carrière de Mercer. L'homme au masque de diable flottait au-dessus de toutes les autres, comme une branche noire et sale surplombant une étendue de glace scintillante. Ses ramifications effleuraient les autres dossiers : toujours présente, toujours active. Elle était là pendant le congé qu'avait pris Mercer après sa dépression nerveuse et elle était encore là à son retour, le dernier jalon qui avait fini par détruire sa carrière.

Même si ça n'était pas sain d'écrire un livre sur le sujet, je comprenais pourquoi l'affaire continuait de le hanter et pourquoi il n'arrivait pas à passer à autre chose.

J'ai parcouru le dossier.

C'était impossible de tout lire : avec tous les rapports scientifiques, les interrogatoires, les déclarations, les photos et les vidéos, il y avait plus de deux mille pièces. Le processus me rappelait mon premier jour quand j'avais dû me familiariser rapidement avec tous les détails de l'enquête. Ils me revenaient facilement. Même un an et demi plus tard, mon souvenir restait aussi précis que les mots à l'écran.

J'ai téléchargé la section sur le meurtre d'un certain Kevin Simpson. Le premier jour, j'avais raté mon réveil et j'avais retrouvé l'équipe chez Simpson, où il gisait, brûlé, dans sa baignoire. C'était la victime la plus récente – mais pas la dernière – du tueur au masque de diable. J'ai appris que l'assassin passait des mois à suivre et observer les couples qu'il enlevait et torturait. Il était patient et méthodique, apprenait les secrets de leur relation pour pouvoir tirer sur les fils les plus faibles et les sectionner, jusqu'à les forcer à se trahir.

J'ai ouvert la photo des toiles d'araignée.

Une personne normale aurait pris des notes et noirci des pages avec des détails sur ses cibles, mais lui avait une façon totalement différente de visualiser les informations qu'il glanait. Sur le mur du bureau de Kevin Simpson – et, ainsi que je l'ai appris plus tard, dans les maisons de toutes ses victimes –, il avait dessiné un motif sophistiqué de toile d'araignée. À première vue, les dessins semblaient n'obéir à aucune logique mais beaucoup de lignes étaient en fait couvertes de petites croix, comme si elles avaient été barrées une à une, fragilisant la structure même de la toile d'araignée. Nous avons plus tard compris que c'était comme ça qu'il visualisait les relations qu'il testait, et que les croix représentaient la manipulation et les jeux qu'il infligeait aux couples. Un fil après l'autre, il disséquait et sectionnait l'amour qui les unissait.

Je suis passé à la fin du dossier. Le tueur était mort de blessures à la tête peu après l'aube du 4 décembre 2013. Des blessures qui lui avaient été infligées juste devant la maison de John et Eileen Mercer.

C'est ce dossier, le lien avec lui ?

Impossible d'en être certain. Nous n'avions jamais découvert la véritable identité du tueur et l'enquête officielle était morte avec lui. Les seuls véritables liens entre celle-ci et Charlie Matheson étaient la mention de Satan et la patience requise, mais ce n'était pas concluant. Et il y avait un autre problème : les écarts que j'avais évoqués avec Pete.

J'ai ouvert la chronologie que j'avais commencée l'autre soir pour la corriger.

Chronologie provisoire
3 août 2013 : accident de Charlie Matheson
4 décembre 2013 : mort du tueur au masque de diable
28 juillet 2015 : réapparition de Charlie Matheson

Charlie avait été enlevée *avant* la fin de l'enquête sur le masque de diable, ce qui signifiait que tout ça avait commencé bien plus tôt.

J'ai regardé l'écran pendant un moment puis j'ai refermé la chronologie et les autres documents. L'espace d'un instant, je n'ai pas su quoi poursuivre.

La prochaine chose à faire était la priorité numéro deux : la victime qui était morte à la place de Charlie Matheson le 3 août, deux ans plus tôt. *Il faut remonter sur deux ans*, avait dit Mercer. *Peut-être même plus loin*. J'ai décidé de faire mieux encore et de ressortir tous les disparus depuis le début des années 2010 et j'ai commencé à trier les centaines de signalements qui apparaissaient à l'écran.

J'ai fait du bon boulot. Parce que, planquée au fond du printemps 2010, j'ai retrouvé une photo d'une femme qui ressemblait beaucoup à Charlie Matheson.

Une femme qui n'avait jamais été retrouvée.

Mark

Ce que personne d'autre ne pouvait voir

« Le plus dur, en fait, c'est de ne pas savoir, a soufflé Mavis Lawrence.
– Oui, je comprends. »

Elle était assise en face de moi, dans un fauteuil de son salon : frêle, les genoux serrés, le corps légèrement penché vers l'avant. Son mari, Harold, était debout à côté d'elle et essayait visiblement d'avoir l'air fort et résolu. Stoïque. Il échouait un peu sur ce plan-là, de mon point de vue. Sa chemise blanche légèrement sortie d'un vieux pantalon de costume, il semblait plus hésitant qu'autre chose, comme s'il avait voulu réconforter sa femme mais ne savait plus exactement comment s'y prendre. Mavis donnait l'impression d'avoir quelque chose posé sur ses genoux, un paquet de douleur dont Harold ne savait plus quoi faire.

« Oui mais bon... » Il se décida à lui poser la main sur l'épaule. « Je pense qu'on sait, non ? Au fond de nous.

– Ce n'est pas certain. Pas tant qu'elle n'a pas été retrouvée. »

Il a retiré sa main et s'est approché du meuble en chêne le long du mur. Il y avait quelques bibelots dessus – des dés à coudre et des cloches en porcelaine, des assiettes peintes posées sur des socles – ainsi que quelques photos soigneusement encadrées. Certaines étaient à l'évidence des portraits de leur fille disparue, Rebecca.

Mavis a levé les yeux vers moi.

« Vous ne l'avez pas retrouvée, si ? »

J'ai été frappé par l'espoir qui perçait dans sa voix, surtout parce qu'il était évident que la réponse qu'elle voulait entendre était *non*. Son mari avait raison : au fond d'elle, Mavis savait que si sa fille était retrouvée, ce serait forcément sa dépouille. Jusqu'à ce jour, Rebecca continuerait d'exister dans une sorte d'état quantique, ni morte, ni vivante, et Mavis pourrait s'autoriser à y croire.

J'ai choisi mes mots avec soin.

« Il n'y a pas eu d'avancée significative dans l'enquête sur la disparition de votre fille. Ce que je peux vous dire, c'est que les circonstances qui l'entourent peuvent avoir une influence sur une enquête en cours. Pour le moment, je ne suis pas en mesure de vous révéler en quoi.

– Oh, mon Dieu. Vous avez retrouvé quelqu'un, n'est-ce pas ?

– Non, ce n'est pas ça. »

Même si ce n'était pas tout à fait exact, je voyais bien que Mavis s'imaginait une tombe dans la forêt et des ossements non identifiés et c'était à des années-lumière de la situation actuelle.

Je me sentais d'autant plus mal pour ce couple que je n'avais pas réellement de nouvelles à leur apporter. Ils avaient tous les deux passé les dernières années à attendre le pire. Ce qui était affreux en soi, mais si on retrouvait le corps de leur fille, ils pourraient au moins l'enterrer et, autant que possible, tourner la page. Mais s'il s'avérait que Rebecca Lawrence était la jeune femme morte à la place de Charlie Matheson, ils n'auraient même pas droit à cela. Le corps avait été incinéré deux ans plus tôt et les cendres dispersées dans un lieu qui n'aurait aucune signification pour eux. Nous ne saurions peut-être même pas avec certitude si c'était bien son cadavre et il faudrait se reposer sur des suppositions. Comment cela pourrait-il leur suffire ? L'incertitude durerait éternellement. Il y aurait toujours une infime chance pour nourrir leur espoir, pour les maintenir enchaînés dans le présent comme ils l'étaient actuellement.

« Je sais que c'est douloureux, mais j'espérais que vous pourriez me parler de ce qui est arrivé à Rebecca. Le jour de sa disparition et dans la période qui a précédé.

– Je… je n'aime pas y repenser.

– Je comprends. »

Mavis n'a rien ajouté. Au bout d'un moment, j'ai observé Harold, lequel a gardé les yeux sur sa femme quelques secondes avant de se tourner vers moi.

« Passons à la cuisine, inspecteur. »

Je me suis assis à la table de la cuisine et j'ai regardé Harold Lawrence préparer le café. Je me disais que mon impression initiale avait été légèrement erronée. Sa femme portait peut-être sa douleur plus ouvertement mais ça ne voulait pas dire qu'il avait mis un terme à la sienne. On la devinait à ses épaules voûtées et sa démarche lasse, à l'impression qu'il ployait sous le poids de ce que personne d'autre ne pouvait voir et dont il ne savait que faire, à part continuer de le porter.

« Je suis désolé pour ma femme. » Il était dos à moi et je devinais ses omoplates osseuses sous sa chemise tandis qu'il remplissait nos tasses. Elles ressortaient tellement qu'on aurait dit qu'il avait autrefois eu des ailes. « Mavis a de bons et de mauvais jours.

– Ce n'est pas la peine de vous excuser.

– Parfois, les choses sont comme avant. Et pendant un moment, on arrive tous les deux à faire semblant. Mais ça ne dure jamais. C'est toujours là en réalité. Ça revient. Vous vous rendez compte que vous faites comme si et d'un coup, ça vous saute à la figure.

– Je comprends. » Une petite hésitation. « Moi aussi j'ai perdu quelqu'un. »

Harold a posé une tasse devant moi et m'a regardé.

« Ah oui ?

– Dans des circonstances différentes. Elle s'est noyée. J'ai toujours su qu'elle était morte mais son corps n'a jamais été retrouvé.

– Vous vous demandez parfois…

– Si elle est vivante quelque part ? » J'ai secoué la tête. C'était un petit mensonge, et encore. « Je n'y ai jamais cru. J'imagine que je ne pourrai jamais en avoir la preuve mais j'ai choisi de croire à l'option la plus vraisemblable.

– Moi aussi. Mais Mavis... pas vraiment. C'est peut-être un truc masculin.

– Je ne sais pas.

– En tout cas, je suis désolé. »

J'ai souri tristement.

« C'était il y a longtemps. »

Mais comment mesurer le temps dans ces cas-là ? Si je collais mon oreille à mes souvenirs, j'entendais encore la mer. Pourtant, c'était de plus en plus dur de convoquer des images de Lise : son visage, ses manies, les moments que nous avions partagés. Une bonne partie des choses les plus importantes s'étaient effacées. C'était peut-être ça, la bonne mesure finalement. Pas en mois et en années, mais à la clarté des souvenirs.

Harold s'est assis en face de moi. Malgré sa frêle carcasse, la chaise a grincé sous son poids. C'était un ensemble bon marché. Si le salon était bien tenu, la cuisine était bien plus désordonnée. J'avais le sentiment que rien dans la maison n'avait été remplacé depuis un bon bout de temps et peut-être que le mobilier avait simplement connu des jours meilleurs.

« Merci pour le café. »

Il a hoché la tête en posant ses mains sur sa tasse.

« C'est intéressant ce que vous avez dit. Que vous aviez perdu quelqu'un. C'est une expression étrange. On l'emploie quand quelqu'un meurt mais ce n'est pas tout à fait juste, si ? Quand on perd une personne, ça implique qu'on pourra la retrouver. Qu'on pourra la récupérer.

– C'est vrai. »

Harold a souri.

« Et quand on a perdu quelque chose, on le retrouve toujours au dernier endroit où on cherche. Mon père me faisait la blague quand j'étais petit. Mais avec les gens, ce n'est jamais comme ça, pas vrai ? À moins que vous soyez croyant, inspecteur ?

– Non.

– Moi non plus. Comment pourrais-je croire aujourd'hui ? Je ne voudrais pas rencontrer le dieu qui m'a pris ma fille. Je ne m'attends pas à retrouver Rebecca. Elle n'est pas perdue. Elle a disparu pour toujours.

– Vous pouvez me raconter ce qui s'est passé ? » Dans la mesure du possible, je préférais toujours entendre un témoin direct. « Et me parler de Rebecca, si ça ne vous dérange pas.

– Non, ça ne me dérange pas. »

Il est entré dans les détails et je lui en ai été reconnaissant. Peut-être que d'autres inspecteurs n'auraient pas voulu en entendre autant sur la victime et auraient préféré se concentrer sur les éléments concrets autour de sa disparition, mais je désirais avoir un portrait précis de la jeune femme. Pas seulement les circonstances de sa disparition, mais qui elle était vraiment. Car, tout comme j'étais sûr que les gens derrière tout ça avaient eu une raison de s'en prendre à Charlie Matheson, j'étais prêt à parier qu'ils n'avaient pas non plus choisi Rebecca au hasard. Si elle avait été détenue trois années entières avant l'accident, je doutais fortement que son enlèvement s'explique simplement par sa ressemblance avec Charlie.

Pour un parent endeuillé, Harold était particulièrement ouvert sur la nature de leurs rapports avec leur fille. Rebecca était adorable petite, m'a-t-il dit, mais elle s'était éloignée à l'adolescence et c'était une distance qu'ils n'avaient jamais vraiment réussi à combler. Ils avaient continué de l'encourager discrètement, bien conscients que la pousser dans une direction ne servirait qu'à la faire aller dans l'autre sens.

« La plupart des enfants finissent par quitter le nid mais avec Becky, ça s'est fait bien plus tôt. En tout cas dans son esprit. »

Elle s'en sortait très bien à l'école mais elle avait peu d'amis et ceux qu'elle se faisait avaient apparemment une mauvaise influence sur elle. Il ne se souvenait plus de leurs noms mais il était évident qu'il ne les appréciait pas. C'étaient des bêtises d'ados et ça ne l'avait pas trop affectée : elle avait eu d'assez bons résultats pour pouvoir entrer à la fac et étudier la pédopsychologie. Mais elle avait arrêté au bout d'un an et était rentrée à la maison. Après une brève période de tâtonnements, elle avait trouvé un poste dans une crèche de la ville.

« Elle était douée avec les enfants, a dit Harold. Elle semblait heureuse.

– Elle a continué de faire ça ?

– Plus ou moins. Elle a bougé un peu, changé d'établissement. Mais elle a suivi des formations et passé des diplômes. » J'avais fini mon café et le sien devait être froid mais il continuait de le boire. « Elle est restée dans le milieu. Elle travaillait dans une crèche quand elle a disparu.

– Vous vous souvenez du nom ?

– Les Chérubins, je crois. » Il a secoué la tête. « Je suis désolé. Ça fait tellement longtemps.

– Ça ne fait rien. » Ce serait à coup sûr dans le dossier. « Comment elle était, selon vous ? Avant de disparaître ? »

Un profond soupir.

« Je ne sais pas vraiment. »

La vérité, c'était que Rebecca était plus qu'indépendante à ce moment-là, elle était dans une position où elle maintenait ses parents à distance. Ils lui parlaient au téléphone de temps en temps – au plus une fois par semaine – et ils la voyaient rarement. Malgré leurs efforts, ils ne savaient pas grand-chose de sa vie au-delà des maigres informations qu'ils parvenaient à lui arracher. Ils ne savaient même pas si elle était en couple.

« Mais elle semblait heureuse. » Un haussement d'épaules. « C'est tout ce que je peux vous dire. La dernière fois qu'on lui a parlé, tout avait l'air d'aller. La Becky qu'on connaissait. Résiliente et déterminée. Mais nous n'avons jamais réussi à faire tomber ses barrières. »

Ça a été son tour de sourire tristement, le regard posé sur ses mains qui entouraient sa tasse de café. Dans son esprit, ils avaient perdu Rebecca bien avant qu'elle disparaisse.

« Nous l'appelions toujours le lundi soir. Enfin, c'était Mavis qui lui téléphonait. C'était généralement le meilleur moment pour l'avoir et c'est devenu une sorte de routine. »

Un autre élément de la guerre froide entre parents et enfant : une sorte de trêve tacite. Mais ce jour-là, le téléphone avait sonné dans le vide. Ils avaient essayé de rappeler, pour le même résultat.

« Nous lui avons envoyé un e-mail. *Dommage qu'on se soit ratés, on espère que tout va bien.* Ce genre de choses. Mais on n'a pas eu de réponse, ce qui ne ressemblait pas du tout à Becky : elle se débrouillait normalement pour envoyer au moins un petit mot. Nous avions une clé de son appartement, alors le samedi Mavis s'est inquiétée et nous y sommes allés. On a frappé, bien sûr, mais elle n'a pas répondu. Donc on est entrés. »

Ils ont alors découvert une scène parfaitement normale. L'appartement était rangé et bien tenu, la cuisine était propre, et il n'y avait aucun signe de désordre. Sur la table basse en verre du salon, ils ont trouvé un mot, apparemment écrit par Rebecca. Il expliquait qu'elle en avait marre de sa vie en ville et qu'elle voulait prendre un nouveau départ dans un endroit où personne ne la connaîtrait, couper les ponts et recommencer à zéro. Elle les contacterait peut-être, mais elle ne pouvait rien promettre, elle avait besoin de découvrir qui elle était vraiment et pour ce faire, il fallait qu'elle parte et qu'elle reste seule un moment. Peut-être définitivement. Elle laissait entendre qu'elle se sentait étouffée par Harold et Mavis et qu'elle trouvait leurs attentions oppressantes.

« C'était terrible de lire ça, m'a dit Harold. Je sais que ça a mis un coup à Mavis. Pendant longtemps, elle a eu l'impression d'avoir fait fuir Becky. Elle s'en est voulu. Et je pense que pendant un moment, j'en ai voulu à Becky. C'était cruel. Gratuit. Mais c'était à l'époque où je croyais encore que le mot était d'elle. »

Ils avaient quand même signalé la disparition de leur fille. La police avait relevé des échantillons graphiques et avait conclu que c'était vraisemblablement Rebecca qui avait écrit la lettre. Sa chambre était rangée mais ses vêtements avaient été emportés, tout comme plusieurs objets : un ordinateur portable, un téléphone et un chargeur. Des choses basiques. On avait découvert que le lundi, toutes ses économies – un maigre total de deux cents livres – avaient été retirées de son compte et qu'il n'y avait pas eu d'autres mouvements depuis. Quoi qu'il lui soit arrivé depuis et qu'elle soit vivante ou morte, Rebecca Lawrence avait disparu des radars.

« Vous ne pensez plus que le mot était de sa main ? ai-je demandé à Harold.

– Comment savoir ? » Il a haussé les épaules comme si cela ne changeait plus rien. « Peut-être que si, peut-être qu'elle voulait vraiment prendre un nouveau départ. Mais quelles sont les probabilités pour que ce soit vrai ? Avec si peu d'argent ? Comment ce serait possible ? »

Ça me paraissait peu vraisemblable.

« Elle n'avait pas d'amis ailleurs ?

– Non. Et tout a été vérifié de ce côté-là.

– Ce serait difficile de disparaître dans ces circonstances.

– Exactement. Alors peut-être qu'il lui est arrivé quelque chose par la suite et que c'est pour ça qu'on n'a plus eu de nouvelles. Mais ce n'est pas ma théorie. » Il a regardé ses mains. « Je pense qu'on l'a forcée à écrire ce mot. Je pense que quelqu'un a pris ses affaires et a retiré cet argent. Et je pense qu'elle est morte bien avant qu'on aille chez elle. Voilà ce que je pense aujourd'hui, inspecteur. »

J'ai hoché la tête doucement. À sa place, je serais sûrement arrivé à la même conclusion. Bien sûr, à supposer que Rebecca ait été la véritable victime de l'accident de voiture deux ans auparavant, ce serait inexact. Son ravisseur l'avait détenue trois ans avant qu'elle meure.

Harold me regardait toujours. Il avait l'air désemparé.

« Ce que je ne comprends pas, c'est *pourquoi* elle. »

Une fois sorti de la maison, j'ai pris une profonde inspiration en essayant de réfléchir aux répercussions de ce qui était arrivé à

Rebecca Lawrence. Mes réflexions ont été interrompues par mon portable qui vibrait dans ma poche. Un message.

Quand j'ai sorti mon téléphone pour lire le texto, j'ai été gagné par la panique et j'ai immédiatement arrêté de penser à Rebecca Lawrence.

Sasha était à l'hôpital.

Groves

Le sans-abri

Groves se disait qu'il avait de bonnes chances de retrouver le jeune sans-abri. Il devait être basé en centre-ville et il était peu probable qu'il ait bougé au cours des vingt-quatre dernières heures. Entre les brûlures et les cicatrices, il était assez reconnaissable pour que des gens se souviennent de lui. Alors en fin d'après-midi, après avoir de nouveau consulté le téléphone, il partit à sa recherche.

Au commissariat, Sean continuait de travailler sur le meurtre d'Edward Leland. Groves avait déjà parlé au commissaire Reeves pour se retirer de l'enquête. Il avait bien d'autres choses à faire et pourtant, après avoir essayé de s'y intéresser, il avait opté pour ce plan. Il ne pouvait peut-être pas être impliqué en qualité d'inspecteur dans cette enquête mais rien ne l'empêchait de la poursuivre sous un autre angle.

Il commença par Saint John's Crypt.

La crypte était le sous-sol de la plus grande église de la ville qui avait été aménagé en soupe populaire pour les sans-abris. Elle était entièrement gérée par des bénévoles et comme les usagers avaient souvent affaire à la police, les autorités étaient régulièrement amenées à travailler avec ceux-ci. Groves y avait lui-même déposé des gens à différentes reprises. Même si une présence policière n'était jamais réellement bienvenue, elle était toujours tolérée et les volontaires les aidaient comme ils pouvaient. Groves était convaincu qu'il pourrait faire passer sa recherche d'un garçon nommé Carl comme quelque chose de positif et qu'il trouverait bien une personne disposée à lui parler.

Il poussa la lourde porte en chêne et entra dans la crypte, où il fut immédiatement saisi par l'odeur de soupe de légumes et par l'odeur sucrée et écœurante du vin et du manque d'hygiène qui imprégnait les lieux. Le bruit métallique des casseroles, les murmures et les reniflements résonnaient. À cette heure de la journée, il n'y avait qu'une poignée de personnes. Deux sans-abris assis tout au fond de la salle ressemblaient à deux piles de vêtements graisseux surmontées de cheveux en bataille. Le type derrière le comptoir était un homme d'âge mûr maigre comme un clou. En découvrant son visage pâle et grêlé et sa barbe éparse, Groves se demanda depuis combien de temps il se trouvait de ce côté-ci du comptoir. Ça marchait souvent comme ça par ici.

« Ouais, dit l'homme. Je le connais, Carl. »

Il avait à peine regardé le badge que lui avait montré Groves. Il donnait l'impression d'en avoir déjà trop vu et de ne pas vouloir en découvrir davantage.

Groves rangea son portefeuille.

« Vous êtes sûr ?

– Ouais, un petit mec. Avec les brûlures sur le côté du visage ? » Il fit un geste vague. « Il fait beaucoup plus jeune qu'il ne l'est. Je vois qui c'est.

– Ça lui ressemble. Vous connaissez son nom de famille ?

– Thompson, un truc comme ça. Timpson peut-être. » Il haussa les épaules. *Qu'est-ce que ça peut me faire ?* « Ça fait un moment que je l'ai pas vu, mais les deux dernières semaines il était revenu. Pourquoi vous le cherchez ?

– Il y a eu une agression en ville hier soir. On a les images de la vidéosurveillance, c'était assez violent. Des skinheads qui ont roué de coups de pied un type au sol. » Il n'avait pas trouvé mieux. « On les a coffrés tout de suite mais on a perdu la trace de la victime. Je veux avant tout voir comment il va mais aussi lui demander s'il peut nous aider à les identifier. »

Son histoire valut un regard suspicieux à Groves.

« Ça ressemble pas trop aux flics que j'ai connus.

– Nous ne sommes pas tous les mêmes. Est-ce que Carl est venu aujourd'hui ?

– Nan. Il passe beaucoup plus tard d'habitude. La journée, il est sous terre. Le soir, il fait la manche près de la gare, je pense. »

Groves hocha la tête.

« Sous terre où ça ?

– Les arches sous la gare. » L'homme haussa de nouveau les épaules. « Près de son lieu de travail, voyez ? »

De retour à la voiture, Groves se connecta à la base de données du département grâce à sa tablette et chercha le casier de Carl Thompson – ou Timpson. Compte tenu de son comportement, il était persuadé qu'il trouverait quelque chose. Ce fut le cas, sous le nom de Thompson.

Groves parcourut le casier. Carl Thompson avait été arrêté à plusieurs reprises. Il y avait des délits liés à la consommation de drogue et des condamnations pour vol à l'étalage. Un jour, il était allé dans un restaurant chinois et avait pris le menu avec cinq plats et du vin avant d'avouer en fin de repas qu'il n'avait pas de quoi payer. Il avait vingt-trois ans. Il n'y avait, sans surprise, aucune mention de service militaire.

Ce qui posait une question inévitable : d'où venaient ses cicatrices ?

Groves continua de remonter son casier. Il y avait de nombreux détails au début du dossier sur son enfance : un résumé préparé par un travailleur social pour solliciter la clémence du juge dans une affaire qui l'impliquait. Il avait été retiré à ses parents à l'âge de deux ans et avait passé les années suivantes trimballé de famille d'accueil en famille d'accueil. Il y avait eu des accusations d'abus formulées contre plusieurs personnes au sein de celles-ci, mais rien n'avait été prouvé. Plus tard, Thompson s'était montré turbulent à l'école et on lui avait diagnostiqué des troubles de l'apprentissage qui n'avaient jamais été correctement pris en charge. À l'âge de douze ans, il avait été plusieurs fois rappelé à l'ordre pour consommation d'alcool et de drogue sur la voie publique. Mais ce n'était pas pour ces délits que le rapport avait été rédigé.

Groves sentit quelque chose se décrocher en lui quand il lut la suite. Quand il avait treize ans, Thompson avait été arrêté dans les vestiaires des femmes de la piscine municipale. La mère d'une fille de cinq ans l'avait laissée se changer toute seule, une récompense parce qu'elle avait été sage. Thompson s'était faufilé dans les vestiaires et avait été surpris par un membre du personnel en train de se masturber, en pleurs, à proximité de l'enfant.

Du fait de son âge et de son état émotionnel au moment des faits, il avait échappé à une peine mais avait été hospitalisé avant d'être relâché avec une obligation de soins. Il fut placé sur la liste des délinquants sexuels pendant deux ans avec mise à l'épreuve. Il n'avait pas été condamné pour d'autre délit sexuel mais le casier comportait de nombreuses arrestations liées à la consommation de drogues jusqu'à sa vingtaine. Rien depuis un an environ, ce qui était curieux. Groves se souvint de ce que l'homme de la soupe populaire lui avait dit. *Ça fait un moment que je l'ai pas vu.*

Où était-il pendant tout ce temps ?

Groves détourna les yeux de l'écran pendant un moment pour réfléchir.

Il fallait qu'il vérifie quelque chose. Il n'y avait aucune raison que ça y soit mais il s'attendait quand même à le trouver. Il reprit la liste des arrestations pour consommation de drogues une à une, son mauvais pressentiment s'intensifiant jusqu'à ce qu'il tombe de nouveau dessus.

SIMON CHADWICK.

L'arrestation avait eu lieu dans des circonstances similaires à celles d'Edward Leland, sauf que cette fois les deux garçons avaient été appréhendés dans un parking en possession d'héroïne.

Mon Dieu.

Groves parcourut très rapidement le reste du casier de Thompson. Il n'était pas fait mention d'Edward Leland et il ne se souvenait pas avoir vu le nom de Thompson dans la liste qu'il avait commencé à compiler ce matin-là.

Mais le lien était là. Leland et Thompson avaient commis – où étaient suspectés d'avoir commis – des délits sur des enfants. Ils avaient tous les deux été condamnés pour des histoires de drogue. Ils avaient tous les deux frayé avec Simon Chadwick.

Qu'est-ce que c'était que cette histoire ?

Groves considéra l'écran en se souvenant du comportement de Thompson. Ses cicatrices. Sa peur et son désespoir. Cette impression qu'il obéissait à des ordres en lui donnant son portable, avec le message sur son fils.

Et ce qu'il avait dit, bien sûr.

J'ai vécu l'enfer, monsieur.

Il commença par la gare et interrogea plusieurs employés mais personne n'avait vu Carl Thompson ce jour-là. Quelques agents de sécurité reconnurent son signalement mais il ne traînait pas devant l'une des entrées ni vers la terrasse du seul pub de la gare.

Bon. Le moment était venu d'explorer les arches.

Groves y était allé quelquefois des années auparavant, surtout pour rattraper des voleurs à la tire qui s'y cachaient, mais il savait bien que les recoins les plus sombres étaient fréquentés par les sans-abris et parfois par des prostituées et leurs clients. L'entrée se trouvait sous un passage souterrain. Vous preniez à droite, traversiez une galerie commerciale, surtout des cafés et des boutiques d'artisanat, jusqu'à atteindre un labyrinthe de passages et de tunnels. Ils étaient théoriquement fermés au public mais il était facile d'y accéder par diverses portes de service arrachées. Personne n'en avait rien à faire.

Il passait entre les magasins. Depuis sa dernière visite, beaucoup avait fermé et leurs vitrines étaient condamnées. Les quelques échoppes encore ouvertes étaient vides, la galerie se mourait. C'était l'une des zones les plus anciennes de la ville, là où les rails recouvraient le fleuve, mais les tentatives sporadiques pour la revitaliser faisaient généralement long feu. Il n'y avait personne dans le coin pour se soucier de lui et il finit par atteindre le bout du passage et par franchir le seuil béant qui menait dans les profondeurs.

Une minute plus tard, il commença à les croiser : les sans-abris qui campaient dans les petits espaces sous les arches. Il en vit serrés par deux mais la majorité d'entre eux restaient seuls sur leur bout de territoire durement gagné. Certains faisaient de petits feux avec des déchets, des vieux journaux, voire des détritus séchés charriés par le fleuve. Ceux qui étaient réveillés le regardaient silencieusement quand il les approchait.

« Je cherche Carl Thompson. Le garçon avec les brûlures. »

Des haussements d'épaules, principalement. Un homme se mit à chanter : une mélopée tonitruante, dénuée de paroles, qui résonna longtemps après que Groves se fut éloigné. Deux clochards semblaient voir de qui il parlait et, d'un mouvement de leur menton couvert de cicatrices, lui indiquèrent le chemin. Il était facile de se perdre dans les passages sombres. Mentalement, il commença à dérouler une pelote de laine derrière lui.

Il se retrouva sur une passerelle métallique. Le fleuve coulait maintenant à côté de lui : il rugissait de l'autre côté d'un mur de pierres couvert de tuyaux crachotants. Alors qu'il entendait le fracas d'un train au-dessus de sa tête, il se dit qu'il était étrange que les sans-abris vivent là. Là-haut, des rails s'étiraient de la gare comme un grand nœud effiloché, tandis qu'ici, on entendait le grondement du fleuve. Tout autour d'eux menait vers un ailleurs tandis qu'eux restaient piégés sous terre, immobiles et stagnants, au carrefour de ces axes.

Qu'est-ce que tu fais là, David ?

« Je cherche Carl Thompson. Le garçon avec les brûlures. »

Oui, mais pourquoi ? Il était de plus en plus évident que Thompson et Leland étaient liés à l'enlèvement de son fils – ou du moins qu'il était censé le penser. Cela voulait dire qu'il fallait confier cette affaire à Sean, comme il l'avait fait pour Leland, mais quelque chose le poussait à poursuivre. Il ne pouvait oublier l'appel de la veille. Les souvenirs de Jamie défilaient dans sa tête, le petit garçon partait en courant, le forçant à le poursuivre. C'était sa mission. Sa responsabilité.

« Je cherche Carl Thompson. Le garçon avec les brûlures.

– Par là-bas. »

La femme avait un regard vague et triste. Il était impossible de lui donner un âge mais il aurait dit la cinquantaine, avec ses longs cheveux noirs et gras plaqués sur son crâne et ses rides partout sur le visage.

« Vous le connaissez ?

– Par là-bas. » Elle montrait une autre porte de service, rouillée, qui pendait sur ses gonds. « C'est son coin. Il y sera.

– Merci. »

Groves sentit le regard de la femme sur lui tandis qu'il gagnait la porte. Il y avait juste assez de place pour se glisser entre le mur et le panneau de métal cabossé, et puis il y avait un autre couloir, plus étroit et plus court que les autres, avec des arches de deux mètres de profondeur sur sa droite. Les éclairages avaient été placés au-dessus de celles-ci, si bien que l'intérieur était sombre et caverneux. Les deux premières étaient vides mais il était évident que quelqu'un était allongé dans la dernière.

En s'approchant, Groves sentit les restes du feu de Carl Thompson – cendres froides et bois brûlé –, puis autre chose de bien pire. Un courant d'air froid qui pénétrait par une grille d'aération portait la puanteur jusque dans le petit couloir. Il s'arrêta juste avant la dernière arche, le regard vers le sol, puis alluma sa lampe de poche.

Le bois noircis et les morceaux de vieux magazines lui rappelèrent le contenu du barbecue d'Angela Morris. Les cendres rougeoyaient encore un peu. Et puis il y avait Carl Thompson. Il gisait, mort, le côté de son visage enfoncé dans les restes du feu. *J'ai vécu l'enfer, monsieur.* Si c'était vrai, il y avait désormais quelque chose de paisible chez lui. C'était comme si ces flammes depuis longtemps éteintes avaient été l'endroit le plus naturel au monde où reposer sa tête pour son dernier sommeil.

Groves fixa le corps sans vie pendant quelques secondes, il arrivait à peine à respirer. Deux personnes potentiellement liées à l'enlèvement de son fils. Deux morts. Un téléphone dans sa poche qui le reliait à Carl Thompson, téléphone sur lequel il avait reçu un message en rapport avec Jamie. Quelqu'un établissait un contact. L'impliquait.

Qu'est-ce qui se passe ?

Il fallait qu'il sache. La chose à faire – la solution raisonnable – était d'appeler tout de suite le commissariat, de leur passer le dossier, de tout expliquer. Mais le poids du téléphone dans sa poche le déconcentrait. Il voulait le sortir tout de suite pour voir s'il y avait un autre message, seulement il n'aurait pas de réseau ici. Mais il y aurait *forcément* un message. *Dieu veillera sur vous.* Il n'y avait aucune raison logique de le penser mais Groves était certain que celui qui était derrière tout ça savait qu'il était là et avait vu ce qui avait été fait.

Jamie.

Le souvenir de son petit garçon avait cessé de lui échapper et l'image brillait de mille feux dans son esprit à présent : Jamie, dans le pantalon et le tee-shirt qu'il portait ce dernier matin, les yeux plissés dans le soleil, agitant la main vers son père. Groves aurait tellement voulu saisir ses propres pensées pour embrasser le garçon et l'impossibilité de le faire provoquait une douleur profonde. Mais s'il ne pouvait pas laisser Thompson ici, il ne pouvait pas non plus se résoudre à abandonner le téléphone.

Pas encore.

Une fois sorti de sous les arches, à l'écart des caméras de surveillance, Groves ralluma le portable. Pas de message écrit. Rien sur le répondeur.

Il y aurait bientôt quelque chose. Il en était certain.

Pardonne-moi, pensa-t-il.

Il passa un appel anonyme pour signaler la mort de Thompson.

Merritt

La maison de Satan

Elle se dressait en haut d'une colline, enfoncée dans la terre comme une dent cassée. Merritt ne savait pas de quand elle datait, mais il doutait qu'elle soit d'origine chrétienne. Elle l'était devenue par la suite, bien sûr, mais cette époque était révolue depuis longtemps. L'intérieur avait une vague forme de croix, avec tout juste assez de place pour asseoir les quelques personnes isolées qui avaient vécu dans le coin au cours des siècles passés. Sur le côté, un escalier menait à une ancienne crypte. C'était là que les rénovations avaient été entreprises.

Les tunnels avaient été élargis et étendus au fil des années, sans doute par des entrepreneurs indépendants comme lui. De nouvelles pièces, des escaliers et des couloirs avaient été ajoutés, certains débouchant directement dehors, de l'autre côté de la colline. La structure comprenait l'électricité et l'eau courante, ainsi qu'un système sophistiqué de caméras de surveillance et de haut-parleurs. Merritt se gara au pied de la colline. En levant les yeux dessus, il était difficile de ne pas penser à un nid de frelons. Il avait parfois même l'impression d'entendre des bourdonnements.

Il remonta le chemin tortueux jusqu'à la porte de chêne en voûte qui avait été laissée entrouverte. Elle grinça quand il la poussa et il pénétra à l'intérieur du bâtiment.

La maison de Satan.

Comme toujours, il y faisait bien plus froid qu'à l'extérieur. Le sol et les murs de pierre étaient poussiéreux et il y avait un drôle de courant d'air, comme si la brise venait des murs ou qu'un étrange esprit rôdait.

La porte de la cave était ouverte. Merritt descendit l'escalier de pierre puis passa une autre porte au bout de la crypte pour entrer dans le labyrinthe souterrain. La pierre laissait peu à peu place à quelque chose de plus organique : une masse dense de bois et de cailloux. Merritt avait l'impression d'évoluer dans les veines d'un être vivant. Des étais maintenaient le plafond de fortune et le tunnel était éclairé par de vieilles lampes protégées par des étuis en plastique. Il n'avait jamais été claustrophobe mais ce lieu le rendait nerveux. On lui avait certes assuré que la construction était sûre et stable, mais ce réseau de tunnels lui paraissait délabré et dangereux.

Il ne lui fallut pas longtemps pour atteindre les cellules. Il était difficile de les considérer comme des pièces car elles ressemblaient plus à des bulles ayant gonflé sous la terre, d'autant qu'aucune de leurs parois n'était d'aplomb ou lisse. Certaines étaient plus spacieuses que d'autres, avec des murs déchiquetés là où la terre s'était effritée, mais la plupart étaient tout juste assez grandes pour pouvoir s'y allonger confortablement. Elles étaient fermées par des portes métalliques et la terre autour du chambranle était renforcée – non pas qu'un seul prisonnier ait jamais été tenté de s'évader. Au bout de quelques semaines sur place, la plupart étaient déjà trop faibles ou brisés pour y songer.

L'enfer n'était pas plein pour le moment. Pour autant, plusieurs cellules devant lesquelles Merritt passa étaient occupées. Jetant un œil par la trappe, il reconnut la plupart des occupants. Après tout, c'était lui et son équipe qui les avaient menés ici. Beaucoup étaient devenus fous. Il ne leur prêtait guère d'attention.

Il y en avait un qui l'intriguait davantage et il s'arrêta devant sa cellule. C'était la plus petite et l'homme était assis en tailleur contre un mur tandis qu'une télévision lui rejouait ses péchés à tout juste un mètre et demi de lui. L'écran éclairait son visage qui – fait unique ici – était intact. Contrairement aux autres prisonniers, cet homme avait été épargné par Satan. Pour le moment.

Mais après tout ce temps passé seul ici, il était sûrement aussi fou que les autres.

Merritt savait ce que l'homme avait fait dans la vraie vie, pourquoi il était là, ce qui l'attendait. En le regardant par la fente, il fut gagné par une émotion peu familière, qu'il avait rarement ressentie par le passé.

Une compassion sincère pour l'homme dans la cellule.

Mais celle-ci s'évapora bien vite quand il devina une présence au bout du couloir. Il tourna la tête pour vérifier, aperçut une silhouette sombre à quelques mètres de lui, puis regarda bien vite ses pieds. C'était un employé loyal et il y avait des règles. Satan n'aimait pas qu'on le regarde.

Merritt attendit pendant que le vieil homme approchait lentement de lui. Il n'avait jamais été impressionnable, mais ces rencontres dans les petits couloirs étroits lui donnaient un bon goût de ce qu'était la peur.

« C'est fini », dit le vieil homme.

Il lui tendait quelque chose. Sans relever les yeux, Merritt prit le morceau de papier.

« Oui, monsieur. »

Mais Satan se retirait déjà dans les ténèbres. Merritt regarda le papier et les motifs dessinés dessus. Une carte de péchés. Une séparation.

Il hocha la tête pour lui-même. Il avait toujours une arme à feu sur lui, cachée sous sa veste de costume. C'était devenu une seconde nature. Ce soir, il lui faudrait un couteau aussi.

Mark

La vérité

Sasha m'attendait à la réception de l'hôpital et était manifestement très énervée par tout ce qui s'était passé. Elle a failli passer devant moi sans s'arrêter, pressée d'atteindre la voiture et de fuir cet épisode gênant le plus vite possible. Si elle avait eu sa voiture, je suis sûr qu'elle serait déjà partie. En l'occurrence, j'étais même à moitié surpris qu'elle m'ait contacté et qu'elle n'ait pas décidé de rentrer à pied.

« Mais quelle connerie, m'a-t-elle dit alors que nous démarrions.

– Qu'est-ce qui s'est passé ?

– Je n'ai pas envie d'en parler. »

J'ai jeté un œil vers elle. Elle avait la tête appuyée sur sa main et regardait droit devant elle. Quoi qu'il ait pu se passer, elle était en colère contre elle-même.

Quant à moi, j'étais soulagé que, sa fureur mise à part, tout aille bien. Le message que j'avais reçu devant chez les Lawrence m'avait mis dans tous mes états. La panique était montée instantanément. Pourquoi était-elle à l'hôpital ? Qu'est-ce qui s'était passé, bordel ? Je savais comme son métier pouvait être dangereux et j'avais toujours eu peur qu'elle se blesse. Bien qu'elle ait été en état de m'écrire, j'avais automatiquement imaginé le pire. Et même si je ne savais pas ce qui s'était passé, il y avait au moins une forme de soulagement à découvrir qu'elle n'était apparemment pas blessée. Je m'imaginais rentrer à la maison avec un siège vide à côté de moi et mon cœur s'est serré.

Dieu soit loué, tu vas bien.

Parce que l'espace d'un instant…

Je me suis efforcé d'étouffer ma panique et de prendre un ton détendu.

« C'était quoi cette connerie alors ?

– M'envoyer ici. » Sasha s'est retournée vers l'hôpital qui disparaissait derrière nous. « J'ai dit à mon chef que ça allait mais bla, bla, bla, risque de commotion. » Elle s'est retournée vers la route, furibarde. « Il m'a fait passer pour une idiote devant tout le monde. Tu sais combien d'autres membres de l'équipe ont été envoyés à l'hosto pour une commotion ?

– Non.

– Aucun. C'est déjà assez dur d'être une femme dans cette escouade. L'impression constante d'être le deuxième choix. » Elle a fait la moue et a secoué la tête. « C'est assez difficile sans même ce genre de conneries.

– Tu n'es pas un deuxième choix. »

Elle n'a pas répondu.

Je comprenais car je savais l'importance que Sasha accordait à sa carrière. Elle se targuait d'être douée dans son métier, et elle l'était, mais l'équipe d'intervention était un milieu macho dans le meilleur des cas et formait une escouade encore plus fermée que les équipes comme la nôtre. Il fallait gagner le respect de ses collègues et eux devaient savoir qu'ils pouvaient compter sur vous. J'imaginais bien qu'une erreur puisse la mettre en difficulté.

« Tu vas me raconter ce qui s'est passé ?

– Ce n'était rien.

– Ça devrait aller vite alors. »

Ça m'a valu un regard noir que j'ai fait semblant de ne pas remarquer mais après quelques secondes de silence, elle a soupiré et s'est mise à parler.

Comme elle l'avait dit, ça n'était vraiment rien – ou du moins, ça aurait dû : une opération de routine visant les appartements au-dessus d'un sex-shop à l'ouest de la ville où l'on soupçonnait des trafiquants de tenir un bordel. Sasha faisait partie des trois premiers officiers sur place, ceux qui étaient chargés de vérifier que la voie était libre. La maison close était en fait sur deux niveaux, avec une réception au premier et des chambres au deuxième. Aucun problème à la réception mais Sasha avait été la première à entrer dans une chambre et avait trouvé une fille prostrée sur le lit. C'était à peine une ado, elle était terrifiée et, sans réfléchir, Sasha avait fait un pas vers elle pour qu'elle voie au moins une femme avant que les autres officiers déboulent. Sans réfléchir.

« Je n'ai pas regardé le coin. Une erreur débile. Une erreur de débutant. Je n'avais pas vu qu'il y avait un client dans la chambre. »

Un type costaud apparemment. Il s'était tapi contre un mur et quand Sasha était entrée dans la pièce, il l'avait bousculée pour essayer de se précipiter dans les escaliers. Il l'avait fait tomber et elle s'était cognée contre le lit en bois.

« J'ai vu des étoiles, oui, mais pendant peut-être *trois secondes*. C'est tout. Mais je n'ai pas eu le temps de me relever avant que Killingbeck plaque le type et lui fasse faire le trajet retour dans la chambre et il m'a vue étalée par terre. »

Elle a secoué la tête de nouveau. De ce qu'elle me racontait, je n'étais pas sûr que le fait de l'envoyer à l'hôpital ait été totalement déraisonnable. D'un autre côté, je pense que l'hôpital était moins la véritable source de sa colère que la honte d'avoir commis une erreur. Une erreur de débutant, qui plus est. Peut-être que ça n'avait pas été grave cette fois-ci, mais dans son métier, une erreur de débutant pouvait vous faire tuer.

Nous avons roulé sans mot dire. Je me rejouais le scénario dans ma tête, avec une issue pire chaque fois. Sasha qui tournait la tête au dernier moment, se cognait la tempe et se fracassait le crâne ; le client qui lui mettait un coup de couteau plutôt qu'un coup d'épaule ; quelqu'un de plus impliqué dans l'opération prêt à se défendre avec un pistolet. Je voyais chaque situation dans ma tête et voulais désespérément l'aider pour chacune mais j'étais réduit au rôle de spectateur passif.

Il aurait pu lui arriver n'importe quoi.

Il pouvait lui arriver n'importe quoi.

J'étais toujours paniqué et, en me garant devant la maison, mon émotion était plus vive que jamais. Elle était indemne mais il aurait pu en être autrement. Son message était la chose la plus effrayante que j'aie vécue depuis longtemps et même si les choses n'avaient pas mal tourné, ça aurait tout à fait pu être le cas.

« Bon, ai-je dit en essayant de masquer mon anxiété. Ça aurait pu être pire, pas vrai ?

– Oui et c'est bien le problème.

– Je sais.

– Je me suis laissé distraire. » Elle me regardait. « J'ai été négligente. Et ça aurait pu être bien pire. »

Je n'arrivais pas à lire l'expression sur son visage.

« Alors il faut que tu en tires les leçons. »

Sasha continuait de me regarder en réfléchissant. Elle a ensuite détourné le regard et a hoché la tête pour elle-même. Même si nous étions toujours assis l'un à côté de l'autre, j'avais l'impression qu'elle s'était écartée d'un pas. Je voulais dire quelque chose pour la ramener à moi mais je n'avais pas les mots. *Tu ne seras jamais un deuxième choix pour moi*, ai-je failli articuler. Mais compte tenu de mon comportement récent, j'ai soudain eu peur qu'elle ne me croie pas.

« Tu as raison, a-t-elle conclu d'une voix blanche. Je ne peux pas me permettre de me laisser distraire encore une fois. »

Cette nuit-là, pour la première fois depuis des mois, j'ai refait le rêve. Mais il était différent cette fois-ci.

Par le passé, même si c'était un cauchemar affreux, il n'avait rien d'horrible visuellement. J'étais chaque fois sur une plage, à regarder une mer calme sous un ciel où volaient des mouettes. La mer était vide. Lise n'était jamais présente et son absence était au centre de tout. Le rêve portait sur sa disparition.

Mais cette nuit-là, c'était un véritable cauchemar. J'étais sur la plage mais la mer était noire et démontée. Les vagues formaient des lignes brisées d'écume comme si elles étaient tailladées au rasoir et le ciel était lourd de nuages menaçants. Je tremblais et criais.

Nage. Nage.

Je la voyais, même si les vagues étaient trop violentes pour pouvoir la distinguer. Elles la projetaient dans les airs et l'envoyaient vers le fond, elles jouaient à la tuer. Mais elle était là et j'arrivais à l'entendre. Elle appelait à l'aide, seulement ses mots étaient brisés par le vent, si bien que ne me parvenaient que les sons désespérés de la femme qui mourait.

Et il fallait donc que je la sauve, la femme que j'aimais.

Il fallait que je retourne à la mer.

J'avançais jusqu'à avoir de l'eau aux mollets, mais, même si près du bord, le courant menaçait de m'emporter et je m'immobilisais. *Vas-y.* Mais je n'y arrivais pas. Une minute plus tôt, j'avais été dans le bouillon, renversé par les vagues. J'avais coulé et bu la tasse et j'étais ressorti en m'étouffant. J'étais convaincu que j'allais mourir. Mais j'avais atteint le rivage et mon corps refusait de me laisser y retourner. J'étais cloué sur place, tremblant de peur, impuissant, réduit à hurler contre la mer tandis qu'elle tuait ma petite-amie.

Respire, ai-je pensé. *Respire.*

Ça va aller...

Et puis, l'espace d'une seconde avant qu'elle disparaisse, j'ai aperçu son visage dans les vagues et j'ai vu que ce n'était pas Lise, mais Sacha.

Je me suis réveillé en sursaut, le cœur battant, et je suis resté allongé un bon moment pour essayer de me calmer. Au bout de quelques minutes, j'ai roulé doucement sur le côté.

Ce soir, autant qu'un mauvais rêve, ça avait été un souvenir. C'était ce qui s'était passé, après tout. Je n'aurais pas pu sauver Lise de toute façon, car je n'étais pas un très bon nageur et j'avais regagné la plage davantage par chance que par mes propres forces. Mais j'étais quand même resté planté là, désemparé, à la regarder se noyer. J'avais eu trop peur, j'avais été trop faible pour seulement essayer. Je l'avais laissée tomber.

Sasha me tournait le dos, endormie. J'ai regardé la couverture monter et descendre en écoutant le son bas et doux de sa respiration. Je voulais passer mon bras autour d'elle et la serrer mais, pour une raison ou une autre, je ne l'ai pas fait. Je pensais à la panique que j'avais ressentie quand je l'avais récupérée à l'hôpital et à mon attitude ces derniers temps. Au fait que bien que les plaies causées par la mort de Lise se soient refermées, elles m'avaient fait souffrir pendant longtemps.

C'est ça le problème, ai-je finalement pensé. *C'est ça la vérité. Ce n'est pas que je ne t'aime pas. Je t'aime plus que tout.*

Je suis simplement terrifié à l'idée de te perdre aussi.

Dr Gordon Peters

Les fantômes

Des fantômes.

C'était ce que ça lui avait toujours évoqué.

Dans la lumière crue de la salle de bains, Gordon Peters écoutait le silence. Il était presque minuit et toutes les autres lampes étaient éteintes, il se trouvait dans la seule poche de lumière de toute la maison. Il avisa le couloir sombre, les escaliers qui menaient dans l'entrée et le vieux tableau de l'alarme près de la porte. Cet équipement était déjà là quand il avait acheté la maison, des années auparavant, mais il avait depuis longtemps renoncé à s'en servir.

Il compta les secondes dans sa tête.

Il la redoutait presque.

L'alarme retentit de nouveau. Deux bips rapides : le premier aigu, le second plus grave. C'était le bruit qui accompagnait l'ouverture ou la fermeture de la porte d'entrée.

Et puis le silence revint.

À un moment donné au cours des dernières années, l'alarme avait pris son indépendance. Il suffisait sûrement de la réparer mais il avait toujours été trop distrait pour s'en occuper. Il était bien plus simple de faire avec que de s'embêter à appeler un technicien. La sonnette de l'autre côté du seuil n'en faisait elle aussi qu'à sa tête et avait tendance à couiner ou grésiller quand il faisait trop chaud. Mais l'alarme était plus troublante car elle pouvait se déclencher pour tout et n'importe quoi. Parfois, quand il refermait le robinet d'eau chaude dans la cuisine, le *bip* se déclenchait. De manière générale, elle pouvait retentir n'importe quand, y compris au beau milieu de la nuit, comme aujourd'hui.

Ce n'était qu'une simple anomalie, bien sûr, mais cela lui faisait toujours penser à des fantômes : comme si le capteur n'était pas endommagé mais enregistrait le passage de gens et de choses invisibles à l'œil nu. Et dans son esprit ils entraient dans la maison. Ils ne ressortaient jamais. Il vivait seul depuis des années mais il ne se sentait plus isolé depuis bien longtemps. Au fur et à mesure, la maison s'était remplie de fantômes...

Un troisième *bip*. Bref et strident.

Il y en avait tant d'autres qui devaient encore arriver. Il avait été responsable de tellement de morts et de vies brisées au cours des années qu'il en avait perdu le compte. Bien que, dans la majorité des cas, son rôle ait été secondaire, il savait que cela ne l'aiderait guère. Il demeurait coupable. Du haut de son grand âge, il était difficile de se souvenir comment tout cela avait commencé et pourquoi il s'était autorisé à continuer. Il y avait l'argent, bien sûr. La peur. Et il y avait aussi eu la *fascination*. Ce sentiment ne l'avait jamais vraiment quitté. Il avait toutefois du mal à se rappeler la vitesse avec laquelle il s'était senti piégé – enserré par les liens de ce qu'il avait fait – et l'époque, lointaine, où il réussissait à faire taire sa culpabilité. Elle lui pesait tant aujourd'hui que ça en devenait difficilement supportable.

Peters observa son visage dans le miroir de la salle de bains, attendant que l'alarme sonne de nouveau, qu'un nouveau fantôme entre dans la maison. On ne pouvait pas fuir éternellement les conséquences de ses actes, elles finissaient toujours par vous rattraper. La lumière dans la pièce était crue et impitoyable et Peters pouvait distinguer la forme de son crâne. Sa peau était pâle et moite. Comment était-il devenu si vieux ? Sa vie entière semblait s'être écoulée en quelques minutes, une promenade si familière qu'on en oublie de regarder les paysages. Il avait suffisamment de rides pour ressembler à l'un d'eux. Des sillons creusés par le temps plutôt que gravés à la main, mais quelle différence ? Il voyait un péché dans chacun d'eux.

Un nouveau *bip* au rez-de-chaussée.

Il avait fait le bien aussi, bien sûr, et il essayait de se concentrer là-dessus. Des vies sauvées dans son travail de jour, il y en avait eu quelques-unes. Mais ces vies ne contrebalançaient pas celles qu'il avait contribué à prendre. Le monde ne fonctionnait pas selon ce genre de calcul.

Dieu me vienne en aide, pensa-t-il, contemplant le regard vide que lui renvoyait son reflet dans la glace. Et même ça, ça ne suffirait pas. Si Dieu existait, Il avait abandonné Gordon Peters depuis bien longtemps. *Tu n'adoreras d'autres dieux que moi.* Mais il avait choisi de suivre un autre dieu, autoproclamé, et il sentait que celui-ci ne lui viendrait pas en aide non plus.

Il tendit l'oreille, guettant le *bip* suivant.

Le silence. Peut-être la maison était-elle pleine pour cette nuit.

Les pensées de Peters passèrent à autre chose quand il ouvrit l'armoire à pharmacie pour y attraper le matériel dont il avait besoin : les aiguilles et les paquets, le tube en plastique trouble. Alors qu'il préparait l'injection, il savait bien qu'il mettait une dose trop conséquente – il avait eu la main lourde ces derniers temps –, mais il se contenta de tapoter le tube de plastique. Plus rien n'avait d'importance.

Que diable en ai-je à faire ? pensa-t-il et l'expression lui arracha un sourire.

Qu'ils aillent... au diable.

Il enfonça le piston.

Quand il se réveilla au milieu de la nuit, Peters se dit qu'il était encore en train de rêver. Sa mère se tenait au pied du lit et le regardait. C'était une silhouette gris pâle dans l'obscurité, habillée comme dans le souvenir d'enfance qu'il avait d'elle, juste avant qu'elle meure, qu'il soit emmené et que tout aille de travers. Avant tous les hôpitaux. Elle était bien plus jeune qu'il ne l'était désormais et elle tremblait légèrement. Elle avait un air bon et triste sur le visage.

Je suis désolée, souffla-t-elle.

Il se redressa, paniqué. « Quoi ? »

Je suis désolée de...

Mais il n'entendit pas la suite, même s'il voyait sa bouche bouger. Elle parut s'en apercevoir et se tut. Elle lui tendit la main, elle était juste là. Mû par son instinct, par un soudain désir enfantin – *Maman !* –, il tendit la main à son tour mais il cligna des yeux à l'instant où ils allaient se toucher, elle disparut et il se retrouva tout seul dans la pièce.

Il se réveilla pour de bon, son cœur cognant dans sa poitrine. Il battait trop fort. Son corps, fragilisé par l'âge et la drogue, ne pouvait pas supporter un battement cardiaque aussi rapide et intense. Son rêve lui paraissait encore si vrai.

Si je dois mourir, pourquoi ne m'as-tu pas attendu ?

Cette pensée fit ressurgir une amertume et un ressentiment enfouis : une émotion remontée de l'enfance qui ne l'avait pas remué depuis si longtemps.

Un bruit, en bas.

Il écouta attentivement.

Un grattement. Il était tout juste perceptible, mais la peur l'empoigna immédiatement et il se leva de son lit dans la seconde. Les effets de la drogue ne s'étaient pas dissipés et il contourna le lit d'un pas hésitant en s'appuyant contre les murs. Il atteignit la porte de la chambre et avança sur le palier plongé dans les ténèbres.

Plus un bruit. La drogue qui lui jouait des tours. Peters descendit néanmoins, faisant craquer chaque marche malgré son faible poids. Arrivé dans le hall, il resta planté devant la porte fermée du salon. Il posa la main sur le bois et s'apprêtait à la pousser.

Bip.

Son cœur fit un bond quand l'alarme sonna juste derrière lui. Il se retourna. La porte d'entrée était toujours fermée mais elle lui paraissait plus épaisse qu'une seconde plus tôt. L'atmosphère noir charbon semblait se replier sur elle-même et essayer d'adopter une forme. Il se retourna vers la porte du salon en clignant des yeux. *Ça suffit*. Il la poussa, entra et appuya sur l'interrupteur à sa droite.

Il se figea.

L'homme se tenait au centre de la pièce, vêtu d'un élégant costume noir, et pointait un pistolet muni d'un silencieux sur le visage de Peters. Ce dernier voulut déglutir mais ça ne fonctionna pas tout à fait.

« Monsieur Merritt, dit-il.

– Gordon. Asseyez-vous, s'il vous plaît. »

Un infime mouvement du pistolet et Peters remarqua le fauteuil de la salle à manger que Merritt avait apporté dans la pièce. Il envisagea de s'enfuir mais il savait que ça ne changerait rien. Même totalement sobre il n'aurait eu aucune chance, alors groggy comme il l'était... Et il était si las de tout ça. N'avait-il pas toujours su que ce jour viendrait ? Comme tout le monde, il avait évité d'y penser.

« Je me suis raté, dit-il. Je sais. La dose était trop forte.

– Asseyez-vous. »

Les yeux bleus de Merritt étaient si pâles qu'ils semblaient creusés en lui. Peters obéit. Merritt lui attacha les mains et les pieds au fauteuil puis recula d'un pas.

« Vous n'êtes plus fiable depuis un moment, Gordon.

– Je sais.

– Mais vous avez fait du bon boulot pour nous par le passé. Ça fait tant d'années maintenant, n'est-ce pas ? »

Peters hocha la tête.

« D'aussi loin que je m'en souvienne. Ça finit toujours par vous rattraper en fin de compte. »

Merritt le considéra puis secoua la tête.

« Et je n'ai rien contre vous. Je n'ai jamais eu d'animosité à votre égard. J'ai reçu des instructions mais puisque vous et moi serons les seuls à savoir ce qui s'est passé, je vais vous laisser le choix. »

Merritt lui montra le papier avec les motifs tracés dessus. Gordon aurait sans doute dû avoir peur. C'était peut-être la drogue, mais davantage qu'effrayé, il se sentait plus ou moins prêt. Merritt posa le papier par terre et sortit un couteau. Il le leva, à hauteur de son pistolet.

« Je peux couper avant ou après. »

Peters comprit que c'était un geste de miséricorde. S'il le lui demandait, Merritt mettrait un terme à ses souffrances avant de le taillader. Autrement, il le ferait après. L'un et l'autre se produiraient dans tous les cas mais l'une des options serait indolore.

Bip.

Peters porta son regard sur la porte du salon. Un autre fantôme qui entrait. Il y en avait tant désormais. Il méritait chacun d'eux et plus encore. Il revint à Merritt, debout devant lui, et pensa à la taillade puis à l'exécution. Les deux se produiraient d'une manière ou d'une autre. En fin de compte, ce fut une décision facile.

« Le couteau d'abord », dit-il.

QUATRIÈME PARTIE

Et Ils Lui demandèrent si l'Homme naissait avec le Mal et le Bien dans son cœur, et Elle Leur dit qu'il en était ainsi mais que les circonstances l'éprouvaient et que la destinée de chaque Homme était d'apaiser la bataille en lui et hors de lui.

Extrait de la Bible de Cane Hill

Mark

Visualisation

Je n'ai pas bien dormi après le cauchemar et j'ai fini par me lever tôt, juste après 5 heures. J'ai bu un café et j'ai fait les cent pas dans la cuisine en essayant de trouver ce que j'allais dire à Sasha. Il fallait que je lui parle de ce qui me perturbait. Cette inquiétude, cette peur irrationnelle, c'était mon problème et je devais m'en occuper. Mais il fallait au moins qu'elle sache ce que j'avais en tête.

Ce n'est pas toi, c'est moi.

Un cliché, certes, mais c'était la vérité.

Je veux que tu saches que je t'aime vraiment.

Mieux valait ne pas répéter et voir ce que ça donnerait sur le moment, faire simple pour qu'elle se rende bien compte que ce n'était pas une grosse affaire, que j'allais me débrouiller et arrêter d'avoir l'air si tendu en permanence.

Avant de partir travailler. Un mot en passant.

Au fait, j'ai encore fait ce rêve hier soir mais cette fois c'était différent et ça m'a fait réfléchir...

J'ai regardé ma montre. Sasha n'allait pas se lever avant une heure et je ne voulais pas passer mon temps à ressasser et tourner en rond. Alors je suis allé dans le salon, j'ai allumé mon ordinateur et j'ai ouvert deux fenêtres.

La première était une photo de Rebecca Lawrence. Comme je l'avais supposé en rencontrant ses parents la veille, il n'y avait aucun moyen d'être sûr, et on n'en aurait jamais la certitude, mais la ressemblance avec Charlie Matheson était troublante et les circonstances qui entouraient sa disparition suspectes. De tous les dossiers non résolus que j'avais trouvés, c'était la candidate la plus vraisemblable. J'étais à peu près sûr que Rebecca était la véritable victime de l'accident de voiture de Charlie.

Ce qui était effrayant.

J'ai ouvert l'autre fenêtre, celle avec ma chronologie provisoire. Ce n'était encore qu'un squelette terriblement décharné. Mais au moins, j'avais une date à ajouter.

Chronologie provisoire

19 juin 2010 : signalement de la disparition de Rebecca Lawrence (le 14 ?)

3 août 2013 : accident de Charlie Matheson

4 décembre 2013 : mort du tueur au masque de diable

28 juillet 2015 : réapparition de Charlie Matheson

Le 19 était la date où les Lawrence avaient fait leur déposition. À cause du mot retrouvé chez elle, il avait fallu un peu de temps avant que la disparition soit prise au sérieux. La date exacte était sûrement le jour où elle avait retiré ses économies, c'est-à-dire le 14. Mais quelle importance accorder à un écart de quelques jours ? C'était l'année qui m'inquiétait.

À supposer que le corps meurtri dans l'accident ait été le sien, plus de trois ans s'étaient écoulés depuis l'enlèvement de Rebecca Lawrence. Si c'était vrai, cela signifiait qu'elle avait été détenue encore plus longtemps que Charlie Matheson. Nous avions déjà relevé la patience et l'organisation des individus qui avaient enlevé Charlie, mais cela semblait témoigner d'un tout autre niveau d'élaboration.

Je me suis frotté la bouche en regardant l'écran. C'est à ce moment-là que mon téléphone a sonné, et j'ai décroché.

« Mark ? » Pete avait l'air secoué. Je le voyais presque se passer la main dans les cheveux. « Où es-tu ?

– Chez moi. » Je regardais de nouveau ma montre, il était en fait 7 heures passées. « Et toi, tu es où ?

– J'ai une adresse pour toi. Simon est déjà sur place, je suis en chemin avec Greg. »

J'ai cliqué sur le système de géolocalisation.

« Envoie.

– 18 Forest Lane. »

Quand le logiciel a trouvé la propriété, j'ai pu voir que la rue se trouvait dans une petite banlieue proprette à l'ouest de la ville. Un coin chic. Riche.

« J'en ai pour quinze minutes, ai-je dit en regroupant mes affaires. Ça va dépendre de la circulation. Qu'est-ce qu'on a ?

– Un mort. Le visage tailladé comme Charlie Matheson apparemment. Et ce n'est pas tout. Loin de là. »

Quand il m'a dit ce qui avait été également retrouvé sur les lieux, je suis resté silencieux. L'espace de quelques instants, j'ai eu du mal à réfléchir.

Ma conversation avec Sasha allait devoir attendre.

« J'arrive dans dix minutes », ai-je dit, avant de raccrocher.

En approchant de l'adresse que Pete m'avait donnée, j'ai remarqué qu'il y avait déjà une importante présence policière dans la rue. Un cordon avait été tendu en travers de la chaussée à quelques maisons de la scène de crime et je voyais un autre barrage à l'autre bout de la rue. Quelques voisins étaient sur leur perron, et j'ai été content de voir un officier à côté de chacun d'eux, pour les rassurer mais aussi pour vérifier qu'ils restaient bien à l'écart pour le moment. En imaginant qu'un témoin potentiel soit disposé à coopérer, il valait mieux prendre leurs dépositions individuellement pour éviter qu'elles soient contaminées par des rumeurs échangées pendant que la police était occupée à sécuriser la scène.

J'ai montré mon badge à l'officier de garde.

« Inspecteur Nelson.

– Merci, inspecteur. » Il a soulevé le cordon pour me faire passer et a montré le bout de la rue. « C'est le numéro 18, juste après...

– J'ai vu. Merci. »

Il aurait été difficile de rater l'épicentre de l'activité. Il y avait trois voitures de police garées devant le 18 et deux camionnettes le long du trottoir d'en face. Je voyais aussi deux ambulances, la plus proche avait ses portes arrière ouvertes et plusieurs personnes étaient attroupées à côté.

Je me suis approché lentement pour me faire une idée du voisinage. C'était une banlieue résidentielle avec des propriétés de prestige : des mini manoirs avec doubles façades, séparés de la rue par de longues allées. Les trottoirs étaient larges et bordés de pelouses bien entretenues. Les arbres étaient si hauts que leurs branches se rejoignaient au-dessus de la chaussée, donnant une impression de cocon chaleureux. Charlie avait vu juste : il s'était mis à pleuvoir. Le bruit des gouttes sur les feuilles me rappelait le crépitement rassurant de la pluie sur le toit d'un jardin d'hiver.

La plupart des gens que je voyais étaient assez âgés. Ils avaient l'air hébété et même effrayé. Les meurtres ne se produisaient pas dans des quartiers comme celui-ci. Voilà qui faciliterait le porte-à-porte. Ils se montreraient coopératifs, ils voudraient être rassurés et seraient respectueux de l'uniforme. Ce n'était pas toujours le cas.

J'ai atteint la première ambulance. Les soignants s'occupaient d'une vieille dame perchée à l'arrière. Elle avait une couverture sur les épaules et un masque à oxygène sur le nez et la bouche.

« Inspecteur Mark Nelson, ai-je dit en montrant mon badge à l'ambulancier le plus proche. Comment ça va par ici ?

– Ça va. Voici Mme Sheldon, qui vit à côté de la maison pour laquelle vous êtes venu. C'est elle qui a découvert le corps ce matin.

– Mme Sheldon est-elle en état de parler ? »

L'ambulancier a secoué la tête.

« Peut-être tout à l'heure. Elle a eu une matinée difficile. Je peux vous raconter les grandes lignes. »

Nous nous sommes écartés de l'ambulance.

« On a reçu un appel juste après 7 heures. Mme Sheldon a d'abord appelé les secours, puis la police. Mais il n'y avait plus grand-chose qu'on puisse faire. Vous le verrez par vous-même.

– D'accord.

– Elle nous a dit qu'elle était sortie ramasser le journal quand elle a remarqué que la porte était grande ouverte et elle a dit que ça ne lui ressemblait pas... vous voyez le tableau. Il y avait quelque chose qui clochait, alors elle est allée frapper. Pas de réponse. Elle entre et elle le trouve dans le salon. »

J'ai jeté un œil vers la femme qui semblait encore sous le choc. Vu la description des événements, elle n'avait pas l'air de détenir des informations capitales. Ça pouvait attendre.

J'ai remercié l'ambulancier et je me suis dirigé vers la maison. Le portail était toujours ouvert mais la scène devait être bien différente de ce qu'avait découvert Mme Sheldon. Le grand jardin était à moitié rempli d'agents et de légistes de l'équipe de Simon et j'ai dû montrer mon badge une nouvelle fois avant de pouvoir remonter l'allée de gravier. La porte d'entrée donnait sur un vaste hall richement décoré avec un escalier au milieu et une rampe en chêne luisante. J'apercevais un demi-palier en haut des marches avec un vase rempli de fleurs coupées posé devant une fenêtre.

Elle entre et elle le trouve dans le salon.

Il y avait une porte sur ma droite qui donnait sur une pièce remplie de gens. J'ai vu Simon en combinaison blanche, à côté d'un homme muni d'un appareil photo à qui il faisait des gestes pour lui montrer le cadrage qu'il voulait.

Allons voir ça.

J'ai pris une profonde inspiration mentale et j'ai franchi le seuil. Il était évident que l'homme avait été assassiné et même si je le savais déjà, la vision du cadavre était saisissante. La victime était assise dans un fauteuil en bois, sur un côté de la pièce. Le fauteuil avait l'air vieux mais robuste – il devait venir d'une salle à manger – et l'homme y avait été attaché solidement avec du fil de fer. Sa tête basculait vers l'avant, comme s'il était endormi, mais ses blessures ne laissaient pas de doute quant à son état réel. Même si son torse était apparemment épargné, les touffes de poils gris sur sa poitrine étaient couvertes d'une croûte de sang. De ce que je voyais de son visage, celui-ci avait été découpé en morceaux.

Mon Dieu.

J'avais déjà vu des cadavres, bien sûr, mais j'avais rarement été témoin d'une telle sauvagerie. J'ai eu un élan de compassion pour Mme Sheldon. Pas étonnant que la pauvre femme soit encore sonnée.

J'ai attendu que le photographe ait terminé ses clichés et je me suis approché en contournant les traces de sang sur l'épais tapis, puis je me suis accroupi pour mieux voir le visage de la victime. On lisait encore ce qu'il avait subi sur sa peau déchirée et tailladée. Les coupures n'avaient pas été infligées au hasard. Il y avait un motif, des boucles et des courbes. Ça rappelait le visage de Charlie Matheson mais on était loin du même niveau de précision. Les blessures de Charlie, nombreuses et élaborées, semblaient délicates à côté des dommages infligés sur ce visage-ci. C'était une version bien plus sommaire. Un brouillon rapide.

« Déplaisant, non ? »

Simon était debout à côté de moi, les mains dans les poches. Je me suis relevé.

« J'ai vu pire.

– Oh, oui, je sais bien. »

Simon a jeté un œil par-dessus son épaule et j'ai suivi son regard. Un groupe, qui comprenait Pete et Greg, s'était assemblé près de la cheminée et m'empêchait de voir le mur. Je n'étais pas encore prêt à aller découvrir ce qu'ils cachaient. Je me suis tourné vers Simon.

« Tes premières impressions ?

– Les blessures sont atroces mais je ne dirais pas que c'est la principale cause de décès. Les coupures au visage sont nombreuses mais relativement peu profondes. Il a perdu une assez grande quantité de sang mais pas suffisamment pour le tuer.

– Alors… »

Simon a haussé les épaules.

« Alors, je ne peux rien dire. Tu auras remarqué les marques sur son bras, bien sûr. »

Je n'avais pas vu. J'ai regardé de plus près et j'ai remarqué les points et les bleus. Un toxico, donc, malgré son milieu aisé. J'ai montré les fils de fer autour de ses chevilles et de ses poignets.

« Je remarque quelques entraves qui auraient pu l'empêcher de se piquer. »

Simon a eu un petit rire.

« Ça ne veut pas dire qu'il n'a pas forcé sur la dose avant. C'est peut-être pour ça qu'il a été attaché aussi facilement, car à première vue je ne vois pas de blessures de défense. Quoi qu'il en soit, ça a dû affaiblir son organisme et il était vieux. Si j'étais joueur, ce que je ne suis pas, je parierais sur une bonne vieille crise cardiaque des familles. Non pas que ce soit banal au vu des circonstances. Et de ce qui l'aura causée, cette crise.

– Une idée de l'arme utilisée ?

– Je ne suis pas sûr. Pas des ongles en tout cas, si c'est ce que tu as en tête. Sûrement un couteau, avec une lame très fine. Mais les coupures elles-mêmes sont assez maladroites. Il y a un certain nombre de déchirures autour du trait.

– Peut-être que la victime bougeait la tête ?

– On peut le supposer.

– C'est un peu moins *artistique* que ce qui a été fait à Charlie Matheson.

– Oui. Mais assez similaire. » Simon a de nouveau regardé la cheminée. « Bien sûr, c'est le seul lien avec notre enquête en cours. Je suis sûr que tu te souviens de ton premier jour, Mark.

– Très clairement.

– Je me disais bien. »

Je me suis approché de la cheminée.

Mon premier jour. Plus d'un an et demi plus tôt. Comme je me l'étais dit la veille en parcourant le dossier, le tueur au masque de diable était mort depuis longtemps. Si bien que, lorsque j'ai vu ce qui se trouvait au-dessus de la cheminée, je me suis arrêté net.

À l'instar des blessures sur le visage de la victime qui évoquaient celles de Charlie Matheson, ce n'était qu'un brouillon par rapport à mon souvenir, mais les similitudes étaient indéniables. L'assassin de l'homme assis derrière moi avait utilisé son sang pour peindre une toile d'araignée sur le mur.

Groves

Quoi qu'il arrive

Le lendemain matin, après un pic de chaleur, les nuages amoncelés s'étaient déchirés et une pluie fine tombait sur Groves tandis qu'il traversait le cimetière.

Il était tôt, tout était calme et il avait presque l'impression que la pluie ne tombait que sur lui. Elle lui rappelait ses vacances en France avec Caroline. Au milieu d'une journée brûlante, le soleil avait disparu derrière un nuage et il s'était mis à neiger. Plantés au milieu de la rue dans un village désert, ils avaient regardé, incrédules, les flocons tournoyer autour d'eux, et avaient éclaté de rire. Ça n'avait duré que trente secondes tout au plus et ils avaient été les seuls à les voir. C'était comme si Dieu leur avait révélé un secret, rien qu'à eux, dans un rare moment de facétie. *N'oublions jamais cet instant*, avait dit Caroline. Il était tellement amoureux d'elle à l'époque.

Ça faisait bien longtemps.

Il faisait encore chaud, malgré la pluie. Il sentait l'odeur des arbres au bord des allées, le crachin faisant ressortir le parfum des feuilles humides. Il était impossible de distinguer la pluie de la sueur qui perlait dans son dos et sur son visage.

Jamie.

Il atteignit la tombe de son fils. Le jouet que Caroline avait déposé avait disparu mais les fleurs pâles étaient toujours là. Elles fanaient déjà, leurs pétales se recroquevillant comme de petites mains qui se refermaient.

Groves lut l'épitaphe.

Un petit garçon et son ourson...

Il n'y avait pas eu d'autre message sur le portable, il avait passé une bonne partie de la nuit à repenser à tout ça et une idée lui était venue. Une explication possible. Elle le dérangeait – l'effrayait –, car elle reposait sur la carte qu'il avait reçue à l'anniversaire de Jamie.

Je sais qui l'a tué.

Quelqu'un avait identifié le réseau responsable de l'enlèvement de Laila Buckingham et Jamie Groves et d'autres enfants kidnappés, peut-être, et visait ses membres. Les punissait.

Qui pouvait faire une chose pareille ? Groves ne se souvenait que trop bien de ses émotions quand Jamie avait disparu. C'était un homme bon, il s'efforçait de l'être, mais il était humain. Dans ses moments les plus sombres, il aurait donné n'importe quoi pour avoir l'occasion de les tailler en pièces pour ce qu'ils avaient fait. Il avait bien attendu, la porte ouverte, cette nuit-là, non ? Il n'avait pas eu l'impression d'être un policier à cet instant et il ne savait pas s'il se serait comporté comme tel, si l'occasion s'était présentée.

Mais policier, c'était bien ce qu'il était. Il croyait à la loi, à la justice et à l'impératif d'agir avec rectitude, c'était une partie intégrante de lui-même. D'un autre côté, il imaginait facilement que pour un autre parent endeuillé les choses puissent paraître totalement différentes. Que l'envie de se faire justice soi-même soit irrépressible.

Mais ce n'était pas ça qui lui faisait peur.

Je sais qui l'a tué.

La carte avait été adressée à Jamie, pas à lui. Quand il l'avait reçue, il avait pris ça comme une petite cruauté supplémentaire mais il se demandait maintenant si ce n'était pas tout autre chose : l'expéditeur n'avait pas jugé Groves digne de sa correspondance et avait envoyé un message adressé directement et uniquement à un enfant assassiné. *Je sais qui l'a tué.*

Et contrairement à ton tocard de père, avec sa foi et sa croyance débile dans le bien et le mal, je suis prêt à agir. Je vais te venger.

Groves se demanda si le parent d'un enfant tué pouvait en vouloir à quelqu'un comme lui – un policier qui avait aussi perdu un enfant, dont le nom apparaissait dans les journaux et qui aurait dû faire davantage pour empêcher ces gens de frapper de nouveau. Peut-être même le détester suffisamment pour lancer une opération dont il suspectait désormais qu'elle se poursuivait en marge des assassinats.

Lui faire porter le chapeau.

C'était mélodramatique ? Peut-être. Mais il doutait d'avoir un alibi pour les meurtres d'Edward Leland et de Carl Thompson. Il était en possession d'un téléphone qui avait appartenu à Thompson. Il avait cherché Thompson, l'avait retrouvé mort et ne l'avait pas signalé.

Avec le recul, il avait envie de se donner des baffes. L'image de Jamie l'avait guidé – l'obsession d'entendre le téléphone sonner de nouveau –, et ce ne fut qu'une fois chez lui qu'il avait pensé à tous les gens à qui il avait parlé dans la journée et qui seraient capables de l'identifier, même vaguement. Il avait compris que, au moins aux yeux des autres, il avait un mobile. Il s'était demandé si, hypothétiquement, quelqu'un n'était pas en train de se jouer de lui.

Il regarda la citation sur la pierre tombale et les mots inscrits en dessous.

Jamie Groves. Aimé et regretté.

Tu sais que je t'aimais, pensa Groves. *Tu le sais, non ?*

Malgré tout ce qu'il avait fait, et n'avait pas fait, c'était vrai. Sans aucun doute possible. Parce qu'il voulait faire ce qui était juste, ça ne signifiait pas qu'il n'avait pas aimé son fils. Tellement. Plus qu'il ne pouvait le supporter.

Jamie devait bien le savoir, non ?

Et tu sais que je t'aimerai toujours, pensa Groves, tout en se préparant, une fois encore, à choisir la voie la plus juste, la plus difficile, même avec un peu de retard ; croire que tout cela arrivait pour une bonne raison, même si son esprit humain éminemment faillible ne parvenait pas à l'appréhender.

Quoi qu'il arrive.

Il n'y avait pas le choix : l'interrogatoire aurait lieu dans une salle officielle. Il fallait qu'il soit enregistré et consigné. Après tout, Groves avait reconnu une infraction, une entrave à la justice, en avouant avoir caché son rôle dans la découverte du corps de Carl Thompson. Il n'avait pas été arrêté, mais le commissaire Reeves lui avait indiqué qu'il y aurait des poursuites contre lui. Il allait de toute façon être suspendu.

Reeves avait secoué la tête, incrédule.

« Mais à quoi tu pensais, David ? » Le commissaire n'avait pas eu l'air particulièrement compréhensif, ni énervé. « Qu'est-ce que tu avais en tête ? »

Il ne pouvait pas répondre *Jamie*. Il n'avait pensé à rien d'autre mais il ne pouvait se résoudre à décrire cette douleur au fond de lui. Dans le bureau de son supérieur, il aurait vécu cela comme un aveu de faiblesse.

La salle d'interrogatoire était minuscule, à peine plus grande qu'un placard. La table était collée contre un mur, ne laissant qu'un mètre de libre, tout juste de quoi tirer les chaises disposées de chaque côté. Le sol était nu et la peinture vert pâle s'écaillait. À un angle du plafond, une caméra était pointée vers la table. Le seul autre appareil, outre l'ampoule nue qui grésillait au-dessus de lui, était l'enregistreur numérique fixé près du mur.

Ils lui faisaient suffisamment confiance pour le laisser attendre seul. Groves regardait la porte, se demandant si Reeves y avait placé quelqu'un au cas où il serait tenté de s'enfuir, mais il en doutait. *Trop réglo.* C'était ce qu'ils pensaient de lui. Il aurait pu en rire. Il n'avait aucune idée de ce à quoi il s'était attendu, mais ce scénario – être traité comme un criminel – lui laissait déjà un goût amer dans la bouche. Il avait le sentiment d'avoir essayé d'agir au mieux et de mériter un meilleur traitement.

D'un autre côté, où est-ce que ça l'avait mené, de faire ce qu'il fallait ? Qu'est-ce qu'il y avait gagné ?

La porte s'ouvrit.

Ce fut Sean qui entra. Il respirait fort et ne regarda pas Groves quand il referma derrière lui. L'épaisse liasse de documents qu'il avait à la main s'abattit sur la table.

« Sean...

– Ne me parle pas pour l'instant, David. Ferme-la, s'il te plaît. »

Sean se laissa tomber lourdement sur la chaise face à lui, puis posa les coudes sur la table et se frotta les yeux. Groves le regarda. Quand Sean retira ses mains, il put lire la déception sur le visage de son partenaire. Il avait l'air d'avoir le cœur brisé. Groves ressentit immédiatement la même sensation en lui. Il était évident qu'il l'avait profondément déçu. Son *ex*-partenaire, sans doute.

« Avant qu'on commence, dit Sean, j'ai besoin de savoir quelque chose.

– Vas-y.

– Tu n'as pas fait ça, si ? Tu n'as pas tué ces deux personnes ? »

L'espace d'une seconde, Groves crut qu'il plaisantait.

« Merde, Sean, tu sais bien la réponse que...

– Parce que, franchement ? Si c'était toi et que tout ce que vient de me dire Reeves est vrai, je comprendrais. Je veux que tu saches que je comprendrais totalement. Mais si c'est vrai, mieux vaut le reconnaître tout de suite. Je suis ton ami et je veux t'aider, alors s'il te plaît n'essaie pas de me balader. »

Malgré lui, Groves sentit sa colère monter.

Toi, Sean ? Toi, tu me demandes ça ?

« Je ne les ai pas tués. »

Il entendit le ressentiment dans sa voix, l'impression de trahison était maintenant réciproque. Sean le scruta quelques secondes.

« Tu n'as pas intérêt à me mentir, David.

– Je ne mens pas.

– Mais tu comprends que l'enquête va maintenant se porter sur toi, oui ? C'est inévitable. Tu es prêt ? »

Groves hocha la tête.

« Oui.

– J'espère. Bon. Commençons ces conneries alors, qu'on en finisse. »

Il tendit la main pour allumer l'enregistreur et suivit la procédure préliminaire.

Ils reprirent les détails de l'enquête, mais dans le désordre, commençant par la découverte du corps de Thompson par Groves. Sean se frotta la mâchoire, l'air encore plus fatigué que tout à l'heure.

« Pourquoi tu n'as pas signalé que tu l'avais trouvé ?

– Je l'ai fait.

– Non, tu as passé un appel anonyme. Pourquoi tu n'as pas fait un signalement en bonne et due forme comme un officier de police ? Tu étais en service, après tout.

– Parce que je n'avais pas officiellement de raison de me trouver là. » Groves se sentait impuissant. « Je ne sais pas. Il se passe quelque chose d'étrange, en rapport avec Jamie et j'avais l'impression qu'il fallait que je découvre ce que c'était avant d'en parler.

– Tu dis que Thompson t'a donné ce téléphone ?

– Oui. »

Il voyait bien que les apparences jouaient contre lui. Il était en possession du téléphone de Carl Thompson et il n'avait que sa parole pour prouver l'étrange façon dont il l'avait reçu. Aux yeux de n'importe qui d'autre, il avait aussi bien pu le ramasser sur le corps du garçon.

« Pourquoi il a fait ça, tu penses ? »

Parce que je lui ai donné une pièce.

C'était la vérité, à sa connaissance, mais c'était ridicule.

« Je ne sais pas. C'était fait pour paraître accidentel mais ça n'était pas un hasard. Je lui ai donné de l'argent et il a laissé tomber son téléphone délibérément. Je suis parti à sa recherche parce que je voulais savoir pourquoi.

– Et tu penses qu'il te visait personnellement ?

– Oui. Je te l'ai dit. Quelqu'un m'a appelé par la suite. C'était manifestement un message pour moi. Ça n'aurait eu aucun sens pour quelqu'un d'autre.

– Qu'est-ce qu'il disait ?

– C'était sur Jamie. Quelqu'un lisait son épitaphe. Puis il m'a dit que Dieu veillerait sur moi.

– Où il est, ce téléphone ?

– Chez moi. Dans mon salon. »

Il ne l'avait pas apporté car il craignait de continuer de regarder les messages et de ne pas pouvoir faire une déposition sur ce qui lui était arrivé. C'était plus facile de le mettre à distance ainsi.

« OK. C'est déjà ça. »

Sean se mordit la lèvre. Ils savaient tous les deux qu'il n'aurait pas dû dire ça alors qu'ils étaient enregistrés, qu'il devait rester impartial. Groves se rendit compte que, malgré sa colère, son partenaire était au moins en partie de son côté.

« Bien. Parle-moi de Simon Chadwick. »

Sean savait déjà tout, bien sûr, mais il fallait reprendre pour le dossier.

« Simon Chadwick est en prison pour son rôle dans l'enlèvement et la séquestration d'une fille nommée Laila Buckingham. Il avait aussi des condamnations pour détention de stupéfiants. Edward Leland et Carl Thompson ont tous les deux frayé avec lui, il y a très longtemps. Ils semblent avoir tous deux commis des abus sur des enfants. Thompson a été condamné quand il était mineur. Ce ne sont que des suspicions dans le cas de Leland.

– Tu as donc découvert un lien entre les deux victimes, leur association avec Chadwick, et tu ne l'as pas signalé.

– Je l'ai signalé pour Leland. C'est pour ça que j'ai demandé à être écarté de l'enquête.

– Mais pas Thompson.

– Non. C'était juste avant de trouver son corps. »

Sean le regarda avec une expression très claire sur le visage. *Tu sais quelle impression ça va donner,* lui disait-il tacitement. *Tout ça va ressortir tôt ou tard, donc jouons cartes sur table.*

« D'accord, dit Groves. Je n'ai pas signalé le lien avec Thompson à cause de la connexion avec Jamie. »

Le prénom de son fils prononcé de nouveau fit trembler l'atmosphère dans la salle d'interrogatoire et ils restèrent tous deux silencieux pendant un moment. Légalement, Sean aurait dû clarifier le nom et demander à Groves de confirmer qui était Jamie, et sa voix était plus douce quand il reprit la parole.

« Et quelle est la connexion selon toi ?

– Je pense que quelqu'un entreprend de tuer les personnes impliquées dans le meurtre de mon fils. Et tu *sais* quelle est la connexion, Sean. La plupart des gens qui ont enlevé Laila Buckingham n'ont jamais été arrêtés. Et ce n'est pas très compliqué d'imaginer qu'ils ont recommencé, encore et encore.

– Pas compliqué, certes, mais ce n'est pas non plus un fait avéré. » Sean soupira. « Tu comprends ça, David, non ? Et il n'y a que de vagues preuves indirectes que Leland et Thompson aient été impliqués. Ils étaient amis avec Chadwick. C'est tout.

– Et il y a les abus sexuels.

– Qui sont enterrés au fond de leur casier. Il faut relier beaucoup de points, là. Ce qui signifie que, actuellement, tu es la seule personne avec un mobile qui ait été au courant de cette connexion. Il n'y a pas la moindre preuve que quelqu'un d'autre soit au parfum. »

Je sais qui l'a tué.

« J'ai reçu une carte. »

Groves entreprit de lui parler de la carte d'anniversaire. La déception sur le visage de Sean était de plus en plus marquée.

« Et alors ? Ça ne prouve pas grand-chose.

– Peut-être. Mais ce n'est pas rien.

– Probablement que si, David. Et tu le sais bien. » Sean se recula contre son dossier. « Elle est où cette carte ? Chez toi ?

– Oui. Je peux aller la chercher en même temps que le téléphone.

– Non, tu ne peux pas du tout faire ça. Je pense qu'il vaut mieux que tu évites de t'approcher de ta maison. J'irai les chercher. »

Ça faisait mal, mais il avait raison.

« D'accord.

– Parlons alibi. Dis-moi que tu en as un.

– Pas pour Leland, j'étais seul chez moi toute la nuit. Je ne sais pas quand Thompson a été tué.

– L'autopsie est prévue cet après-midi. Bordel de merde. Bon. Dis-moi où tu es allé avant de trouver le corps. »

Groves lui dit – la soupe populaire, la gare – et Sean finit par éteindre l'enregistreur et sortit un formulaire d'autorisation de fouilles de son dossier.

« Franchement, David, je ne sais pas quoi penser.

– Moi non plus.

– Tu crois vraiment que quelqu'un tue ces gens et essaie de te faire porter le chapeau ? Ça n'a aucun sens.

– Non, c'est vrai. Mais je ne vois pas d'autre explication pour le moment. »

Groves commença à remplir le formulaire et lista les endroits précis que Sean pouvait fouiller dans sa maison.

Il faut que ça se passe comme ça, se dit-il. *Il faut suivre le règlement.*

C'était la chose à faire.

Sean prit le formulaire et ses clés de maison.

« On a fini ? demanda Groves.

– On a fini. Mais, David ? Ne t'éloigne pas trop. Et laisse ton téléphone allumé. »

Mark

Au centre de la toile

Une demi-heure plus tard, après avoir briefé l'équipe pour le porte-à-porte autour de la maison, je suis retourné à ma voiture. Les journalistes avaient eu le temps d'arriver. J'ai levé la main devant le premier reporter qui m'a approché puis j'ai activé les vitres teintées de la voiture. Outre les précautions habituelles, je ne tenais pas à ce qu'ils voient la tête que je faisais.

Ma tablette sur les genoux, je me suis connecté au système du département et j'ai téléchargé le dossier du tueur au masque de diable.

Je savais déjà que je ne trouverais pas le nom de Charlie Matheson ou de Paul Carlisle mais j'avais maintenant une nouvelle personne à rechercher. Le mort dans la maison était apparemment un certain Gordon Peters, propriétaire des lieux. D'après nos dossiers, il avait été docteur et avait pris sa retraite quatre ans plus tôt.

Un docteur.

Tout en poursuivant ma recherche, je me demandais si nous n'avions pas retrouvé l'homme mystérieux qui était avec Charlie à l'arrière de l'ambulance. Celui qu'elle avait décrit comme « gentil ».

Je pensais que oui.

Et pourtant, la recherche n'a rien donné. Pas de lien évident avec le dossier du tueur au masque. J'ai lancé d'autres recherches sur Peters, mais rien. Il n'avait jamais eu affaire à la police, pas même un excès de vitesse. Malgré ses marques sur les bras et le matériel retrouvé dans son armoire à pharmacie à l'étage, le Dr Peters avait apparemment réussi à ne pas apparaître sur les radars.

J'ai levé la tête sur les officiers qui allaient interroger les voisins du défunt.

Pas de rapport avec le tueur au masque de diable, mais il devait bien y avoir quelque chose, non ? Les toiles d'araignée que dessinait le tueur n'avaient jamais été rendues publiques et même si elles l'avaient été, celle que l'on avait retrouvée sur le mur de Peters était trop ressemblante pour être l'œuvre d'un imitateur. N'importe qui, avec une vague connaissance de leur existence, aurait pu s'essayer à l'exercice mais sa version aurait été éloignée de la précision et de l'étrangeté de l'original. Non, j'avais vu les toiles d'araignée un an et demi plus tôt et je savais les reconnaître.

Mais celle-ci n'avait pas été dessinée par le tueur lui-même.

Ça, c'était certain. L'auteur de ces crimes était mort. D'un autre côté, cette toile avait été peinte par une personne qui comprenait sa signification et qui avait vu les précédentes. Elle n'avait pas été réalisée au hasard mais conçue et tracée avec soin.

Comme les cicatrices de Charlie.

Cette prise de conscience m'arrêta net.

Les blessures sur le visage de Charlie avaient aussi été administrées avec soin et détermination. Comme les toiles d'araignée, elles n'étaient pas improvisées. Elles représentaient *les péchés que l'on porte* et chacun commet des péchés spécifiques, tout le monde a sa propre empreinte digitale morale. Les similitudes entre les deux projets me sautaient aux yeux.

Mais quelle était la place de Gordon Peters là-dedans ? Qu'avait-il fait ? Il était raisonnable de penser que ses blessures reflétaient des péchés qui lui étaient propres, mais lesquels ? C'était un toxicomane, ce qui méritait peut-être une punition aux yeux de ses tortionnaires. Mais en supposant que c'était lui l'homme que Charlie avait décrit dans l'ambulance et que c'était aussi lui qui opérait là où elle avait été détenue, il semblait qu'on ait fait appel à ses services pendant un certain nombre d'années.

Et combien de personnes cherchions-nous maintenant ? En me fondant sur l'histoire de Charlie, j'aurais dit : au moins deux – l'homme bon et celui qui se décrivait comme Satan. Elle avait aussi mentionné d'autres personnes qui l'immobilisaient pendant que Satan la balafrait. Quelle autre information apportait ce meurtre ? Impossible à dire, mais l'organisation derrière celui-ci paraissait plus étendue à chaque nouvelle étape.

J'ai téléchargé la photo de permis de conduire de Peters et je l'ai sauvegardée sur la tablette. Je pouvais au moins la montrer à Charlie et voir si elle confirmait son identité. À supposer qu'elle se souvienne de son visage. Et c'était seulement si elle était *autorisée* à me le dire, bien sûr.

J'ai appelé l'agent stationné à l'hôpital.

« Inspecteur Mark Nelson. Est-ce que Charlie Matheson est toujours là ?

– Oui, monsieur. Tout va bien, elle est en sécurité.

– Très bien, continuez comme ça. Personne ne rentre, personne ne sort. Compris ?

– Oui, monsieur.

– Et pour le moment, ça vaut pour elle aussi.

– Entendu. »

J'ai raccroché puis j'ai repris le dossier du tueur au masque de diable sur la tablette. Il était mort, certes, mais je n'arrivais pas à me le sortir de la tête. Il y avait bien un rapport entre lui et l'enquête en cours. C'était là, dans la toile d'araignée et le fait d'avoir réclamé Mercer, dans la précision du dessin tailladé sur le visage de Charlie : la visualisation de quelque chose d'intangible sous forme d'un motif sophistiqué. C'était là, avec Satan.

Mais ce n'était pas dans le dossier…

Je contemplais l'écran.

Je me suis soudain demandé : *Qu'est-ce qui n'apparaît pas non plus dans le dossier ?*

Une information simple. Nous ne savions pas qui avait été le tueur au masque de diable. Nous avions quelques pseudonymes qu'il avait utilisés mais aucune indication sur sa véritable identité. Ses deux dernières adresses connues apparaissaient mais nous n'avions jamais découvert d'où il venait. Malgré sa mort et la fin de son entreprise meurtrière, cet homme restait pour nous un fantôme, aussi insaisissable que le diable dont il portait le masque. Ça aurait pu être n'importe qui. Ça aurait pu n'être personne.

Mais ça, bien évidemment, c'était impossible. Il fallait bien que ce soit *quelqu'un*.

Parce que les gens comme lui ne sortent pas de nulle part avec une personnalité qui se matérialise soudainement. Ils sont modelés par leur environnement et leur éducation, comme nous tous. Une convergence de facteurs contribue à les créer. Alors quel genre d'environnement avait pu modeler ce tueur, avec son masque, ses toiles d'araignée et sa haine de l'amour ? Quel genre d'éducation avait-il reçu ? Dans quel genre de famille avait-il grandi ?

Il venait de quelque part.

J'ai mis la tablette de côté et j'ai sorti mon téléphone.

Il faut faire attention aux personnes vulnérables, m'avait dit Eileen. Elle avait raison, bien sûr. Mais c'était la fin de la matinée et elle devait sûrement être en rendez-vous avec un patient. Mercer devait être en train de travailler sur son nouveau livre, plongé dans ses recherches sur le tueur et ses origines. Obsédé par le sujet. Et malgré son attitude de la veille, je me demandais si je pouvais le tenter avec une information clé : une avancée possible vers la conclusion de l'histoire qui le hantait. J'étais prêt à parier que oui.

Il faut faire attention avec...

Mais je composais déjà le numéro de chez lui tout en démarrant la voiture.

Groves

Vous voulez revoir votre fils ?

Groves n'était pas autorisé à retourner chez lui mais il fallait bien qu'il aille quelque part. Il était toujours furieux et s'assit quelques minutes dans sa voiture garée devant le commissariat et puis, pour des raisons sur lesquelles il était partagé, il se rendit chez Caroline.

Sean n'avait jamais compris pourquoi ils étaient restés amis, mais ce n'était pas un mystère pour Groves. Ça pouvait ressembler à la façon dont des étrangers impliqués dans un même incident traumatisant liaient des amitiés qui auraient autrement été improbables. Les catastrophes, surtout quand elles étaient soudaines et incompréhensibles, fonctionnaient comme une colle puissante. Malgré le divorce, leur accord tacite était que si l'un d'eux avait des ennuis et avait besoin du soutien de l'autre, il l'obtiendrait.

Et des ennuis, il en avait.

Durant tout le trajet, il ne put se sortir de l'esprit ce que Sean lui avait dit. La façon dont son partenaire avait douté de lui. Même s'il avait essayé de faire ce qu'il fallait, comme il l'avait toujours fait, ils étaient suspicieux et il avait été suspendu. Non pas qu'ils aient tellement eu le choix, mais ça ne changeait rien : il était en colère. Il allait faire l'objet d'une enquête, et ça aussi ça lui faisait peur, car la seule véritable preuve de sa version était le téléphone portable de Carl Thompson…

Oh mon Dieu, se dit-il soudain.

Tu ne sais pas à qui il appartenait en fait.

Il était parti du principe que c'était le téléphone de Thompson, ce qui était déjà un problème, puisqu'il n'y aurait sûrement pas de preuve qu'il ne l'avait pas ramassé sur le corps du garçon. Mais si c'était le téléphone de quelqu'un d'autre ?

Si c'était le portable d'Edward Leland ?

Cette hypothèse le glaça.

Et qu'avait-il raté d'autre ? Parce qu'il n'avait toujours pas la moindre prise sur ce qui se passait. Pourquoi Thompson lui avait-il donné le téléphone ? Par peur, sûrement. *J'ai vécu l'enfer, monsieur.* Groves se souvenait de ses cicatrices et du fait qu'il n'avait pas été arrêté récemment. Était-il possible que quelqu'un l'ait détenu, torturé et l'ait convaincu qu'il serait libéré s'il suivait ce plan ?

Mais pourquoi me faire porter le chapeau ?

Là encore, la réponse lui vint assez rapidement. Il en était de plus en plus convaincu. *Parce que tu es policier.* Il avait sauvé Laila Buckingham, pas son propre fils, ce qui lui donnait deux raisons personnelles de s'impliquer dans l'enquête. Et pourtant il n'avait pas réussi à arrêter les coupables. Dans l'intervalle, quelqu'un d'autre avait dû perdre un enfant et décidé que Groves était au moins en partie responsable. Quelqu'un qui avait la volonté et les moyens de faire ce que Groves n'avait pu réaliser.

Je sais qui l'a tué.

La carte, encore.

Adressée non pas à un père éploré s'accrochant à ses croyances, mais au fils assassiné.

Caroline habitait au milieu d'une rangée de maisons mitoyennes en briques rouges, dans une rue en pente qui menait à la grand-rue ; chaque habitation était construite un étage plus bas que sa voisine, et les toits étaient couverts d'antennes et de câbles, comme des copeaux de métal dans les dents d'une scie rouillée.

Le portail grinça un peu quand il l'ouvrit, sa main posée sur le revêtement rugueux.

Un petit jardin séparait la maison de la rue mais il avait été bétonné. Caroline avait toujours été une jardinière méticuleuse

– aussi soigneuse dans la maison que dehors –, et il sentait que c'était une preuve tacite qu'elle avait bien changé. Elle n'avait plus l'énergie suffisante pour entretenir un jardin et elle préférait le cacher sous une couche de béton plutôt que d'admettre la vérité.

Il supposait qu'elle était au travail mais il toqua à la porte. Pas de réponse. Il avait une clé de chez elle, tout comme elle avait une clé de chez lui. En ouvrant, il fit entrer un courant d'air dans la maison, le premier de la journée. La porte donnait directement sur le salon, plongé dans la pénombre. Les rideaux rouge foncé étaient tirés et il flottait une odeur déplaisante.

« Caroline ? »

Pas de réponse.

Groves appuya sur l'interrupteur.

Ça ne lui avait pas sauté aux yeux à cause de l'obscurité, mais c'était une porcherie. Il y avait des vêtements jetés sur le canapé, et la table basse était couverte d'assiettes et de verres et d'une pile d'enveloppes fermées. Des bouteilles de vodka vides étaient alignées au pied d'un fauteuil devant lequel était posée une pinte maculée de traces de doigts avec du rouge à lèvre sur le bord du verre. La poussière s'était accumulée sur les plinthes.

Pas étonnant que ça sente mauvais. Et maintenant qu'il découvrait la scène, Groves s'en voulait d'être entré, malgré les circonstances. Ce désordre était l'inverse de l'image que Caroline voulait présenter au monde, lui compris. Elle était fière, toujours, et elle aurait été contrariée d'apprendre qu'il avait vu sa maison dans cet état. C'était surtout les nombreuses bouteilles d'alcool qui confirmaient à quel point elle avait du mal à encaisser en ce moment.

Alors son premier instinct fut de tourner les talons et de ressortir, de faire comme s'il n'était pas venu. Mais l'état du salon l'inquiétait et il ressentit le besoin de voir l'étendue des dégâts. Il ne lui dirait jamais qu'il était entré mais il y avait peut-être un moyen discret de l'aider.

Il monta l'escalier grinçant qui menait au premier étage. En passant la tête dans les différentes pièces, il parut de plus en plus évident qu'elle perdait pied. La salle de bains était crasseuse, les serviettes balancées au bord de la baignoire sentaient l'humidité, le tapis de bain au pied du lavabo était constellé de moisissure vert et noir. La chambre d'amis était remplie de cartons, certains très vieux, et l'aspirateur était à moitié enterré dessous. Dans la chambre, il trouva d'autres verres sales et d'autres vêtements qui traînaient. Le lit de Caroline était défait. L'album renfermant les photos de Jamie était posé sur un oreiller. À l'évidence, elle dormait avec.

Groves regarda les lieux quelques instants, envahi d'une tristesse immense, impossible à décrire. Une sensation de vide et de perte profonde, presque ontologique. Le sentiment que Dieu ne pouvait faire subir un tel malheur à des gens bien.

Mais il y avait aussi de la culpabilité.

Je suis désolé, Caroline. J'aurais dû remarquer.

J'aurais dû me rendre compte que ça n'allait pas du tout.

Sean lui aurait dit qu'il ne fallait pas culpabiliser, que ce n'était pas sa responsabilité. Mais Groves n'avait jamais trouvé facile d'arrêter de se soucier de quelqu'un. Même s'il n'était plus avec Caroline, il aurait dû voir à quelle vitesse son état se dégradait. C'était le moins qu'il aurait pu faire, non seulement pour elle, mais aussi pour Jamie. C'était la mère de son fils et, en mémoire de lui, il aurait dû prendre soin d'elle.

Et je suis désolé de ne pas avoir été là pour toi non plus, Jamie.

Sa peine grandit et lui noua la gorge. Son fils avait été assassiné et qu'avait-il fait ? Il s'était accroché à ses derniers vestiges de policier, déterminé à agir comme il convenait et à trainer les assassins devant la justice. À continuer comme avant. À croire que Dieu avait ses raisons. Les réactions de Caroline, de la perte de sa foi à sa désintégration, semblaient soudainement plus saines et plus naturelles que les siennes. Peut-être qu'il ne s'était pas autant impliqué qu'il aurait dû. Si un homme était bien en train de liquider ces prédateurs à sa place, alors peut-être cet homme avait-il raison.

Groves sortit son téléphone et descendit, sans savoir ce qu'il allait faire, mais il avait besoin de parler à Caroline et de lui demander pardon pour tout ce qu'il avait fait et ce qu'il n'avait pas fait. Il ouvrit la porte d'entrée, s'appuya contre le chambranle et, à cet instant, son téléphone vibra dans sa main.

Il regarda l'écran. *Numéro inconnu.*

Quelqu'un au commissariat, supposa-t-il, bien qu'il eût cru que Sean serait le premier à le contacter. Il répondit et porta le téléphone à son oreille.

« David Groves, j'écoute. »

La ligne resta silencieuse quelques instants. Et puis la berceuse qu'il connaissait bien s'enclencha. « Brille, brille petite étoile », avec des frottements et des bruits secs dans le fond. Groves regarda la rue sur laquelle la pluie tombait en se demandant si on le surveillait.

« Qui est à l'appareil ? »

Pas de réponse, rien que l'enregistrement vieillot, comme si la musique lui parvenait d'une autre époque et avait traversé le temps.

« Dites-moi qui est à l'appareil ! »

La musique s'arrêta soudain et la ligne redevint silencieuse. Groves entendait quelqu'un respirer doucement.

Il baissa d'un ton.

« Qui êtes-vous ? »

Une voix d'homme lui répondit. Basse et calme.

« Monsieur Groves, dit-il. Vous voulez revoir votre fils ? »

L'espace d'un instant, le monde autour de Groves disparut au loin et le bruit de la pluie diminua progressivement jusqu'à être moins audible que le battement de son cœur. Il avait l'impression d'être sous l'eau. *Plus que tout au monde*, pensa-t-il, même s'il savait que c'était une fausse promesse, qu'il ne reverrait

Jamie que dans la mort. *Plus que tout au monde.* Il essaya de parler – de dire quelque chose, n'importe quoi, en retour –, mais il était muet.

« Si oui, reprit l'homme, il va falloir m'écouter très attentivement. Car je vais vous dire comment faire. »

Mark

Comme une renaissance

J'ai récupéré Mercer au bout de sa rue.

« Est-ce que Pete sait que tu es là ? m'a-t-il demandé alors que je redémarrais.

– Pas vraiment. Mais je suppose qu'il sait que je mettrai en œuvre tous les moyens possibles pour faire progresser l'enquête. »

Je me demandais ce que Mercer pensait de Pete maintenant, surtout après la réunion inconfortable de la veille. S'il avait une opinion sur la façon dont Pete portait la responsabilité de l'équipe. Il n'avait pas caché sa nostalgie en contemplant nos nouveaux locaux : l'impression que sa vie d'avant lui manquait, même s'il comprenait qu'il ne pouvait pas la retrouver, comme vous manque la personne que vous avez aimée mais que vous ne pouvez plus avoir.

Ça se voyait aussi à la façon dont il avait accepté de m'accompagner à l'hôpital. Après lui avoir exposé les nouvelles avancées de l'enquête, je m'étais attendu à devoir le convaincre de venir. Mais au lieu de ça, il était resté silencieux quelques instants – je l'avais imaginé regarder autour de lui pour réfléchir. Puis il m'avait dit à voix basse de le retrouver au bout de la rue. Il m'y attendait, sous la pluie, quand je suis arrivé.

Je n'avais pas besoin de lui demander s'il avait dit à Eileen où il allait.

Il me semblait distrait, perdu dans ses pensées. J'enfreignais un protocole strict en le laissant s'asseoir à l'avant. Je l'observais de temps en temps : il se tenait droit et regardait devant lui. Il avait les mains serrées sur une pile de documents qu'il avait apportés. C'était un tas de notes assemblé à la hâte : une tentative fragmentaire de comprendre le dossier qui avait à moitié détruit sa vie et avait amené la fin déshonorante de sa carrière. Ses mains étaient vieilles et faibles, sa peau fine et parcheminée. Il ne me regardait pas quand il parlait.

« Comment ça se passe vraiment ?

– Depuis... ?

– Depuis que je suis parti.

– Je n'ai travaillé qu'un seul jour avec vous donc je ne sais pas si c'est très différent. »

Il n'a pas répondu.

J'ai tourné pour prendre la rocade.

« Ça vous manque ? »

Là encore, pas de réponse. Mais du coin de l'œil, je l'ai vu tapoter pensivement le sommet de sa pile de documents, cette recherche obsessionnelle avec laquelle il meublait sa retraite. C'était une question idiote. Le travail d'investigation avait été tout pour lui, le fondement de sa vie. Le simple fait que ça ait failli le tuer n'y changeait rien.

« Tous les jours. » C'était comme s'il se parlait à lui-même plus qu'à moi. « Mais c'est le passé. Je ne peux pas revenir en arrière. »

Ça a été mon tour de ne rien dire. Au bout d'un moment, il a soupiré pour lui-même et a bougé un peu, comme s'il revenait à la vie.

« Parle-moi de l'homme qu'on a retrouvé ce matin. »

Ce que j'ai fait, même s'il n'y avait pas grand-chose à en dire. Le Dr Gordon Peters était apparemment un toxicomane, malgré une carrière exemplaire. Il avait travaillé à différents endroits mais avait passé les dernières décennies dans le principal hôpital de la ville, là où nous nous rendions, justement. Il était raisonnable de penser que c'était l'homme de l'ambulance que Charlie avait décrit.

Mercer réfléchissait.

« Et il a été défiguré comme Matheson ?

– Oui. Mais c'était beaucoup moins soigné. » Je repensai à l'arme utilisée, au manque de précision. « Peut-être que c'était l'œuvre de quelqu'un d'autre.

– Si c'est censé représenter des péchés, je me demande ce que le Dr Peters avait fait.

– À part avoir participé à la séquestration d'une femme et l'avoir droguée et manipulée ? » J'ai secoué la tête. « À l'évidence, quiconque est derrière tout ça n'y voit pas des péchés. Je ne sais pas si l'addiction compte.

– S'ils ont fait appel à lui tout ce temps, ils devaient être au courant.

– Ils ?

– Il a forcément fallu plusieurs personnes. Et ils ont clairement employé Peters par le passé. » Il a réfléchi quelques instants. « Mais il a mal travaillé avec Matheson, non ?

– Comment ça ?

– Le sédatif qu'il lui a administré était trop fort. Ça a peut-être perturbé leur opération. Pour des gens aussi organisés et précis, une erreur pareille pourrait être un péché.

– Peut-être.

– Et son meurtre est un autre signe, bien sûr. Ou du moins, la toile d'araignée est un signe. Un moyen de s'assurer que je vienne à l'hôpital pour entendre ce que Matheson est censée me dire. » Un autre moment de réflexion. « La toile semblait... authentique ?

– Oui. Très similaire à celle du tueur au masque de diable. Celui qui l'a dessinée en avait déjà vu. Elle n'est pas identique, bien sûr, puisque chaque toile correspondait à un couple. Mais ce n'est pas un usurpateur. »

Je lui ai exposé ma théorie selon laquelle les cicatrices avaient la même fonction que les toiles d'araignée. Qu'elles répondaient à un motif complexe, propre à l'individu qu'elles défiguraient : leurs péchés étaient incarnés, ainsi ceux des couples que le tueur observait, épiait et agressait.

« Et pourtant, le tueur au masque de diable est mort, m'a dit Mercer.

– Mais nous n'avons jamais découvert d'où il venait.

– Non.

– Il avait une histoire. Un passé. Il avait dû avoir une famille. »

Mercer tapotait de nouveau son dossier.

« Je sais que vous faites des recherches pour écrire un livre sur le sujet. Qu'avez-vous trouvé ? »

Il a soupiré.

« Des bribes. Rien de concret. Chaque fois que je suis une piste, elle ne mène nulle part. Une location avec une identité par ci, une autre par là. Mais pas de véritable document. Je ne peux pas être sûr que ce soit vraiment lui. Je ne connais toujours pas son vrai nom. »

J'ai hoché la tête. D'un côté, c'était ridicule de penser qu'un homme puisse surgir de nulle part, son passé baigné d'un brouillard impénétrable. Tout le monde laisse une trace. Et pourtant, ça ne m'étonnait pas que le tueur au masque de diable soit justement capable de faire ça. J'étais de plus en plus convaincu que nous devions dissiper ce brouillard et que lorsque nous aurions trouvé d'où il venait, nous saurions où Charlie avait été détenue.

J'ai pris la sortie menant à l'hôpital.

Mercer regardait droit devant lui.

« Tu te souviens de la dernière fois que nous sommes venus ici ? »

Mon premier jour, là encore. J'avais passé une partie de cette matinée neigeuse à interroger un homme nommé Scott, lui arrachant les détails d'une histoire qui devait se terminer tragiquement pour tant d'entre nous.

« Oui. »

J'ai eu envie d'ajouter que les choses étaient maintenant différentes. Que Charlie était dans une autre aile de l'hôpital. Que c'était le matin. Que le temps avait passé et que nous y allions pour d'autres raisons. Et que l'issue ne serait pas forcément aussi tragique. Mais, alors que je garais la voiture, j'ai senti que tout ça ne ferait aucune différence.

Groves

La caserne des pompiers

Alors qu'il roulait sur la rocade, tout au nord de la ville, Groves passa devant l'endroit où, deux ans plus tôt, il avait pénétré dans la forêt pour la reconnaissance du corps de son fils. Il gardait de cette nuit un souvenir viscéral, davantage inscrit dans son corps que dans sa tête : un frisson soudain dans la poitrine, comme s'il traversait le seuil glacial d'une maison hantée.

Il regarda le petit parking disparaître dans son rétroviseur. Le lieu semblait si innocent et ordinaire sous la bruine, à la lumière du jour.

Vous voulez revoir votre fils ?

L'homme au bout de la ligne avait refusé de répondre à toute autre question. Il lui avait seulement donné une série d'indications. Il devait rouler vers le nord, longer les bois, passer devant l'endroit où il était venu cette nuit-là. Un kilomètre et demi plus loin, il verrait le lieu sur sa gauche. Il ne pouvait pas le rater.

Groves regarda son compteur. Il n'y avait rien de particulier dehors, seulement les bois sur sa droite et, sur la gauche, un haut mur de briques surmonté de rouleaux de barbelés qui retombaient par endroits comme de la vigne vierge.

Qu'est-ce que tu fais, David ?

Il n'aurait pas pu l'expliquer, y compris à lui-même. L'attitude raisonnable aurait consisté à appeler Sean pour tout lui raconter. Et pourtant, alors même qu'il avait compris cela, il s'était persuadé d'agir autrement. Quelles preuves avait-il ? Il n'avait que sa parole au sujet de l'appel et il sentait que s'il le signalait, ce qu'il était censé voir aurait disparu quand la police arriverait sur place.

Mais au fond de lui, il connaissait la vraie raison pour laquelle il y allait seul. Ça le rongeait d'avoir essayé d'agir comme il fallait et que ça lui retombe dessus, que ça fasse de lui un suspect. Il voulait rencontrer l'homme derrière tout ça.

Il tourna à l'angle, un kilomètre et demi environ après le chemin qui l'avait mené à la tombe improvisée de son fils, et il vit ce qu'il cherchait un peu plus loin devant lui.

Une partie du mur s'était effondrée, formant des marches qui menaient à une ouverture autrefois faite pour laisser passer des véhicules mais qui s'était maintenant encore élargie. Groves apercevait une étendue de bitume et une sorte d'usine abandonnée.

Il mit son clignotant – la force de l'habitude – et entra dans ce qui se révéla être un ancien parking. Lorsqu'il arriva devant le bâtiment délabré, il se rendit compte que ce n'était pas une usine mais les vestiges d'une caserne de pompiers.

Il regarda par le pare-brise sur lequel la pluie continuait de tomber. Il se souvenait vaguement de cet endroit : la caserne était fermée depuis des années et il n'en restait guère qu'une carcasse. Le bâtiment principal s'élevait au centre, avec deux grandes portes ouvertes sur l'extérieur comme les entrées d'une grotte. Des éclats de verre jonchaient le bitume. À l'intérieur, derrière les tas de gravats, il voyait des graffitis défraîchis. Une porte sur un côté, qui devait mener à la réception, manquait, l'espace vacant à demi obstrué par des débris, et les plinthes en haut des murs s'effondraient. De l'herbe poussait au pied du bâtiment et, au bout du parking, les sous-bois commençaient à envahir le bitume.

Groves sortit de la voiture. Il resta immobile une seconde mais n'entendit que la pluie. Cet endroit avait quelque chose d'un temple en ruines : l'œuvre d'hommes depuis longtemps disparus, défaite et reconquise par la nature.

Ses pas résonnèrent quand il passa l'immense porte. De vieilles poutres en bois étaient adossées contre un mur, noircies et rongées au milieu. Il y avait des réservoirs rouillés et des feuilles vertes piétinées. Il s'aperçut que le graffiti était en fait à moitié terminé, comme si son auteur avait soudain compris que personne ne le verrait et que ce n'était pas la peine de le finir. La caserne était tellement isolée qu'elle n'attirait même pas les gamins qui s'ennuyaient.

Qu'est-ce que je cherche ?

Il n'y avait rien à voir. Groves parcourut le bâtiment le plus vite possible. Il jeta un œil par la porte qui donnait sur l'accueil. Des escaliers de pierre menaient au deuxième et dernier étage et débouchaient sur un vaste espace ouvert avec des piliers et un trou dans un coin pour le mât. Les murs étaient couverts de carreaux sales et dans un autre coin, il vit la canalisation pour des toilettes désormais absentes. Ça avait dû être une salle de sport ou un espace de repos mais ça ne ressemblait plus qu'à un terrain vague. Il n'y avait plus de fenêtres. Le vent faisait entrer un peu de pluie mais rien ne bougeait, les feuilles et les déchets avaient depuis longtemps été poussés dans les coins ou sous les poutres.

Rien.

Groves ressortit prudemment. Qu'était-il censé trouver ici ? C'était un mystère. Il traversa l'espace caverneux puis il contourna le bâtiment.

Il s'arrêta.

La caserne la masquait quand on arrivait du parking : une petite tour de deux étages qui s'élevait un peu plus loin. Elle n'avait pas de porte et les fenêtres étaient de simples trous. Quant aux briques, elles étaient noircies et couvertes de suie du pied jusqu'au sommet.

Une tour d'entraînement, supposa Groves. Il s'approcha, les graviers et le verre crissant sous ses pas, puis franchit le seuil. À l'intérieur, il y avait un espace de trois mètres carrés, avec des morceaux de tissus brûlés aux bords fondus posés sur le sol de pierre. L'atmosphère était âcre. Même après tout ce temps, il sentait encore l'odeur de fumée.

Un escalier en colimaçon noirci menait aux étages. Les marches étaient couvertes de cendres et de poussière rendues humides par la pluie. Quelqu'un les avait empruntées récemment. Les nombreuses empreintes de pas laissaient supposer une activité intense, même si les différentes traces étaient impossibles à distinguer.

Il regarda vers le haut de l'escalier. Le policier en lui ne voulait pas contaminer la scène, mais d'un autre côté, il n'était pas vraiment là en qualité d'inspecteur. Après un moment d'hésitation, il gravit les marches, dos au mur, évitant les traces de pas, et tendit l'oreille même si ne lui parvenait que le bruit de ses pieds s'enfonçant dans la crasse.

La pièce au premier étage était silencieuse, en dehors du souffle du courant d'air qui entrait par l'ouverture dans le mur. Elle était identique à la pièce du bas, à ceci près que l'escalier se trouvait dans le coin opposé et que l'armature squelettique et noircie d'un vieux canapé avait été posée contre un mur. Ça lui rappelait le salon d'Edward Leland. Là encore, il n'y avait rien à voir.

Encore un étage.

Il monta les marches en se collant de nouveau au mur.

La dernière pièce s'ouvrait au sommet des escaliers. Quand Groves l'atteignit, il regarda ce qui s'y trouvait, son cœur le lâcha et l'espace d'un instant, il ne put même plus bouger.

C'était pour ça qu'on l'avait fait venir.

Le deuxième étage était la réplique d'une chambre à coucher. Le sol de pierre était couvert de mousse brûlée et de draps cramés. Contre un mur, les restes d'un lit double : un simple cadre métallique avec des poteaux carrés reliés par un réseau noir de ressorts et de fils de fer.

Et, étendu sur le lit, le corps d'une femme.

Mark

Ella

Après avoir montré mon badge à l'agent posté devant l'aile Baines, j'ai conduit Mercer à la salle d'attente où Charlie était en train de lire. Elle semblait captivée par son ouvrage, mais elle a senti notre présence, l'a fermé et l'a reposé sur la table. J'étais maintenant habitué à ses cicatrices et la première chose que j'ai remarquée a donc été l'expression sur son visage. Elle ne semblait plus aussi perdue ou effrayée qu'auparavant. En apercevant Mercer derrière moi, elle avait presque un air triomphant.

J'ai vu la couverture de son livre.

« La Bible, Charlie ? »

L'expression sur son visage m'agaçait. Syndrome de Stockholm mis à part, sa capitulation devant ses tortionnaires m'énervait aussi. Un homme était mort.

« Ça doit être émouvant pour vous, non ? Qu'est-ce que vous faites, vous cherchez des failles ? »

Elle m'a ignoré et se concentrait sur Mercer.

« C'est lui ?

– Oui. »

J'ai regardé derrière moi. Mercer ne semblait pas particulièrement choqué par ses blessures. Il s'est avancé pour se placer à côté de moi, les mains dans les poches, et la considérait avec concentration, comme si c'était moins une personne qu'une équation à résoudre.

« Vous devez être Charlie.

– C'est bien ça.

– Est-ce que nous nous connaissons, Charlie ?

– Non. » Elle le fixait elle aussi. « Je ne sais rien de vous. Tout ce que je sais, c'est ce que je dois vous dire.

– Je comprends. » Il l'observait toujours. « Non, je ne pense pas qu'on se soit rencontrés. Même sans les cicatrices, je me souviendrais de vous.

– Elles vous plaisent ?

– Non. »

Si Charlie était vexée, elle n'en a rien montré.

« Je les aime beaucoup.

– Je ne vois pas pourquoi. » Il a sorti les mains de ses poches et s'est frotté le menton. « Si c'était moi, j'imagine que je haïrais l'homme qui m'a fait ça. Satan, ou quel que soit le nom que vous lui donnez.

– Pourquoi haïr Satan ? a-t-elle demandé en reprenant la Bible posée sur la table. Ce serait ridicule. Dieu est tout puissant, vous vous souvenez ? C'est Lui qui permet à Satan de faire ce qu'il fait. C'est Lui qui permet à Satan d'exister et qui laisse toutes les choses mauvaises nous arriver.

– J'imagine. »

Mercer s'est assis face à elle, un peu difficilement, comme si le mouvement le faisait souffrir.

« Tu avais raison, Mark. Maintenant que je les vois, les entailles sur son visage ont été mûrement réfléchies. » Il l'a observée de nouveau. « Dessinées. Elles obéissent à un motif. Elles me font beaucoup penser aux toiles d'araignée. C'est différent, mais il y a un lien.

– Les toiles d'araignée ? a demandé Charlie.

– Des motifs dessinés sur des murs, lui ai-je expliqué. Nous en avons trouvé une ce matin dans la maison d'un homme assassiné. Nous pensons que c'est le docteur qui vous a aidée. Le gentil qui était avec vous à l'arrière. »

Elle m'a regardé en clignant des yeux, hébétée.

« Tenez. »

Je lui ai tendu la tablette pour lui montrer la photo de Gordon Peters. Elle l'a regardée et a fermé les yeux une seconde avant de relever la tête.

« C'est lui, n'est-ce pas ? ai-je demandé.

– Pourquoi iraient-ils…

– J'imagine que les voies de Satan sont impénétrables. Peut-être qu'il ne tient pas toujours ses promesses. Et si on essayait de le découvrir ? »

Charlie a de nouveau regardé la photo, sans savoir quoi dire ou faire. L'annonce de la mort de Peters l'avait manifestement secouée, elle ne comprenait pas ce que ça impliquait pour elle. Et quand elle a relevé la tête quelques secondes plus tard, elle n'avait plus du tout l'air aussi sûre d'elle.

Mercer l'observait toujours. Patient. Curieux.

« Alors ? » a-t-il dit.

Elle l'a regardé un moment, hésitante. Mais avait-elle d'autre choix que de voir où cette histoire la mènerait ?

« Il faut que je vous parle d'Ella.

– Qui est Ella ? » ai-je demandé.

Elle m'a regardé.

« C'est ma fille. »

Le jour de sa mort – comme elle continuait à le désigner –, Charlie avait quitté la maison comme d'habitude mais avait appelé au bureau de sa voiture pour prévenir qu'elle ne viendrait pas. Ni son mari, ni son employeur, n'avaient appris où elle était ce jour-là. Elle était alors enceinte de huit semaines mais elle n'en avait parlé à personne et n'avait pas l'intention de le faire. Elle ne comptait pas donner naissance à ce bébé. Mais elle savait aussi que Paul serait ravi de la nouvelle et qu'il essaierait de la convaincre de le garder.

« Il avait toujours voulu des enfants.

– Et pas vous ?

– Mon Dieu, non. » Elle s'est reprise. « C'est différent quand ils sont là, bien sûr. Mais Ella n'était pas encore née. Elle n'était pas réelle. Et c'était accidentel, je ne voulais pas d'enfant. Paul n'aurait pas compris. Ça avait toujours été un sujet délicat entre nous. Il respectait ma décision, tant que ce n'était que théorique. Mais je pense qu'un avortement, ça aurait été trop pour lui.

– Alors vous avez gardé le secret. »

Ça ne lui a pas plu.

« Non. Un secret, ça implique que quelqu'un d'autre aurait le droit de savoir, que je *cachais* quelque chose. Mais ce n'était pas le cas. Ça ne regardait personne d'autre.

– D'accord, a dit Mercer. Vous comptiez donc avorter ?

– J'avais un rendez-vous. J'y suis allée. Mais en fin de compte…

– Vous n'avez pas réussi.

– Non. » Elle a regardé ses mains, ses cheveux couvrant ses cicatrices. « Je ne sais pas pourquoi. Je me souviens m'en être voulu à l'époque, parce c'était comme si j'étais le genre de femme faible que je déteste. Je pensais que j'étais forte et raisonnable mais… Pas là. Je n'ai pas pu.

– Vous avez décidé de garder le bébé ?

– Non, j'ai juste décidé de ne pas agir à ce moment-là, je voulais un peu plus de temps pour réfléchir. Et je n'ai pas su quoi faire ensuite. Il était trop tôt pour rentrer à la maison et je ne voulais pas me pointer au travail. »

Alors elle était allée au nord-est de la ville, avait passé un peu de temps dans un café – dont elle avait oublié le nom – et avait marché sans but. Le soir est arrivé et, perdue dans ses pensées, elle a pris du retard et elle est rentrée rapidement, du moins elle a essayé. Mais il pleuvait, la nuit tombait, elle était distraite et…

« Et j'ai eu un accident.

– Vous savez que ce n'est pas vrai », ai-je dit.

Elle n'a pas répondu. Ça n'avait pas d'importance. À un moment ou un autre, elle avait été interceptée, enlevée et l'accident avait été mis en scène avec Rebecca Lawrence. La chose importante pour le moment était que je croyais qu'elle disait la vérité sur sa grossesse. L'histoire collait avec les détails du dossier sur sa journée mystère – et je me souvenais de ce qu'elle m'avait dit au sujet des cicatrices lors du premier entretien.

C'était comme un accouchement. Ça fait mal mais très rapidement vous oubliez à quel point. Et vous avez ensuite quelque chose qui en valait la peine.

« Et votre fille ? Ella ?

– Elle est née sept mois plus tard.

– Là-bas ? »

– Oui. » Elle a regardé la tablette. « C'est comme ça que j'ai connu le docteur. Il était là quand Ella est née. Il m'a aidée à la mettre au monde. »

Mercer et moi sommes restés silencieux quelques instants. Je n'avais aucune idée de ce qu'il pensait. Je me disais qu'au moins ça expliquait le refus de coopérer de Charlie. Pas un syndrome de Stockholm, du moins pas seulement. Elle était déterminée à faire ce qui lui avait été demandé pour une tout autre raison.

« Ella y est toujours ? ai-je demandé.

– Oui.

– En enfer ?

– Non, non. » Charlie a secoué la tête avec emphase. « *Bien sûr que non.* Dieu ne l'aurait jamais permis. Elle est née pure, ce n'était donc pas la peine de la faire passer par l'enfer. Elle est allée directement au paradis. »

J'hésitais. J'avais moi aussi envie de secouer la tête.

« Au paradis ?

– Oui. » Je lisais la tristesse sur son visage, une émotion qui, pour une fois, n'était pas fugace. « Mais ils me laissaient la voir assez souvent. Ils m'emmenaient aux portes du paradis et ils me laissaient passer du temps avec elle, la prendre dans mes bras, jouer avec elle. Et quand je rentrerai, c'est là que j'irai moi aussi. C'est que j'aurai enfin gagné.

– Attendez une seconde, Charlie. Parlez-moi du paradis. »

Son visage s'est illuminé.

« C'est très beau. »

Elle a décrit le « paradis » du mieux qu'elle pouvait, un vif contraste avec son tableau de l'« enfer ». Il y avait une sorte de parc – un champ, un bois et un verger. C'était silencieux et paisible ; même quand il pleuvait, il régnait une impression de tranquillité et de calme. Au centre, il y avait un grand bâtiment blanc, comme une falaise crayeuse. À plusieurs reprises, alors qu'elle venait voir sa fille, Charlie avait eu le droit d'entrer. Les pièces étaient toutes blanches, les meubles neufs et propres et les draps doux. Ella ne manquait de rien.

« Qui s'occupait d'elle ? » ai-je demandé.

Là encore, un air de surprise.

« Dieu, bien sûr. »

Et l'espace d'un instant, je n'ai pas su quoi répondre.

Si elle disait vrai, elle nous décrivait quelque chose de bien plus vaste que ce que nous avions imaginé. Non seulement un enfer pour la punition, mais aussi un paradis. Et il ne s'agissait pas forcément d'un fou solitaire, assisté de complices, mais de plusieurs fous. Un groupe – une secte, peut-être – avec suffisamment de patience et de ressources pour opérer pendant plusieurs années.

Mercer a pris la parole d'une voix douce.

« Et c'est là que vous retournez, maintenant que vous m'avez dit tout ça ?

– Oui.

– Mais Charlie, comment le sauront-ils ?

– Ils sont omnipotents. »

J'ai voulu répondre que non mais ce n'était pas la peine. Il fallait passer par l'entrée principale pour gagner l'aile Baines. Ils étaient bien organisés : ça n'était pas compliqué pour eux d'avoir quelqu'un qui surveille la porte.

Quelqu'un qui était peut-être encore là.

Je me suis levé.

« John. Nous devons partir.

– Attendez, a dit Charlie. Je ne vous ai pas encore tout dit.

– Comment ça ?

– Ce que je dois vous révéler. Ella en fait partie, mais ce n'est pas tout. Je ne vous ai pas parlé des péchés que je porte. »

J'ai regardé ses cicatrices en m'apercevant qu'en effet, elle n'en avait rien dit. Car comment une grossesse pouvait-elle compter comme un péché ? Et pourquoi celui-ci devait-il avoir du sens pour Mercer en particulier ?

« Allez-y, dites-nous. »

Elle a pris une profonde inspiration.

« Mes péchés, a-t-elle commencé, lentement, sont nombreux mais celui que je porte maintenant est très spécifique. » Elle a posé la main sur son ventre. « Mon péché est que je n'ai pas avorté de ma fille à naître. J'ai décidé de la garder une seconde de plus que je ne l'aurais dû. »

Je perdais le peu de patience qui me restait.

« Pourquoi ce serait un péché, Charlie ? Vous avez dit qu'Ella était née pure. Et qu'on prenait soin d'elle au paradis.

– Oui. C'est vrai. Mais ça a été mon péché de la garder à l'époque car, au fond de moi, je *savais*. Avant de mourir, je pouvais faire semblant d'être ignorante, je pouvais me cacher la vérité. Mais je l'ai admise depuis. Je la porte. Ce n'est plus la peine de nier.

– De nier quoi ?

– Qu'une partie de moi savait exactement quel genre de monstre était mon mari. »

Elle s'est frotté le ventre doucement et quand elle a relevé la tête, son visage était désespérément triste.

« Qu'une partie de moi savait parfaitement ce qu'il ferait à son propre enfant. »

Groves

La dernière image de lui

La morte n'était pas sur le lit depuis très longtemps. Elle avait été étendue comme une étoile de mer, les mains et les pieds attachés aux poteaux avec du fil de fer. Ses mains inertes lui faisaient penser à des oiseaux morts. Elle avait la tête penchée vers la fenêtre par laquelle entrait une faible lumière révélant sa plaie à la gorge. Elle avait été pratiquement décapitée. Son sang imbibait son chemisier de soie blanc.

Groves fit prudemment un pas vers le lit puis le contourna. Il voulait voir le visage de cette femme mais il lui restait un peu de son instinct de policier. Il s'efforça de se déplacer doucement et silencieusement, ainsi qu'il le faisait généralement sur les scènes de crime, comme si les victimes dormaient et qu'il ne fallait pas les déranger.

Le visage de la femme lui disait quelque chose mais il ne put d'abord retrouver où il l'avait vu. En s'approchant, les autres blessures qu'elle avait subies lui apparurent plus clairement : des coupures sur les bras et le corps, à travers ses vêtements, et d'autres sur le visage. Quelqu'un avait dessiné sur sa peau avec une lame. Une giclée de sang projetée par la plus grande plaie avait séché sur le mur, et au pied du lit une flaque s'était déjà figée.

Le même tueur.

C'était évident : c'était la même personne qui avait tué Thompson et Leland. Ce qui signifiait que cette femme était sans doute elle aussi liée à Simon Chadwick et aux autres. Elle était potentiellement impliquée dans le meurtre de Jamie, une hypothèse qui aurait dû mitiger sa réaction à la découverte du corps. Il aurait dû être plus simple de regarder le cadavre, sachant que d'une certaine façon, elle l'avait mérité. Mais pas du tout.

Groves n'était pas certain de ce qu'il ressentait mais il n'avait aucun plaisir à se dire que cette femme avait souffert avant de mourir. S'il ressentait quelque chose à cet instant, c'était une profonde tristesse. Quel que fût l'objectif recherché, la mort de ces gens ne ramènerait pas Jamie. Malgré la culpabilité qu'il avait ressentie plus tôt, ce spectacle ne ressemblait pas à une quelconque forme de justice. La souffrance et le mal ne pouvaient pas être annulés en en infligeant une nouvelle dose.

Il s'accroupit, prenant soin de ne pas toucher le lit, et observa le visage de la femme. Malgré ce qu'elle avait subi, il était facile d'imaginer ce à quoi elle ressemblait dans la vie...

Il se releva soudain, et recula, paniqué.

Merde. *Merde.*

Il ne se souvenait pas de son nom mais il savait d'où il la connaissait. Elle travaillait à la crèche de Jamie. Laura quelque chose. Oui, c'était ça son prénom. Il n'avait probablement jamais entendu son nom de famille.

Groves hocha la tête.

Il faillit éclater de rire.

Vous me façonnez un chapeau sur mesure là, hein ?

Que faire ? Il semblait inutile d'appeler le commissariat. Ce serait la chose à faire mais ça le condamnerait sûrement. Sean avait beau avoir envie de le croire, les preuves contre lui s'accumulaient. Il fallait qu'il trouve la meilleure façon de s'y prendre. Il lui fallait de nouvelles cartes. Il se retourna pour quitter la pièce et se figea pour la deuxième fois.

Vous voulez revoir votre fils ?

Il ne les avait pas remarquées en entrant.

Des photos. Accrochées au mur, près de la porte. Il devait y en avoir une vingtaine, une impression maison sur du papier brillant. Chacune montrait la même scène : la chambre derrière Groves, un enfant debout au pied du lit.

Il s'approcha.

La lumière de chaque cliché était légèrement différente. Certains avaient été pris de jour, d'autres étaient éclairés par des bougies ou une lampe de poche. Des filles et des garçons d'âges divers.

C'était là qu'ils avaient emmené Jamie. Groves s'accroupit, paniqué, pour observer les photos. Laila Buckingham était là. *Mon Dieu.* L'une après l'autre, il les regardait, ne pouvant croire que Jamie se trouve parmi ces enfants, son regard sautant d'une photo à l'autre, jusqu'à ce qu'il arrête de chercher car il l'avait trouvé. Le reste du monde disparut. En dehors de la photo, tout fut relégué au second plan.

C'était étrange qu'il soit aussi calme.

Jamie.

Son fils se tenait à côté du lit vêtu du jean et du tee-shirt requin orange dont Groves se souvenait si bien, la tenue dans laquelle il avait disparu. Ses cheveux blonds, qui n'avaient jamais été coupés, étaient coiffés avec une raie au milieu et ses boucles rebiquaient juste au-dessus de ses épaules, comme si elles avaient eu peur de les toucher. Groves eut soudain un souvenir viscéral de la sensation de ces cheveux sous ses doigts. Comme ils étaient fins et doux.

Jamie ne pleurait pas mais son visage n'était pas non plus impassible. Il regardait au contraire l'appareil photo avec une sorte de curiosité. Son expression semblait dire : *C'est étrange, que se passe-t-il ?* Rien ne laissait deviner qu'il ait peur ou qu'il souffre, mais il n'avait pas un caractère craintif de toute façon. Chaque nouvelle expérience était une aventure, comme s'il avait cru que le monde ne pouvait lui faire de mal. Jusqu'à ce que le destin lui donne tort.

Il avait les joues légèrement rouges. Groves remarqua l'irritation sous son œil et se souvint lui avoir mis de la crème le matin de son enlèvement, tandis que Jamie essayait de se défaire de l'étreinte de Caroline. C'était exactement comme ça que Groves se souvenait de lui. Un petit garçon, à jamais figé dans le temps.

C'est la dernière image de lui.

Groves tendit la main vers la photo, se fichant des empreintes digitales, se fichant de tout. Il y en avait peut-être d'autres bien sûr – prises plus tard et insupportables à regarder –, mais c'était une image plus récente que tous les clichés de l'album de Caroline et que celles qu'ils gardaient de lui dans leurs souvenirs.

Il prit la photo sur le mur. Elle était punaisée et se décrocha avec un léger bruit. Il la regarda de nouveau, puis caressa le visage de son fils, surpris que le papier soit si froid. Il s'attendait presque à sentir la chaleur de sa peau.

Il la glissa dans sa poche de manteau.

Il fallait partir. Il redescendit l'escalier en prenant moins de précaution que précédemment, ça semblait inutile de s'embêter avec ça désormais. Il serait de toute façon associé à cette scène, quoi qu'il fasse, et la photo avait tout changé. Il allait appeler le commissariat et il ferait face aux conséquences. Il s'en fichait maintenant.

Il sortit. La pluie avait redoublé. Il prit son portable mais il ne put pas passer cet appel. Il tressaillit. *Dieu veillera sur vous*, se souvint-il, en regardant le parking. En regardant les hommes qui avançaient silencieusement vers lui.

Mark

Les photos

En me garant devant chez Paul Carlisle, j'ai remarqué que la porte d'entrée était entrouverte. Je me souvenais de ma visite quelques jours plus tôt – je m'étais garé derrière une grosse camionnette stationnée là. La rue était vide, morte. J'ai observé la maison pendant un moment, les nuages qui se reflétaient dans les vitres des fenêtres, le pare-brise battu par la pluie.

« Bon, ai-je dit à Mercer, il faut que vous m'attendiez ici.

– Je comprends. »

J'ai sorti mon portable pour appeler Pete tout en approchant de la maison. Même si la pluie avait redoublé, il faisait toujours chaud et l'atmosphère était moite tandis que je remontais l'allée de Paul Carlisle jusqu'à sa porte d'entrée. La maison avait quelque chose d'inquiétant, comme si quelqu'un m'observait, caché derrière une fenêtre.

Je me suis arrêté sur le seuil, mon téléphone à l'oreille. La porte était suffisamment entrebâillée pour me permettre de voir la cuisine, vide et envahie par les ombres.

« Inspecteur Pete Dwyer.

– C'est Mark. »

Je lui ai fait un point rapide sur la situation, lui expliquant que j'avais convaincu Mercer de venir à l'hôpital avant de lui raconter ce que nous avait dit Charlie. J'entendais qu'il était irrité que j'aie de nouveau impliqué Mercer sans sa permission mais à la fin de mon compte-rendu, il semblait avoir décidé de laisser filer pour le moment.

« La porte de chez Carlisle est ouverte. Ce n'est peut-être rien mais je vais vérifier. Sa compagne habite ici aussi et elle est enceinte.

– D'accord. » Pete semblait déterminé. « J'envoie une voiture, elle va arriver tout de suite. Ne prends pas de risques idiots, Mark.

– Ne t'en fais pas. »

J'ai raccroché.

« Monsieur Carlisle ? » ai-je crié en cognant à la porte. Elle s'est ouverte. « C'est la police, monsieur Carlisle. Vous êtes là ? Vous m'entendez ? »

Pas de réponse, j'ai poussé la porte et je suis entré dans la cuisine. Elle était encore plus en désordre que la dernière fois mais il régnait surtout une atmosphère qui ne me plaisait pas du tout. La pénombre était plus épaisse qu'elle ne l'aurait dû.

« Monsieur Carlisle ? »

Je me suis dirigé vers le salon et je me suis arrêté sur le seuil. La pièce était vide mais il y avait des signes de lutte : la table basse était renversée contre le canapé, la télévision était tombée du mur. Les vêtements et les journaux que j'avais vus lors de ma dernière visite étaient éparpillés par terre.

Charlie, ai-je pensé, *qu'est-ce que vous avez fait ?*

Qu'est-ce que vos nouveaux amis sont venus faire ici ?

« Monsieur Carlisle ? »

Toujours pas de réponse. Quand je suis entré dans le salon, mon cœur battait trop vite. Quelque chose dans la maison me donnait la chair de poule. J'avais envie plus que tout de reculer et de retourner dans la voiture mais je devais m'assurer que Carlisle et sa compagne n'étaient pas blessés. J'ai traversé la pièce jusqu'à la porte dans le coin opposé. J'ai tourné la poignée avec ma manche et j'ai ouvert en reculant d'un pas au cas où quelqu'un serait caché derrière. Personne.

La moquette de l'escalier était vieille et élimée, et le palier était éclairé par une simple ampoule : l'endroit le plus lumineux de la maison pour le moment.

« Monsieur Carlisle ? »

Je n'attendais plus de réponse mais cette fois, j'ai entendu quelque chose : pas des paroles, mais un bruit qui venait de l'étage. Des pleurs. Une femme qui gémissait doucement.

J'ai monté les escaliers quatre à quatre.

« C'est la police, ai-je crié. Où êtes-vous ? »

La femme pleurait toujours et c'est ce bruit qui m'a attiré vers la porte entrebâillée de la chambre. Je l'ai poussée doucement et je l'ai vue tout de suite : la compagne de Carlisle, assise par terre entre l'armoire et la coiffeuse, dos au mur, les bras autour de son ventre proéminent. Je me suis alors rendu compte que je ne connaissais même pas son nom.

« Madame ? C'est la police. Vous êtes blessée ? »

Elle ne m'a pas répondu.

J'ai sorti mon téléphone pour appeler une ambulance. Tout en composant le numéro, je lui ai demandé s'il y avait quelqu'un d'autre dans la maison.

Elle a secoué la tête.

« Je ne sais pas.

– Depuis combien de temps êtes-vous ici ?

– Je ne sais pas. »

Elle pleurait tellement fort qu'il était difficile de distinguer ses paroles.

« Que s'est-il passé ?

– Ils l'ont *pris*. Ils sont venus et ils l'ont *pris*. »

L'hôpital a répondu. J'ai donné mon numéro d'identification.

« Il me faut une ambulance tout de suite au 68 Petrie Crescent. Une femme enceinte, possiblement blessée.

– On arrive, inspecteur. »

J'ai raccroché, j'ai ouvert la porte en grand et je suis entré dans la pièce.

Et j'ai vacillé pour la deuxième fois.

La femme était assise en face du lit, lequel était jusqu'à présent masqué par la porte. Maintenant que j'étais dans la pièce, je pouvais voir la toile d'araignée dessinée sur le mur au-dessus de la tête de lit. Elle avait été réalisée à la va-vite, au marqueur noir, et le motif était différent de celle trouvée chez Gordon Peters, mais elle était authentique.

Je me suis approché du lit pour la regarder de plus près, comme si en l'observant je pouvais me faire une idée des péchés que Carlisle était censé avoir commis. *Une partie de moi savait parfaitement ce qu'il ferait à son propre enfant.* Mais je me suis alors aperçu que le dessin n'était pas la seule chose qui clochait dans la pièce.

Il y avait une boîte sur la couette. Quelqu'un l'avait ouverte et vidée. J'ai parcouru du regard les papiers, les documents et les photos et j'ai compris, dégoûté, ce que c'était.

C'étaient principalement des photocopies. La plus proche de moi était un dessin au crayon d'un enfant nu. Les autres dessins étaient encore plus crus et explicites et représentaient des rapports sexuels entre des enfants et des hommes ou des femmes adultes. Beaucoup évoquaient des caricatures, d'autres étaient réalistes. Les livrets avaient été imprimés et agrafés à la main et semblaient assez vieux : des contenus immondes qui circulaient sous le manteau avant l'arrivée d'Internet. Des pièces de collection, peut-être. Il y avait aussi des impressions d'images trouvées en ligne : des plans issus de vidéos avec des vraies personnes, dans de vraies poses.

Et puis il y avait les photos.

Je me suis encore approché du lit, non pas que je le souhaitais mais pour comprendre ce que j'avais sous les yeux. Il devait y en avoir une vingtaine, alignées en rangées et colonnes comme les cartes d'un jeu de memory. Chacune était similaire aux autres tout en ayant une singularité effroyable. Elles étaient similaires car elles montraient toutes un enfant debout dans ce qui semblait être une pièce désolée, effroyables parce que chaque enfant était différent : des garçons et des filles, des bambins et des ados. Chaque photo était un souvenir de ce que je ne pouvais qu'imaginer être de terribles sévices.

« Je ne savais pas. »

J'ai tourné la tête vers la femme qui me regardait. Elle avait aussi vu le poison sur le lit et le besoin de s'en dissocier surpassait la douleur qu'elle ressentait.

« Je ne savais pas. Je jure que je ne savais pas. »

J'ai voulu répondre – je ne sais même pas quoi –, et c'est alors que j'ai senti un mouvement sur le seuil derrière moi.

Sean

Je sais qui l'a tué

Sean prit une profonde inspiration, tourna la clé dans la serrure et entra dans la maison de David.

Ça lui semblait bizarre, déplacé, d'entrer chez son ami sans qu'il soit là. Il était déjà venu, bien sûr, il connaissait les lieux et puis il avait depuis bien longtemps oublié combien de fouilles il avait menées dans sa carrière, mais là c'était différent. Il se souvenait de l'abattement de David dans la salle d'interrogatoire et il avait vraiment l'impression de violer son intimité. Sans oublier qu'être ici – en mission, seul – ne faisait que lui rappeler les ennuis de son partenaire.

Mais ce n'était pas lui l'assassin.

Sean en était convaincu. Il ne savait pas ce qui se passait mais il connaissait David et lui faisait confiance. Il savait que c'était un homme bien. Au cours des années, Sean l'avait vu formuler une petite poignée de mensonges sans importance et pas une fois il n'avait été convaincant : il ne savait pas mentir. Aujourd'hui, Sean lui avait demandé s'il lui disait la vérité. David avait répondu que oui et Sean l'avait cru. David n'avait pas tué Leland et Thompson.

Mais ça ne signifiait pas pour autant qu'il n'avait pas de gros problèmes. Sa carrière était au minimum ternie et il y avait de bonnes chances pour qu'elle soit même entièrement foutue. Ça inquiétait Sean. Depuis la mort de Jamie, son travail était toute sa vie. Policier n'était pas seulement son métier, c'était son identité.

Et encore, ce n'était là que le meilleur des cas. Si Groves avait raison et que quelqu'un essayait de lui faire porter le chapeau, alors cette personne faisait du très bon boulot. Et rien ne permettait de dire que ça n'allait pas continuer.

Allez, David.

Prouve-moi que tu as raison.

Sean relut le formulaire et entra dans le salon du cottage. Le téléphone était là où David avait dit qu'il se trouverait, sur la table basse au milieu de la pièce, à côté de son ordinateur portable.

Selon la version de David, quelqu'un avait convaincu Thompson de le lui passer mais uniquement après une sorte de test. David était intervenu pour aider une passagère et avait accepté de donner une pièce à Thompson. En d'autres termes, il avait été une personne bien et le téléphone était une récompense pour s'être comporté correctement, pour avoir fait ce qu'il fallait.

Mais pourquoi ?

Sean laissa son esprit vagabonder. Si ça s'était effectivement déroulé ainsi, qu'est-ce que ça disait de la personne derrière tout ça ? Ils voulaient éprouver David. Qu'il démontrc sa valcur. Et pourtant, plus il le faisait, plus il se retrouvait impliqué et plus ses ennuis s'aggravaient. S'il avait raison de penser que c'était un autre parent endeuillé et en colère contre lui, peut-être que cette personne voulait souligner le fait qu'il était bon, mais pas suffisamment.

Peut-être. Mais ça n'était tout de même pas très logique.

La tentation d'allumer le téléphone était grande, mais Sean résista. Mieux valait suivre la procédure rigoureusement et éviter d'altérer les preuves. De toute façon, il n'était pas très calé en technologie, les spécialistes des télécoms au commissariat pourraient l'examiner sans problème alors que lui avait toutes les chances de merder et tout effacer. Il enfila des gants et glissa le téléphone dans un sachet qu'il mit dans la poche de sa veste.

D'après le formulaire, David avait rangé la carte d'anniversaire à l'étage, dans la table de nuit.

Sean monta.

Quand il ouvrit la porte de la chambre, des moutons de poussière dansèrent sur le sol. Le lit était défait et il y avait des vêtements en tas à son pied. Une odeur légèrement déplaisante flottait dans l'air. Sean plissa le nez et se sentit de nouveau mal à l'aise. La chambre n'était pas *dégoûtante* mais David n'aurait pas voulu qu'il la voie dans cet état. Lors de fouilles qu'ils avaient conduites ensemble, Sean avait souvent fait des blagues sur l'hygiène des suspects, et il espérait maintenant que son partenaire avait bien compris qu'il ne le pensait pas vraiment.

La table de nuit était de l'autre côté du lit. Outre l'armoire, c'était le seul meuble de la pièce. Elle comportait un petit placard et un tiroir. Il y avait une lampe posée dessus et une vieille bible. Sean ne regarda pas dans le tiroir mais ouvrit la petite porte et trouva une pile de cartes et de papiers.

Merde, David.

Sean la posa soigneusement sur le lit. Il devait y avoir une vingtaine de lettres. Comment les gens pouvaient-ils être si cruels ? se demanda-t-il. C'était quoi, leur problème ?

Et surtout, qu'est-ce qui avait poussé David à les garder juste là, à côté de son lit ? On avait l'impression que la haine que dégageait une telle collection pouvait s'insinuer dans vos rêves. Et pourtant, il tenait apparemment à les garder près de lui, comme on conserve un objet avec une forte valeur sentimentale : une photo, une carte postale ou une lettre d'un proche. C'était comme s'il tenait à la haine qu'elles contenaient. Comme si elles étaient importantes pour lui d'une certaine façon. Sean ne comprenait pas.

Il valait sans doute mieux emporter le tout. Si le gars avait écrit à David une fois – si c'était lui –, alors il l'avait peut-être fait avant. Il pourrait essayer de trouver des points communs dans d'autres lettres, voire des détails qui aideraient à l'identifier.

Il sortit un sachet plus grand pour toutes les prendre mais il ne put s'empêcher de regarder celle du dessus. La carte d'anniversaire que David avait reçue. L'enveloppe était déchirée mais il avait remis la carte à l'intérieur. Sean commença par l'enveloppe. Il n'y avait pas de tampon sur le timbre mais ça ne voulait pas forcément dire qu'elle avait été déposée manuellement, les machines de la poste ne laissaient pas toujours de trace. Elle était adressée, en capitales noires parfaitement anonymes, à Jamie Groves.

Enfoiré.

Sean sortit la carte avec soin en la tenant par les bords. Le dessin montrait Winnie l'ourson en train de jouer dans une prairie avec ses amis. C'étaient des couleurs pastel, ce qui donnait au dessin un effet aquarelle, comme si les personnages disparaissaient progressivement d'une vieille photo. Une image d'un autre temps, qui s'effaçait lentement.

Il ouvrit la carte.

L'espace d'une seconde, il ne put que regarder, interloqué, ce qui avait été écrit à l'intérieur, de la même écriture soignée.

Je sais qui l'a tué.

C'était exactement ce que David lui avait décrit. Mais ce dont David n'avait pas parlé, c'était les lignes qui suivaient, écrites de la même main.

Ils s'appellent Edward Leland, Carl Thompson et Laura Harrison. Je suis désolé pour ce que je vais faire. J'espère que tu pourras me pardonner. J'espère que je serai encore capable de me souvenir de toi qui me souris.

Sean relut les quelques phrases encore et encore, pour essayer de leur trouver une signification différente, un sens autre que ce qu'elles voulaient manifestement dire. Il n'y en avait pas.

« Oh David », dit-il.

Ses mains tremblaient légèrement lorsqu'il lut la fin de la carte.

Tu me manques tant, mon joli petit garçon, et je t'aime plus chaque jour.

Papa xxxx

Mark

David Groves

Je me suis retourné sur Mercer, qui se tenait sur le pas de la porte.

« Je croyais que vous deviez attendre dans la voiture.

– J'ai eu peur que tu aies un problème. »

Mais il ne me regardait pas, pas plus que la femme en pleurs assise par terre. Il avait les yeux fixés sur la toile d'araignée peinte au-dessus du lit. L'idée même qu'il puisse m'aider en cas de danger physique était risible et je savais parfaitement pourquoi il était entré. Le désir de savoir. De comprendre. Et j'imagine que compte tenu de la situation, je lui devais bien ça.

« Grands dieux, elle est authentique, non ? »

Je n'ai pas répondu. Je me demandais ce que ça lui faisait de la voir en vrai – une nouvelle, après toutes ces années. Ce qui était étrange, c'était quc, absorbé par le dessin et le motif, il semblait moins fragile qu'avant, comme s'il en retirait une forme d'énergie. Comme si cette vision avait rechargé la batterie interne qui le faisait avancer.

« C'est étrange, a-t-il dit. Je n'arrive pas à comprendre ce qui se joue. Le tueur au masque de diable est mort. Et pourtant ça… c'est son œuvre.

– Parce qu'il venait de quelque part. » Maintenant que Mercer était impliqué, il semblait inutile d'essayer de cacher les preuves sur le lit. « Et ce n'est pas tout. Regardez. »

Il est venu se placer à côté de moi, s'arrachant à contrecœur à sa contemplation. Il a regardé les images de mauvaise grâce.

« Je pense que ça appartenait à Paul Carlisle, ai-je dit. C'est clairement ce qu'on veut nous faire comprendre en tout cas. Et ça pourrait coller avec ce que Charlie nous a dit. Ces gens punissent les coupables. Ce que je n'arrive pas à comprendre, c'est pourquoi *maintenant* ? Pourquoi enlever Charlie parce qu'elle ne savait pas et laisser Paul Carlisle libre pendant deux ans ? Si c'est vrai, alors il est bien plus coupable qu'elle et ils savaient forcément que... »

Je me suis interrompu car Mercer ne m'écoutait pas. Son examen distrait des documents avait cessé et il regardait attentivement les rangées de photos au milieu du lit. Il avait blêmi.

« John ?

– Je les ai déjà vues quelque part.

– Où ? »

Il a fermé les yeux.

« Mon Dieu. Je crois que je comprends.

– John, il faut que vous m'expliquiez.

– Celles que j'ai vues se trouvaient dans une caserne de pompiers abandonnée. Il y avait aussi le corps d'une femme. » Les yeux toujours fermés, il s'est pincé le nez, essayant de se souvenir. « Laura Harrison. C'était son nom. Nous supposions qu'elle faisait partie d'un réseau pédocriminel et que les photos étaient ses souvenirs. D'autres personnes avaient été assassinées les jours précédents. Un homme – un policier qui avait perdu son fils – les avait tuées. C'était notre enquête. Rien qu'une formalité, au vu des preuves, mais c'était un dossier pour nous. Pour *moi*.

– John...

– David Groves. On ne l'a jamais retrouvé. »

Mercer a enfin rouvert les yeux.

« Il a disparu il y a deux ans. »

CINQUIÈME PARTIE

Et Elle Leur dit que ce monde était un terrain de jeu pour Dieu et Satan et que la vie était une bataille entre le bien et le mal dans le cœur des Hommes, et que quand l'éternité toucherait à sa fin, ces scores seraient décomptés et la véritable nature de l'Homme serait déterminée pour de bon. Et Elle Leur dit que dans le cœur de chaque Homme cette grande bataille faisait rage, tout comme l'entièreté de l'arbre est contenue dans la graine. Et Ils demandèrent si eux-mêmes pourraient déterminer cette nature au cours de Leur vie et Elle Leur dit qu'il en serait ainsi.

Extrait de la Bible de Cane Hill

Mark

Un type super

« Laissez-moi vous dire un truc avant qu'on commence, m'a interpellé l'inspecteur Sean Robertson. Je ne crois pas qu'il est coupable et je ne l'ai jamais cru. Je ne ferai rien de plus qui puisse vous contribuer à salir la réputation de David. »

Robertson était installé derrière un bureau recouvert de papiers et de tasses de café et j'étais assis au bord d'une chaise en plastique que j'avais trouvée posée contre le mur à mon arrivée. J'avais dû la déplacer moi-même. Dès mon appel, il était apparu clairement que Robertson n'avait aucun intérêt à me parler et aucun désir de raviver le souvenir d'une situation qui lui avait fait tant de mal.

Je m'efforçais de rester impassible.

« Je ne suis vraiment pas là pour ternir sa réputation.

– Ouais, bah de toute façon c'est trop tard, pas vrai ? Votre gars s'en est déjà chargé. »

Il parlait de Mercer. Peu lui importait que l'enquête sur son ancien partenaire ait eu lieu avant mon arrivée, c'était mon équipe, et même si Mercer l'avait quittée depuis longtemps, il était encore *notre gars*. C'était lui qui avait engagé les poursuites menant à la condamnation de David Groves *in absentia*. Cela dit, pour avoir jeté un coup d'œil au dossier sur le chemin, il me semblait qu'il avait eu de bonnes raisons de le faire.

« Vous avez raison, ai-je admis. La réputation de David Groves a été souillée il y a longtemps. J'ai vu le dossier. Accusé de trois meurtres. Au premier coup d'œil, l'affaire semblait entendue.

Alors, peut-être que votre ex-partenaire est responsable de certains des dommages infligés à sa réputation ? »

Robertson m'a observé un moment, ses bras épais croisés sur son ventre qui tendait sa chemise. Son nœud de cravate était de travers. Avec ses joues rouges et sa barbe de trois jours sur le menton, il m'évoquait plus un journaliste louche qu'un inspecteur de police, le genre de gars en imper qu'on croise sur les scènes de crime en train de manger un burger directement dans l'emballage. Les apparences pouvaient être trompeuses, bien entendu. J'avais lu dans son dossier que c'était un professionnel compétent et reconnu et je voyais que son regard était clair et acéré, malgré sa dégaine négligée.

« Bref, ai-je repris en tapotant le dossier que j'avais emporté avec moi. Je ne suis pas là pour lui causer du tort. À l'époque, les choses paraissaient claires. Mais depuis, la situation… a évolué. C'est pour ça que je suis ici.

– Elle a changé dans quel sens ?

– Il va falloir me faire confiance sur ce coup-là.

– Ah ouais ?

– Oui. »

Je ne faisais pas uniquement preuve de zèle en matière de confidentialité. La vérité était que je ne savais *vraiment* pas en quoi les choses avaient changé, je savais simplement que ce n'était plus pareil. Il était désormais évident que Mercer était lié à notre affaire de deux façons : par l'homme au masque de diable et par l'enquête sur des crimes commis deux ans plus tôt et attribués à David Groves. Quant aux liens entre ces deux affaires – le réseau qui les unissait –, je ne pouvais pas les deviner pour le moment. J'espérais que fouiller le dossier de Groves m'aiderait et pour obtenir la coopération de Robertson, j'ai décidé de lui céder quelque chose.

« Écoutez, tout ce que je peux dire c'est que nous suivons une piste qui peut… remettre en question les charges retenues à l'époque. Ça suffira pour le moment ? »

Il m'a regardé sans rien dire. Il réfléchissait.

J'ai essayé une autre approche.

« Malgré toutes les preuves découvertes à l'époque, vous n'avez jamais cru que Groves était coupable ?

– Pas une seconde. C'était mon partenaire.

– Il doit y avoir autre chose. » J'ai jeté un nouveau coup d'œil au dossier. « Comme je le disais, vu de l'extérieur, ça ne fait pas un pli. Croyez-moi, je comprends le poids de la loyauté. Mais vous ne m'avez pas l'air d'être du genre à défendre un collègue jusqu'au bout sans une bonne raison. »

Robertson a secoué la tête.

« Vous ne l'avez pas connu.

– Je sais bien.

– Tout ce que vous savez, à supposer que vous ayez fait votre foutu boulot correctement, c'est ce qu'il y a dans le dossier. Mais ça ne raconte pas toute l'histoire. »

Il a soudain détourné le regard, cherchant à étouffer la colère qu'il ressentait encore. Je savais qu'il avait coopéré dans le cadre de l'enquête mais il était évident qu'il n'était pas du tout d'accord avec les conclusions de celle-ci. Il apparaissait aussi qu'il avait poursuivi les recherches, ici et là, ajoutant de brèves notes au fur et à mesure, sans que cela change quoi que ce soit. Ça l'irritait et le frustrait, d'avoir laissé tomber son ami, et ma présence venait le lui rappeler.

« Bon d'accord, ai-je dit. Non, je ne sais pas tout. Et si vous me briefiez sur les détails ? Parce qu'on ne sait jamais, pas vrai ? Si on met nos ressources en commun, on peut peut-être s'aider mutuellement. »

Il m'a encore regardé, il réfléchissait toujours.

« OK, a-t-il lâché, on va voir ce que ça donne. »

Ma deuxième impression de Robertson était juste. Malgré son allure négligée, il s'est avéré précis et incisif et m'a résumé l'affaire bien plus clairement que si j'avais étudié le dossier pendant des heures. Ça m'a tout de suite sauté aux yeux : non seulement l'affaire lui tenait à cœur, mais il la connaissait sur le bout des doigts.

Plus important, il a commencé à se détendre. À mesure que la conversation avançait, j'avais de plus en plus l'impression que nous étions dans le même camp. C'était peut-être vrai, mais je n'en étais pas encore certain. Malgré les doutes de Robertson, les preuves contre David Groves demeuraient pour le moins accablantes.

Groves n'avait pas toujours été un tueur, ça on le savait. Il avait d'abord été un héros, quand la petite Laila Buckingham, huit ans, avait été retrouvée, blessée mais vivante, enchaînée à un lit dans une chambre sordide.

« Il lui a sauvé la vie, ai-je remarqué.

– Oui. » Robertson a hoché la tête. « Et il a failli y rester. Et il aurait refait la même chose, sans hésitation. C'était un type super.

– Je vois ça.

– Et c'est pour ça qu'il s'est senti aussi coupable de ce qui est arrivé à Jamie. Non pas qu'il ait regretté d'avoir sauvé Laila Buckingham, ce n'était pas son genre. Malgré la disparition de Jamie, je ne pense pas qu'il aurait voulu revenir en arrière pour changer quoi que ce soit.

– Il pensait que c'étaient les mêmes personnes qui avaient enlevé son fils ?

– Oui. Pour se venger. Je le crois aussi. »

À l'époque, ça avait dû paraître tiré par les cheveux – peu de gangs pouvaient se montrer aussi audacieux –, mais *a posteriori*, ça se tenait. L'appartement appartenait à un certain Simon Chadwick et les informations qu'il avait données après son arrestation laissaient penser qu'un réseau pédocriminel opérait dans la ville. Ils n'avaient jamais été arrêtés et David Groves, l'homme qui les avait défaits, était un héros qui faisait la Une des journaux. On pouvait comprendre pourquoi il supposait que son fils avait ensuite été visé. Surtout, les photos retrouvées chez Paul Carlisle le jour même comprenaient des clichés de Laila Buckingham et de Jamie Groves.

« Vous avez des enfants, inspecteur Nelson ? »

J'ai secoué la tête.

« Eh bien, je vais vous dire une bonne chose. Beaucoup de personnes pourraient comprendre ce que David est accusé d'avoir fait. Beaucoup diraient qu'il avait le droit de le faire.

– Je n'en doute pas.

– Et ce serait ma position aussi. S'il l'avait fait, je comprendrais. Mais c'est ça, le truc. Lui, il n'aurait jamais fait ça. Il n'était pas ce genre de personne.

– Qu'est-ce qu'il était, alors ?

– Un homme bon. » Robertson s'est adossé contre son fauteuil. « Malgré tout ce qui lui est arrivé, il croyait encore en Dieu. Vous vous rendez compte ? »

Je repensais à ce que m'avait dit Harold, le père de Rebecca Lawrence. *Comment pourrais-je croire aujourd'hui ? Je ne voudrais pas rencontrer le dieu qui m'a pris ma fille.*

« Pas vraiment.

– Mais David avait vraiment la foi. Il croyait à la justice, bien sûr, mais pas ce genre de justice. Il était flic jusqu'au bout des ongles. Suivre la loi, c'était crucial pour lui et après la mort de Jamie, c'était tout ce qui lui restait. S'il avait trouvé les responsables, il ne les aurait pas tués. Ce n'était pas dans sa nature. »

Nous avons parlé des crimes que Groves était supposé avoir commis. Le premier était celui d'Edward Leland, tué le 30 juillet 2013, un peu plus de deux ans plus tôt. Leland avait été torturé et assassiné, Groves aurait essayé de couvrir son acte en mettant le feu à la victime et à sa maison. L'enquête avait révélé des liens entre Leland et des contenus pédopornographiques, mais aucune preuve directe n'était venue le confirmer formellement.

Le téléphone portable de Leland avait ensuite été retrouvé chez Groves. L'hypothèse était qu'à partir de ce téléphone, ou en interrogeant Leland, Groves avait réussi à obtenir des informations qui l'avaient mené à un jeune sans-abri nommé Carl Thompson. La dépouille de Thompson fut retrouvée dans les tunnels sous les arches de la voie ferrée, il avait lui aussi été torturé avant de mourir. Un homme correspondant au signalement de Groves avait été vu en train de quitter la scène de crime peu avant la découverte du cadavre. Groves a par la suite avoué qu'il avait passé un coup de fil anonyme pour signaler le corps.

« D'accord. Et la troisième victime ? La femme dans la caserne.

– Laura Harrison. » Robertson hocha la tête. « Elle était puéricultrice.

– Puéricultrice ? »

Cela me faisait de nouveau penser à Rebecca Lawrence. Elle avait elle aussi travaillé dans une crèche.

« Oui, a repris Robertson, Harrison était employée dans la crèche que fréquentait Jamie Groves avant son enlèvement.

– Vous pensez que Harrison était dans le coup ?

– Oui. Elle avait été interrogée à l'époque, bien sûr, et ça n'avait rien donné. C'est impossible à prouver maintenant qu'elle est morte.

– Et la carte ?

– David en recevait chaque année à la date d'anniversaire de Jamie. Vous savez comme les gens peuvent être tarés. Il a reçu celle-ci le 30.

– Le jour de l'assassinat de Leland ?

– C'est ce qu'il m'a dit. Mais elle a été modifiée entretemps. Il m'a dit que quand il l'a reçue, il n'y avait que la première phrase. Comme pour le narguer : *Je sais qui l'a tué.* Mais quand je l'ai découverte, quelqu'un en avait fait une confession en ajoutant le nom des victimes. »

J'ai ouvert le dossier à l'une des dernières pages, laquelle comprenait une photo de la carte en question. Le message avait été rédigé avec soin et même s'il n'avait jamais été prouvé que c'était l'écriture de Groves, les implications étaient évidentes. Groves avait écrit la carte à son fils en demandant pardon pour ce qu'il s'apprêtait à faire avant de lui offrir un cadeau d'anniversaire spécial : tuer les responsables de son meurtre.

« Mais pourquoi David m'aurait-il menti sur le sujet ? a poursuivi Robertson. À quoi bon, à ce stade ? Il n'était même pas obligé de mentionner la carte. Non, je pense que quelqu'un s'est introduit chez lui et a mis tout ça en scène.

– Je me fais peut-être l'avocat du diable, ai-je rétorqué, conscient que la formule était particulièrement appropriée dans ce contexte, mais ce quelqu'un aurait pu faire mieux niveau mise en scène.

– Ouais, mais ça a suffi. Et sans David pour se défendre... »

Robertson s'est tu, la frustration sur son visage me permettant de finir à sa place. *Sans David pour se défendre, c'était à moi de le faire. Et je n'ai pas été assez bon, pas vrai ?*

Pas face à Mercer en tout cas.

J'ai pris les dernières pages du rapport, celles qui portaient sur la disparition de David Groves. Son véhicule avait été retrouvé, apparemment abandonné, sur la rocade au nord de la ville avec des bouteilles de vodka vides au pied du siège passager. Les environs avaient été fouillés sans succès et personne n'avait revu David Groves depuis lors. On supposait qu'il s'était suicidé et les bois ne manquaient pas de coins où un corps ne pourrait être retrouvé.

Les preuves avaient semblé accablantes à l'époque. En apparence, elles l'étaient toujours.

« Vous pensez qu'on a voulu faire porter le chapeau à Groves ? »

Robertson n'a pas hésité une seconde.

« Oui. Il le pensait aussi. Il pensait que c'était peut-être un autre parent – quelqu'un dont l'enfant avait été enlevé par les mêmes personnes –, mais je n'y ai jamais vraiment cru.

– Pourquoi ?

– Je ne sais pas. Ça me semblait trop organisé pour être ça. »

Organisé. J'ai hoché la tête pour moi-même. Oui, c'était vrai. Et tous les éléments de l'enquête actuelle allaient dans le même sens. La planification et l'exécution s'étalaient sur des années. Nous avions affaire à des personnes patientes, disposant d'importantes ressources, et j'étais désormais certain que nous faisions face à une maigre fraction de leurs activités. Sur la base de ce que nous savions, ils me semblaient plus que capables de tendre un piège de ce type à David Groves. Et bien sûr, son suicide n'était qu'une présomption. Son corps n'avait jamais été retrouvé.

« Mais lui, je le croyais. »

Robertson a tourné la tête vers la fenêtre. De là où j'étais assis, je ne voyais que le ciel, chargé de nuages gris.

« Ce que je n'arrive pas à comprendre, c'est *pourquoi* quelqu'un irait lui faire ça. Parce que c'est vrai, ce que je vous disais tout à l'heure. Je sais que vous ne l'avez jamais rencontré, mais c'est vrai.

– Quoi donc ?

– Que David Groves était un homme bon. Un homme bien. » Robertson s'est retourné vers moi. « Peut-être l'homme le plus droit que j'aie jamais rencontré. »

Et en repensant à l'absence de corps, à la façon dont ces gens orchestraient des disparitions et de fausses morts, j'ai commencé à m'interroger.

David Groves était un homme bon.

J'ai commencé à m'interroger sur son emploi de l'imparfait.

Groves

Maintenant

Il n'y avait guère de passé désormais.

Il n'y avait en tout cas pas de futur. Groves avait arrêté d'essayer de garder la notion du temps, le temps n'avait pas de sens ici. Il n'y avait que les ténèbres, les bruits de gouttes, les hurlements de la télévision qui retentissaient sans raison apparente. Il n'y avait que *maintenant*.

On s'habitue à tout et le *maintenant* ne le faisait plus souffrir comme au début, juste après sa mort. Sa tombe était assez grande pour qu'il puisse se tenir debout mais pas assez longue pour s'y allonger, alors il s'était habitué à dormir à moitié tordu sur le sol ou adossé au mur dans un coin, comptant sur son épuisement pour le maintenir assoupi quelque temps. Les courbatures demeuraient mais il s'y était fait, si bien que ce qui avait autrefois été un inconfort extrême – une torture – n'était plus qu'une douleur d'arrière-plan, un bruit de fond. L'ennui était devenu normal, quotidien. Il ne pensait plus beaucoup. Ses rêves, qui avaient été aussi vifs et choquants que les images de la télévision, s'étaient affadis. Même quand le chemin est dur, la vie trouve un moyen de continuer.

Enfin, pas la vie, bien sûr.

Tout comme la douleur avait autrefois été là, Groves savait que, fut un temps, il avait douté de s'être suicidé : il avait protesté, combattu l'idée, même quand Satan le lui réexpliquait patiemment, encore et encore. Là aussi, c'était si lointain que tout ceci lui semblait absurde et étranger. Comment avait-il pu douter ? C'était ridicule. Il s'était suicidé et maintenant, il était là. En enfer. Quand il se concentrait, il arrivait même à se rappeler ce qui s'était passé, et les souvenirs étaient aussi vifs que ceux qui précédaient sa mort.

J'ai sauvé une petite fille, alors mon fils a été assassiné.

Je n'ai pas retrouvé ses meurtriers alors quelqu'un d'autre s'en est chargé à ma place.

Ils m'ont pris tout ce qui me restait.

Et il n'y avait plus aucune raison de vivre.

Les mots lui venaient facilement, il les avait suffisamment répétés. En y repensant, Groves était sûr qu'il pouvait se souvenir d'avoir garé sa voiture sur le parking près du sentier menant à la clairière où le corps de Jamie avait été retrouvé. Dans la lumière de l'après-midi, la pluie battant sur les feuilles, il avait refait le chemin qui l'y avait conduit deux ans plus tôt, et avait contemplé un moment ce qui avait un temps été une tombe et n'était désormais qu'une étendue de terre anonyme. Il n'y avait aucun signe que son fils ait autrefois été enterré ici.

Il s'était ensuite enfoncé dans les bois, plus profondément, jusqu'à trouver un ravin suffisamment profond et isolé. Il était complètement calme au moment de sauter. Il se rappelait avoir pensé cela. *Ça étonnerait les gens s'ils me voyaient*, s'était-il dit en levant la tête, chaque goutte de pluie se détachant sur le ciel gris. *Ça leur semblerait étrange que je sois aussi calme.*

Il avait sauté. Et il s'était retrouvé ici.

En enfer.

C'était sa récompense. Toute sa vie, malgré tout ce qui lui était arrivé, il avait conservé sa foi et essayé d'être un homme bon – croyant que Dieu avait un dessein et que les tragédies qu'il vivait arrivaient pour une bonne raison. Il avait toujours essayé de faire ce qui était juste. Et voilà où ça l'avait mené. Cette épiphanie était amère. L'une après l'autre, toutes les choses qui avaient compté pour lui lui avaient été retirées et il se retrouvait là, puni, de nouveau. Son comportement et sa foi n'avaient apparemment pas eu d'importance aux yeux de Dieu. S'il ressentait quoi que ce soit dans les ténèbres, c'était de la haine.

Comme pour lui répondre, la télévision s'alluma, remplissant la cellule d'une lumière bleue agressive. Autrefois, Groves aurait plissé les yeux, mais il remarquait maintenant à peine cette douleur soudaine. Désormais, au lieu d'essayer de se détourner, il restait assis devant, en tailleur.

C'était un sujet du JT. On lui en passait quelques-uns mais c'était celui qu'il connaissait le mieux. Le bandeau rouge en bas de l'écran disait : VENGEANCE : LE POLICIER SUSPECTÉ TOUJOURS DISPARU. Le cadre était occupé par un autre policier qui donnait une conférence de presse devant le commissariat. Il était âgé, dégarni et semblait très fatigué et sérieux. Groves le reconnut bien sûr. John Mercer était une légende.

« L'inspecteur David Groves est actuellement le principal suspect dans le cadre de l'enquête sur le meurtre de trois personnes », disait Mercer à un journaliste hors champ.

L'écran se divisa pour montrer trois photos : Edward Leland, Carl Thompson et Laura Harrison.

« Nous enquêtons sur l'implication qu'ont pu avoir ces individus dans l'enlèvement et le meurtre du fils de l'inspecteur Groves, Jamie, et dans le meurtre d'autres enfants. Nous demandons à quiconque dispose d'informations de se faire connaître. Nous lançons aussi un appel à David Groves. » Il se tourna face à la caméra. « David. Vos collègues et votre famille sont extrêmement inquiets pour vous. Nous vous demandons d'entrer en contact avec nous. »

Groves regarda le visage de Mercer. Il n'y vit pas une once de compassion ou d'inquiétude. Il s'était déjà fait son opinion, comme tous les autres. Il n'aurait jamais eu droit à une procédure équitable. S'il n'avait pas déjà été mort au moment de la diffusion de l'extrait, il ne se serait pas rendu.

« Avez-vous une réaction quant aux rumeurs affirmant que la voiture de l'inspecteur Groves a été retrouvée au nord de la ville ? »

Mercer se tourna vers le reporter. Il écouta la question en hochant la tête puis répondit.

« Non, je regrette, mais je ne peux pas faire de commentaire sur le sujet. Tout ce que je peux vous dire, c'est que nous sommes inquiets pour la sécurité et la santé de l'inspecteur Groves et que nous lui demandons de nous contacter dès qu'il en aura la possibilité.

– D'autres personnes sont-elles recherchées pour ces meurtres ? »

Mercer eut une seconde d'hésitation, ce qui le trahit. *Emballé c'est pesé*, pensa Groves. Déjà. Malgré tout ce qu'il avait fait et essayé de faire, ils avaient déjà décrété qu'il était coupable. Ils l'avaient déjà jugé. Ses actions, sa personnalité : rien de tout cela n'avait compté.

« Je ne peux pas faire de commentaire sur ce sujet non plus. »

La caméra resta sur lui quelques instants puis la télévision s'éteignit, replongeant Groves dans la pénombre. Une image bleu pâle de Mercer flotta dans l'air quelques instants avant de s'effacer.

Groves se leva lentement, un mouvement difficile pour ses muscles atrophiés. Il se demanda à quoi il ressemblait. Il ne s'était pas vu depuis… et puis, quelle importance avait le temps en enfer ? Mais il savait que ses cheveux étaient longs et gras, sa barbe hirsute et qu'il était maigre et sale. Il n'y avait pas de soleil ici. Sa peau devait avoir une couleur de dents.

Non pas que ça ait eu la moindre importance.

Il perçut un mouvement de l'autre côté de la porte. Il entendait une respiration. Quand il regarda vers la fente, il vit des yeux qui l'observaient. Il était trop épuisé pour s'en soucier.

Il retourna dans un coin de la cellule et s'y adossa.

Ça comptait pour rien.

Puis, cette pensée résonnant dans son esprit vide, il ferma les yeux et s'endormit.

Mark

L'objectif final

Quinze minutes avant le briefing.

De retour dans notre couloir, je suis passé devant la porte de Pete et je l'ai entendu discuter à voix basse avec Mercer. Je les ai ignorés et je suis rentré dans mon bureau avant de fermer la porte. J'ai écarté les piles de documents posés là et j'ai consulté les nouvelles de l'hôpital.

La compagne de Paul Carlisle, Jenny Cantrell, était encore sous le choc, elle était hospitalisée et demeurait sous surveillance. Elle avait réussi à donner un bref récit de ce qui s'était passé dans la maison. Elle était dans le salon avec Carlisle quand trois individus avaient fait irruption dans la pièce, elle n'avait aucune idée de comment ils avaient fait pour entrer. Ils étaient habillés tout en noir et portaient des cagoules. Elle avait déclaré qu'ils lui avaient donné l'impression d'être des militaires mais elle n'avait pas eu le temps de bien les regarder avant que Carlisle, paniqué, lui dise de monter.

Cantrell s'était cachée dans la chambre où elle avait entendu des bruits de lutte et les cris de son compagnon, puis deux hommes étaient entrés. L'un avait disposé les images sur le lit pendant que l'autre s'occupait du mur. Elle était restée assise, les yeux fermés, les mains sur les oreilles pendant toute la durée de l'opération. Quand les hommes étaient repartis, elle avait découvert ce qui se trouvait sur la couette et s'était évanouie.

J'ai reposé le rapport et j'ai étalé les différents dossiers sur le bureau avant d'ouvrir un document vierge sur mon ordinateur tout en gardant ma tablette à portée de main. Je voulais avoir toutes les informations près de moi parce que j'avais besoin de mettre de l'ordre dans tout cela, de replacer les choses dans le temps et dans leur contexte, même si le sens profond demeurait peu clair. J'ai dupliqué l'écran de la tablette sur la télévision plasma accrochée au mur parce que j'avais besoin de voir les choses en grand.

J'ai entré les dates issues du dossier de Groves.

Chronologie provisoire

15 mars 2008 : David Groves sauve Laila Buckingham

14 juin 2010 : enlèvement de Jamie Groves

19 juin 2010 : signalement de la disparition de Rebecca Lawrence (le 14 ?)

8 septembre 2012 : découverte du corps de Jamie Groves

30 juillet 2013 : découverte du corps d'Edward Leland (domicile)

1er août 2013 : découverte du corps de Carl Thompson (arches)

2 août 2013 : découverte du corps de Laura Harrison (caserne) ; David Groves est vu pour la dernière fois

3 août 2013 : accident de Charlie Matheson

4 décembre 2013 : mort du tueur au masque de diable

28 juillet 2015 : réapparition de Charlie Matheson

1er août 2015 : meurtre de Gordon Peters ; enlèvement de Paul Carlisle

Il y avait visiblement une corrélation.

Reprends depuis le début.

Tout avait commencé sept ans plus tôt quand Groves avait sauvé Laila Buckingham, le 15 mars 2008. J'avais lu les reportages de l'époque : sa bagarre avec Simon Chadwick et son sauvetage de la fillette. Elle avait huit ans au moment de son kidnapping. Le fils de Groves, Jamie, n'avait pas encore un an. Je connaissais ce détail car le dossier comprenait une interview que Groves avait donnée peu de temps après. C'était peut-être Sean Robertson qui l'avait incluse. Le portrait d'un héros destiné à contredire les accusations et les autres éléments du dossier.

Mon fils n'a pas encore un an, déclarait Groves, *mais durant toutes les recherches j'ai essayé d'imaginer ce que je ressentirais s'il avait l'âge de Laila et qu'on me l'avait pris. Tout ce que je ferais pour le retrouver. Et ce qu'un enfant devait éprouver dans cette situation. J'ai prié pour elle et j'ai essayé de garder la foi.*

Un croyant, comme Sean Robertson l'avait décrit.

Ce qui ne lui avait pas tellement réussi en fin de compte. Groves pensait qu'en sauvant Laila Buckingham, il avait croisé la route d'un réseau de pédocriminels très organisés et qu'ils avaient ensuite visé son fils pour se venger. Jamie avait disparu le 14 juin 2010.

Son corps a été retrouvé le 8 septembre 2012 et après deux ans, il était bien trop détérioré pour que l'on puisse déduire la date ou la cause du décès. On supposait qu'il était mort peu de temps après son enlèvement. Puisque je ne pouvais pas trancher, j'ai décidé de ne pas faire de supposition et de me concentrer sur la date de l'enlèvement.

Premier rapprochement.

14 juin 2010 : enlèvement de Jamie Groves

19 juin 2010 : signalement de la disparition de Rebecca Lawrence (le 14 ?)

Les dates ne correspondaient pas précisément, mais le 19, c'était le jour où les Lawrence avaient appelé la police. Il était probable que la disparition de Rebecca ait en fait eu lieu le 14, quand l'argent avait été retiré de son compte, soit exactement le même jour.

Et ça ne pouvait pas être une coïncidence.

Je me suis frotté la mâchoire en essayant de comprendre ce que ça signifiait.

Comme Laura Harrison, Rebecca Lawrence avait été puéricultrice. Avait-elle pu, elle aussi, faire partie du réseau ? Mais si elle avait été impliquée dans l'enlèvement de Jamie Groves, alors il était évident que quelque chose d'autre s'était produit ce jour-là, puisque c'était à ce moment que Rebecca Lawrence avait disparu de la surface de la terre.

Avance rapide, trois ans plus tard.

30 juillet 2013 : découverte du corps d'Edward Leland (domicile)

1er août 2013 : découverte du corps de Carl Thompson (arches)

2 août 2013 : découverte du corps de Laura Harrison (caserne) ; David Groves est vu pour la dernière fois

C'étaient les trois meurtres pour lesquels Groves avait été condamné *in absentia*, le reste du réseau pédocriminel supposé. Le corps de Leland avait été retrouvé le 30 juillet dans les décombres d'une maison ravagée, à l'aube, par un incendie. Les autres assassinats avaient eu lieu au cours des jours suivants.

Bien sûr, si Charlie disait vrai, il y avait eu un autre membre dans le gang.

3 août 2013 : accident de Charlie Matheson

L'accident avait été mis en scène le lendemain de la disparition de Groves. Charlie était liée au réseau pédocriminel de deux manières : par son mari, Paul Carlisle, qui pour une raison ou une autre n'avait pas été visé en même temps que les autres, et par Rebecca Lawrence, qui était réapparue de façon dramatique pour tenir le rôle de Charlie dans la scène de l'accident.

Je ne comprenais pas tout ce que j'avais sous les yeux mais en considérant les différents éléments, il m'a paru évident que David Groves ne pouvait pas être responsable de la majorité des faits. Il aurait pu commettre trois meurtres en 2013, mais ça n'avait pas beaucoup de sens d'envisager qu'il ait enlevé Rebecca Lawrence le jour du kidnapping de son fils et qu'il ait ensuite réussi à la garder en captivité pendant trois ans. Sans oublier que *trois* hommes venaient d'enlever Paul Carlisle.

Il y avait donc deux membres du gang qu'il n'avait pas pu éliminer lui-même. Robertson était convaincu qu'on lui faisait porter le chapeau pour les trois autres meurtres et je commençais à penser qu'il avait raison. Quelqu'un – sûrement les geôliers de Charlie Matheson – les avait visés et avait mis en place ce coup monté aux dépens de David Groves.

Mais pourquoi ?

Compte tenu de ce que m'avait dit Charlie – Satan en enfer, Dieu au paradis, la secte –, ça me semblait plus ou moins logique qu'ils s'en prennent à un gang de meurtriers pédocriminels. Mais Groves était un homme bon. Un homme bien.

Et vous, Charlie ?

J'ai regardé l'écran.

28 juillet 2015 : réapparition de Charlie Matheson

Elle avait été renvoyée pour transmettre un message à Mercer. Mais ce fait m'intéressait moins que les dates elles-mêmes.

Pourquoi *maintenant* ?

J'ai de nouveau regardé l'écran. J'avais interrogé Charlie le 29, le lendemain du jour où elle avait été retrouvée. Deux ans après sa disparition ; pas exactement, mais à quelques jours près. Est-ce qu'il y avait un écho ici aussi ? Forcément, mais je ne voyais pas lequel. Et l'objectif final ? Ces gens étaient incroyablement organisés. Ils avaient tout planifié soigneusement.

Les paroles de Mercer me revenaient.

Il a mal travaillé avec Matheson, non ?

Ce qu'il avait suggéré au sujet du Dr Gordon Peters.

Le sédatif qu'il lui a administré était trop fort. Ça a peut-être perturbé leur opération. Pour des gens aussi organisés et précis, une erreur pareille pourrait être un péché.

Si Peters avait mieux maîtrisé ses dosages, alors Charlie aurait pensé à demander Mercer lors de notre première rencontre. En comptant le temps nécessaire pour raconter son histoire et prendre diverses dispositions, il serait venu la voir le 30 juillet, deux jours plus tôt. Ce qui aurait été l'anniversaire du meurtre d'Edward Leland. Mais Leland n'avait rien de spécial, si ?

Non, ai-je compris.

Ce n'était pas du tout l'anniversaire de la mort de Leland.

C'était l'anniversaire de Jamie Groves.

Il aurait eu huit ans le 30 juillet de cette année. J'ai repris le dossier sur mon bureau jusqu'à retrouver l'interview de Groves après le sauvetage de Laila Buckingham. Le portrait d'un héros. D'un homme bon.

J'ai relu la citation.

Mon fils n'a pas encore un an, mais durant toutes les recherches j'ai essayé d'imaginer ce que je ressentirais s'il avait l'âge de Laila et qu'on me l'avait pris.

Tout ce que je ferais pour le retrouver.

Mark

Le briefing

« Tu te rends compte de ce que tu demandes ? dit Pete. Tu prends bien la mesure de ce que tu suggères ?

– Oui.

– Et tu es sérieux ?

– Tout à fait. »

Nous étions cinq dans la salle d'opérations. J'étais au pied de l'écran plasma, qui diffusait encore les photos de Charlie Matheson avant et après son enlèvement. Greg et Simon étaient assis. Mercer restait avec nous pour le moment, principalement pour sa connaissance du dossier de l'homme au masque de diable, mais il semblait totalement m'ignorer. Il faisait le tour de la pièce en observant divers documents accrochés aux murs. Pete était debout. Il avait passé la dernière minute à me dévisager pendant que je lui parlais. Il s'est passé la main dans ses cheveux en bataille et a poussé un profond soupir.

« Mon Dieu. »

Je comprenais son malaise. Je venais de suggérer que l'on contacte Caroline Evans, l'ex-femme de David Groves, et qu'on lance les procédures pour ce qui devait être la pire invasion de l'intimité d'un parent endeuillé que l'on puisse imaginer. L'exhumation du corps de son fils assassiné.

Je me suis tourné vers Simon.

« Quels ont été les résultats de l'autopsie pratiquée sur Jamie Groves ? »

Simon est resté silencieux un moment, la situation semblait avoir eu raison de son flegme. Il a consulté les notes posées devant lui.

« La cause de sa mort était indéterminée. Son corps était squelettique.

– L'identification ?

– A été conduite par le père, David Groves. Le corps a été retrouvé dans les vêtements qu'il portait lors de sa disparition, à côté d'une peluche qui lui appartenait.

– Sauf que l'on sait que les gens que l'on recherche sont très doués pour ce genre de mise en scène. Échanger un corps contre un autre.

– Mark. » Pete a secoué la tête. « Il va me falloir plus que ça. »

Mercer continuait de faire le tour de la pièce en regardant les documents affichés. Je ne pensais pas qu'il me prêtait la moindre attention, quand j'ai entendu sa voix.

« Il a raison, Pete.

– À propos de quoi ?

– David Groves n'est pas mort, ai-je insisté. Et son fils non plus, à mon avis. »

Un silence de quelques secondes s'est installé.

« OK, a soupiré Pete. Reprends depuis le début. »

C'est ce que j'ai fait.

« Voilà ce que je pense, ai-je commencé en affichant la chronologie que j'avais établie. Selon moi, nous avons affaire aux agissements de deux groupes tout à fait distincts. »

Le premier était un réseau de ravisseurs pédocriminels. Les membres comprenaient Rebecca Lawrence, Edward Leland, Carl Thompson, Laura Harrison, Paul Carlisle et – au moins dans une certaine mesure – Simon Chadwick. Durant plusieurs années, le groupe avait enlevé et fait subir des abus sexuels à de nombreux enfants d'âges différents et en avait probablement tué certains. Nous n'avions pas identifié tous les enfants sur les photos que nous avions retrouvées.

« Notre deuxième groupe, ai-je poursuivi, est une sorte de secte. »

Nous ne savions pas combien de personnes étaient impliquées, mais ils étaient plusieurs, avec sans doute deux chefs, ceux que Charlie Matheson avait décrits comme Dieu et Satan. Ce qu'ils n'étaient pas réellement – ce n'étaient que des hommes. Mais le groupe avait enlevé des individus pour leur faire subir leur version personnelle de l'enfer. Des méchants qui ne s'étaient pas fait prendre et qui devaient porter leurs péchés sur le visage pour se repentir. Si on en croyait Charlie, il existait même un paradis. Dans leur esprit, ces gens créaient leur version de l'au-delà, sur Terre.

« Nous ne savons pas qui ils sont mais nous savons qu'ils ont de l'argent et de la patience et qu'ils sont actifs et organisés depuis longtemps. Il y a aussi des preuves qu'ils ont un lien avec le tueur au masque de diable – c'est peut-être de là qu'il venait. Nous savons qu'il était, lui aussi, hautement organisé et qu'il épiait et étudiait ses victimes sur de longues périodes de temps. Nous savons que ses motivations étaient religieuses, dans une certaine mesure, et qu'il était fortuné. Tout ça se recoupe. »

J'ai jeté un regard vers Mercer mais il me tournait le dos et ne semblait pas m'écouter. Il étudiait les informations sur le mur comme si c'étaient des hiéroglyphes qu'il pourrait déchiffrer à condition de les regarder assez longtemps.

Pete observait ma chronologie.

« Et la connexion ?

– À un moment donné, le deuxième groupe, cette secte, a eu connaissance de l'existence du premier.

– Quand ? Comment ?

– Je ne sais pas. Je dirais au moment de l'enlèvement de Laila Buckingham. Je pense que c'est à ce moment-là que David Groves est apparu sur leurs radars. Mais nous savons qu'ils ont de l'argent, des ressources, de la détermination. Ils recherchent des pécheurs activement. Peut-être qu'ils ont commencé à faire des liens que nous n'avons pas vus ou qu'ils ont suivi des pistes qui ne nous étaient pas accessibles, grâce à une surveillance qui ne nous est pas autorisée. Ils ont assemblé le puzzle.

– Et puis ?

– Et puis le premier groupe s'en est pris à Jamie Groves. »

Je ne pouvais pas en être certain, mais je pensais que c'était Rebecca Lawrence qui avait enlevé Jamie à la crèche, et que c'est à ce moment-là que le deuxième groupe est intervenu. Lawrence avait ensuite été détenue jusqu'à l'accident de voiture, où sa ressemblance avec Charlie Matheson s'était révélée utile.

« Qu'est-ce qui te fait dire que Jamie Groves est toujours en vie ?

– Encore une fois, je n'en suis pas certain. Je vois deux options. Lawrence a pu le tuer elle-même, mais je doute qu'elle ait pu agir seule et c'est le seul membre du gang à avoir disparu ce jour-là. Je pense qu'il est plus probable que notre deuxième groupe ait repris Jamie après avoir décidé qu'ils avaient besoin de lui. C'était peut-être une improvisation sur le moment. Mais je pense que David Groves est maintenant la clé de tout ça. »

Pete a froncé les sourcils.

« Alors ils ont attendu trois ans pour s'occuper des autres ?

– Cinq ans au total, si on compte Paul Carlisle.

– D'accord. Et pourquoi ? »

C'était une bonne question, et pour le moment je n'avais qu'une réponse incomplète. J'ai regardé la chronologie à l'écran.

« Nous savons qu'ils ont fait porter le chapeau à David Groves. Et je pense qu'ils l'ont enlevé aussi. Ça a dû prendre du temps d'organiser ça. Mais les dates elles-mêmes sont sans doute cruciales. »

Mon fils n'a pas encore un an, avait déclaré Groves, *mais durant toutes les recherches j'ai essayé d'imaginer ce que je ressentirais s'il avait l'âge de Laila et qu'on me l'avait pris. Tout ce que je ferais pour le retrouver.*

« Laila avait huit ans quand elle a été enlevée. Jamie Groves aurait eu huit ans il y a deux jours. Je pense que quelque chose était censé se produire à ce moment-là – que Charlie devait mettre les choses en branle –, mais que ça a été retardé. Et je crois que c'est un test pour David Groves.

– Un test ? »

J'ai secoué la tête.

« Nous savons qu'ils sont obsédés par le paradis et l'enfer, le bien et le mal et Groves a été dépeint dans la presse comme un homme bon. Un croyant. Un héros. Il a dit qu'il ferait n'importe quoi pour récupérer son fils. Je pense qu'ils veulent vérifier si c'est vrai.

– Lui faire prouver son amour », a ajouté Mercer.

Je n'ai pas répondu. Car, si tel était le cas, nous avions un autre parallèle avec l'homme au masque de diable.

Pete regardait son ancien boss.

« Mais pourquoi demander John ? a-t-il soufflé. Quel est le but ?

– Ce n'est peut-être pas aussi compliqué qu'il y paraît, ai-je répondu. Si c'était de là que venait l'homme au masque de diable – si c'était sa famille, mettons –, alors ils ont forcément une dent contre John. Peut-être qu'ils voulaient juste qu'il sache pour David Groves. Qu'il n'était pas mort. Qu'il avait été condamné à tort. Que John s'était trompé et qu'un innocent – un homme bon – avait souffert pendant tout ce temps. »

J'ai regardé Mercer.

« Peut-être qu'ils voulaient simplement narguer John avec tout ça. »

Mercer me tournait toujours le dos mais je voyais bien qu'il réfléchissait à cette hypothèse et qu'elle le faisait souffrir. Il avait la tête légèrement inclinée.

« Oui », a-t-il acquiescé.

L'espace d'un instant, personne n'a rien dit. Tout le monde regardait Mercer, qui contemplait le mur face à lui ou voyait à travers. Au bout de quelques secondes, Pete s'est tourné vers moi.

« Mais nous ne savons toujours pas où se trouve cet endroit, si ?

– Non.

– Alors si David Groves est toujours vivant, et si son fils est aussi en vie, nous n'avons aucun moyen de les retrouver ? »

J'ai hoché la tête.

« Notre meilleure chance c'est sûrement de suivre Charlie. Elle est convaincue qu'elle sera ramenée là-bas – au paradis cette fois, pour retrouver sa fille –, il faudra donc qu'ils la récupèrent tôt ou tard. Mais nous ne savons pas quand ils le feront, ni s'ils le feront.

– Et nous savons comme ils ont été prudents », a ajouté Simon.

Ce qui était ennuyeux, mais juste. Dans l'état actuel des choses, nous n'avions aucun moyen de remonter jusqu'à eux et aux personnes qu'ils détenaient. Nous n'y parviendrions peut-être jamais. Et nous ne saurions jamais si mes hypothèses étaient justes ou totalement à côté de la plaque.

Mercer a brisé le silence.

« Qu'est-ce que c'est ? a-t-il demandé doucement.

– Quoi donc ? »

Je me suis approché de lui et j'ai vu qu'il désignait l'une des pages accrochées au mur.

« Oh, ce n'est rien. C'est une liste d'hôpitaux dans la zone de recherche. Je voulais m'assurer que Charlie ne s'était pas échappée de l'un d'eux.

– Oui, mais pourquoi sont-ils barrés ?

– Ce sont ceux que nous avons contactés pour vérification.

– Mais ils ne le sont pas tous. Regarde. »

Il m'a montré les noms les uns après les autres. Il y en avait quatre au total. Au lieu de les barrer, l'officier avait gribouillé quelque chose à côté.

« *Inac* ? s'est interrogé Mercer.

– Je ne suis pas sûr. » J'ai secoué la tête. « Inactif, peut-être, c'est sûrement des établissements qui ont fermé. Je ne sais pas d'où vient la liste. Pourquoi ?

– Hôpital de Cane Hill. »

Mercer a tapoté le nom avec sa phalange et s'est approché d'un des bureaux, me laissant relire la ligne seul. *Hôpital de Cane Hill. Inac.* Le nom ne me disait absolument rien. J'ai regardé Pete, qui a secoué la tête. Lui non plus.

Mercer était penché sur le dossier qu'il avait apporté avec lui.

« Qu'est-ce que vous cherchez, John ? ai-je demandé.

– L'une des identités de l'homme au masque de diable. Une seconde. La voilà. » Il a sorti un ou deux documents qu'il a parcourus. « Une location de voiture. Il a donné le nom de Nicholas Cane.

– C'est léger, John, a remarqué Pete.

– Je sais. » Mercer est revenu à côté de moi et a lancé, comme en passant, par-dessus son épaule : « Greg, tu peux accéder au dossier de Gordon Peters, le médecin qui a été retrouvé mort ce matin ? »

Greg a hésité.

« Bien sûr. Mais je me souviens de la liste : Peters n'a jamais travaillé dans un établissement qui portait ce nom.

– Ce n'est pas ce que je te demande. Recherche son dossier médical à lui.

– Son…

– Son dossier médical, Greg. » Mercer s'impatientait, il regardait la liste sur le mur. « Gordon Peters. Tu peux le faire, oui ou non ? »

Greg a regardé Pete, qui l'a considéré sans rien dire avant de lui adresser un signe de tête imperceptible. Greg a levé les sourcils.

« Je peux essayer. »

Je suis allé à un autre bureau pour taper *hôpital de Cane Hill* dans un moteur de recherche. Pendant que les pages chargeaient, j'ai levé la tête. Mercer regardait encore la liste des hôpitaux, la tête légèrement inclinée, comme s'il percevait des motifs que personne d'autre ne pouvait deviner.

« Je l'ai, a lancé Greg.

– Il a été soigné à Cane Hill, n'est-ce pas ? »

Greg ne répondait pas.

Je les ai regardés tous les trois – Greg, Pete et Mercer –, puis je suis revenu à ma tablette. La page avait fini de charger et proposait un lien pour *hôpital psychiatrique de Cane Hill*. J'ai cliqué dessus et j'ai lu les informations qui s'affichaient.

Quand j'ai relevé la tête, personne n'avait repris la parole. Ils étaient tous dans la même position. Mon cœur battait à toute vitesse. Il y avait de la magie dans l'air, elle irradiait à l'intérieur de ma poitrine.

Je gardais les yeux sur Mercer mais il était totalement immobile. Je ne pense pas qu'il ait entendu ce que j'ai dit ensuite.

« Je crois qu'on a trouvé. »

Eileen

Les fins heureuses n'existent pas

La panique d'Eileen s'apaisa un peu quand elle entendit la porte s'ouvrir doucement. Elle résista à son envie de se lever du canapé pour se précipiter dans l'entrée. À la place, elle but une gorgée du verre de vin qu'elle s'était servi et attendit, certaine que John viendrait la voir au lieu de disparaître au grenier comme il le faisait si souvent.

Elle l'entendit fermer la porte et mettre la chaîne de sécurité puis enlever silencieusement ses chaussures. Des gestes lents. Elle but son vin. Quelques instants plus tard, la porte du salon s'ouvrit et il entra.

Eileen voulait tempêter contre lui – elle était furieuse après tout –, mais elle ne put s'empêcher de le regarder avec inquiétude, recherchant des signes montrant que ça s'était mal passé, qu'il était au bord de l'effondrement. Bien évidemment, ça ne fonctionnait pas ainsi : n'importe quel dommage subi serait un poison lent et n'émergerait que dans les jours et les semaines suivantes. Néanmoins, elle était soulagée qu'il ait l'air égal à lui-même, ou du moins conforme à ce qu'il avait été ces derniers temps. Son expression était vide, illisible et quand il traversa la pièce pour venir se poster devant elle, sa démarche lui sembla hésitante, mais guère plus qu'avant.

Dieu soit loué.

Elle prit une autre gorgée de vin et reposa son verre.

« Alors ?

– Tu sais où j'étais.

– J'ai une assez bonne idée, oui. » Son cœur battait un peu trop vite mais elle était contente de la quantité de dédain qu'elle arrivait à mettre dans sa voix. « J'espère que ça en valait la peine. »

Il hocha lentement la tête, enfonça les mains dans ses poches et fixa le sol. Dans la pénombre du salon, il lui parut misérable et terne, piteux et soumis. Mais il lui rappelait aussi celui qu'il avait été. Elle l'avait souvent vu ainsi, quand il allait bien, à regarder dans le vide, debout, perdu dans ses pensées, son esprit retournant un problème d'une façon que les autres avaient du mal à suivre, le considérant sous des angles qu'ils ne pouvaient pas même imaginer.

« Bon, d'accord. » Elle reprit son verre. « Raconte-moi. »

Et c'est ce qu'il fit, toujours debout, sans la regarder. Il lui parla de ce que Charlie Matheson avait dit, de ce qu'ils avaient retrouvé chez Paul Carlisle, de la façon dont ça reliait l'homme au masque de diable à l'enquête.

« Pourquoi t'ont-ils demandé ? »

Il haussa les épaules et pour la première fois, son expression changea. Il avait l'air défait. Épuisé.

« Ça n'a pas d'importance, dit-il. C'est une coïncidence que soit moi qui ai été en charge de l'affaire Groves. Il se passe quelque chose de plus grand mais avoir fait sortir Charlie Matheson, fait en sorte qu'elle demande à me parler... Je pense que ce n'était qu'un petit plus. Une façon de se venger de moi pour l'homme au masque de diable. Ils voulaient que je sache que je l'avais trahi. David Groves. Que je m'étais trompé sur toute la ligne. » La tristesse sur son visage s'intensifia. « Mais c'est tout, je crois. Dans le projet global, ça n'a jamais vraiment eu d'importance. »

Ce n'est pas vrai, songea-t-elle.

« Il y a eu des avancées ?

– Je pense, oui. Je pense qu'ils ont trouvé l'endroit qu'ils cherchaient.

– C'est une bonne nouvelle. Ça veut dire que tu peux terminer ton livre et qu'il aura une fin heureuse, après tout. »

Il ne répondit pas mais elle vit qu'elle l'avait blessé. C'était atroce, non ? Mesquin. Et ses mots lui avaient paru ridicules au moment même où elle les avait prononcés, car quelle fin heureuse pourrait-il jamais y avoir ? Il n'y en aurait pas pour David Groves ou quiconque dans cette affaire. Pas pour John non plus. Les fins heureuses n'existent pas. Les choses s'arrêtaient ou alors elles étaient abandonnées et reléguées au passé et la vie continuait. Quand cette affaire serait classée, les dommages causés se poursuivraient. Et même si John mettait un point final à son livre avant de le refermer, ça ne ferait pas tout disparaître.

« Quand est-ce que ça se terminera ?

– Je ne sais pas. Bientôt.

– Et tu n'as pas eu envie de suivre ?

– J'ai préféré éviter.

– Ah oui ?

– Je ne pouvais pas les aider. Tu avais raison. Je ne leur servais à rien. Ils n'avaient pas besoin de moi. Et j'ai décidé de rentrer te retrouver. »

Eileen le dévisageait.

« Vraiment ?

– Oui. » Il la regarda enfin. « Je suis désolé. Je pensais que tu le méritais. »

Elle continuait de le fixer. La tristesse n'avait pas disparu de son visage et elle savait parfaitement qu'il lui mentait – au moins en partie. Il avait voulu les suivre et ils avaient décidé, comme on pouvait s'y attendre et de façon parfaitement compréhensible, de lui dire non. Et il essayait maintenant de sauver les apparences.

Oh John, pensa-t-elle.

L'espace d'un instant, elle ne sut quoi lui dire.

Et puis…

« Viens avec moi, dit-elle. Viens t'asseoir un peu. »

Elle lui tendit la main. Il la regarda. Au bout d'un moment, il la saisit et vint s'asseoir à côté d'elle.

Cane Hill

Nous avons quitté le commissariat en convoi.

Pete conduisait la voiture de tête, j'étais dans le siège passager et Greg travaillait sur son ordinateur à l'arrière. En regardant dans le rétroviseur latéral, j'ai vu les trois fourgons qui nous suivaient. Dix-huit agents dans notre sillage.

Dans des circonstances normales, j'aurais été satisfait de leur présence. Même si nous n'avions aucune idée précise de ce que nous trouverions à Cane Hill, je sentais que ce serait moche et j'aurais dû être content d'avoir autant de renfort sur place. Pourtant, j'étais mal à l'aise. L'équipe d'intervention avait été convoquée, ce qui signifiait que Sasha était dans l'un de ces fourgons. Elle mettait le cap vers l'inconnu avec nous.

Occupe-toi de toi, Mark. Elle sait ce qu'elle fait.

Ce qui était vrai, mais pour une raison ou une autre, ça ne m'aidait pas. Alors que nous approchions des faubourgs de la ville, je n'arrivais pas à me défaire de l'impression qu'il allait se passer quelque chose de grave.

Dehors, le jour avait décliné. Il faisait encore une chaleur étouffante mais l'atmosphère était maintenant électrique et le ciel était rempli de nuages noirs bouillonnants. Au sol, toutes les couleurs semblaient ternes, comme si la nuit était déjà tombée.

« Vingt minutes », a annoncé Pete.

Concentre-toi, Mark.

J'ai reporté mon attention sur la tablette posée sur mes genoux.

L'hôpital de Cane Hill. Quand j'avais parcouru l'histoire du lieu au bureau, il m'avait semblé évident que c'était bien l'endroit que nous cherchions. Je relisais maintenant la page.

L'hôpital se trouvait à une quinzaine de kilomètres à l'est de la ville, niché dans les bois qui s'étendaient de ce côté-là. Le bâtiment principal datait des années 1880 et avait été érigé sur un terrain appartenant à un certain William Cane. Cane venait d'une famille qui avait fait fortune dans le rail. Il avait financé lui-même la construction d'un hôpital psychiatrique. Géré par une organisation caritative, ça n'était pas une grosse institution et il n'avait jamais accueilli plus de cinquante patients.

La propriété a été léguée à son petit-fils, George, en 1941. George Cane a réaménagé le dernier étage du bâtiment principal et s'y est installé avec son épouse, Melissa. Leurs jumeaux, Joseph et Jonathan, sont nés en 1953. Après la guerre, on a continué d'utiliser les étages inférieurs pour des soins psychiatriques, notamment destinés aux soldats traumatisés, mais au fil des décennies suivantes, l'activité hospitalière a diminué. La famille est restée.

Les jumeaux ont reçu une éducation à la maison, assurée par Melissa, une femme intensément croyante qui faisait apparemment des sermons dans la chapelle de l'hôpital. Il semblerait que sa santé mentale se soit dégradée au fil des années et que ses sermons soient devenus confus puis incompréhensibles. À la suite d'un épisode inconnu survenu en 1961, elle a été reléguée au dernier étage de l'hôpital, où ses fils s'occupaient d'elle.

George Cane est mort en 1969, quand les jumeaux avaient seize ans, et l'hôpital a fermé ses portes deux ans plus tard. Gordon Peters, alors adolescent lui aussi, avait dû être l'un des derniers patients. Le lieu semble avoir disparu de la mémoire collective. Il était assez petit et spécialisé et suffisamment éloigné de la ville pour que beaucoup aient oublié son existence, avant même sa fermeture.

J'ai revérifié les informations. Il n'y avait aucune mention d'un Nicholas Cane. La date de la mort de Melissa Cane n'apparaissait pas non plus.

Je m'interrogeais sur cet « épisode inconnu ». En lisant entre les lignes, on pensait à un effondrement psychique ou une tentative de suicide menant à son internement. Joseph et Jonathan avaient huit ans quand ils ont commencé à s'occuper d'elle et je me demandais quelles leçons ils avaient pu recevoir au chevet de leur mère devenue folle. Il n'y avait aucune information sur ce qui s'était passé ensuite. On laissait entendre que l'hôpital de Cane Hill était vide depuis sa fermeture mais on ne disait rien sur les jumeaux ou ce qu'ils étaient devenus. Ils devaient avoir la soixantaine désormais, du moins s'ils étaient encore en vie.

Il était même possible qu'ils s'y trouvent encore, qu'ils n'aient jamais quitté Cane Hill. Et qu'ils n'y soient pas seuls. Que, pour une raison que je n'arrivais pas encore à saisir totalement, David Groves soit avec eux.

Merritt regarda David Groves, debout dans un coin de sa petite cellule. Il dormait apparemment. Ça l'étonnait toujours, ce à quoi les gens pouvaient s'habituer, même s'ils n'avaient pas le choix. Quand il était soldat, il avait enduré des choses terribles lui aussi, mais c'était il y a si longtemps que c'était difficile de s'en souvenir; depuis quelques années, il vivait dans un confort relatif en qualité de responsable de la sécurité, des recherches et de l'administration de Cane Hill. Et bien sûr, même quand la situation était dure, il se souvenait qu'il avait choisi de devenir militaire. L'inconfort ou les douleurs qu'il avait ressentis à l'époque, il les avait mérités, dans une certaine mesure. En tout cas, il avait signé pour.

Ce n'était pas le cas de David Groves.

Merritt était impliqué dans tout ce qui était arrivé à Groves et tout ce qui était advenu aux personnes liées à lui. Il avait été complice de la destruction de sa vie, le piégeant avant de l'enlever pour l'enfermer ici deux ans plus tôt. Et comme pour les autres hommes et femmes qu'il avait enlevés, il savait précisément ce que Groves avait fait pour mériter ça.

Rien.

Il était simplement un homme bon.

Il savait aussi ce qui attendait Groves dans les prochaines heures. *Dieu vous aide*, pensa-t-il, bien qu'il ne fût pas croyant, et une fois encore, il ressentit un étrange élan de pitié.

La culpabilité lui restait, quant à elle, étrangère.

Merritt avait passé la dernière demi-heure à vider l'enfer : passant méthodiquement d'une cellule à l'autre, il avait traîné les occupants dans le couloir puis dehors. Ils avaient hurlé et couiné comme des animaux mais c'était fini et les lieux étaient maintenant silencieux.

Avec un dernier regard sur David Groves, toujours endormi, Merritt se retourna et emprunta les couloirs, passant devant les cellules ouvertes, pour se diriger vers la lumière du jour. À l'exception de ce dernier prisonnier, l'enfer était maintenant vide.

La pluie le frappa quand il sortit de l'église. En bas de la colline, il vit une poignée de pécheurs, nus et enchaînés à des arbres. L'air, la pluie et les derniers rayons de lumière blafarde avaient dû leur faire un choc. Encore quelques heures de souffrance. Rien de nouveau en soi. Il passa devant eux en ignorant leurs cris.

Il rejoignit l'homme au centre de la clairière, le dernier arrivé à Cane Hill. Paul Carlisle était nu, menotté, enchaîné à un poteau planté dans la terre. Il était à genoux dans la boue, tête baissée. Merritt voyait qu'il grelottait et l'entendait murmurer.

« Pitié, disait-il. Pitié. »

Merritt l'ignora. Il savait ce que Paul Carlisle avait fait, avec son groupe de copains, et il doutait qu'implorer la pitié ait jamais aidé leurs victimes. Merritt avait tué tous les autres lui-même et son seul regret était qu'il n'aurait pas forcément à s'occuper de Carlisle.

Il aperçut Cane à l'arrière de l'hôpital, un vieil homme en costume noir, et alla vers lui. Cane regardait la clairière et ne sembla pas remarquer Merritt jusqu'à ce qu'il arrive à sa hauteur.

« Monsieur.

– Monsieur Merritt. » Cane secoua la tête. « Sommes-nous prêts ?

– Oui, monsieur.

– Bien. Vous savez quoi faire.

– Oui, monsieur. »

Il voulut ajouter quelque chose – il savait ce que tout cela signifiait pour le vieil homme, qu'il entendait régler une bonne fois pour toute le conflit d'une vie avec son *frère* –, mais il ne trouvait pas les mots. Alors il alla au patio rejoindre le garçon qui tenait le petit enfant dans ses bras. Jamie Groves et Ella Matheson. Il fallait seulement éloigner Jamie – pour le moment –, mais Merritt savait qu'il ne voudrait pas laisser le bambin. C'était lui qui s'en occupait depuis que la mère de l'enfant était partie. Merritt posa la main sur le bras du garçon.

« Que fait notre Père ? demanda Jamie. Qui est cet homme ? »

Merritt s'efforça de sourire.

« Suis-moi, s'il te plaît », dit-il.

Dix minutes.

« Mark, a dit Greg, je t'envoie une carte. »

La notification a clignoté sur l'écran de ma tablette.

« Bien reçu. »

Quand je l'ai ouverte, j'ai découvert une carte satellite de la zone vers laquelle nous nous dirigions. La route était évidente, je voyais ses virages au bas de l'écran, puis une allée étroite serpentait sur environ un kilomètre dans les bois jusqu'aux bâtiments. Les vestiges de l'hôpital évoquaient un avant-poste abandonné. Le parc était plus ou moins circulaire, le bâtiment principal s'étirait horizontalement au milieu du cercle, ses extrémités se perdant dans la végétation. Un deuxième bâtiment, plus petit, semblait enfoncé un peu plus loin à l'orée du bois. Le sol tout autour de celui-ci avait une teinte étrange.

« Le petit bâtiment là, tu penses que c'est quoi ? ai-je demandé.

– J'en sais rien, a dit Greg. Mais c'est surélevé, ça doit être sur une butte. »

La chapelle, ai-je pensé, là où Melissa Cane avait donné ses sermons. De ce que je voyais à l'écran, elle semblait plus ancienne que le bâtiment principal. Même si c'était impossible de voir le détail, j'avais l'impression que c'était une bâtisse d'une autre époque.

J'ai refermé la carte pour chercher des informations en ligne en rentrant les mots *Cane Hill, hôpital* et *église.* Il était difficile de taper à cause des cahots de la voiture mais quelques instants plus tard, j'ai été récompensé par une pleine page de résultats. La plupart n'avaient rien à voir mais l'un des premiers était pertinent.

« Attendez, j'ai trouvé quelque chose sur un site d'exploration urbaine.

– De quoi ? a demandé Pete.

– D'exploration urbaine, a dit Greg. Des gens qui se retrouvent pour arpenter des bâtiments abandonnés. Des immeubles, des dépôts ferroviaires, des hôpitaux, ce genre de choses.

– Pourquoi ils vont faire ça ?

– Ils explorent. Ils prennent des photos.

– Ça ressemble au genre de passe-temps inutile qui te plairait, ça. »

J'ai arrêté d'écouter leur conversation le temps que la page se charge et j'ai commencé à lire. C'était un bref fil de discussion sur un forum vieux de plusieurs années. Les premiers messages laissaient entendre que Cane Hill était une cible méconnue mais désirable, cependant les quelques expéditions entreprises jusqu'alors n'avaient pas donné grand-chose.

« C'est sécurisé, ai-je dit. Les groupes qui ont essayé d'y entrer sont tombés sur un portail et une sorte de grillage qui s'enfonce de chaque côté dans le bois.

– Ça fait tout le tour ? a demandé Pete.

– Ils ne le précisent pas. On dirait qu'ils ont essayé de s'enfoncer un peu dans les arbres mais que le terrain est ensuite devenu impraticable. »

J'ai poursuivi ma lecture.

« Un autre groupe a essayé d'entrer par les bois mais ils sont aussi tombés sur un grillage. Ils ont pris quelques photos. »

Les clichés étaient nets mais il n'y avait pas grand-chose à voir. Le grillage lui-même sautait aux yeux : des croisillons métalliques étirés entre les arbres et surmontés de rouleaux de barbelés. Sur une photo, on voyait un homme souriant en sweat à capuche et lunettes de soleil qui se tenait au pied du grillage, pour donner une idée de l'échelle. Ça devait bien faire trois mètres de haut. *Je me suis pas trop approché,* écrivait-il.

« Ils ont supposé que c'était électrifié.

– Pourquoi un hôpital désaffecté aurait besoin d'une telle protection ?

– Tu as tout compris. »

Il y avait une autre photo, lointaine, du portail. Un sentier de terre y menait mais le portail lui-même semblait bien plus sophistiqué. Il y avait deux étais d'acier de chaque côté et une plaque de métal qui les reliait. On voyait une sorte de clavier sur un côté. Une deuxième photo montrait un détecteur dans un buisson, surmonté d'un haut-parleur.

« Ils ont tous laissé tomber il y a un moment, ai-je remarqué en jetant un œil aux derniers messages du forum. Ils ont l'air de penser que les lieux ne sont en fait pas abandonnés mais personne n'a la moindre idée de ce qui s'y passe. »

Peut-être que les jumeaux Cane y sont toujours ? avait écrit quelqu'un. *Ils montent la garde près du cadavre de maman.*

La dernière réponse sur le fil disait : *J'espère pas. Rien que d'imaginer ces deux pauvres types passer toute leur vie seuls dans les bois comme ça, c'est trop flippant.*

« Eh bien, a dit Pete, on ne va pas tarder à le découvrir. »

Nous avions laissé la ville derrière nous. Les champs s'étendaient sur la droite, parsemés de meules de foin. Le bois se dressait toujours sur notre gauche. Il était impossible de voir à plus de quelques mètres entre les arbres.

Je regardais devant moi, vers le ciel qui s'obscurcissait, quand les premières grosses gouttes ont commencé à tomber. Elles se sont abattues sur le pare-brise. Quelques secondes plus tard, l'orage nous avait engloutis. Pete a mis les essuie-glaces pour écarter les trombes d'eau, alors que la route semblait soudain grésiller comme si elle était parcourue d'électricité.

J'ai regardé dans le rétroviseur latéral. Derrière nous, les autres véhicules avaient allumé leurs phares.

« Cinq minutes », a annoncé Pete.

Ce fut peut-être à cause de l'extrait du journal que Groves rêva des trois victimes qu'il était censé avoir tuées.

Edward Leland.

Carl Thompson.

Laura Harrison.

Ces rêves étaient plus vifs que ce à quoi il était habitué : une explosion de couleurs criardes derrière les ténèbres de ses paupières fermées. Il se souvenait des corps tels qu'il les avait trouvés : torturés, brûlés et taillés en morceaux, et tandis qu'il reprenait lentement conscience, son esprit alla plus loin et imagina que c'était lui qui leur avait infligé tout ça. Il se vit tailladant le visage de Leland, enfonçant celui de Thompson dans le feu de camp, égorgeant Harrison tandis qu'elle le regardait, les yeux écarquillés. Et pourquoi pas, après tout ? Pour tout ce qu'être bon et droit lui avait apporté, il aurait aussi bien pu buter ces enfoirés. Dieu l'avait abandonné de toute façon.

En se réveillant, il garda les yeux fermés et retourna les images dans son esprit. Elles lui apportèrent une satisfaction sauvage et malsaine. Car ça avait été leur faute, non ? Sans eux, et tous les actes atroces qu'ils avaient commis, tout aurait été différent. Il n'aurait jamais été condamné à l'enfer. Remontant le temps, il s'imagina encore en vie, sa carrière intacte, son merveilleux fils devenu grand… peut-être même son mariage avec Caroline sauvé, transformé en un compromis qui leur convenait à tous les deux.

Il pensait maintenant à Caroline. Depuis sa mort, il l'avait toujours imaginée dans la robe à pois bleue et blanche qu'elle portait longtemps avant la naissance de Jamie, quand ils étaient tous deux si jeunes et que le monde leur semblait rempli d'amour et d'espoir. Quand la neige était tombée au cœur de l'été et qu'ils avaient eu le sentiment que Dieu leur montrait à tous deux un merveilleux secret.

Il entendit alors un léger déclic de l'autre côté de la pièce, un bruit bien réel cette fois-ci. Il ouvrit les yeux et regarda la porte en métal de sa cellule. Elle était légèrement entrouverte, de deux ou trois centimètres peut-être. Comme si quelqu'un avait appuyé sur un bouton pour désactiver un verrou électronique et que le poids de la porte avait fait le reste.

Groves s'écarta du mur et fit un pas. Personne n'entra. La porte restait telle quelle, entrouverte. Était-ce un piège ? Une tentation ? Il s'imagina avancer la main pour la pousser un peu plus et qu'elle claque violemment sur ses doigts. Il regarda dans la direction de la télévision, comme s'il espérait recevoir une consigne, mais elle restait éteinte.

Il tendit lentement les doigts, tremblant, jusqu'à ce que sa paume touche le métal froid. Rien ne se passa. Il poussa de tout son poids et la porte s'ouvrit lentement dans un crissement métallique.

Pour la première fois depuis deux ans, son cœur tambourinant dans sa poitrine, David Groves sortit de sa cellule.

Enfer

La pluie tombait encore plus drue quand nous avons atteint l'entrée de Cane Hill.

Au moment où nous avons tourné, j'ai entendu un grondement dans le ciel au-dessus de nous. On se serait cru au bord d'une explosion, comme une vague qui va se fracasser sur le rivage, mais finalement le bruit s'est éloigné. Les arbres sur la gauche étaient battus par le déluge et un ruisseau coulait à la lisière du bois, le sol détrempé commençant déjà à céder, emporté par la force du courant.

L'allée qui menait au domaine était étroite et touffue : peut-être assez large pour y faire passer un camion mais négligée et envahie par les feuillages. Le sol était creusé et boueux, des ornières témoignant du passage d'un nombre incalculable de véhicules. Il se passait encore *quelque chose* par ici. Mais s'il y avait eu un jour un panneau indiquant le chemin de l'hôpital, il avait maintenant disparu, et tout ce qui restait était un rectangle de plastique blanc avec les mots « PROPRIÉTÉ PRIVÉE » – et encore, il semblait lui aussi avoir été posé il y a bien longtemps. Il était fixé à un tronc d'arbre avec du fil de fer rouillé, légèrement de travers, comme s'il était tombé et avait été replacé à la hâte.

Entre le rideau de pluie et l'obscurité qui régnait sous les arbres, il était difficile de voir ce qu'il y avait plus loin sur le chemin.

« OK. » Pete a saisi l'émetteur radio et a repris, plus fort. « OK, tout le monde. Caméras et GPS allumés. Killingbeck ? »

Une voix s'est fait entendre sur la radio. « Je vous reçois.

– Je veux que votre équipe passe devant.

– Compris.

– Nous allons sûrement tomber sur une grille en métal, peut-être électrifiée, un peu plus loin.

– Pas de problème.

– On passera derrière vous. Les deux autres fourgons nous suivront. »

Les capitaines ont acquiescé.

« OK, a dit Pete, allons voir s'il y a quelqu'un à la maison. »

Il a reculé, et quelques secondes plus tard, le fourgon de Killingbeck nous a contournés avant de revenir sur le chemin. Je savais que Sasha était à bord – qu'elle faisait partie de l'escouade qui entrerait en premier – et j'ai essayé de me débarrasser du sentiment qu'elle courait un danger. C'était idiot et irrationnel : ils étaient bien plus qualifiés que nous pour surmonter les éventuels obstacles mis sur notre chemin. Mais je sentais la panique grandir dans ma poitrine et je m'efforçais de l'étouffer.

Tout va bien se passer, Mark.

Bien sûr.

Pete a démarré quelques instants après. J'ai entendu les pneus patiner dans la boue, le bruit de succion nous suivant tout le long de la montée. L'obscurité a redoublé immédiatement sous les feuillages épais. Les branches griffaient les flancs de la voiture qui cahotait. Un peu plus loin, je voyais les phares rouges du fourgon de Sasha. *Tout va bien se passer.*

J'ai voulu regarder dans le sous-bois mais je n'y voyais rien. La végétation montait jusqu'à la taille et il aurait été impossible de le traverser à pied. La forêt était bien plus sauvage qu'aux environs de la ville, on n'y percevait pas la moindre intervention humaine.

« L'endroit parfait pour une embuscade, a remarqué Greg.

– Tu regardes trop de films, a rétorqué Pete.

– Je disais ça comme ça. »

Il avait raison. Nous n'avions aucune idée de l'endroit où nous allions et nous savions seulement à quel point ces gens étaient organisés. C'était peut-être pour ça que je regardais sur les côtés, m'attendant à ce qu'on nous attaque des arbres, même si j'étais bien plus inquiet de ce qui pouvait se passer devant nous. Malgré tous les renforts, j'étais nerveux, comme si le nombre ne pouvait compenser notre impréparation.

« On a la moindre idée d'où se trouve le portail ? » a demandé Greg.

J'ai secoué la tête.

« Assez loin des bâtiments pour qu'on ne puisse pas le voir de l'entrée, mais il ne doit pas être trop éloigné non plus. Ça ferait une grosse zone à grillager autrement.

– Il y a un virage qui arrive, ça pourrait être ça. »

J'ai regardé la tablette, il avait raison. Le chemin tournait à droite au deux tiers de la côte. Moins d'une minute plus tard, Pete stoppait la voiture. Le fourgon était à l'arrêt.

Pete et moi sommes sortis et j'ai été frappé par la violence de l'orage. J'ai relevé ma capuche mais ça ne servait à rien. J'ai essayé de ne pas glisser dans la boue pendant que les gouttes me tapotaient comme des doigts.

J'ai reconnu ce que j'avais vu sur le forum : les étais de part et d'autre du chemin, la plaque métallique, le grillage qui s'enfonçait dans le bois. Sur la droite, j'ai vu l'Interphone monté sur un petit poteau. Deux membres de l'équipe de Killingbeck étaient déjà agenouillés devant, la pluie frappant leurs casques, une boîte à outils posée à côté d'eux. Trois autres agents attendaient devant le portail. Je ne pouvais voir lequel était Sasha. Ils se concentraient sur leur tâche.

Et tu devrais en faire autant.

Killingbeck a relevé sa visière. La pluie giclait dessus.

« Deux minutes. » Il a pivoté pour vérifier. « Deux minutes ?

– Oui, chef », a lancé l'un des agents agenouillé devant l'Interphone. L'autre avait ouvert un petit parapluie au-dessus de l'appareil et l'essuyait avec un chiffon, travaillant avec adresse malgré ses gants épais.

L'instant d'après, des étincelles ont commencé à jaillir dans les airs, se dispersant comme des graines de pissenlit.

Le couloir dans lequel déboucha Groves était si étroit que la porte ouverte sur sa droite l'obstruait presque totalement. Il la referma pour pouvoir regarder dans les deux directions. Les murs de pierre étaient recouverts de mousse. Des lampes en plastique avaient été accrochées à hauteur de tête et reliées par des câbles sommaires. À sa droite, les lumières étaient éteintes et le couloir se perdait dans les ténèbres à quelques mètres de lui. À gauche, le chemin était éclairé et formait un coude un peu plus loin.

Il y avait quelque chose par terre.

Non.

La lueur des ampoules ne l'atteignait pas tout à fait mais même dans la pénombre, Groves la reconnut. Il resta immobile un instant, les yeux fixés sur le bout du couloir. Quelque part derrière lui résonnait l'écho d'un goutte-à-goutte.

Il se dirigea vers le coude.

Il avait les jambes flageolantes et il dut s'appuyer contre le mur, les yeux rivés sur l'objet posé par terre. Le monde autour de lui tremblait. Quand il atteignit l'angle, il s'accroupit péniblement et ramassa la peluche qui avait été déposée là.

Bourriquet.

Il retourna la peluche dans ses mains, émerveillé par sa texture, des larmes lui montant aux yeux. Cela faisait si longtemps qu'il n'avait pu toucher autre chose que de la pierre. Il ne se souvenait pas avoir jamais senti quelque chose d'aussi doux.

Il la pressa contre son visage.

Et puis, après l'angle, sur sa gauche, il entendit un rire d'enfant. Au début, il ne releva pas la tête – il continuait de pleurer doucement, le visage enfoncé dans la peluche –, mais c'était un rire en cascade, plein de joie. Il le reconnut, bien sûr. Jamie. L'idée que son fils puisse lui aussi être en enfer lui était intolérable. Comment était-ce possible ? Même Dieu ne pouvait être si haineux, si ? Groves n'en était plus si sûr.

Il se leva. Mis à part ce rire, le couloir était identique à celui qu'il venait de quitter. Il le suivit, marchant à la poursuite de ce son, avançant plus rapidement à présent. Il fallait qu'il retrouve son fils.

« J'arrive Jamie », dit-il.

Le portail était ouvert et nous étions tous remontés en voiture. Si les occupants de Cane Hill n'avaient pas encore compris que nous arrivions, ils étaient maintenant au courant.

« Il y a un autre chemin, a dit Greg, je t'envoie un gros plan. »

J'ai ouvert le document sur ma tablette et j'ai vu de quoi il parlait. L'allée sur laquelle nous nous trouvions menait aux bâtiments principaux, dont l'hôpital. Mais un peu avant ceux-ci, un petit sentier bifurquait sur la droite pour les contourner et conduisait au petit bâtiment au sommet de la colline.

« Ça passe ? a demandé Pete.

– Difficile à dire.

– Ça ira, ai-je répondu. Les lieux sont encore utilisés et il y a eu beaucoup de passage sur ce chemin. Je pense que l'église, si c'est bien de ça qu'il s'agit, est la clé. Charlie a dit qu'elle avait été autorisée à voir sa fille aux portes du paradis. Vu l'histoire des lieux, ça doit être le bâtiment principal. Je parie que les "pécheurs" sont détenus sous l'église.

– OK, a dit Pete, quand on arrivera à l'embranchement, on prendra ce chemin avec un fourgon derrière nous, les deux autres restent sur l'allée. C'est d'accord ?

– Oui. »

Killingbeck nous a appelés sur la radio.

« Prêts ? a-t-il demandé.

– Prêts. »

Pete lui a exposé le plan, à lui et aux deux autres capitaines. Il s'est passé quelques secondes pendant lesquelles chacun a regardé la carte.

« Bien reçu. »

Quelques instants plus tard, le fourgon de Sasha a redémarré et Pete l'a suivi. Notre voiture a bringuebalé doucement quand nous avons franchi les ornières puis Pete a pris le virage. Ce n'était pas un virage très serré – suffisamment pour qu'un éventuel promeneur ne puisse voir le bout de l'allée du portail –, et le chemin s'élargissait ensuite un peu, comme si les arbres avaient reculé d'un pas. Moins d'une minute plus tard, il était assez large pour faire passer deux véhicules de front, mais nous restions en convoi.

La minute suivante, nous avons atteint le deuxième sentier. Le premier fourgon a poursuivi sa route. Pete a tourné à droite, le troisième fourgon nous suivait. Alors que les deux autres vans disparaissaient d'un côté, j'ai eu la sensation que Sasha s'éloignait de moi, que nos vies empruntaient des chemins différents qui ne convergeraient plus jamais, et j'ai ressenti un besoin irrésistible d'être près d'elle. De la saisir et de la ramener à moi avant qu'il ne soit trop tard.

Tout va bien se passer.

Le sentier était davantage praticable ici et Pete a accéléré. Nous avons suivi les lacets et, alors que nous arrivions au fond du domaine, la pente s'est accentuée, le sol disparaissant un peu plus haut, remplacé par l'arche grise du ciel. C'était déjà le crépuscule.

« On y est presque », a lancé Greg.

J'ai regardé la tablette. Les deux autres fourgons arriveraient avant nous. Les officiers s'approchaient peut-être déjà de la porte de l'ancien hôpital. J'ai relevé la tête quand nous avons passé le sommet de la colline, les arbres disparaissant derrière nous, et j'ai essayé de prendre la mesure de la scène qui nous attendait.

Je ne parvenais pas à comprendre ce que j'avais sous les yeux.

« Qu'est-ce que c'est que ce bordel ? » a soufflé Pete.

Groves trouva d'autres peluches sur son chemin. Il les ramassait et les gardait au creux de son bras gauche, sa main droite posée sur le mur. Les jouets de Jamie. Ceux que Caroline déposait sur sa tombe à chaque anniversaire. Des jouets destinés au souvenir d'un petit garçon sans âge, figé dans le temps au moment de sa mort. Groves l'entendait encore rire mais même s'il essayait de marcher plus vite, Jamie restait toujours aussi loin, comme s'ils jouaient à chat. Comme si Groves ne pouvait jamais le rattraper.

« J'arrive. »

Le son le poussait à avancer. Mon Dieu, il a l'air si *heureux*. Groves n'avait jamais vraiment réfléchi au rire de son fils. Ça avait été un bonheur de l'entendre, bien sûr, et il se souvenait encore de ce premier sourire inattendu, quand Jamie, allongé sur la table à langer, l'avait regardé. Mais il n'avait pas mesuré comme il pouvait être *familier*, que le rire d'un enfant était aussi unique que ses empreintes digitales.

« J'arrive. »

Il titubait dans les couloirs de pierre, essayant d'avancer plus vite que son corps émacié le pouvait. Il trébucha, faisant tomber les peluches, et se força à les ramasser. Il finit par atteindre un escalier de pierre qui montait en colimaçon. Il y avait une autre peluche sur la première marche. Winnie l'ourson. Il ne pouvait plus toutes les porter et, le rire de son fils résonnant au-dessus de lui, Groves laissa tomber toutes les autres. Winnie suffirait. Ça avait toujours été la préférée de Jamie.

Un petit garçon et son ourson ne cesseront jamais de jouer…

Il s'appuya contre le mur un moment pour reprendre des forces. Et puis il commença à gravir l'escalier.

L'ascension lui parut durer une éternité. Il finit par déboucher sur une sorte d'église. Il y avait peu de lumière et il était difficile de distinguer grand-chose en dehors des bancs et des vitraux sales au-dessus de l'autel. Il vit une porte ouverte au bout de l'allée et la pluie qui tombait dans le crépuscule.

Le rire s'arrêta net, remplacé par une sorte de grésillement. En levant la tête vers le plafond, Groves vit les haut-parleurs qui l'avaient amené jusqu'ici.

Mais il était encore plus effaré par la porte ouverte, car de l'autre côté de celle-ci, il voyait le ciel, noirci et gonflé de nuages. Quand il inspira l'air frais, il lui fallut un moment pour comprendre ce que c'était. Son cœur manqua de s'arrêter et ses souvenirs affluèrent en lui à chaque lent battement qui suivit. Des flashs de tout ce qui lui avait été dérobé.

Il gagna la porte en s'appuyant sur le bord de chaque banc.

Le bruit de la pluie redoubla. Elle était torrentielle et il sentit son froid glacial quand il s'arrêta sur le seuil. Dehors, un chemin descendait la pente jusqu'à une clairière. Elle était illuminée par des spots et quelqu'un était agenouillé en son centre.

Enfin, Groves baissa les yeux et remarqua les deux choses qui avaient été déposées près de la porte. Il s'accroupit. Il y avait une photo. Il la ramassa et la regarda. Le portrait de Jamie, dans cette pièce sordide, dévisageant avec curiosité la personne qui allait ensuite l'assassiner.

Les haut-parleurs craquèrent. L'instant d'après, la voix d'un homme en sortit, vieille, éraillée, desséchée.

« Edward Leland. Carl Thompson. Laura Harrison. »

Groves regarda la photo.

« Tu me manques tant », murmura-t-il.

« Et Paul Carlisle, dit la voix. Le dernier d'entre eux. »

Groves reposa doucement la photo puis regarda de nouveau par la porte. Il voyait le chemin qui descendait vers la clairière. L'homme qui y était agenouillé, en pénitence, sous la pluie.

« Le dernier d'entre eux », répéta la voix.

Groves comprit. Il regarda le deuxième objet qu'on lui avait laissé.

Au bout de quelques secondes, il prit le pistolet, se releva péniblement et sortit sous le déluge.

Pete a coupé le moteur et inondé la clairière de lumière. Les autres fourgons se sont rangés à côté de nous.

« Tout le monde attend, a lancé Pete dans son micro. Ne tirez pas. Je répète : ne tirez pas. »

J'ai regardé à travers le pare-brise. La pluie était si violente que les essuie-glaces peinaient à dégager l'eau qui s'écoulait dessus.

La clairière devait faire vingt mètres de diamètre et elle était éclairée par quatre spots disposés dans les arbres, leurs faisceaux braqués sur un homme agenouillé au milieu, menotté et attaché à un poteau rivé dans le sol boueux. Il était nu, sa peau était blanche là où il n'avait pas d'ecchymoses, sa tête reposait sur ses bras tendus.

L'espace d'un instant, je n'ai rien entendu hormis la pluie. Mais j'en voyais suffisamment pour reconnaître cet homme.

« C'est Paul Carlisle », ai-je dit doucement.

Il avait donc également été emmené ici. Mais dans son cas, il n'y avait pas eu de mise en scène de sa mort et il n'avait pas été reclus dans une cellule souterraine.

À droite, un chemin pâle serpentait vers l'église. Il y avait un bosquet d'arbres au bord du sentier et j'y ai vu d'autres personnes : ils étaient cinq ou six, nus et trempés, les bras attachés à des arbres, comme si ils en embrassaient les troncs. Leurs pieds et leurs genoux avaient creusé des sillons dans la boue. Sur les visages que j'arrivais à voir, je lisais le choc et la terreur.

« Bon Dieu, a lâché Greg en se penchant entre nos sièges.

– Et regardez par là-bas. »

Pete a tendu le bras devant moi pour indiquer le grand bâtiment à notre gauche.

La bâtisse qui avait autrefois abrité l'hôpital de Cane Hill était haute de quatre étages. À l'arrière, au niveau du rez-de-chaussée, il y avait un patio surmonté d'un auvent et j'y ai aperçu un vieil homme qui marchait. Je ne voyais pas son visage mais il portait un costume noir impeccable.

« Un des jumeaux Cane, ai-je dit.

– Mais où est l'autre, alors ? »

J'ai observé les arbres auxquels les autres prisonniers étaient accrochés. Je supposais qu'il s'agissait des damnés : les occupants de l'enfer sortis du sous-sol de l'église pour être témoins de ce qui devait se passer ici. De ce que Charlie m'en avait dit, le paradis se trouvait dans le bâtiment principal. Donc si l'un des frères était là, l'autre...

« Quelque part dans les arbres, je suppose.

– Probablement. »

Pete s'est de nouveau penché vers le micro et j'ai vu qu'il était sur le point de faire sortir tout le monde des fourgons. Mais à cet instant, j'ai vu une silhouette descendre le chemin de l'église et j'ai tendu la main.

« Attends. Regarde. »

C'était un homme émacié, sa peau pendait et il marchait difficilement, en titubant, comme s'il n'avait pas parcouru une telle distance depuis des années et était sur le point de s'effondrer. Quand il est entré d'un pas mal assuré dans la clairière baignée de lumière, j'ai reconnu qui c'était. J'avais vu sa photo dans le dossier.

« C'est David Groves. »

Quand il s'est approché de Paul Carlisle en boitant, j'ai remarqué le pistolet dans sa main et j'ai soudain compris. Pas tout, pas la raison de tout ça, mais le but.

David Groves était un homme bon. Un homme bien.

Peut-être l'homme le plus droit que j'aie jamais rencontré.

J'ai ouvert la portière sans réfléchir et je suis sorti sous l'orage.

L'enfant pleurait.

Ce qui tombait mal, pensa Merritt. Mais d'un autre côté, que pouvait-on y faire ? Il se souvint qu'à l'époque où il était dans l'armée, un soldat avait proposé aux autres, allongés sur leur lit, de réfléchir à un dilemme moral. Tu as sauvé une femme et son bébé en territoire ennemi et vous êtes cachés mais le bébé se met à pleurer. Si tu ne tues pas le bébé, les ennemis vont vous trouver et vous tuer tous. Si tu le tues, tu t'en sors, mais tu es un tueur d'enfant. Aucun d'eux n'avait pris le scénario au sérieux et tous avaient écarté l'idée dans un éclat de rire. La vie ne marchait pas comme ça. Tu faisais ce qu'on te disait ou ce que tu devais faire. Dans ce cas précis, tuer le bébé n'allait pas aider Merritt, autrement il l'aurait fait.

« Que se passe-t-il ? » demanda Jamie.

Merritt regarda de l'autre côté de la pièce. Le garçon faisait de son mieux pour apaiser Ella mais pour une fois l'enfant ignorait ses attentions. C'était comme si la petite fille avait compris que tout était sur le point de s'effondrer. Merritt entendait les policiers progresser dans les étages inférieurs. Quelques cris. Aucun de ses hommes n'était là, mais il y avait quelques travailleurs immigrés – des aides-soignants et autres – qui n'étaient pas au courant de tout ce qui se tramait à Cane Hill et qui devaient être en train de paniquer en se demandant ce qui leur arrivait. Il ne se passait rien de grave dans cette pièce pour le moment mais ça allait changer très bientôt. La petite semblait le comprendre, comme si elle avait eu un sixième sens.

Merritt vérifia son pistolet.

« Ne t'en fais pas, dit-il.

– Que se passe-t-il dehors ? insista Jamie.

– Une épreuve.

– Quel genre d'épreuve ? »

Bonne question. Merritt entendit un vacarme dans la pièce voisine et du mouvement dans le couloir, de l'autre côté de la porte. Il l'avait fermée à clé mais ça ne les arrêterait pas. Du moins pas longtemps.

« Emmène Ella au centre de la pièce, s'il te plaît. »

Jamie obéit, l'enfant dans ses bras. Merritt alla se tapir dans un coin, derrière la porte. Quand elle s'ouvrirait, elle lui tiendrait lieu de bouclier. Cela lui laisserait une chance.

Une maigre chance, il devait bien le reconnaître. Quand l'alarme avait retenti, il n'y avait d'abord pas tout à fait cru. Les choses n'étaient pas censées se finir ainsi. Quoi qu'ait pu être son opinion intime sur la famille Cane, il avait une bonne vie ici et – là encore, en choisissant ses mots avec soin – il avait voulu qu'ils obtiennent l'issue qu'ils désiraient. Il avait immédiatement calculé ses chances de pouvoir s'enfuir et conclu qu'elles étaient maigres. Il aurait pu se précipiter dans les bois mais le temps était abominable et le terrain de ce côté-ci de la propriété très défavorable. Il n'était pas certain de pouvoir atteindre la civilisation, réunir ses affaires et s'échapper à temps. Il avait bien évidemment une stratégie de sortie mais elle requérait une avance de douze heures et la possibilité de quitter les lieux en voiture.

Ça finit toujours par vous rattraper en fin de compte.

Il secoua la tête.

« Quel genre d'épreuve ? répéta Jamie.

– Celle du Livre de Job », répondit Merritt.

Bien évidemment, le garçon n'avait aucune idée de ce que cela signifiait. Une partie de Merritt avait envie de lui expliquer. Il voulait dire au garçon que, dans une histoire issue d'un livre qu'on appelle la Bible, Dieu avait désigné Job comme étant un homme vertueux mais avait été défié par le diable, qui disait que la bonté et la foi de Job n'étaient que le fruit des circonstances, qu'elles venaient de l'abondance dont Dieu lui faisait profiter. Alors Dieu a laissé Satan tourmenter et torturer le vertueux Job en lui prenant tout, hormis sa vie. Tout ça, uniquement pour le mettre à l'épreuve : un pari entre eux deux pour voir si, en fin de compte, Job maudirait Dieu et renoncerait à sa foi et à tout ce en quoi il croyait. Une vie humaine, comme un jeton de poker.

La poignée de la porte remua deux fois. Merritt ne dit rien. Ils n'allaient pas réessayer, il le savait. Au prochain coup, ils enfonceraient la porte. Il avait assez de balles pour en abattre quelques-uns – peut-être même pour laisser suffisamment de temps à Cane pour découvrir l'issue de son pari. Quant à lui, il n'irait pas en prison. Ce serait intolérable. Il garderait une cartouche, direction le véritable au-delà. Il irait en enfer, s'il existait. Ça ne faisait pas un pli. Il était prêt.

« Qu'est-ce que ça veut dire ? » demanda Jamie.

Merritt ne répondit pas.

La porte commença à céder. Il se mit en position de tir.

Le dernier d'entre eux.

Groves n'arrivait même pas à se souvenir du nom de l'homme tandis qu'il avançait vers lui dans la clairière. Quelle importance avaient les noms de toute façon ? Il croyait ce qu'on lui avait dit. Satan, au moins, ne lui avait jamais menti.

Le monde autour de lui remuait et tremblait mais il tenait bon, malgré ses cuisses tétanisées. Le pistolet pesait lourd dans sa main, il avait du mal à le porter. Mais il y parvint. Il avançait lentement vers cet homme.

Quelle importance ?

La pluie trempait ses cheveux et inondait son visage, s'amoncelant dans ses orbites comme des larmes. Il cligna des yeux puis les frotta du dos de sa main, mais l'eau revenait sans cesse. Il tremblait violemment mais remarquait à peine son état. Malgré les trombes d'eau qui dégoulinaient sur sa peau, il avait l'impression qu'il faisait plus chaud ici que dans la tombe.

David, David, David.

Quelqu'un criait son nom.

Il l'ignora, concentré sur l'homme agenouillé devant lui.

Le dernier d'entre eux.

Il ressemblait à peine à un être humain désormais, tordu et replié comme il l'était. Il lui faisait penser à du bétail : attaché à un pieu, tremblant, prêt pour l'abattoir. Il reconnut les muscles et la forme d'un homme, mais cette vision lui était presque étrangère, elle n'avait pas de sens. Sous la pluie, la chose geignait et frissonnait, comme si elle était touchée par des balles plutôt que par de l'eau. Même si la chose avait autrefois été un homme, ses actes l'avaient depuis longtemps exclue de cette espèce.

David.

Groves se souvint du rêve qu'il avait fait et de la satisfaction amère que lui avait procurée le fait d'imaginer torturer les assassins de son fils. Et pourquoi pas ? Quelle différence cela avait-il jamais fait d'essayer de faire ce qu'il fallait ? Il l'aurait arrêté autrefois. C'était un vague souvenir, sa foi en la justice. Où est-ce que ça l'avait mené ? Cela remontait à une éternité. Comme il avait été naïf.

David !

La pluie le fouettant de toutes parts, Groves enfonça le canon du pistolet dans la nuque de l'homme. L'autre essaya de se dégager, ses jambes glissant dans la boue, mais Groves leva la main puis enfonça le pistolet plus fort encore, entre deux tendons. L'homme arrêta de se débattre, apparemment résigné.

Tout le monde recule !

RECULEZ !

Groves posa le doigt sur la détente. Tout le reste n'avait compté pour rien et devant lui se trouvait l'homme – le dernier d'entre eux – qui avait assassiné son fils, qui lui avait pris son monde et causé tous ses malheurs. La haine s'amoncela en lui et il commença à appuyer sur la détente.

David ! N'oublie pas qui tu es !

Le coup de feu retentit.

Puis un autre : un bruit sourd.

Un troisième.

Puis le silence.

Groves regarda le pistolet dans sa main, étonné. Il y avait bien eu des coups de feu et pourtant il avait toujours le doigt sur la détente et l'homme agenouillé était encore vivant et geignait toujours. Il regarda autour de lui, la pluie lui battant le visage, et il remarqua seulement les voitures en lisière de la clairière et le jeune homme au bord du halo de lumière, un pied dans la boue. L'homme qui venait de lui parler.

Mais celui-ci tournait maintenant la tête vers un grand bâtiment, une expression horrifiée sur le visage. C'était de *là* que provenaient les coups de feu, comprit Groves. Il s'était passé quelque chose là-bas. Des cris provenaient de cette direction et quand le jeune homme se retourna vers lui, il parut terrifié.

« David, dit-il. Je t'en prie. N'oublie pas qui tu es. »

Groves le dévisagea un moment, lisant la panique et le désespoir sur son visage. Il regarda l'homme à genoux, puis le ciel et ferma les yeux. Il avait toujours le doigt sur la gâchette. La pluie lui frappait le visage et Groves s'autorisa à se perdre en elle quelques instants...

Il ouvrit les yeux et à la place de la pluie, il ne vit que de la neige : des merveilleuses formes de cristal blanc qui flottaient vers lui depuis le ciel noir. L'un des flocons l'embrassa sur la joue. Un autre atterrit, glacial, sur son front. *N'oublions jamais cet instant*, pensa-t-il. *N'oublions jamais ceux que nous sommes maintenant...*

Et soudain, le monde s'abattit sur lui et la pluie reprit. Groves regarda le pistolet dans sa main, le canon toujours enfoncé dans la nuque de l'homme à terre, puis le jeune homme qui se tenait à quelques mètres de lui, les mains écartées.

« David, *pitié.*

– Je ne suis pas un tueur, dit-il.

– Je sais. »

Groves abaissa le pistolet. Le lâcha. Il pensa à toutes les choses qui lui avaient été enlevées – son fils, sa carrière, sa foi –, regarda le misérable agenouillé devant lui et murmura : « Vous êtes en état d'arrestation. »

Puis il referma les yeux tout en sentant une poussée d'amour inexplicable et étourdissante dans son cœur. Il sentit le soleil d'été sur son visage, comme si Dieu Lui-même lui souriait.

Je t'aime, Jamie, pensa-t-il. *J'arrive maintenant.*

Je l'ai mérité.

Respire, pensa Sasha.

C'était comme si sa poitrine était comprimée par un rocher.

Respire.

« Ça va ? demanda Killingbeck.

– Oui, chef.

– Tu as fait ce qu'il fallait. C'est sécurisé. »

L'adrénaline parcourait toujours son corps, le poison insidieux faisant tout pour la convaincre du contraire, mais il avait raison et elle se força à hocher la tête, à accepter ce simple compliment. L'homme dans le coin de la pièce était allongé sur le ventre, les mains menottées dans le dos, son pistolet soigneusement écarté de la scène. Des agents s'occupaient de lui et d'autres des deux enfants qui se trouvaient au milieu de la pièce quand Barnes avait abattu la porte et qu'elle était entrée.

Elle revoyait la scène. Le garçon la dévisageait, les yeux écarquillés par la peur et l'incompréhension, et quelque chose l'avait arrêtée avant qu'elle laisse la porte défoncée derrière elle. Les enfants étaient au centre, comme la jeune fille lors de l'intervention de la veille, et le souvenir lui était revenu instantanément. *Vérifie le coin.* Peut-être qu'elle l'aurait fait mécaniquement de toute façon, mais la position des enfants et l'expression sur leur visage lui évoquèrent immédiatement un appât. Elle s'était accroupie en dégainant son Taser avant de pousser la porte.

Le premier coup de feu était parti trop haut, au-dessus de sa tête.

Le deuxième coup, c'était elle qui l'avait tiré. La décharge électrique qui avait soudain parcouru le corps du tireur lui avait relevé les mains, et les deux coups rapides qu'il avait pu tirer avant de lâcher son arme avaient arraché le plâtre du plafond.

Le tout n'avait duré que quelques secondes.

Respire.

Ce qu'elle fit, lentement. Puis elle s'approcha des enfants. La petite hurlait, ce que Sasha trouvait assez compréhensible, et le garçon faisait de son mieux pour la bercer et la rassurer. Pour effrayé qu'il ait été quand ils étaient entrés, il semblait maintenant bien plus calme. C'en était troublant.

« Ça va aller », dit-elle.

Il ne parut pas l'entendre, trop occupé à consoler l'enfant dans ses bras. Sasha tourna la tête et vit Mark entrer par l'autre porte. Il avançait trop vite – *heureusement qu'on a sécurisé la pièce*, songea-t-elle – mais il s'arrêta quand il la vit, la visière relevée. Depuis toutes ces années, Sasha n'avait jamais vu un tel soulagement. Mais elle sentait encore le souffle de la balle au-dessus de sa tête, et cette étrange pression autour de sa poitrine – *respire, respire bien* – et elle lui sourit avant de revenir vers le garçon et la petite fille.

« Ça va aller », répéta-t-elle.

SIXIÈME PARTIE

Et dans la vie, Elle L'avait appelé Satan, car c'était un Enfant mauvais qui portait le Mal dans Son cœur. Et Il avait voulu qu'Elle L'aime, mais Elle ne pouvait pas. Et dans la vie, Elle avait appelé Son frère Dieu, car Sa vertu et Sa bonté étaient apparentes. Et quand Il La rejoignit au Paradis, Elle ne savait lequel Il était et certains jours Elle Lui crachait dessus et d'autres Elle L'aimait tendrement, ainsi qu'Il l'avait toujours désiré, et c'est ainsi qu'Il devint Eux.

Extrait de la Bible de Cane Hill

Mark

Le garçon dans le trou

Deux semaines après les événements de Cane Hill, je me suis garé devant une maison au sud de la ville.

Les rideaux du salon étaient tirés mais je les ai vus bouger quand j'ai remonté l'allée et je n'ai pas eu besoin de sonner. J'étais attendu, bien sûr, et le temps que j'arrive à la porte, elle était déjà ouverte et j'ai été accueilli par une femme séduisante qui approchait la quarantaine. Ses cheveux bruns lui tombaient sur les épaules, elle avait une coupe soignée, un jean et un pull en mohair. Elle était bronzée et avait l'air en pleine forme. Après avoir de nouveau parlé avec l'inspecteur Sean Robertson, j'avais compris que Caroline Evans avait développé une dépendance à l'alcool après la disparition de son fils Jamie. Si tel était le cas, il n'y en avait pas de trace.

« Inspecteur Nelson ?

– Oui. »

Je lui ai montré mon badge et elle a souri. C'était un sourire étrange. Difficile de savoir si elle était contente ou non.

« Entrez, je vous prie. »

Dix minutes plus tard, j'étais assis dans un fauteuil dans le salon de Caroline. Elle a pris place dans un canapé en face de moi, à côté de Jamie, et a passé le bras autour de ses épaules. L'espace d'un instant, il n'a pas réagi, le geste semblait un peu maladroit, puis il s'est légèrement laissé aller contre elle. Elle lui a serré l'épaule puis a remis ses mains sur ses genoux.

« Bonjour Jamie, ai-je dit. Je m'appelle Mark. Je suis inspecteur de police. J'espérais pouvoir parler avec toi de tout ce qui t'était arrivé.

– Je sais. » Il a regardé à côté de lui. « Maman m'a dit.

– Et ça te convient ?

– Oui. »

Il m'a regardé et j'ai été surpris par l'assurance de son regard. Je me souvenais de la photo de l'enfant dans le dossier, celle qui avait été retrouvée dans la collection de Paul Carlisle. Cinq ans s'étaient écoulés depuis, mais la ressemblance était frappante, il y avait le même mélange de curiosité et de confiance dans sa façon de me regarder maintenant.

À d'autres égards, il avait changé bien sûr. Il avait de longs cheveux blonds comme les blés et son visage, comme celui de sa mère, était bronzé et constellé de taches de rousseur. Il faisait plus vieux que son âge. À huit ans, son corps semblait déjà élancé et musclé, comme s'il avait grandi dans une ferme et travaillé au soleil. Le seul signe qui trahissait son âge était la peluche qu'il serrait sur ses genoux. Un vieux Winnie l'ourson râpé.

« D'accord, ai-je dit. Commençons par le début. Est-ce que tu te souviens de ce qui t'est arrivé ?

– Comment je suis mort, vous voulez dire ? »

J'ai vu Caroline frémir mais je n'ai pas été surpris par le choix du terme. Ça allait prendre du temps de défaire Jamie des croyances instillées en lui au fil des années. Il avait passé la plus grande partie de sa vie à Cane Hill et il avait été kidnappé très jeune. Comment aurait-il pu ne pas croire ce qu'on lui avait dit ? C'est ce que font les enfants : croire aux histoires. Quoi qu'il en soit, ça ne faisait pas partie de mon boulot de remettre ses croyances en question.

« Oui. Le jour où tu es mort.

– Je me souviens de Rebecca. » Son visage s'est plissé. « J'ai cru qu'elle était bonne, mais en fait non. »

Rebecca Lawrence, qui avait disparu le même jour que lui.

« Elle travaillait à la crèche ? »

Jamie a acquiescé.

« Elle était toujours gentille avec nous là-bas. Elle nous surveillait. Elle aimait jouer. C'est ce que j'étais en train de faire, je jouais dans le jardin et elle s'est garée dans la rue et elle m'a dit qu'elle venait me chercher. J'étais vraiment content de la voir parce que c'était ennuyeux à la maison. Mon papa n'était pas là. Ma maman et lui se disputaient tout le temps. »

J'ai regardé Caroline. Elle était évidemment mal à l'aise. Les mauvais souvenirs. La culpabilité. La peine. Elle a voulu poser la main sur le genou de son fils mais a changé d'avis au dernier moment. J'ai eu envie de la rassurer. Il était hautement improbable que Jamie puisse avoir un souvenir précis de cette époque de sa vie. Cette version était probablement le fruit d'un bourrage de crâne. Mais ça ne voulait bien sûr pas dire que tout était faux.

« Et que s'est-il passé ensuite ?

– Je suis parti avec Rebecca. Mais nous ne sommes pas allés à la crèche.

– Tu te souviens d'où vous êtes allés ?

– Dans une ancienne caserne de pompiers. Il y avait une grande tour et Rebecca m'a dit que c'était un jeu : pour voir qui grimperait le plus vite tout en haut. Alors j'ai couru et j'ai gagné. Elle a pris des photos de moi pour que je puisse me souvenir. »

J'étais réticent à poser la question suivante mais Jamie semblait encore parfaitement à l'aise et détendu.

« Et que s'est-il passé ensuite ?

– Quelque chose d'horrible est arrivé. » Il a froncé les sourcils, comme s'il n'était pas sûr. « Et je suis mort. Mais je ne m'en souviens pas et Dieu m'a dit que je n'étais pas obligé.

– C'est très bien, Jamie.

– Mais je sais que c'est à ce moment-là qu'ils sont arrivés.

– Qui ça ? »

Son visage s'est illuminé.

« Les anges. »

Une heure plus tard, à la fin de notre conversation, Jamie est remonté dans sa chambre et j'ai parlé un peu avec Caroline.

« Il va mieux, a-t-elle dit. Déjà. »

J'ai acquiescé.

« En apparence, il a l'air d'aller très bien. »

Ce qui était vrai. Mais il était difficile de savoir à quel point la situation était dure pour lui. Durant toute notre conversation, il avait semblé assuré, mais il y avait aussi un vide en lui. Même si les enfants sont résilients, il allait avoir un long chemin avant de pouvoir s'accommoder à la vraie vie.

Il s'était animé en parlant de Cane Hill. De ce qu'il m'en avait dit, les gens là-bas avaient pris soin de lui. Il était suivi et bien traité et n'avait manqué de rien. Les examens médicaux n'avaient pas révélé de sévices et il n'y avait aucun signe de torture. Mais bien sûr, il était si jeune que ces méthodes n'auraient pas été nécessaires. Et il avait été heureux. Aussi inexplicable que cela puisse paraître, Cane Hill avait été son univers et durant une bonne partie de sa captivité, ça avait été un lieu sûr.

« Tu reconnais cet homme ? »

Je lui avais montré la photo du jumeau Cane que l'on avait arrêté sur les lieux.

Jamie a souri.

« C'est Dieu. »

C'était l'émotion la plus vive qu'il ait manifestée durant l'interrogatoire, jusqu'à la fin où il m'a demandé des nouvelles d'Ella. Où était-elle ? Comment allait-elle ? Pouvait-il la voir ? Le lien entre eux était évident. Et je ne pouvais qu'être honnête dans mes réponses. Je lui ai expliqué qu'Ella avait retrouvé sa mère. Elles étaient entourées et soignées, tout comme lui. Et oui, peut-être qu'un jour il pourrait la revoir.

« Il ne m'a pas reconnue au début. » Caroline semblait être au bord des larmes. « Mais maintenant oui, je pense. Je crois que ça lui revient.

– Il était très jeune quand il a disparu, ai-je dit. Ses premiers souvenirs doivent être vagues pour lui.

– Mais je pense qu'on sait tous au fond de nous, non ? Enfin, je l'ai reconnu tout de suite mais c'est différent bien sûr, il n'a pas tellement changé. J'ai envie de croire qu'il le sait maintenant, dans son cœur, que je suis sa mère. Qu'il l'a *senti.* »

J'ai souri. J'aimais l'idée que quelque chose en nous reste éternellement connecté à ceux que nous aimons et que nous soyons toujours capables de les reconnaître, quelle que soit la durée de l'absence ou les changements que l'on a connus. Je n'étais pas certain que ce soit vrai.

« Ça va aller, ai-je dit. J'en suis sûr. »

Elle est restée silencieuse quelques instants.

« Ils m'ont dit que je ne pouvais pas voir David.

– Je ne connais pas tous les détails, ai-je répondu. Mais tel que je comprends la situation, ça vaut mieux pour le moment. Il a subi beaucoup d'épreuves. Il a besoin de temps pour se remettre. Il lui faut du calme et des soins.

– Et les autres ? »

Les autres.

Le soir de l'intervention, nous avions trouvé seize personnes sur les lieux. Outre Cane, il y avait eu six arrestations : un homme que nous avons par la suite identifié comme étant un ancien militaire nommé Warren Merritt, et cinq individus qui travaillaient clandestinement à l'hôpital. Nous essayions de retrouver les autres employés qui n'étaient pas sur le site à ce moment-là. Les dix autres étaient des résidents. Jamie Groves et Ella Matheson avaient été bien traités durant leur séjour à Cane Hill mais les huit autres portaient des traces de tortures extrêmes et de privations. Ils étaient émaciés et leur visage était défiguré. Les dommages psychologiques qu'ils avaient subis étaient tels que quatre d'entre eux étaient toujours inidentifiables.

« Certains se portent mieux que d'autres.

– Je ne comprends pas *pourquoi.* Pourquoi ils leur ont fait subir ça. En particulier David.

– Nous ne savons pas », ai-je répondu, ce qui n'était pas tout à fait vrai.

Il y avait encore beaucoup d'éléments que nous ignorions et les hommes que nous avions arrêtés ne nous étaient pas d'une très grande aide. Durant les interrogatoires, Warren Merritt n'avait parlé que pour confirmer son identité. Nous savions qu'il avait autrefois été soldat et mercenaire puis qu'il s'était mis au service de la pègre locale. Mais il avait disparu deux ans plus tôt, ce qui devait correspondre à son embauche par Cane. Je suppose que son savoir-faire et son réseau criminel avaient été mis à profit pour pourchasser des pécheurs, suivre des rumeurs et établir des connexions, mais au-delà de ça, tout n'était que supposition. Par loyauté envers son employeur ou par instinct de conservation, Merritt refusait de nous parler. Les cinq assistants arrêtés sur place étaient payés pour des tâches subalternes – cuisine et ménage principalement –, et semblaient ne rien savoir de l'usage qui avait été fait de Cane Hill.

Cane, quant à lui, n'avait pas communiqué avec nous. Il restait assis dans sa cellule, jour et nuit, et ne semblait pas conscient de son environnement ou de nos tentatives pour lui parler. Quand j'avais tenté de l'interroger, j'étais descendu le voir et je l'avais chaque fois trouvé avec la même expression sur le visage. Les yeux fermés, l'air parfaitement serein, comme si une bataille intérieure s'était achevée, et qu'il n'y avait plus rien à faire ni à dire. Une expression qui m'évoquait quelque chose sans que je puisse retrouver ce que c'était exactement.

Et pour autant, il nous était possible de reconstituer une partie des événements.

Nous avions trouvé diverses pièces à conviction sur les lieux. Il y avait des traces de donations financières faites par Cane au profit d'individus méritants, et des monceaux de recherches : des notes sur des criminels potentiels et leurs complices, des enquêtes sur des crimes irrésolus. Nous avions aussi trouvé un livre – une sorte de Bible – apparemment rédigée à la main par Cane lui-même.

J'ai senti des picotements dans les doigts au moment de l'ouvrir pour la première fois. Elle était vieille et usée, et le cuir noir de la couverture était recousu maladroitement autour des pages de différentes tailles : des centaines de feuillets remplis d'une écriture noire serrée. Certains textes étaient si compressés qu'il était difficile de distinguer les lettres, donnant l'impression que toute la page avait été coloriée, alors qu'ailleurs ils étaient plus aérés. Les mots étaient parfois écrits normalement alors que d'autres phrases formaient des cercles et des boucles, des spirales allant du centre de la page vers le bord ou réciproquement. Certaines phrases formaient des toiles d'araignée sophistiquées.

C'était un concentré de folie qui avait demandé des années de travail, ça ne faisait aucun doute. Il contenait des indices permettant de faire la lumière sur Cane Hill.

Ce que l'on n'y trouvait pas, pour le moment, c'était une référence à Nicholas Cane, le nom que le tueur au masque de diable avait donné une fois et qui avait permis à Mercer de faire le rapprochement. Jusqu'à présent, nous n'avions pas même trouvé une trace de son existence. Il semblait évident qu'il venait de Cane Hill : les toiles d'araignée, la vengeance contre Mercer. Mais qui était-il ? Il était bien plus jeune que le frère Cane que nous avions arrêté, était-ce un fils ? Peut-être, comme Ella Matheson, était-il né de l'un des pécheurs détenus prisonniers avant d'être élevé au paradis. Nous ne le saurions peut-être jamais. Je pensais à Mercer et cela m'attristait qu'il ne puisse pas avoir la fin qu'il désirait et qu'il lui fallait pour son livre. Que même dans la mort – même maintenant –, le tueur restât une énigme pour nous.

« Et la tombe ? m'a demandé Caroline, me tirant de mes pensées.

– La tombe ?

– Enfin, le corps. Le petit garçon enterré à la place de Jamie. »

J'ai hésité. Je n'étais pas censé lui en parler, d'autant qu'on attendait encore les résultats. Mais d'un autre côté, elle s'était rendue auprès de cette dépouille et avait pleuré à côté de cette sépulture, non ? Elle avait porté des peluches et des fleurs à cet enfant anonyme. Ça devait compter pour quelque chose.

« C'est simplement que c'est horrible d'imaginer que d'autres parents vivent la même chose en ce moment même. Que leur enfant ait disparu et qu'ils ne sachent pas où il est ni ce qui lui est arrivé... »

Elle s'est interrompue, ébranlée rien que d'y penser.

J'ai choisi mes mots avec soin.

« Nous attendons encore les résultats des analyses. Je vais être honnête : il est certain que le corps est celui d'un autre enfant disparu. Mais, pour ce que j'en sais, et malgré tous leurs autres crimes, la famille Cane n'a jamais assassiné d'enfant. Jamie et Ella ont été bien traités. Ils étaient perçus comme innocents, vierges de tout péché.

– Alors...

– Je vous le dirai quand nous serons sûrs. Je vous le promets. »

À la porte, Caroline m'a de nouveau adressé ce sourire indéchiffrable.

« C'est difficile, a-t-elle dit, mais c'est... si bon de le retrouver. J'ai prié pour ça quand il a disparu mais je n'ai jamais osé espérer que ça se produise réellement. Et quand on a retrouvé le corps... Et pourtant il est là. Et même si c'est difficile maintenant, nous allons surmonter ça. »

En la regardant, je me suis dit que j'identifiais en fait certaines des émotions qui la tiraillaient. Que même s'il était parfois difficile d'avoir quelqu'un qui vous revienne, cela pouvait aussi être le plus incroyable des miracles.

Plus tard cet après-midi-là, notre équipe s'est réunie dans la salle d'autopsie, au sous-sol de l'hôpital. À vrai dire, trois d'entre nous n'avaient pas besoin d'être là, nous aurions facilement pu attendre le rapport officiel. Mais après tout ce qui s'était passé, il nous semblait approprié d'être présents.

Pete, Greg et moi étions les uns à côté des autres, face à Simon, qui se tenait de l'autre côté du lit à roulettes amené depuis la pièce voisine. J'étais assez proche pour sentir le froid qui s'en visiter. J'imaginais à peine la confusion que cela avait dû provoquer chez un enfant de cet âge. Le désir d'être aimé et accepté. Le conflit interne, la lutte éternelle pour comprendre, l'enfant haï ou le bon ? Qui était-il dans son cœur ? Lequel était-il ?

Et c'est ainsi qu'Il devint Eux.

C'est Greg qui a rompu le silence.

« Donc ces os...

– Ont plus de soixante ans, oui, a complété Simon.

– Comment on a pu se planter ?

– Ce n'est pas comme les ordinateurs, où tout est daté. » L'espace d'un instant, Simon a paru fâché, mais l'émotion s'est vite dissipée. « Avec les ossements, c'est très difficile de se prononcer. Sur des centaines d'années, bien sûr on peut voir la différence. Et il y a des tests plus spécifiques pour des périodes plus courtes mais ils ne sont pas infaillibles. La plupart du temps, on doit se fier aux circonstances, aux objets, aux vêtements, etc. »

Il n'en a pas dit plus, ce n'était pas nécessaire. Le garçon dans le trou avait été habillé avec les vêtements que Jamie Groves portait lors de sa disparition. Il y avait la peluche à côté. Le corps avait le bon âge, la bonne ethnicité, et il avait été retrouvé dans un trou creusé dans les bois. Il y avait un enfant disparu et un besoin de conclusion. Le tout avait suffi.

Un passage de la Bible de Cane me revenait.

Et Elle Leur dit que dans le cœur de chaque Homme cette grande bataille faisait rage, tout comme l'entièreté de l'arbre est contenue dans la graine. Et Ils demandèrent si eux-mêmes pourraient déterminer cette nature au cours de Leur vie et Elle Leur dit qu'il en serait ainsi.

Et même si je ne pourrais jamais comprendre complètement les motivations de Cane, je me suis rappelé l'expression paisible sur son visage, et j'ai compris ce qu'elle m'évoquait. Un enfant qui avait enfin réussi à s'endormir.

Un petit garçon et son ourson

« On y va ? »

Sasha m'appelait du bas des escaliers. Nous avions un long trajet devant nous et – comme d'habitude –, elle était prête depuis au moins une heure et s'impatientait. Toujours préparée. Elle était bien plus organisée et efficace que moi.

« Une minute », ai-je lancé.

Les choses s'étaient beaucoup arrangées entre nous. Nous avions parlé et j'avais eu l'impression qu'elle comprenait. Les vacances étaient une idée à elle : une escapade d'une semaine pour fêter dignement nos fiançailles et pour couper avec tout ça. Mais je voulais faire une chose avant et nous aurions ensuite toute la semaine pour nous, pour laisser le passé derrière et vivre dans le moment, le *maintenant*.

J'ai ouvert le tiroir de ma table de nuit puis j'ai soulevé la pile de papiers à la recherche de la photo tout en bas. Je l'ai sortie pour la regarder.

Lise et moi. Je l'avais prise moi-même en tenant l'appareil à bout de bras mais je ne me souvenais plus des circonstances précises. C'était visiblement les vacances, mais pas celles où elle s'était noyée. C'était étrange. Je n'arrivais plus à me rappeler. Il y avait toute une période de ma vie de l'autre côté de cette image et je ne pouvais pas m'en souvenir. Je ne sais même pas ce que j'avais pensé quand j'avais appuyé sur le bouton pour figer ce moment dans le temps.

« Tu n'es toujours pas prêt ? a crié Sasha.

– Si, si. »

J'ai replacé la photo dans le tiroir avec les papiers dessus. Tant de choses formidables, surtout toutes les cartes et les petits mots de Sasha. J'avais aimé Lise autrefois, je le savais. Mais c'était il y a longtemps. La photo, qui immortalisait un moment qui avait dû être merveilleux, est retournée au fond du tiroir, cachée sous tous les autres papiers empilés dessus.

À sa place, exactement.

L'allée était bordée d'arbres épais, aux branches garnies de feuilles vigoureuses tandis que la voie elle-même était sèche et poussiéreuse mais ratissée avec autant de soin qu'un jardin zen. Les pneus écrasaient les graviers en émettant le bruit d'une botte qui s'enfonce dans la neige. Il n'y avait pas de barrière derrière les arbres, les champs ou les vergers de pommiers mais la lumière du soleil dansait sur la route, dispersée par la frondaison comme une poignée de feuilles brillantes. Nous aurions pu être en train de rouler dans une forêt idyllique – nous étions la seule voiture à des kilomètres –, et non dans le parc d'un établissement sécurisé.

C'était à des années-lumière de la route boueuse et de la clairière sale de Cane Hill. David Groves aurait pu atterrir dans un endroit bien pire que celui-ci.

Sasha a pris à l'angle. Des champs s'étendaient sur les côtés et nous avons découvert le bâtiment principal un peu plus loin devant nous. Nous nous sommes garés sur le parking près de l'entrée.

« Je t'attends ici ? a demandé Sasha.

– Ça ne te dérange pas ?

– Je n'ai absolument aucune envie d'entrer là-dedans. » Elle a souri. « Tant qu'on peut passer le reste de la semaine ensemble.

– Promis. »

Le sol de la réception était carrelé – des carrés noirs et blancs comme sur un échiquier – et si bien ciré que je pouvais voir mon reflet dedans tandis que j'avançais vers le bureau d'accueil.

J'aurais pu me croire dans un hôtel prestigieux, n'étaient la jeune femme vêtue d'un uniforme d'infirmière bleu pâle et le fait qu'il n'y ait qu'une seule porte dans la pièce. Elle se trouvait à gauche du bureau et était sécurisée par un digicode.

« Bonjour », ai-je dit.

La femme m'a adressé un sourire professionnel.

« Inspecteur Nelson ?

– C'est moi. » Je lui ai montré mon badge. « J'ai rendez-vous. Je suis désolé, je suis un peu en avance.

– Ne vous inquiétez pas. Je vais vous demander une seconde. »

Elle a de nouveau souri mais a regardé attentivement ma carte puis a passé un rapide coup de fil.

« Il arrive, m'a-t-elle dit.

– Merci. »

Il n'y avait nulle part où s'asseoir alors j'ai déambulé un peu mais je n'ai pas eu à attendre longtemps. Au bout d'une minute, la porte sécurisée s'est ouverte avec un grésillement et un homme est entré. Il était petit et, malgré son jeune âge, portait un costume complet sous sa blouse blanche.

« Docteur Gallagher ? »

Il m'a serré la main.

« Inspecteur Nelson. Ravi de vous rencontrer. Suivez-moi, je vous prie. »

Après un court trajet dans un couloir aussi chic que la réception, il m'a fait entrer dans un grand bureau en fermant la porte derrière nous. Il y avait des étagères remplies d'épais volumes académiques. J'ai parcouru les rayonnages, les titres m'évoquaient de vagues souvenirs remontant à l'époque de mes études. Ça sentait le bois verni et les fleurs.

« Asseyez-vous. »

J'ai pris place dans le confortable fauteuil face à son bureau et il s'est assis de l'autre côté. La lumière du soleil se déversait par la grande fenêtre derrière lui et il était pratiquement à contre-jour.

« Merci de me recevoir, ai-je dit.

– Ce n'est rien. Je vous suis même reconnaissant, je sais que vous venez de loin. Mais je crains que vous ne soyez déçu.

– Je ne peux pas le voir ?

– Non. Je ne pense pas que ce serait sage aujourd'hui.

– D'accord. » J'ai hoché la tête. « Bon, je savais que ça ne se ferait peut-être pas. Et je ne veux rien faire qui puisse... l'affliger.

– David a subi une rupture avec la réalité. Il croit toujours qu'il s'est suicidé il y a deux ans mais qu'il a réussi une épreuve que Dieu lui a envoyée. Il croit qu'il est maintenant au paradis. Et il est heureux. Je suis réticent à déranger cet état. »

J'ai pris dans ma poche un article que j'avais découpé dans le journal la semaine précédente et je l'ai déplié sur le bureau. Il y était expliqué que Paul Carlisle avait été mis en examen pour l'enlèvement de nombreux enfants et possiblement pour le meurtre de cinq d'entre eux. Même si beaucoup de ses victimes n'avaient à ce stade été ni trouvées ni identifiées, les premières indications laissaient entendre que Carlisle n'envisageait pas de contester les accusations.

« David était un homme bien, ai-je dit. Un bon policier. Son ancien partenaire m'a dit que s'il s'était retrouvé face aux gens qui avaient enlevé son fils, il n'aurait pas cherché à se venger. Il les aurait arrêtés. »

Je lui ai passé la coupure de journal.

« Et je me suis dit qu'à un moment ou un autre, si son état s'arrange, il voudrait savoir ce qui s'est passé. »

Gallagher a lu l'article.

« Je peux le garder ? » a-t-il demandé. Quand j'ai acquiescé, il l'a replié et l'a glissé dans sa poche de costume. « Ce ne serait pas bon pour lui de lire ça maintenant, je pense. Mais un jour, peut-être.

– Vous disiez qu'il n'allait pas bien aujourd'hui ?

– C'est une façon de considérer les choses. L'autre, c'est de dire qu'au contraire, il va très bien, compte tenu de ce qui lui est arrivé. » Gallagher s'est levé et est allé regarder par la fenêtre. « Venez voir. »

Je me suis levé pour le rejoindre.

La fenêtre de son bureau donnait sur le jardin de derrière : une grande pelouse en pente parsemée de pissenlits jaune vif et entourée de pommiers. Il y avait des infirmiers ici et là et leur uniforme blanc était presque aveuglant dans la lumière du soleil. Il y avait aussi des patients, certains flânaient dans l'herbe, d'autres marchaient vite et d'autres enfin étaient assis sur les quelques bancs du parc.

J'ai observé les lieux jusqu'à ce que je le repère. David Groves était assis par terre en tailleur, seul, entouré d'objets, mais à cette distance il était difficile de voir ce que c'était et ce qu'il faisait avec. Mais il était évident, même de là où j'étais, qu'il parlait tout seul. Un aide-soignant se trouvait à proximité – mais assez loin derrière pour s'abstraire de la conversation.

« Que fait-il ? » ai-je demandé.

Gallagher a eu un sourire triste.

« Il joue avec son fils. »

« Attrape ! »

Jamie rit en joignant ses mains et attrapa le Winnie en peluche plus par accident que par adresse. Mais il l'avait bien attrapé, et ça comptait, alors il poussa un petit cri de joie.

Coucou, Winnie. Il fit un bisou bruyant sur la tête de l'ourson.

Groves fut submergé par une vague d'amour. Jamie, identique à son souvenir, avec les longs cheveux blonds qui n'atteignaient pas tout à fait ses épaules et rebiquaient comme s'ils craignaient de les toucher. Avec son tee-shirt requin et son jean et les petites marques rouges sur ses joues qui ne semblaient jamais empirer ni s'arranger. Avec son amour de la vie et son absence totale de peur et sa façon de courir dans ce champ à toute vitesse – une vitesse pratiquement effrayante – avec les bras écartés comme un planeur. La façon dont il s'accroupissait légèrement quand il apercevait un papillon, les mains sur les genoux, pour le regarder avec émerveillement – il regardait tout avec émerveillement en réalité, parce que tant de choses dans le monde étaient nouvelles pour lui. Parce qu'il y avait tant de choses à découvrir.

Encore, papa, encore !

Il passa la peluche à son père. Il était si excité que ses mots se bousculaient.

Allezonrecommence !

Alors ils recommencèrent.

Bien évidemment.

Il y avait tant de temps à rattraper. Dans le champ d'un vert parfait, ils jouèrent avec ses jouets, encore et encore, autant que l'enfant le voulait. C'était une journée ensoleillée. La brise faisait danser les bouclettes de Jamie mais s'il avait froid, il n'en disait rien. Il était trop occupé. Trop heureux. Et Groves n'aurait rien eu envie de faire d'autre. Il ne pouvait pas imaginer qu'il puisse y avoir quoi que ce soit de mieux que cela.

Je peux te faire un câlin ?

« Oui, dit Groves, bien sûr que tu peux. »

Jamie accourut et se serra contre lui. Groves l'étreignit en fermant les yeux et laissa son fils s'écarter en bâillant.

Tu es heureux maintenant, papa ?

« Oui, dit Groves. Je ne pourrais pas être plus heureux. Tu es fatigué, petit père ? »

Oui, papa.

« Tu peux faire un dodo si tu veux. »

D'accord.

Jamie s'allongea dans l'herbe et roula tout de suite sur le flanc. Les mains jointes devant sa bouche entrouverte, les chevilles croisées, ses cheveux blonds coincés derrière les oreilles. Groves n'en revenait pas de le voir si paisible. Un petit garçon qui s'endormait. Un enfant qui s'abandonnait au sommeil. Tout le reste prenait son sens, la journée était gagnée.

Comme tant d'autres journées à venir, ici au paradis, où ils étaient enfin réunis.

Des possibilités infinies.

L'espace d'une seconde, ce fut comme si le soleil passait derrière un nuage, et quand Groves regarda son fils, il crut voir autre chose. Comme si Jamie disparaissait légèrement. Pas tout à fait là.

Alors il se concentra, et Jamie revint.

Son fils bâilla de nouveau.

Je peux avoir une histoire, s'il te plaît ?

« Oui. »

Bien sûr qu'il pouvait avoir une histoire. *On a tous droit à des histoires*, pensa Groves. Il n'avait même pas besoin du livre. Après l'avoir lue tant de fois, il pouvait la raconter de tête, ce qu'il fit, tandis que la brise faisait danser l'herbe doucement.

Au bout d'un moment, Jamie ne bougea plus, dormant profondément et paisiblement, mais Groves termina quand même. Une histoire sur les choses que nous laissons derrière nous quand le temps passe mais qui sont toujours là, attendant que nous revenions à elles ou elles à nous, pour peu que l'on prenne la peine de se souvenir.

REMERCIEMENTS

Un grand merci à mon agente, Carolyn Whitaker, et à tous ceux chez Orion qui ont contribué à faire de ce roman une réalité : en particulier Genevieve Pegg, Laura Gerrard et Jane Selley. Un immense merci à tous ceux qui m'ont aidé et encouragé tout au long de l'écriture, notamment Luca et Merilyn pour leurs commentaires et leur soutien. Enfin, merci à Lynn et Zack de m'avoir supporté pendant que j'écrivais ce livre, que je leur dédie, comme d'habitude, avec tout mon amour.

MIXTE
Papier issu de sources responsables
FSC® C003309

L'éditeur de cet ouvrage s'engage dans une démarche de certification FSC® qui contribue à la préservation des forêts pour les générations futures.

Pour en savoir plus :
www.editis.com/engagement-rse/

CET OUVRAGE
A ÉTÉ ACHEVÉ D'IMPRIMER
SUR ROTO-PAGE
PAR L'IMPRIMERIE FLOCH À MAYENNE
EN AVRIL 2022

N° d'impression : 100242
Imprimé en France